Der Sand der Namib

Angola

Namakunde

Amboland

Etoscha

Namutoni

Otavi

Kala

har

Namib

Karibib

Windhuk

Swakopmund

Swakop

Namib

Atlantik

Gibeon

Lüderitzbucht

Kolmanns-
kuppe

Keetmanshoop

Pomona

Bogenfels

Fischfluß

N

W   O

S

0   100   200
    50   150   km

Hellmut Lemmer

DER SAND DER NAMIB

Roman

2. Auflage, Juli 2015

Brockmeyer Verlag, Bochum 2014

Bibliografische Information der Deutschen Nationalbibliothek
Die Deutsche Nationalbibliothek verzeichnet diese Publikation in der
Deutschen Nationalbibliografie; detaillierte bibliografische Daten sind
im Internet über http://dnb.d-nb.de abrufbar

ISBN 978-3-8196-0965-7
WG 116

2. Auflage 06-2015
© 2014 by Universitätsverlag Dr. N. Brockmeyer
Im Haarmannsbusch 112,
D-44797 Bochum
Telefon +49 (0) 234 9791600,
Telefax +49 (0) 234 9791601
universitaetsverlag.brockmeyer@web.de
Online: www.brockmeyer-verlag.de

Gestaltung und Layout: Helmut Granowski

Gesamtherstellung: Druck Thiebes GmbH
Altenhagener Str. 99, 58097 Hagen, Tel. (02331) 808176
www.DruckThiebes.de

Gedruckt auf chlorfrei gebleichtem Papier.

Prolog

1950 Barmen

Vollziehen sich die Träume in Farbe oder in Schwarzweiß? Meist sind sie blass, verschwimmen in unscharfen Konturen, setzen nur bruchstückhaft zusammen, was vollständig kaum da ist, sind nicht mehr als Nuancen, Facetten. Immer wiederkehrende, punktuelle Eindrücke, die sich aber in ihrer Permanenz einbrennen können.

Einzelne Momente tauchen als scheinbar real auf, sind vermeintlich greifbar und festzuhalten, aber insgesamt doch unfassbar. Es gibt leichte und lichte Episoden, so unglaublich hochfliegende, weitschwingende und hoffnungsvolle Momente. Und dann ist da auch das Unbegreifliche, das Dunkle, der große Schreck.

Mit meiner Phantasie kann ich mir alles ausdenken. Wenn ich träume, erfinde ich nichts. Es geschieht. Manchmal kann ich nur durch die Flucht in die Realität entkommen. Es muss mir nur gelingen Traum und Realität auseinander zu halten. Oder ist das manchmal gar nicht wichtig?

Zu Beginn dieser Geschichte scheint es eher ein farbiger Traum zu sein. Und wenn denn da eine Farbe ins Spiel käme, wäre es Grün. Vermittler zwischen Licht und Finsternis. Das Grün der Wiese, dem das kleine Kind so nah ist, in das es manchmal fällt. Es ist zwar schon sicher auf den Beinen, aber Grasbüschel und Maulwurfhaufen machen ihm doch zu schaffen.

Die Wiese liegt hinter dem Missionshaus in Barmen.
Die Sonne scheint. Es ist der Ostersonntag des Jahres 1950.
Das Kind, der kleine Junge, bin ich. Die Hauptperson
aber scheint der Großvater zu sein: *Lobet und preiset den
Heiland, unseren Erlöser, der auferstanden ist und uns alle
liebt!* Er hat etwas in der Hand, einen Korb, eine Schale?
Die Kinder laufen immer wieder zu ihm, bringen ihm et-
was. Er spricht ein Lob aus, streicht ihnen über den Kopf.
Ja, jetzt weiß ich es plötzlich wieder, er nimmt die gefun-
denen Eier entgegen, sammelt sie in einem mit grüner
Holzwolle ausstaffiertem Spankorb. Oder hat man mir
alles nur später erzählt?

Der Großvater ist 77 Jahre alt, wie ich heute ausrech-
ne, ich bin drei Jahre alt. Eigentlich ist es viel zu früh,
als dass ich mich erinnern könnte. Aber ich sehe den
Großvater stehen im Garten, und er sagt: „Da hat der
gute Herr Skär ja schon wieder ein Ei gefunden!" Und er
meint meinen Vetter Peter, den er besonders liebt, weil er
als einziger seinen Namen trägt. Alle hier versammelten
Enkelkinder stammen von seinen Töchtern ab, und nur
Peters Mutter Hanna hat ihren Mädchennamen behalten.

Der kleine Dreijährige wird noch wenig beachtet. Er
findet keine Eier. Er kann dem Großvater nicht trium-
phierend seine Gaben bringen. Er läuft über die Wiese,
fällt hin, sie lachen. Er bleibt liegen und spürt vielleicht,
wie die Halme an seinen Wangen kitzeln. Oder ruht er sich
aus? Oder will er Aufmerksamkeit erwecken? Es ist warm.
Greift er auch in die frische Erde der Maulwurfhaufen?
Aber nein, vor seinen Augen ist es grün, wenn denn eine
Farbe denkbar ist. Wo ist die Mutter, der Vater? Die
Hauptperson ist der Großvater! Die Kinder laufen zu ihm
hin, er lobt sie. Der Großvater steht neben einem Baum,

das ist ganz sicher. Wäre dies alles ein Traum, wäre es ein riesiger Affenbrotbaum aus dem Ovamboland. Aber dies ist ein Apfelbaum: Sind nicht schon kleine, frische Blätter zu sehen, Knospen der künftigen Blüten?

Der Großvater schließt für einen kurzen Moment die Augen. Wieso Blüten, wieso frische Blätter? Um ihn herum ist jetzt nichts als der Sand der Wüste Namib. So weit das Auge reicht. Er hört das Rütteln und Rattern der Schüttelsiebe. Die Schwarzen drehen die Sandtrommeln. So unscheinbar sind die im Sand gefundenen Diamanten noch, wie die Seelen der Schwarzen, wenn sie noch nichts vom Heiland gehört haben. Die Schienen der Eisenbahn sind überweht vom Sand. Ich bin erschöpft, denkt er, ich kann sie allein nicht freischaufeln.

Der Dreijährige läuft auf den Großvater zu, ein unbändiger Wille ist da, zum Großvater zu gelangen. Die kleinen, fleischigen Ärmchen jucken von dem Gras, aber der Kopf ist nach oben erhoben, dem Ziel zugewandt, auf den Großvater gerichtet.

Der Großvater hat den Spankorb abgestellt. Noch kann er nicht aus seinem Traum erwachen. Er wischt sich mit der Hand über die Stirn, die schweißnass ist. Ein Schwindel überkommt ihn, er fühlt sich kraftlos: Die lange Strecke mit der Eisenbahn von Keetmanshoop. Im Abteil ist es stickig und heiß. Seine Wasserflasche ist leer. Das Hemd klebt am Körper. Aber er hat ein Straußenei in seinem Koffer, das wird die Mädchen freuen. Der sandige Weg zum Haus hinauf. Bei Onkel Tönjes sitzen ein paar Schwarze auf der Treppe, sie winken ihm zu. Gleich ist er daheim. Er hört Hanna und Elisabeth auf der Veranda Mandoline spielen. Ein verspielter, silbriger Klang. Er stolpert, der Koffer schlägt hin, was ist mit dem

Straußenei? Ist es zerbrochen? Er schreckt auf. Niemand
hat etwas bemerkt. Er blickt unsicher um sich, versucht
wieder zu lachen.

Das Kind vor ihm im Gras sieht zu ihm auf. Die
Sonne funkelt von oben. Sie blendet. Und dann geschieht
etwas, etwas wirklich Wunderbares. Der Großvater bückt
sich hinunter und greift den kleinen Kerl und hebt ihn
mit den starken Armen hoch und hoch und höher, bis
über die Äste des Apfelbaumes hinauf. In die warme
Luft, in die Sonne, in den Himmel. Und ich höre seine
Stimme, und er sagt: *Gelobet sei der Herr,* und er sagt es
nur zu mir, und er hebt mich, und sie können mir heute erzählen, was sie wollen, zweifeln und abwägen. Ich
bin mir so sicher, ganz felsenfest sicher, dass dies meine
früheste Kindheitserinnerung ist, mein Auftauchen aus
dem Unbewussten. Dass ich gejauchzt hab, das glaub
ich den Erzählungen, gelacht hab ich und von oben aus
dem Himmel diesem großartigen Großvater unter mir ins
Gesicht gesehen. Und wenn eine Farbe sein soll, dann ist
es um ihn herum grün.

Und dann ist der Traum abrupt zu Ende. Wie ich wieder auf die Erde gekommen bin, weiß ich bis heute nicht.
Alles habe ich vergessen. Niemals vorher und niemals
mehr danach habe ich den wirklichen Großvater anders
gesehen als aus dieser Perspektive.

Am 15. November des gleichen Jahres starb der
Missionar Karl Skär in seiner Wohnung in der Rudolfstraße
137 in Wuppertal-Barmen an Herzschwäche. Auf seiner
Todesanzeige steht Psalm 37, Vers 7: „Sei stille im Herrn
und warte auf ihn." Diese Worte haben ihn bis zuletzt
begleitet.

1

Haus Heimatfreude

1968 Kaiserswerth

Am Dienstag, dem 16. April 1968, einen Tag nach
Ostermontag, ging ich als junger Student der Germanistik
über die schlammige Baustelle der sich im Aufbau befindlichen Ruhruniversität Bochum. Mein Weg führte vom
Gebäude GA in Richtung der vorläufigen Mensa I im
sogenannten Übergangsforum, östlich der gigantischen
Unibaustelle. Ich fühlte mich unsicher und genauso pro-
visorisch wie das Gelände um mich herum. Links wühl-
ten sich mächtige Planierraupen durch hohe Erdwälle.
Auf der anderen Seite waren Arbeiter dabei, eine große
Fläche mit Betonsteinen zu planieren. Letzte Woche hatte ich mich an der Uni eingeschrieben.

Vor nicht einmal drei Jahren hatte es im
Schauspielhaus Bochum die feierliche Eröffnung gegeben, bei der Professor Greeven von Kultusminister Mikat
die Rektorkette umgelegt worden war. Jetzt war das riesige Gelände auf der ehemals grünen Wiese in Bochum-
Querenburg die größte Baustelle Europas.

Nachdem ich beim Bundesgrenzschutz meine
Wehrpflicht abgeleistet hatte, ließ ich mein lockiges Haar
jetzt ungehindert wachsen. Mit meinem Spiegelbild war
ich schon einigermaßen zufrieden, zumal auch der Bart
rundum vielversprechend sprießte.

Gerade hatte ich die erste Sitzung des Seminars über Walther von der Vogelweide hinter mir. *Under der linden / an der heide / dâ unser zweier bette was, / dâ muget ir vinden / schône beide / gebrochen bluomen unde gras.* Dieses Liebeslied aus dem Mittelalter, in dem ein einfaches Mädchen so anschaulich die Liebe zu einem Mann vom Hofe besingt - sie haben unter Lindenbäumen im frischen Gras in einem geheimen Liebesnest gelegen - hatte ich schon auf dem Gymnasium an der Waldstraße in Hattingen auswendig gelernt. Es hatte mich, das musste ich jetzt wieder feststellen, schon als Jugendlicher in meinem Inneren berührt und eine unbestimmte Liebessehnsucht geweckt. Dieses Lied, so scheinbar nüchtern und nur andeutend und doch in warmer Liebe formuliert, das hatte etwas, auch wenn wir Jugendlichen das kaum zugeben konnten. Über das dann sich anschließende *tandaradei* machten wir uns lustig. Wir verzehrten auf dem Schulhof mit *tandaradei* unsere Butterbrote und waren froh, wenn nicht unsere letzte Liaison mit der Tanzschulgeliebten von den anderen mit diesem Ausdruck kommentiert wurde.

Ich blickte kurz zu den hohen, geometrisch kalten Betonkästen der Ruhruni hinauf, diesen schon fertig gestellten, überdimensionierten Gebäuden. Sie waren umgeben von viel zu schmalen und kaum begehbar erscheinenden Balkonen. Wie sie denn eine Tür nach draußen gefunden hatten, bleibt rätselhaft, aber von dort oben hatten sich schon mehrere Selbstmörder in den Tod gestürzt. War es wegen der Isolation in der Betonquadratur oder war es - *tandaradei* - aus Liebeskummer?

Nun, ich hegte keine solche Absicht. Die sanfte Aprilsonne versuchte noch ziemlich vergeblich mit ihrem milchigen Licht und der verhaltenen Wärme die meist schlammigen Wege zwischen den Gebäuden auszutrocknen. Sie würden bald wenigstens halbwegs begehbar sein. Jedenfalls fühlte die Sonne sich schon angenehm und aufmunternd an, wenn sie in den jetzt wieder offen getragenen Kragen schien. Den dicken Schal konnte man ablegen, und an den Armen waren die Ärmel der Winterjacke schon ein wenig hochgeschoben. Nicht mehr lange und man würde sich wieder auf die jetzt noch feuchten Bänke setzen - oder sogar in die Wiesen legen!

Vor der Mensa wurde ich aus meinen Gedanken gerissen. Links neben dem Eingang, auf einer halbhohen Betonmauer, stand eine kleine Gruppe von Studenten mit einem Megaphon. Sie sprachen pausenlos hinein. Es schräpte ein bisschen, aber die Ansprache war nicht zu überhören. Trotzdem gingen viele weiter, machten sogar abweisende Armbewegungen oder Unmutsäußerungen. Ich blieb mit einigen anderen stehen. Ich war neugierig, für mich war alles ungewohnt und spannend.

Am vergangenen Donnerstag vor Ostern hatte ein Attentäter auf dem Kurfürstendamm in Berlin drei Schüsse auf Rudi Dutschke abgegeben. Dieser galt als eine der meist charismatischen und provokativen Figuren der gerade entstandenen Studentenbewegung. Er war der geistige Anführer der APO, der *Außerparlamentarischen Opposition,* die das gesellschaftliche System der Bundesrepublik vom braunen Nazi-Muff und konservativen Klima befreien wollte. Soviel hatte ich natürlich schon mitbekommen. Es sollte eine Opposition gegen die von CDU und SPD gebildete große Koalition entwickelt werden, um eine Gegenbewegung gegen den Imperialismus der westlichen Staaten, gegen immer noch vorhandenen Faschismus und die Gefahr eines Atomkriegs zu bilden. Und es gab natürlich den Protest gegen den Vietnamkrieg! Für mich bestanden da keine Zweifel, auf welcher Seite ich stehen musste.

Noch am Gründonnerstag, dem 12. April, hatte es auch hier in Bochum eine erste Demonstration in der Innenstadt gegeben. Vor den Kinos wurden Flugblätter verteilt, berichtete der Student mit dem Megaphon. Gegen 23 Uhr *formierte sich auf dem Husemannplatz in Bochum ein Demonstrationszug.* Verantwortlich für das Attentat auf Rudi Dutschke wurde die Hetze der Springerpresse gemacht. *In Essen sollte die Auslieferung der Springerblätter verhindert werden.* Ich hatte auch in der Zeitung darüber gelesen.

„Studentinnen und Studenten, wir können nicht einfach zum Tagesgeschehen übergehen, nicht blauäugig unseren *Walther von der Vogelweide* studieren und die *Bild-Zeitung* hetzen lassen, bis es weitere Tote gibt. Ein ermordeter Benno Ohnesorg ist für uns mehr als genug. Wer uns als *langbehaarte Affen* diskriminieren will, wird jetzt unseren Widerstand spüren. Rudi ist unser deutscher Che Guevara. Wir müssen bereit sein zu kämpfen."

Ich zuckte zusammen, spürte heiß in der Kollegmappe meinen Vogelweide-Text. Ich fasste mir verlegen in den Nacken, wo meine Haarpracht wallte, als hätte der Sprecher speziell mich gemeint.

„Wir treffen uns um 4 Uhr in der Baracke und werden weitere Aktionen beraten. Reiht euch ein, macht euch bereit, überlassen wir diesen Reaktionären nicht das Feld!"

Ich ließ das Mittagessen sausen, schwänzte die Vorlesung über Gottfried Kellers Novellenzyklus *Die Leute von Seldwyla,* bevor ich die erste überhaupt besucht hatte. Ich fuhr auf meinem Moped Zündapp Combinette mit den maximal 45 Stundenkilometern in wildem Tempo den Stiepeler Berg hinunter in Richtung Elternhaus in Hattingen. Dort wollte ich mitteilen, warum ich an diesem besonderen Tag noch einmal zurückfahren und länger in der Uni bleiben müsse. Die Eltern sollten sich keine unnötigen Sorgen machen, wenn der studentische Kampf meine Mitarbeit benötigte.

Zu Hause angekommen, war aller revolutionäre Elan schnell dahin. Schon beim Betreten der Wohnung hatte ich eine ungute Vorahnung. Meine Mutter saß am Wohnzimmertisch. Die Tränen in ihren Augen waren nicht zu übersehen. Meine jüngere Schwester strich ihr sanft über den Rücken, versuchte zu trösten. Die Stimmung war deutlich gedrückt. Mein Vater trat beschwichtigend auf mich zu, zog mich beiseite in den Flur.

„Die Oma ist gestorben", sagte er, machte mit der Hand eine unbeholfene, leere Geste, „ja, es war abzusehen, Junge, aber wenn das Unerbittliche dann eintritt, ist es doch schwer, das verstehst du sicher, sehr schwer für deine Mutter - und für uns alle."

Wir saßen um den Wohnzimmertisch, nippten an unserem Caro-Kaffee. An Mittagessen war nicht zu denken. Keiner mochte viel sprechen. Die Wanduhr gongte zweimal in den stillen Raum. Dann hörte man wieder nur das Ticken. Ich ging mit dem Zeigefinger dem Muster der Tischdecke nach, rechtwinklig angeordnete, blassgrün und braun gefärbte Quadrate. Was spielte jetzt Rudi Dutschke noch für eine Rolle?

Früh am nächsten Tag fuhren wir in unserm dunkelgrünen Renault Dauphine über Langenberg, Wülfrath und Ratingen nach Kaiserswerth in die Arnheimer Straße

142. Ich saß hinten neben meiner kleinen Schwester, ein-
gezwängt in den dunkelblauen Konfirmationsanzug. Wie
furchtbar. Ich war zwar schon bei der Konfirmation in
der Hattinger Sankt-Georgs-Kirche vor sechs Jahren ein
langer, schmaler Schlacks gewesen, die Ärmellänge war
auch jetzt fast noch ausreichend, aber mittlerweile war
ich doch ein wenig kräftiger geworden und vor allem der
Hosenbund ließ sich kaum noch schließen. Meine Eltern
hatten damals bewusst ein Dunkelblau statt Schwarz für
den Anzug gewählt, da er so vielleicht leichter noch einmal eingesetzt werden konnte. Aber nie wieder hatte es
bis heute eine Gelegenheit bzw. eine Notwendigkeit gegeben, den Anzug anzuziehen. Letztlich wäre Schwarz also
doch die richtige Farbe gewesen.

Als mein Vater das Auto hinter Ratingen auf die
Kalkumer Schlossallee lenkte und wir durch den
Düsseldorfer Stadtwald fuhren, begann es leicht zu nie-
seln. Er schaltete den Scheibenwischer ein. Links von der
Straße war hinter den noch unbelaubten Bäumen das
jetzt farblose, barocke Schloss zu erkennen. Der mächtige Südwest-Turm stand grau hinter den Stämmen der
Bäume. Ein leichter Nebel verschleierte den Blick. Aus
dem beschlagenen Seitenfenster blickte ich auf die vor-
beirauschenden Gehölze. Sie nahmen kaum konkrete
Konturen an, huschten wie Schemen vorbei. Ich kannte
die Strecke gut, von zahlreichen sonntäglichen Besuchen
her bei der Oma, zu denen ich früher einfach ohne
Widerwehr ins Auto eingepackt wurde, später mehr und
mehr gedrängt und mit moralischem Druck aufgefordert
wurde: „Wer weiß, wie lange die Oma noch lebt."

Oftmals hatte ich mich dann nach der Begrüßung im
halbdunklen Zimmer des Altenheimes und einem kurzen

höflichen Gespräch mit der Oma leise verdrückt. Ich war
wie befreit auf einen kleinen Spaziergang geflüchtet, hinten durch den Garten entwichen, über die Wiesen zum
Rhein gelangt und dann flussabwärts über den Uferweg
kaum mehr als tausend Schritte bis zur nahe gelegenen
Ruine der Kaiserpfalz gegangen. Kaiser Barbarossa hatte
sie im 12. Jahrhundert zu einer mächtigen Festungsanlage
ausgebaut. Jetzt bildeten dicke Gesteinsquader und ge-
mauerter roter Ziegelstein die Wände und Fensterbögen
der finsteren, verfallenen Ruine. Majestätisch floss nur
der Rhein vorbei, scheinbar ohne von allem Notiz zu
nehmen. Was kümmerte ihn ein altes Gemäuer am Ufer
hier und da?

Aber hier war es doch angenehmer als beim Aufenthalt
in dem schmalen Altenzimmer. Das schien nur an der
Eingangseite eine Tür und an der anderen ein Fenster zu
haben. Der Raum dazwischen war so klein und schmal,
dass man es kaum bewerkstelligen konnte, dort mit mehreren Personen zu sitzen. In einem hohen, gepolster-
ten Lehnstuhl saß die kleine Oma. Die Sitzfläche und
die Armlehnen waren sofort nach der Anschaffung mit
Schutzbezügen übernäht worden. Ohne diese Bezüge, so
dass er wieder wie neu aussah, stand der Sessel erst, als
ich ihn später als Erbstück in meine Studentenbude über-
führt hatte.

Hier im Zimmer drückten wir anderen uns auf
zwei Hocker, Bettkante oder Sofaecke. Das Fenster zur
Straße hin durfte nicht geöffnet werden. Es roch immer ein wenig muffig. Es gab nur an der rechten Seite
ein altes Sofa und einen schmalen, halbhohen Schrank.
Darin befanden sich aber lediglich ein paar Tassen und
Unterteller, eine Vase, falls jemand Blumen mitbringen

sollte, und schlichte Wassergläser sowie ein Stapel weißer Papierservietten.

Die Oma sprach kaum etwas. Laute Stimmen konnte sie nicht vertragen. „Du weißt, ihr schwaches Herz. Man muss Rücksicht nehmen."

Hatte diese Oma nie gelebt? Ich musste mir ins Gedächtnis zurückrufen, dass sie lange in Afrika gewesen war. Mehr als ihr halbes Leben hat sie dort verbracht. Sie hat dort Kinder bekommen. Sie muss Kontakt zu den Eingeborenen gehabt haben. Wilde, exotische Tiere hat sie gesehen. Nashörner und Giraffen, Gnus und Stachelschweine. Sandstürme in der Wüste. Unbarmherzige Hitze. Das musste doch aufregend und erlebnisreich gewesen sein. Aber nichts deutete darauf hin, kaum jemals erwähnte sie etwas aus jener Zeit. Der Opa war schon gestorben, als ich noch ein kleines Kind war, in einer Zeit, an die ich kaum eine Erinnerung hatte. Die wenigen Geschichten kannten wir Kinder nur von ihren vier Töchtern, unseren Müttern und Tanten. Mir schien sie einfach zu alt und zu schwach zu sein, um mehr darzustellen als ein in sich zusammengekauertes und sprachloses, altes Mütterchen. Zu Weihnachten schickte sie in einem Brief einen 5-DM-Schein. „Mehr kann sie nicht aufbringen", sagte meine Mutter entschuldigend.

Jetzt war sie gestorben. Das brachte mich ziemlich durcheinander. Ich hatte noch niemals einen toten Menschen gesehen. Benno Ohnesorg war doch nicht mehr als eine Symbolfigur. Wir standen auf dem Flur des Missionshauses *Haus Heimatfreude* und man roch das Bohnerwachs auf den dunklen, polierten Holzdielen. Über eine Außentreppe, dann durch die Eingangshalle, dann über die breite, an der hinteren Wand verlaufende Holztreppe hinauf, waren wir in das erste Obergeschoss gelangt. Es ging dann links um die

Ecke. Die Wände oben im Flur waren ebenfalls mit dunklem Holz getäfelt. Wenn man genauer hinsah, bemerkte man, dass es lauter Wandschränke waren, die bis hinauf zur Decke reichten. Aber nirgendwo gab es einen Schlüssel, man konnte keinen dieser Schränke öffnen.

Die anderen waren schon vor mir an der Reihe gewesen, zuerst mein Vater, dann meine jüngere Schwester, gemeinsam mit der Mutter. Sie gingen Hand in Hand. Als sie wieder aus dem Sterbezimmer heraus kamen, waren sie beide bleich. Ich hatte kaum ein Gefühl dafür, wie lange sie darin gewesen waren. Dann musste ich hinein, in meinem blauen Konfirmationsanzug, der überall zu eng war. Allein. Ich war anscheinend alt genug. Ich sollte Abschied nehmen.

Die Tote war mir noch viel fremder, als es die Lebende gewesen war. Was sollte ich zu einer Toten sagen? Ich stand still vor dem Leichenbett, hinten links im Zimmer, mit der glatt gezogenen Decke aus dickem, gelblichen Leinenstoff. Oben am Rand zeigte sie ein eingewebtes mäandrierendes Muster. Unter der Decke gab es nur eine ganz schwache Wölbung, die dem unscheinbaren Körper der da Liegenden geschuldet sein musste. Der Raum war wegen der fast ganz geschlossenen Fenstervorhänge noch dunkler als gewöhnlich.

Das Gesicht sah wächsern und eingefallen aus. Die Augen waren geschlossen, das Kinn mit einem weißen Tuch nach oben gebunden. An der Kopfseite über dem Bett hingen an der Wand in einem sehr schmalen Goldrahmen die *Betenden Hände* von Albrecht Dürer.

Die stickige Luft spürte ich nicht mehr. Rudi Dutschke kam mir in den Sinn. „Entschuldige, Oma, ich komme aus einer anderen, aus meiner Welt. Alles hier ist mir fremd", sagte ich fast ohne Ton, eher leise flüsternd, aber doch materiell.

Etwas mehr musste es doch sein, als nur ein Gedankenspiel. Auch wenn ich wusste, dass sie als Tote es nicht hören konnte.

Ich ließ meinen Blick noch einmal durch das trostlose Zimmer schweifen, wollte ihr nicht weh tun, nicht ungerecht oder anmaßend sein. Aber wie konnte ich Zugang finden? Ich blickte wieder auf das kleine Gesicht, das kalt und leer erschien, das Haar weiß und flach am Kopf anliegend, zum letzten Mal in eine irgendwie angemessen erscheinende Frisur gebracht. Ich spürte, dass der Tod unbarmherzig Besitz ergriffen hatte; plötzlich überkam mich eine Ahnung von seiner Gewalt. Man muss sich ihm widersetzen, so lange man noch lebt, dachte ich, wenn man schwach wird, hat er leichtes Spiel. Dann ist man ihm ausgeliefert, dann hat man keine Chance mehr.

„Wofür hast du denn gekämpft? Für wen hast du gelebt und dich eingesetzt? Wen hast du geliebt? Du hast nie zu mir davon gesprochen, was du in deinem Leben gemacht hast, was dir wichtig war. Entschuldige bitte, ich bin jung, ich muss dich das fragen. Rudi Dutschke kennst du sicher nicht. Ich weiß, meine Fragen kommen zu spät, das ist sicher auch mein Versäumnis. Das erkenne ich erst jetzt. Ich hätte gern gewusst, wie es für dich in Afrika war. Wer hat euch geschickt? Was wolltet ihr da? Wie habt ihr gelebt? Kaum habe ich von dir ein Wort darüber erfahren. Warum hast du nicht gesprochen? Deine Erfahrungen wären vielleicht wichtig für mich gewesen. Jetzt bist du tot."

Ich hielt inne. „Was bedeutet das denn, tot? Wo bist du jetzt? Ich habe noch nicht gelernt, mit den Toten umzugehen."

Die weißen, knochigen Hände lagen gefaltet auf der Bettdecke. Mir stieg plötzlich doch eine Hitze vom Hals herauf bis über die Wangen. Ich wusste nicht, ob man einen toten Menschen anfassen sollte, ob eine Berührung ein Zeichen von Zuneigung oder eher eins von Pietätlosigkeit wäre.

„Bist du jetzt im Himmel, bist du bei Gott?", dachte ich, um etwas ihr Wohlwollendes zu denken. Ich sprach es nicht mehr aus. Ich glaubte doch selbst nicht an Gott. „Du hast das Leben hinter dir. Ich will dein Andenken bewahren. Ich werde an dich denken. Aber morgen muss ich mit den Studenten demonstrieren."

Als ich wieder aus dem Zimmer trat, reichte mir mein Vater förmlich die Hand und sah mir dabei fest ins Gesicht. Meine arme Mutter weinte still vor sich hin. Wir standen im dunklen Flur und warteten auf unsere Tante Hanna, die aus Remscheid hierher kommen wollte. Es wurde nicht gesprochen. Die Luft war stickig. Der Konfirmationsanzug zog sich immer fester wie eine einengende Röhre um mich. Ich hatte das Gefühl, dieses Kleidungsstück wollte mich erdrücken. Meine Schwester stieg ungeduldig von einem Bein auf das andere. Sie begann zu hüpfen. Sie zerrte an Mutters Hand. Vater hatte die Augen geschlossen, räusperte sich das eine und das andere Mal. Ich war froh, als Mutter aufhörte zu weinen.

„Da hat sich in den vierzig Jahren kaum etwas verändert", sagte sie dann plötzlich, wie aus einem Schlaf erwacht. „Nach Bohnerwachs hat es hier schon immer gerochen. Das ist ja fast wie ein heimatlicher Geruch. So einen richtigen Bohnerbesen kennt ihr Kinder ja kaum noch", bemerkte sie zu uns gewandt. „Das war ein schwerer Eisenblock mit einem Bürstenbelag auf der Unterseite und einem Besenstiel in einem Kugelgelenk. Damit wurde der Boden gewachst, gewienert und poliert, immer hin und her. Den Kleinsten wurde es schon mal erlaubt, sich auf den Bürstenblock zu stellen und beim Wienern mitzufahren, das hat durch ihr Gewicht den Effekt dann sogar noch erhöht. Wir Kinder durften die Flure nie mit Schuhen betreten; aber besonders im Winter, wenn wir dicke Wollsocken trugen, konnte man hier einfach wunderbar schlindern, auf den Fluren mit Geschrei, bis die Schwester kam. Manchmal gab es eine Ohrfeige."

Ich wusste, dieses Altenheim für heimgekehrte Brüder und Schwestern aus den Missionsgebieten hatte nach seiner Erbauung in Jahre 1927 zunächst eine genau entgegengesetzte Funktion: Es diente als ein Töchterheim für junge Mädchen, die aus Neuguinea, China, Südwestafrika, Borneo oder Sumatra hierher geschickt wurden, um eine angemessene schulische und christliche Erziehung zu erfahren, wofür ihre missionarisch tätigen Eltern in der Fremde nicht hatten sorgen können. Nach dem Schulbesuch wurden die heranwachsenden Mädchen ausgebildet zu Säuglingsschwestern, Kranken- oder Altenpflegerinnen oder für eine Tätigkeit im Kindergarten oder in der Gemeinde.

„Als wir drei Schwestern von Tante Auguste begleitet 1928 in Kaiserswerth ankamen, war schon alles in genau dem gleichen Zustand wie jetzt, nur eben noch ganz neu. Dieses Haus, die Flure, die Zimmer, die Treppen, die Säle, der Garten – das war dann notgedrungen unser Zuhause."

Ich wunderte mich über diese plötzliche Eloquenz.

„Hier vorne auf dem Flur in dem ersten Wandschrank wurden die Handtücher, Badetücher und Trockentücher aufbewahrt", meine Mutter schüttelte ungläubig den Kopf, „dort die Tischdecken, die Stoffservietten und Berge von Bettwäsche. Unten die Küche, die Fliesen, die Toiletten, nichts hat sich verändert." Sie seufzte, schloss die Augen und versank zurück in ihre Kindheit.

Etwa sechzig Mädchen wurden hier damals erzogen. Geleitet wurde das Heim von zwei Missionsschwestern, Anna und Millie, die mit strenger Hand das Regiment führten. Sie waren beide in Nias gewesen, fuhren dann nicht mehr hinaus. „Lernen, lernen und beten", sagte Schwester Anna, die Leiterin, „und wenn ihr darin erfolgreich seid, demütig, gefügig und gewissenhaft, dann haben wir nichts dagegen - wenn es die Zeit noch zulässt - dass ihr euch auch den angenehmeren Seiten des Lebens widmet: Musizieren, Handarbeiten und - wenn es sein muss - sogar Theater spielen oder Tanzen!"

In der Küche gab es eine Köchin, der noch eine junge Hilfe zur Hand ging, ein dunkelhäutiges Mädchen aus Sumatra, die ein ungewöhnliches Schicksal nach Deutschland verschlagen haben soll. „Soweit wir wissen, hat sie das Töchterheim nie verlassen."

„Über das Essen konnten wir uns nie beklagen, wenngleich der Speiseplan doch ziemlich von dem gewohnten afrikanischen abwich. So gab es gebratene Blutwurst oder gekochtes Stielmus, das kannten wir doch gar nicht. Selleriesalat war furchtbar, Spinat mit Spiegelei schon eher zu ertragen. Tomatensalat wurde mit Zwiebeln und Pfeffer angerichtet, nicht mit Zucker!"

Jedes der Mädchen hatte ein Amt, das es gewissenhaft ausführen musste. Wenn man morgens zur Schule ging, war das gesamte Haus blitzblank.

„Ich besuchte zunächst die Volksschule in Kaiserswerth", erinnerte sich meine Mutter, „später dann mit Hanna und Elisabeth die private Realschule von der diakonischen Anstalt."

Ich wunderte mich, was meine Mutter mit einem Mal alles zu erzählen wusste, es sprudelte förmlich aus ihr heraus. Von all dem hatte ich bisher kaum etwas erfahren. Es musste der Tod ihrer Mutter sein, der ihr plötzlich anschaulich vor Augen führte, was alles gewesen war, was vorbei, verstaubt, verdrängt und fast vergessen war. Für all das, was in den Annalen der Erinnerung schlummerte, wurde es jetzt höchste Zeit, noch einmal ans Tageslicht zu kommen: Weißt du, stell dir vor, fast hab ich es selbst vergessen, so haben wir gelebt!

„Einmal, als wir eine Stunde früher Schulschluss hatten, ging ich allein den Kaiserswerther Markt hinunter Richtung Rhein, bog dann nach links zum Suitbertus-Siftsplatz ab. Die Sonne kam sogar ab und zu ein wenig zwischen den sonst dunklen Wolken hervor."

Die Mutter machte eine kleine Pause.

„Als ich dann ganz allein neben der großen Kirche mitten auf dem Platz in der kleinen Grünanlage stand, wurde ich unvermittelt von einem heftigen Hagelschauer überrascht. Es prasselte urplötzlich hernieder mit einer ungeheuren Wucht. Ich duckte mich erschrocken, sah zunächst noch erstaunt um mich. Niemand weit und breit war zu sehen. Was war das denn? Ich dachte, die Welt geht unter. Nie hatte ich in Afrika etwas von Hagel gehört. War das die Strafe, weil ich als Evangelische dieses katholische Gebiet betreten hatte? Eine große Angst überfiel mich. Ich flüchtete von dem Kirchenschiff weg zunächst in Richtung Marienkrankenhaus, dann weiter um den Platz herum und durch einen Torbogen unter den Häusern hinweg in das der Kirche gegenüber liegende Marienstift. Auch hier kein Mensch, der mir hätte helfen können. So mutterseelenallein hatte ich mich wohl noch nie gefühlt, nicht einmal in der trostlosen, steinigen Wüste. Als ich dann im Hof vor dem Nachbau der Grotte von Lourdes ankam, sah ich, immer noch von den harten Hagelkörnern auf Kopf und Schultern getroffen, zu der Madonna hinauf. Ich wusste nicht, ob sie mich als Evangelische erkannt hat und mir helfen würde. Da hörte der Hagelschlag plötzlich wieder auf. "

Meine Mutter lachte jetzt: „Eigentlich hätte ich damals doch katholisch werden müssen. Den Missionsschwestern im Töchterheim durfte ich natürlich kein Sterbenswörtchen davon erzählen. Aber mit Hanna und Elisabeth haben wir heimlich geplant, die Madonna noch einmal zu besuchen und ihr für meine Rettung zu danken."

Tante Hanna war inzwischen eingetroffen, hatte auch ihren Teil an Tränen beigesteuert und ihren Gang in das Totenzimmer absolviert. Sie kniff mich in den Arm: „Ist das denn wirklich wahr hier? Hellmut, sag doch was."

Wir gingen dann wie befreit durch den Garten. Dringend brauchten alle Luft und Licht. Der Nieselregen vom frühen Morgen hatte endlich aufgehört, der Sonne gelang es hin und wieder, die offensichtlich nur dünne Wolkendecke zu durchbrechen. Auf den schmalen Wegen in der Gartenanlage vor und neben dem *Haus Heimatfreude* lag kleinkörniger, heller Kies, der noch nass war und unter den Schritten knirschte. Man musste hintereinander gehen und spürte jeden einzelnen Schritt unter den Füßen. Die Blumenbeete rechts und links wurden von aufrechten, schräg gesetzten roten Ziegelsteinen begrenzt. Sie bildeten von oben gesehen eine Zickzacklinie. Die Primeln waren fast alle schon verblüht, aber Tulpen in vielen Farben waren an mehreren Stellen im Garten zu

sehen. Sie bemühten sich jetzt, da die Sonne kurz heraus-
kam, ihre Blütenkelche zu öffnen.

„Der Höhepunkt der Woche war am Samstag vor dem
Mittagessen unten im Speisesaal das Verteilen der Briefe
und Karten, die von den Eltern aus den fernen Ländern
geschickt worden waren und endlich ankamen", führte
Tante Hanna jetzt die Erinnerungen fort, „aus China oder
Sumatra oder sonst woher. In der Regel waren sie wochen-
lang unterwegs. Wenn die Oberschwester mit undurch-
dringlichem, steinernem Gesicht einen Brief hochhielt,
verstummte sofort jedes Gespräch. Das laute Geklapper
mit Löffeln, Gabeln oder Messern hörte augenblicklich
auf. Es wurde mucksmäuschenstill im Saal. Man hätte
wahrlich eine Stecknadel fallen hören können. Exotische
Aufkleber prangten häufig auf den Umschlägen, bunte
Briefmarken mit schwarz verschmierten Stempeln waren
zu sehen. Man konnte fast schon riechen, aus welch fernen Enden und Ecken der Welt sie kamen. Jedes einzelne
der Mädchen versuchte zu entziffern, ob auf dem Kuvert
eine ihr bekannte Handschrift sein könnte, eine verräte-
rische Marke vielleicht, wünschte sich, hoffte, betete, dass
ihr Name aufgerufen würde. Ja, mein Name soll es sein!
Wir Kinder hielten minutenlang den Atem an, fassten
uns beschwörend an den Händen und drückten sie, bis
sie blau wurden, schlossen erwartungsvoll die Augen und
zitterten vor Anspannung."

„Einmal wurden wir drei Skär-Mädchen aufgerufen.
Wir standen wie elektrisiert sofort von unseren Plätzen
auf. Wir blickten gespannt nach vorn, konnten kaum
atmen, das Blut schoss uns in die Wangen. Ja, es war
ein Brief aus Lüderitzbucht angekommen! Wie immer
und wie nie fieberten wir dem Empfang mit größter

Aufregung entgegen. Das kannst du dir nicht vorstellen, fast hätte ich mir in die Hose gemacht."

„Aber" - Hanna machte eine Pause, konnte kaum weitersprechen, spürte die maßlose Enttäuschung offensichtlich immer noch so stark wie vor vierzig Jahren - „die Schwester legte den Brief mit einem nur kurzen Kommentar wieder beiseite, ging zum nächsten Punkt über. Es flimmerte mir vor den Augen. Diffuse Sprechblasen blubberten auf mich ein. Eine eiserne Hand schien mich im Nacken zu erfassen und niederzudrükken: Wir hatten vor einigen Tagen beim Tischdienst zu sehr herumgealbert und sogar eine Kaffeetasse zerbrochen. Das war die grausame Auswirkung: Die sehnsüchtig erwarteten und heiß herbeigesehnten Grüße und Mitteilungen von den Eltern bekamen wir nicht, sondern mussten eine Woche lang bis zum nächsten Samstag warten. Eine grauenvolle Woche lag vor uns. Noch heute hasse ich sie dafür!"

„Es gab Mädchen", fuhr meine Mutter fort, „die nur sehr schwer damit fertig wurden, plötzlich ohne ihre Eltern und in einer völlig unbekannten Umgebung leben zu müssen. Es flossen so manche bittere Tränen. Ich erinnere mich an zwei Mädchen, Hildegard und Annemarie, die immer in einer Art von sonderbarem Sing-Sang sprachen, weil sie das wegen ihres Aufwachsens in China nicht anders gelernt hatten. Sie konnten diese besondere Sprachmelodie nicht ablegen. Wir mochten das eigentlich sehr und haben sie immer wieder durch allerhand Fragen und Bitten zum Sprechen aufgefordert, einfach weil wir ihre Stimmen hören wollten. Dann haben sie uns durchschaut und verletzt lange Zeit nur noch ganz wenig gesprochen. Sie wurden regelrecht einsilbig und haben sich, sobald es ging, in irgendeine Ecke verkrochen und unsichtbar gemacht."

„Du kannst dir sicher nicht vorstellen", wandte sie sich jetzt direkt an mich - ich trug die unpassende Anzugjacke über dem Arm und hörte gespannt zu -, „wie es damals für uns war. Manchmal hätte man weglaufen mögen, aber wohin denn? Es war wie in der Wüste, wenn die Schwarzen fliehen wollten. Nirgends hätte es einen irgendwie erreichbaren Zielort oder eine Zuflucht gegeben, keine erlösende Wasserstelle war in Sicht. Um uns nur Fremde, unbekanntes Land, Häuser ohne Zahl, verwirrende Straßen und Plätze, Fahrzeuge über Fahrzeuge, unzählige Menschen ohne Namen und ohne vertrautes Gesicht. Sie gingen unbekannt einfach ohne Gruß und ohne Blick vorbei. Trost war nur schwer zu erlangen. Wir drei Schwestern haben es dabei allerdings noch etwas einfacher gehabt, weil wir ja zu dritt hier ankamen. Wir haben immer zusammengehalten, wir haben zusammen geweint und zusammen Wut gehabt und uns gegenseitig Mut gemacht und wir konnten zusammen lachen."

Hanna erzählte weiter: „Und es gab ja auch so viel Neues, so viel zu entdecken und zu erleben. Wir kamen doch im Winter an, es war bitter kalt. Wir mussten dicke Strümpfe tragen und Mäntel, Wollmützen und Handschuhe – all das kannten wir vorher nicht. Wir kamen uns vor wie dicke, ausstaffierte Teddybären. Zum ersten Mal waren wir froh, dass wir feste, warme Schuhe hatten. Nie hatten wir uns vorstellen können, dass Schuhe etwas Nützliches sein könnten. Die gute Tante Auguste hat uns mit einem riesigen Schiffskoffer hier abgesetzt. Weißt du noch, Lene", wandte sie sich an meine Mutter, fasste sie kräftig am Arm und kicherte, „wir hatten keine

Schlüpfer, sondern trugen Klapphöschen. Das Leibchen war an die Hose geknöpft, hinten gab es eine Klappe."

Meine Mutter schüttelte lachend den Kopf. „Unsere Mutter hatte Wäschebändchen mit Spitze gehäkelt und an die Hemdchen genäht."

„Von den Bäumen, von denen wir so viele Geschichten gehört hatten, waren wir enttäuscht. Die hatten ja noch nicht einmal Blätter, waren grau und kahl. Aber Eiszapfen und echten Schnee - das fanden wir großartig. In Südwest, als Gottlieb einmal aus Deutschland einen Brief mit einem Foto an uns geschickt hatte, konnten wir uns unter Schnee ja nichts vorstellen. Jetzt wollten wir Schneebälle formen und uns damit bewerfen. Hier hinten im Garten haben wir dann einen riesigen Schneemann gebaut. Er war größer als wir selbst. Der Hausmeister Becker musste helfen, die Kugel für den Kopf aufzusetzen und die Nasenmöhre einzustecken. Wir sind um ihn herum getanzt, haben gesungen, *Schneemann rolle, rolle, kriegst aus weißer Wolle einen dicken Mantel an, Kohlen sind als Knöpfe dran*. Wir haben ihm dann seine Rute geklaut und dem armen, verfrorenen Kerl damit auf den Kopf gehauen, den ein zerbeulter Blechkochtopf bedeckte."

Jetzt war wieder Hanna an der Reihe. „Unser Weihnachtskonzert, Lene, kannst du dich daran erinnern? Ich kam mir mit meiner gewohnten Geige so unbedeutend vor. So viele Gäste haben mitgespielt und was gab es da nicht alles für Instrumente: Cello und Bratsche, kleine Pauken und Triangeln, Querflöte und Klarinette und sogar ein Cembalo; und der Hausmeister übertraf alles mit seiner Posaune. Und hinter großen, transparenten Bildern von der Heiligen Familie im ärmlichen Stall von Bethlehem flackerten helle Kerzen."

Dann wurde sie plötzlich etwas stiller und seufzte einmal tief. „Aber letztlich habe ich doch an unseren krüppeligen Weihnachtsbaum in Lüderitzbucht gedacht, mit seinen künstlichen, fast gelben Nadeln."

„Eigentlich konnten wir uns nicht beklagen, wenn auch Vater und Mutter sehr gefehlt haben und wir immer Heimweh nach Südwest gehabt haben", sagte meine Mutter.

„Und Bokkie hat uns gefehlt und die Kaffernbonbons. Und einen klitzekleinen Diamanten hätten wir auch herausschmuggeln sollen."

Nachdem ich die Anzugjacke schon ausgezogen hatte, konnte ich jetzt sogar die Krawatte lösen und den obersten Hemdenknopf öffnen. Die Sonne gab sich große Mühe, ein paar warme Strahlen zu senden, kam immer wieder zwischen den vorbeiziehenden Wolken hervor. Es roch jetzt plötzlich nach Frühling.

Zum ersten Mal nach so vielen Pflichtbesuchen hier in Kaiserswerth begannen mich das Haus, die Geschichte und die Geschichten zu berühren und zu interessieren. Ich sah mich um, blickte von der Hausfront hinüber zum Garten, über die Sträucher und Bäume in die Richtung, wo irgendwo dahinter der Rhein fließen musste. Die beiden Schwestern, die voraus gegangen waren, lachten jetzt, bewegten belebt ihre Arme. Ich versuchte sie schnell einzuholen. Ich wollte doch nichts von dem versäumen, was sie sich erzählten. Der Großvater war schon gestorben, als ich noch ein kleines Kind war, und die Großmutter hatte nun auch all ihre Geschichten mit in den Tod genommen. Meine Mutter und die Tanten lebten noch.

Jetzt galt es endlich, die Ohren zu spitzen. Ich wollte alles wissen, was noch zu erfahren war, bevor es versank und im endlosen Meer zwischen Afrika und hier, zwischen Vergangenheit und Jetzt, zwischen Erinnerung und Zukunftplänen verschwand. Die Sinne waren ab jetzt aufgetan. Die Lunte war gelegt.

Und doch waren es die Herausforderungen der Jugend, die schillernde Silhouette der Zukunft, der Blick auf neue, scheinbar unbegrenzte Möglichkeiten und Chancen des Lebens, die einen intensiven Rückblick und eine konsequente Beschäftigung mit der Vergangenheit zunächst noch als ein nicht vorrangiges Kriterium erscheinen ließen. Aber die Zeit dafür sollte kommen.

2

Hyänen

1909 Atlantik

Er hat sich von Otavi aus mit den drei kleinen Kindern auf die lange Eisenbahnfahrt über Omaruru und Karibib bis nach Swakopmund begeben. Als sie die Berge hinter sich gelassen haben und in die Wüste kommen, sind alle so leer und ermüdet, wie es jetzt auch die Landschaft um sie herum ist. In dem endlosen Land gibt es nichts als ebene Weite. Nicht mal mehr ein paar vereinzelte Springböcke, kaum noch alle paar Kilometer einen bizarren, trockenen Busch, der verzweifelt seine dürren, abgebrochenen Arme in die Luft verrenkt. Einmal sieht der junge Missionar ganz in der Ferne einige sich bewegende schwarze Punkte. Aber die Strauße sind so weit entfernt, dass er die Kinder nicht wecken mag. Alles ist ohne Farbe, fahl und blass. Die Luft ist heiß. Die Landschaft scheint stillzustehen. Die sanft geschwungenen Sanddünen liegen hingestreckt am Horizont, so dass die Perspektive sich nur so langsam ändert, dass es mit dem Auge kaum nachvollziehbar ist. Nur das Schlagen der Eisenbahnräder auf den Schienen gibt in seiner rhythmischen Eintönigkeit ein Gefühl von schwacher Bewegung.

Karl nimmt vorsichtig einen Schluck aus seiner Wasserflasche. Schal und warm. Dann legt er wieder rechts und links seine Arme um die schlafenden Kinder.

Es hat eine Zeit gegeben, da ihm diese karge Landschaft eine Ahnung von Schönheit vermitteln konnte. Damals hat er stark und klar den weiten Blick bis zum Horizont gesucht. Die Leere hat er als eine Herausforderung angesehen. Jetzt empfindet er nur Verlassenheit und Schmerz. Er denkt plötzlich daran, dass hin und wieder die Schabrackenhyäne diese Einsamkeit durchstreift. Ein einsamer Jäger, ein Aasfresser, der mit seinem kräftigen Gebiss auch dicke Knochen zerbrechen kann. Er jagt auch selbst Hasen, Löffelhunde, Vögel oder ernährt sich von Straußeneiern. Karl hat aber auch gehört, dass er sogar größere Huftiere wie Zebras oder Antilopen anfällt und zerfleischt. Wie unbarmherzig ist dieses Land, denkt er, wie hart. Wer überleben will, muss kämpfen. Wer schwach ist, vergeht. Jetzt am Tag wird man diese nachtaktiven Tiere allerdings nicht zu Gesicht bekommen.

Er spürt es auch kaum, dass die Luft später kühler wird. Das Meer macht sich bemerkbar. Gewaltige, rote Dünen wachsen aus dem Nichts der flachen Wüste Namib. Niedrige, weiße Häuser kündigen die Stadt an. In einzelnen Gärten sind Palmen zu sehen. Nach außen hin auf den Anhöhen liegen die Gebäude der Verwaltung. Dann passieren sie eine große Bau- und Möbeltischlerei, schließlich das Gebäude der Schifffahrtsgesellschaft, das Woermann-Haus, Ende des letzten Jahrhunderts im Fachwerkstil gebaut und mit einem markanten, quadratischen Turm versehen. Darin befand sich das Blinkfeuer, bevor der neue Leuchtturm gebaut wurde.

Alles macht einen wohlhabenden Eindruck. Es gibt einige Hotels, Häuser in schönstem Jugendstil. Auch der Bahnhof, dessen spitzer Turm nach unten durch eine eigentümlich flache Krempe abgeschlossen wird, ist ebenso gebaut. Aber als der Missionar endlich den rot-weißen Leuchtturm vor der Hafenanlage erblickt, ist er für ihn kein Hoffnungssignal, sondern ein Bote für ein schmerzvolles Ende.

Sie übernachten alle gemeinsam in einem Zimmer des 1905 erbauten Hansa Hotels. Vor dem Gebäude zur Straße hin sind kleine Palmen gepflanzt. Im Gastraum bekommen sie ein paar Brote und warme Milch. Karl Skär ist froh, dass die Luft hier an der Küste frisch und kühl ist und die Kinder sofort einschlafen, kaum dass er mit ihnen gemeinsam ein kurzes Nachtgebet gesprochen hat.

Am nächsten Morgen steht er mit den drei Kleinen an der Landebrücke von Swakopmund. In der Adler-Apotheke hat er eben noch ein paar Halstabletten für die Kinder gekauft. Es ist nebelig und nieselt sogar ein wenig, bis sich später ein frischer Seewind aus südlicher Richtung bemerkbar macht.

Das älteste Kind ist sechs Jahre alt, das jüngste gerade zwei. Die beiden Jüngeren halten geduldig die Hand ihres Vaters, blicken wie er mit fragenden Augen auf das Meer. Von weit hinten pflügt sich der Dampfer der Woermann-Linie durch eine graue, unruhige See. Er wird gerade in dem Moment sichtbar, als, zunächst noch diffus, das Sonnenlicht durch die Wolken bricht. Ein sanfter, goldener Schimmer legt sich mehr und mehr auf den Hafenkai, auf die bunte Schar der wartenden Passagiere, auf das Haar der Kinder.

Karls ältester Sohn sitzt selbstbewusst auf dem Berg von Kisten und Koffern. Er hat die Arme ausgebreitet und auf den Gepäckstücken liegen, als obliege ihm die Aufgabe, alles in sicherer Verwahrung zu halten. Ihm hat der Vater den Namen Traugott gegeben, damals als Gott ihm im Ovamboland an einem relativ kühlen Septembermorgen wie diesem heute seinen ersten Sohn geschenkt hat. Er hat ihn wie die anderen Kinder danach selbst getauft. Sein Herz ist voll von Dankbarkeit gewesen, weil er selbst seine Kinder in den Arm Gottes legen durfte, er sie seiner wohlmeinenden Obhut anvertrauen konnte.

Das Schiff hat draußen angelegt. Jetzt macht sich die Sonne deutlich bemerkbar. Karl streicht sich über die Stirn. Die Kinder blicken erwartungsfroh hinaus auf die See.

Aber sie hatten auch mit angesehen, wie er seinen bisher schwersten Dienst verrichten musste. Unter dem breiten Dach eines Dornbaums am Rande des Buschwaldes vor der Etoschasenke, wo ein Stück Grassteppe wie eingesprenkelt zwischen den Bäumen lag, hatte er das engverschlungene, fast mannshohe Gestrüpp beiseite geschlagen. Die Dornen und Stacheln, die ihm Hemd und Haut zerfetzten, hat er nicht beachtet. Mit Mühe hat er ein Loch in die trockene Erde gekratzt. Und während er mit brüchiger Stimme sang *Herrgott unsere Zuversicht*, liefen ihm Tränen über die Wangen. Die Kinder in ihren feinsten Kleidern standen erstarrt und benommen. Sprachlos. Sie sahen zu, wie er selbst seine tote Frau, ihre Mutter, in die Erde legte. Es schien, als ob die spitzdornigen Äste und harten, unbarmherzigen Gesträuche nur auf ihre nächste Beute gewartet hätten.

In wenigen Tagen, ehe er recht begreifen konnte, was vor sich ging, war sie am Schwarzwasserfieber, der schwersten Form der Malaria, gestorben. Fieber und Schüttelfrost hatten sie so fest und so unerbittlich gepackt, Erbrechen und Benommenheit hatten ihr so schnell alle Kraft geraubt, dass ihr Mann kaum zur Besinnung kam. Er konnte nicht beten, nicht schreien vor Schmerz und Verzweiflung, und, auf sich allein gestellt und ohne Hilfe, hat er erst wirklich registriert, was seine Wilma ergriffen hatte, als sie schon tot in seinen ohnmächtigen Armen lag.

Und die unzähligen Dornen, die überall zwischen dem Laub wie krumme Lanzen, Spitzen und Speere hervorzudringen schienen, wirkten wie Waffen und heimtückische Krallen, die nach ihnen greifen wollten. Aber er hatte diesen Platz nur gewählt, um die Tiere davon abzuhalten, den Grabplatz zu schnell wieder aufzubuddeln. Er bedeckte den Erdhügel mit zusammengesuchtem Kalkgeröll und erikafarbenen Büschen, die in der Umgebung wuchsen. Karl pflückte ein Blatt von einem Mopanebaum. Es sah aus wie ein fahler Schmetterling mit langgeschwungenen Flügeln. Er dachte daran, wie sie beide dieses dem Ginkoblatt von Goethe ähnliche Blatt bei ihrer Ankunft im Ovamboland von ihrem Missionsbruder überreicht bekommen hatten: „Seid wie das Blatt des Mopane. Eine Hälfte den Menschen, die andere Hälfte Gott, und beides doch eins." - „Eine Hälfte du, die andere Hälfte ich", hatte er daraufhin zu Wilma gesagt, „und das ganze Blatt für Gott." Jetzt legte er ein solches Blatt auf das Holzkreuz. Darin war ein W und ein S eingeritzt, dazwischen ein Kreuz. Er blickte auf seine Kinder. Dann sah er dahin hinauf, wo er Gott wusste. Trotzdem fühlte er sich in diesem Moment so unendlich einsam und von allen verlassen.

An der ins Meer gebauten Landungsbrücke können nur kleinere Schiffe mit geringem Tiefgang anlegen. Der Dampfer stößt eine mächtige Rauchfahne aus und geht draußen auf See vor der Reede vor Anker. Er tutet tief und trocken. Die kleine Margarete zeigt mit dem Arm auf das Schiff und sagt: „Da!" Ihr Vater nimmt sie auf den

Arm. Traugott und Karoline gehen rechts und links. Ein paar Schwarze, die hinten an einem Wellblechschuppen gekauert haben, kommen jetzt hervor. Sie laden sich die Gepäckstücke auf, die Koffer und Kisten, Kübel mit Pflanzen, große Trinkflaschen, Spankörbe mit Früchten, eine lange Schnur, an der aufgereiht zehn bis zwölf Schildkrötenpanzer hängen, einen Käfig mit drei pechschwarzen Hühnern und anderes mehr.

Die Beförderung von Passagieren und Ladung ist äußerst umständlich, weil man sich dem Dampfer in flachen Landungsbooten nähern muss, durch die Brandung hindurch, die heute nicht unbeträchtlich aufgischt. Einige der Passagiere, die vorn im Boot sitzen, werden nass bis aufs Hemd. Die beiden kleineren Kinder klammern sich an ihren Vater. Eigentlich ist Swakopmund als Hafen gar nicht zu gebrauchen, doch da die deutsche Schutztruppe den Hafen der Briten in der Walfischbai nicht benutzen darf, hat die deutsche Kolonialregierung hier in der Mündung des oftmals ausgetrockneten Swakop-Flusses selbst einen Platz für den Überseeverkehr zu schaffen versucht. Aber die Anlandung wird durch ständige Versandung an der Mole sehr erschwert. Auch ein Bagger kann kaum Abhilfe schaffen. Nur noch bei Flut kann die sich immer mehr aufbauende Sandbarriere überwunden werden.

Das Schiff hat längst abgelegt und schon einen klaren Kurs nach Nordwesten eingeschlagen. Der Missionar tritt an Deck und sieht, dass an der Horizontlinie die Silhouette des Landes schon brüchig, undeutlich und verschwommen wird. Die festen Konturen verschwinden im Dunst. Er beugt sich über die Reling. Er blickt auf das aufschäumende Wasser, das aufgeregt und sich überschlagend von den hinteren Schiffswänden nach außen schwellt. Immer mehr vergeht es in ein Kräuseln, läuft dann aus. Schließlich wird es aufgenommen von den weit und tief schwingenden Wellen des Ozeans, die seit allen Zeiten und immer und ewig auf- und niederwogen. Langsam findet er Ruhe.

Karl ist mit seinen 35 Jahren ein gutaussehender, kräftiger Mann. Nicht zu groß gewachsen, breit in den Schultern, mit aufrechter und gerader Haltung. Seine offenen, aufmerksamen Augen und die gerade Nase geben seinem Gesicht einen sympathischen, hoffnungsfrohen Ausdruck. Dazu kann man, wenn man ihn etwas näher kennenlernt, oft einen verschmitzten Zug um seine Augen bemerken, ein leichtes Blinzeln bei kaum merklich schräg gelegtem Kopf. „Ich versteh dich schon", scheint sein Blick zu sagen, „aber was willst du mir weismachen? Dir etwas vorflunkern, das kann ich auch. Nicht alles so ernst nehmen, aber sich vertrauen, das ist wichtig." Er trägt gern ein weißes Hemd. Auch eine Krawatte steht ihm oft gut. Doch bevor ein Eindruck von Vornehmheit oder Distanziertheit entstehen kann, sieht man seine Kappe, die er fast immer trägt. Vorn ist sie kaum mit einem Schirm versehen, liegt eng am Kopf an und ist immer selbst genäht. Sie ist ein Markenzeichen wie sein brauner, mäßig kurz geschnittener Spitzbart. Den braucht er insbesondere, um mit allen fünf Fingern der linken Hand darüber zu streichen, ihn scheinbar unten spitz zusammenzuführen und zu verlängern.

Die Betreuung der Kinder hat eine sich auf der Heimreise befindliche Missionsschwester übernommen. Sie versorgt schon seit der Reise des Dampfers von Ostafrika aus vier andere, wenngleich ältere Kinder, die

mit elf bis zwölf Jahren jetzt alt genug sind, um ihre schulische Ausbildung und Erziehung in Deutschland fortzu-
setzen. Die Kabine von Karls Kindern liegt im mittleren
Teil des Schiffes. Die Schwester logiert gleich im Gang
gegenüber.

*Ich bin nur einer deiner geringsten Diener, und mein
Glaube sagt mir, dass ich stark genug bin, die Prüfungen,
denen du mich aussetzt, zu bestehen. Aber was geschieht
jetzt mit den drei kleinen Kindern, die Wilma mir und zu
deiner Ehre geboren hat? Vergib mir meine kleingläubige
Verzweiflung!* Karl schmeckt das Salz auf seinen Lippen.
Seine Augen sind schmal, die aufschäumende Gischt trifft
sie kaum. Aber der sonst optimistische und freundliche
Zug um seine Augen kommt jetzt kaum zum Ausdruck.
In seinem Bart sammeln sich kleinste Wassertröpfchen.

Am 9. April 1873 wurde Karl Konrad Skär als
Sohn des Forstarbeiters Jakob Skär und seiner Ehefrau
Katharina, geborene Maurer, in Oberreidenbach am
Rande des Nordpfälzer Berglandes geboren. In seinem
vierzehnten Lebensjahr trat er auf Geheiß seines Vaters
in die Schneiderlehre beim ortsansässigen Meister Peter
Brühl ein. Wegen seines anstelligen Wesens, seiner
Bescheidenheit und seiner fröhlichen und unbefangenen
Art machte er sich schnell beliebt. Da die Schneidersleute
keine eigenen Kinder hatten, sahen sie Karl bald fast
wie ihren Sohn an. Allen ihm angetragenen Aufgaben
wandte er sich mit gleicher Gewissenhaftigkeit und
Aufmerksamkeit zu, ob es sich um das Zuschneiden einer vom Meister mit Schneiderkreide vorgezeichneten
Weste handelte, um das Plätten eines Saumes an einem
schweren Kordkleid oder darum, für die Meisterin ei-

nen Bestellzettel zum Konditor am Mittelmarkt zu bringen. Die Eltern blickten mit Stolz und Freude auf den
Sohn. Seine Kollegen verübelten ihm seine Beliebtheit
nicht, weil er zugleich bescheiden und hilfsbereit war. Es
schien, als ob ein allzeit guter Stern über ihm leuchtete
und Gunst ihm zufiel, wohin immer er sich wandte, und
keiner es ihm neidete.

Deshalb verwunderte es vor allem ihn selbst am meisten, als er eine plötzliche Abgeschlagenheit an sich bemerkte. Die Arbeit ermüdete ihn und er wurde grundlos
von Kopfschmerzen befallen. Seit Tagen ging das so, und er
konnte keinen Grund für dieses Befinden entdecken. Die
Meisterin war die erste, der sein verändertes Verhalten und
sein Zustand auffielen, als sie an einem späten Vormittag
nach der Hausversorgung in die Schneiderstube trat. Der
Junge sah blass und müde aus. Ihr schien auch, als ob er
fröstele. Er zuckte ruckartig mit den Schultern, als er hinten
neben dem Zuschneidetisch saß und an einem Mantel für
den Schulrektor Fäden vernähte. Sie blickte ihn unbemerkt
lange an. Dann sah sie den hellen Sonnenschein durch das
Ladenfenster scheinen. Auf drei nebeneinander stehenden
Büsten waren fertige Jägerröcke für die Schützenbrüder ausgestellt. Sie blickte zurück auf ihren lieben Lehrling Karl.

„Lass die Arbeit mal ruh'n, Karl", sagte sie, „ich brau-
che dich für einen Gang. Nimm deine Jacke. Geh raus zum
Schübener an den Teichen und hole mir die zwei bestell-
ten Rauchforellen ab." Der Weg durch die warme Sonne
wird ihm gut tun, dachte sie. Er wird es nicht gewohnt sein,
immer nur hinten in der dunklen Stube zu sitzen. Und sie
rief ihn noch in die Küche und steckte ihm einen halben
Salzbrezel zu. Sie sagte: „Wenn du zur Mittagszeit zurück
bist, wird es reichen."

Als das Fieber kam, versuchte Karl es zunächst zu verstecken. Aber es stieg schnell so hoch, dass er dessen nicht
mehr Herr werden konnte. Dem Blick der aufmerksam
gewordenen Meisterin entging es natürlich auch nicht.
Da Karl sich pflichtbewusst nach wie vor morgens in
die Schneiderstube schleppte, war es die Meisterin, die
ihn schließlich auf ihr Sofa in der Wohnstube legte. Als
sie sah, wie der von Fieber Geschüttelte sich mit beiden
Armen den Bauch hielt, schickte sie den Gesellen zu Dr.
Büschel. Der kam sofort, legte eine Hand auf die heiße
Stirn. Mit der anderen betastete er den aufgetriebenen
Leib, fühlte den Puls, sah die grau-gelb belegte Zunge.
Die Meisterin bemerkte, dass Karl schon die Augen ver-
dreht hatte und kaum noch bei wachem Bewusstsein war.
Ängstlich blickte sie auf den Arzt.

„Ein hochfiebriger, schläfriger und deliranter Zustand
ist in diesem Stadium des Typhus nicht außergewöhnlich,
Frau Brühl", sagte Dr. Büschel. „Es verwundert mich nur,
dass der Junge mir erst jetzt und nicht wesentlich früher
vorgestellt wurde. Eine Einweisung in das Krankenhaus
nach Idar-Oberstein ist unumgänglich und sofort zu vollziehen. Bitte verständigen Sie umgehend diesbezüglich
die Eltern des Jungen!"

Im Krankenhaus stellte sich zunächst neben dem
besonders abends hohen Fieber Verstopfung ein. Später
wurde am Bauch in mittelgroßen Flecken Hautausschlag
festgestellt. Karl konnte seinen Stuhl nicht mehr halten,
so dass es zu wässrigem, hellgelbem Durchfall kam. Zu
diesem Zeitpunkt besuchten die Eltern gemeinsam ihren
Sohn, durften ihn auf der Isolierstation nur kurz sehen
und erfuhren von dem Stationsarzt keine hoffnungsvolle
Prognose. Es gebe kaum Möglichkeiten, der Schwere der

Krankheit etwas zu entgegnen. Sorgfältige Krankenpflege, strenge Diät und Kreislaufstützung so weit wie möglich seien das einzige, was man tun könne - außer auf Gott zu vertrauen. Durch eine Wand von Fieber hörte Karl jedes Wort des Arztes mit an.

Karl selbst hatte das Prekäre seiner Lage ziemlich bald gespürt. In dem Zeitraum seiner Krankheit, als die Temperatur morgens abfiel und dann abends wieder sehr hoch war, als die Schwestern von dem Stadium der steilen Kurven sprachen, lag er stundenlang und tagelang allein in seinem Krankenbett. Nur auf sich gestellt durchlebte er die brennende Hitze, die seinen geschüttelten Körper durchfuhr. Trügerische Phasen der scheinbaren Ruhe gab es nur am Morgen, wenn er für kurze Stunden Gelegenheit hatte, klarer zu denken. Dann überfiel ihn diese grauenhafte Angst umso mächtiger. Und da er keine positiven Fortschritte feststellen konnte, zweifelte er immer mehr an der Kunst der Mediziner. Und da er leben wollte, blieb ihm nichts anderes, als die zweite Möglichkeit, die der Arzt genannt hatte, stärker in Betracht zu ziehen: auf Gott vertrauen.

Er hatte keine Erfahrung mit Gott. Er hatte kaum gelernt zu beten. Gerade mal ab und an wurde zu Hause ein Tischgebet vor dem Essen gesprochen, wenn die ganze Familie versammelt, genügend Zeit für ein Gebet war und der besondere Inhalt von Schüsseln und Töpfen durch ein Dankgebet noch mehr Aufwertung erhielt. Der Vater war ein Mann, der nach einer eher fatalistischen Devise lebte: Ich nehme alles, wie es kommt. Mal ist es gut, mal leide ich Not. Aber wer sollte mir schon helfen? Wer soll an mir kleinem Licht Interesse haben? Du kannst nur glücklich sein, wenn du zufrieden bist mit dem, was dir gegeben wird.

Wie sollte Karl in seinem Zustand jetzt mit dieser Ansicht leben? Ihm war es gleich, welche Gründe Gott haben könnte, ihm zu helfen. Er wusste auch nicht, ob er überhaupt helfen könnte. Aber es schien ihm die einzige noch verbleibende Möglichkeit, da die Menschen versagt hatten und ihn liegen ließen in seinem Fieber und in seiner Qual.

Er fragte die Schwester nach einer Bibel. Dann lag dieses dicke Buch auf seinem Bett. Er wusste nicht, wo beginnen und wo nach einem Ausweg suchen. Von der Schwester aufmerksam gemacht, kam der Krankenhauspfarrer, ein starrer, hölzerner Mann. Mit strenger Miene sah er über ihn hinweg, als er sprach: „Bekenne deine Sünden, tue Buße, und der Herr wird dir helfen."

Welche Sünden habe ich begangen, quälte Karl sich, wenn er in seinem Fieber in der Lage war, halbwegs klare Gedanken zu fassen. Ich war gehorsam und ehrerbietig gegen die Eltern, die Lehrer, den Meister, gegen jedermann, dem es zustand. Ich habe gelernt, was man mir auftrug und habe die Tiere nicht gequält. Ich habe meine Arbeiten gewissenhaft verrichtet, war hilfsbereit und freundlich, zumindest in den meisten der Fälle. Ich war, ich habe, ich war ... Und als er sich wälzte mit dieser Erforschung seines bisherigen kurzen Lebens, an dem er kaum etwas Übles finden konnte, kam ihm am Ende aller Überprüfung seines Tuns und seines Seins der Gedanke der Selbstgefälligkeit. Obwohl ihm nicht in den Sinn kam, dass Gott ein solch selbstgefälliges Verhalten strafen könnte, fühlte er es doch aus seinem eigenen Wesen heraus als eine Schuld, die er auf sich geladen hatte. In zunächst undeutlichen Fetzen, die sich immer mehr zu einem klaren Bild verfestigten, sah er, dass er sein ihm wohlgefälliges Leben geführt hatte, ohne genügend zu bedenken, wie es den anderen ginge. Denen, die schon vor ihm krank gelegen hatten, die morgens über eine Stunde lang zur Schule laufen mussten, die keine Mutter hatten, die vielleicht keine Lieder kannten und denen der Vater keine Geschichten erzählte, die arm, hässlich und erfolglos waren.

Was hatte Gott damit zu tun? Wie der Arzt meinte, könne er nur noch auf ihn hoffen. Wie der Pfarrer sagte, müsse er Buße tun und er werde ihm helfen. Und Karl versuchte es. Er faltete die Hände. Die Finger pressten sich immer fester ineinander und verkrampften sich. Er wusste nicht einmal, wie er ihn ansprechen sollte. Als die Finger dunkelrot wurden von dem Druck und der Qual, glitten sie wieder auseinander. Er ließ sie erschöpft rechts und links neben dem Körper auf das Laken fallen. Dann sagte er: *Gott, ich kenne dich zu wenig. Ich weiß nicht, wo du bist. Ich bin so krank, ich will leben, ich will anders leben als zuvor. Ich weiß nicht, wie ich dir vertrauen kann. Mein Fieber ist zu schlimm. Die Meisterin wartet, die Mutter. Niemand kommt. Wenn du mich gesund machst, will ich zu ihnen gehen, ich will an alle denken. Ich will ein Licht anzünden für dich.*

Nach einer zehnmonatigen Unterbrechung der Lehrzeit bestand Karl Skär im August des Jahres 1889 die Prüfung zum Schneidergesellen mit durchaus zufriedenstellendem Erfolg. Seine Arbeit als Schneidergeselle bei mehreren Meistern im rheinischen und lippischen Raum während der Jahre bis 1892 ist in seinem Gesellenbuch lückenlos dokumentiert.

Je weiter das Schiff in die offene See vorstößt, um so mehr frischt der Wind auf, und die ständig stärker wogenden Wellen versetzen das Schiff in ein kräftiges Rollen. Böen von Gischt fegen über die Reling. Karl bemerkt erst jetzt, dass er ganz allein noch hier draußen in diesen widrigen Verhältnissen an Bord steht. Seit Wochen ist er nicht zur Besinnung gekommen. Alles erscheint ihm wie ein Déjà-vu-Erlebnis, die lange Qual, die Verzweiflung, die Ausweglosigkeit. *Lieber Gott, ich bitte dich als dein ergebenster Diener, mir zu helfen, diese schwere Bürde zu ertragen. Wenn du mich in deiner unendlichen Güte vor der Verzweiflung errettest, wird mein Leben nur dir gehören, nur zu deinem Ruhm und deiner Ehre wird all mein Tun und Trachten ausgerichtet sein.*

Ihm wird kaum bewusst, dass er damals auf dem Krankenlager diesen Schwur dem Inhalt nach schon einmal getan hatte. Er bittet genauso krank und zerbrochen zum zweiten Mal seinen Gott, ihm ein neues Leben zu schenken.

3

Wilhelmine

1910 Hunsrück

Gegen sieben Uhr am Abend betritt der junge Missionar den düsteren Versammlungsraum. „Solange Sie jetzt hier in der Heimat sind", hat man ihm in Barmen mitgeteilt, „werden Sie unserer Sache in anderer Weise dienen, Bruder Skär. Geben Sie beredtes Zeugnis vom Wirken der Mission, die die schwarzen Seelen zu Gott führt. Helfen Sie so mit, dass Ihre Zuhörer ein wenig in die Tasche greifen, um unsere Arbeit zu ermöglichen."

Im Hinterraum der Gaststätte, wo sonst nur alle paar Wochen ein Familienfest gefeiert oder eine Vereinsversammlung abgehalten wird, sind jetzt etwa fünfzehn bis zwanzig Personen versammelt. Fast ausschließlich sind es Männer, um den Vortrag des Vertreters der Missonsgesellschaft zu hören. Und es herrscht erwartungsvolle Stille.

Wie immer beginnt er seinen Vortrag mit einer Schilderung seiner Aussendung im Jahr 1901, des Abschieds auf dem Barmer Bahnhof. Die Abordnung vom Missionshaus stand auf dem Bahnsteig und sang für ihn: *Nun aufwärts froh den Blick gewandt.* Er hatte das Gefühl, dass diese Aufmunterung keineswegs das traf, was für ihn nötig war. Er war so voll Zuversicht, so angefüllt mit Gottvertrauen und Freude auf das, was ihn erwartete, dass er diesen Zuspruch als völlig überflüssig empfand.

Andererseits hätte man vielleicht besser daran getan, ihn vor übergroßem Eifer und zu hohen Erwartungen zu schützen. Als der Zug sich schon in Bewegung gesetzt hatte, wurde der Chor der winkenden Schwestern und Brüder mit zunehmender Entfernung immer leiser. Er vernahm noch gerade die Worte: *Wir gehen an unsres Meisters Hand*. Da setzte seine Stimme begeistert und laut ein, und er vollendete zum Takt des nun einsetzenden Klack-klacks der Räder auf den Schienen: *Und unser Herr geht mit!*

„Kann es denn eine größere Bevorzugung und Freude geben, als ausgesendet zu werden, um die frohe Botschaft von der Liebe unseres Herrn in die Welt zu tragen und von seiner Güte und Gnade zu berichten!", ruft er den Versammelten zu. Einige Gesichter der bodenständigen Bauern der kargen Landschaft des Hunsrücks sehen ihn noch skeptisch an. Sie wollen warten, welch Zeugnis er gibt.

Er erzählt weiter: Die notwendigen Formalitäten in London waren rasch erledigt. Das Gepäck wurde auf einem Wagen zu den Docks gebracht. Als er *sein* Schiff entdeckte, einen Frachtdampfer mit dem Namen *Drake-Castle*, waren die Arbeiter noch dabei, den Schiffsrumpf rosa anzustreichen. Seine großen Gepäckkisten verschwanden bald im unergründlichen Schiffsbauch. Es blieb noch genügend Zeit, etwas von dieser einzigartigen Weltstadt zu erkunden.

Karl erzählt hier immer von einer Besichtigung der herrlichen St. Paul´s Cathedral. Zunächst schildert er in aller Ausführlichkeit das Innere und vor allem den riesigen Kuppelbau der Kirche. Dann kommt er schließlich auf eine alte Frau zu sprechen, die ihn am Ausgang des

Gotteshauses um Geld anbettelte. Sein Englisch ist nicht besonders gut, aber als sie erfuhr, dass er nach Afrika ging, um den Negern den Glauben zu bringen, gab sie ihm all ihr Geld, das sie am Morgen erbettelt hatte, um damit die Missionsarbeit zu unterstützen.

Zwei oder drei Männer in der ersten Reihe räuspern sich. Sie blicken hinüber zu dem Lichtbildwerfer, der zwischen den Stuhlreihen aufgebaut ist. Sie haben Schilderungen und Bildnisse von den Eingeborenen tief unten aus Afrika erwartet, und der Missionar hat mit seinem Dampfer Europa immer noch nicht hinter sich gelassen.

Karl, der nur zu leicht ins ausufernde Erzählen gerät, spürt den Unmut dennoch sofort. Er blickt sich um im Raum: Ein Harmonium steht rechts an der Wand. Dort hängt auch ein Bild des Kaisers. Ein paar Trophäen des Schützenvereins, links Geweihe. In einem kleinen Glaskasten entdeckt er einen ausgestopften Marder oder ein ähnliches Tier.

Den halben Tag lang ist er von Oberwesel am Rhein bis hier hinaus nach Kisselbach gewandert. Auf den Wiesen steht das Gras hoch. An den Feldrainen blüht roter Klatschmohn. Den schweren Lichtbildapparat muss er mit sich schleppen. Es ist sehr warm gewesen, aber wenn es mal ein ebenes Stück Wegs gegeben hat, hat er gesungen. Der Pfarrer des Dorfes hat ihn gastfreundlich aufgenommen. Seine Schwester ist mit einem holländischen Missionar auf Java verheiratet, und sie haben den ganzen Nachmittag lang im schattigen Garten gesessen und geplaudert. Karl gefällt, dass es hier neben wild wucherndem, blauem Storchenschnabel und hochgewachsenem Fingerhut auch Eiben und Buchsbäume im Formschnitt gibt. Dieser Garten in seiner Synthese von frei wachsender Natur und lenkendem Eingriff des Gärtners ist ganz nach seinem Empfinden und seinem Geschmack. Der Pfarrer, obwohl in dieses kleine Hunsrücker Nest verschlagen, erweist sich zudem als weltgewandter und offener Mann. Karl Skär hat es genossen, mit ihm alle möglichen Themen der Kultur und Politik zu bereden, nachdem sie in Fragen des Glaubens schnell einen Konsens gespürt haben.

„Die schwedische Schriftstellerin Selma Lagerlöf hat als erste Frau den Nobelpreis für Literatur erhalten", sagt der Dorfpfarrer, „ich habe *Die Abenteuer des kleinen Nils Holgersson mit den Wildgänsen* selbst schon gelesen." Karl ist beeindruckt.

Sie haben sich sogar zwei, drei Gläschen guten Nahe-Weins genehmigt, und der eh schon eloquente Redefluss des Missionars ist kaum zu stoppen. Vor den Augen seines Kollegen ziehen endlose Zebraherden durch das Grasland, buntgefiederte Gabelracken und braungetönte Flughühner mit schwarzen Punkten lässt Karl durch die Halbwüste laufen.

Hier in der Versammlung versucht er jetzt sich kurz zu fassen. Trotzdem muss er erwähnen, was für ein frommer Mann der Kapitän war, bei dem er häufig auf der Kommandobrücke gestanden hatte und der jeden Sonntag einen Schiffsgottesdienst abhielt und ihm gegenüber beteuerte, dass er ihn in seiner Mission für einen gar glücklichen Menschen halte.

Aber Karl berichtet nicht mehr von dem schlechten Wetter, das ausgerechnet dann einsetzte, als sie sich dem Äquator näherten. Es wurde stürmisch und kalt, ja, er musste ganz tief in seinem Koffer graben und warme Kleidung herausholen, die er kaum zu benutzen geplant hatte. Auch die Station des Schiffes in Lobito erwähnt er heute ob der streng blickenden Gesichter nicht. Branntwein und Tuchballen wurden ausgeladen. Buntes, wildes Leben schlug ihm entgegen. Zum ersten Mal betrat er afrikanischen Boden und ein fremdes, pulsierendes Treiben einer anderen Welt umbrauste ihn. Unvorbereitet und fassungslos stand er dem gegenüber. Ohne ein Zeichen einer Ordnung zu entdecken oder einen Ansatz dessen, was sein bisheriges enges, beschirmtes, in geraden Bahnen gelenktes Leben bestimmt hatte, sah er sich einer solch farbigen Vielfalt und ungewohnten Fülle gegenüber, dass sein Mund ihm sprachlos offenstand. Mit dem Geiste konnte er schon gar nicht erfassen, was sein offenes Auge in grenzenloser Bereitwilligkeit aufzunehmen sich getraute.

Er nimmt einen Schluck von seinem Wasser. Er zeigt endlich das erste Bild. Die Hunsrücker Dorfbewohner atmen auf. Ja, da sind sie, die Neger sind zu erkennen. Sie haben fast kahlgeschorene Köpfe, die Männer tragen Ketten um den Hals. Sie sind fast unbekleidet. Sie sitzen im Kreis und halten Kugeln in der Hand, die auf Stäben oder Stöcken stecken. Das ist doch alles sehr merkwürdig und fremd. Ist ihr Blick nicht irgendwie misstrauisch, vielleicht sogar abweisend? Haben wir Weißen das verdient, die wir ihnen doch Kultur und Glauben bringen! Der Missionar hat mit einem Male die gesamte Aufmerksamkeit zurückgewonnen.

„Dieser da, der zweite von links", sagt Karl Skär, „ist heute ein Christ. Er ist getauft und trägt jetzt den Namen Josef Wilhelm."

Es wird applaudiert im Saal, und auch das Spendenaufkommen am Ende des Vortrags ist zufriedenstellend.

Alles wird natürlich der Mission zugute kommen. Doch der Missionar scheint unzufrieden.

Dann wird ihm ein Aspirant mit Namen Bruno Boegeholz nachgeschickt. Er soll eingewiesen werden und mit ihm gemeinsam für die Rheinische Mission werben. Sofort hat Karl das Gefühl, dass es sich bei diesem Gehilfen um einen Eiferer handelt. Boegeholz blickt ihm nicht ins Auge, sondern richtet den Blick meist schräg an ihm vorbei nach oben gen Himmel. Er antwortet auf fast alle Fragen nur mit religiösen Phrasen oder erlernten Sprüchen aus der Bibel.

Zwischen Simmern und Kirchberg machen sie Station auf Hof Krempel. Dieser Bauernhof gehört frommen Leuten, die in der Gegend bekannt sind und ihr bäuerlich einfaches Leben mit einem reinen und opferbereiten Glauben zu verbinden suchen. Dabei sind sie jedoch nicht weltverschlossen, sondern freudig in ihrem Glauben. So haben sie mehrere Waisenkinder und auch gebrechliche und sogar behinderte Menschen in ihre Lebensgemeinschaft aufgenommen. Es herrscht unter allen ein offenes und einander zugewandtes Verhalten. Karl hat fast von Beginn seines Aufenthaltes an den Eindruck, dass er hier mehr von dem Leben der Menschen lernen kann, als er ihnen an Anschauungsunterricht bieten will. Allein Boegeholz ist von einem übertrieben missionarischem Eifer gepackt, der ihn von morgens bis abends nicht loszulassen scheint. Er bemängelt, dass die Küchenhilfen vor dem Kartoffelschälen nicht ein Dankgebet sprechen, das den Herrn preist, der ihnen in seiner Güte die Nahrung geschenkt hat. Er empört sich darüber, dass es zu bestimmten Gelegenheiten, die nicht das Abendmahl betreffen, geduldet wird, alkoholische

Getränke zu sich zu nehmen. Er möchte einem durch
eine spastische Krankheit Behinderten die Hände am
Rollstuhl festbinden, damit er beim Gebet nicht ständig
mit den Armen zuckt und schlägt, sondern zu der gebo-
tenen Ruhe finden könne.

Boegeholz will weiterziehen, da er schnell merkt, dass
er mit seiner Auffassung von Glauben und praktischem
Christentum hier ziemlich isoliert dasteht. Doch der
Herr Vorsteher Seidenraup findet immer wieder einen
Anlass, den Aufenthalt um einen Tag und noch um einen
Tag zu verlängern, ohne dass es einen wirklich triftigen
Grund zu geben scheint.

Karl Skär hat nichts gegen das Verweilen auf dem
Gutshof im Walde einzuwenden. Aber auch er kennt
den Brief des Missionsdirektors aus Barmen nicht, der
dem Bruder Vorsteher die familiäre Lage von Bruder
Skär geschildert hat. „Mein lieber Seidenraup", endet
dieser Brief, „es steht außer Frage, dass es neben unserer
wohlüberlegten Planung auch der Wille des Herrn ist,
dass Bruder Skär möglichst bald wieder seine Arbeit in
Südwest aufnimmt. Für seine Aufgaben dort und auch
für seine persönliche Situation ist es unbedingt hilfreich
und vonnöten, dass ihm eine im Glauben gefestigte, gesunde Frau an der Seite steht. Sofern es dem Herrgott
gefällt, ein solches Bündnis möglicherweise in Ihrer
Gemeinschaft anzubahnen, bitten wir Sie dringlich, ein
solches Vorhaben dienlich zu unterstützen."

Der Vorsteher macht Bruder Skär mit der jungen
Kinderschwester Wilhelmine bekannt und bittet ihn, sie
bei der Einrichtung eines neuen Kinderhauses am Ende
des Hofes neben den Pferdeställen zu unterstützen. Der
Aspirant Boegeholz bemerkt verdrießlich, dass Karl sich

bald immer häufiger und immer länger mit der jungen Kinderschwester trifft. Seidenraup dagegen sieht es mit freundlichem Wohlwollen.

Sie sitzen nicht nur nach dem Mittagessen noch lange im anscheinend weltvergessenen Gespräch miteinander am Tisch. Erst der Küchendienst kann sie schließlich verscheuchen. Sie treffen sich auch wieder am späten Nachmittag nach der Tagesarbeit. Im Rosengarten hinter dem Gutshaus gehen sie Runde um Runde. Sie gestikulieren mit den Armen, reden intensiv aufeinander ein. Der Aspirant kann sich beobachtend nähern und sie werden seiner in ihrer Zugewandtheit nicht einmal gewahr. Als er ein paar Gesprächsfetzen aufschnappt, hört er, sie reden über Gott. Es wurmt ihn. Sein missgünstiges Ohr hatte ganz anderes vermutet.

„Gott ist gerecht, und er ist auch der ordnende, ja, wenn es sein muss, der strafende Herr, dem wir uns unterwerfen müssen", sagt die junge Schwester. Ihre Wangen sind gerötet, weil sie so eifrig in der Diskussion gefangen ist. Das macht sie noch hübscher. Eine Haarsträhne löst sich unter der Schwesternhaube und fällt ihr ins rundliche Gesicht. Alles an ihr scheint sanft und fein und harmonisch. Und ihr energischer Ton wirkt wie ein belebender Kontrast zum Liebreiz ihrer Gestalt. Karl kann sich dieser Anmutung kaum entziehen.

Er bleibt stehen. Er sagt ruhig und fest und mit einem überzeugten Funkeln in den Augen: „Gott ist vor allem zuerst unser gütiger Vater." Und er berichtet Schwester Wilhelmine von den Schwarzen im Ovamboland, die Gott deshalb lieben, weil er ihnen erzählt hat von seiner Barmherzigkeit, die alles verzeihen kann und jeden Sünder annimmt. Und als sie wieder etliche Runden ums

Rosenrondell gedreht haben, sagt er: „Strenge und Strafe als ordnende göttliche Kraft, ich weiß nicht, wie ich in Afrika damit die Menschen zu Gott führen kann." Er bleibt stehen: „Und auch ich habe trotz aller Prüfungen unseren Vater im Himmel immer wieder in all seiner Güte erlebt. Wenn es auch manchmal schwer sein mag, will ich doch vor allem dieses Bild in meinem Herzen bewahren."

Das Gespräch scheint Boegeholz eher zu langweilen. Er schleicht sich weg. So hört er nicht mehr, wie der Missionar leise hinzufügt: „Und zeigt sich der Vater im Himmel nicht auch in all seinem Wohlwollen mir gegenüber, wenn er mich dich hat treffen lassen?" Hat vorhin das eifrige Gespräch ihre Wangen gerötet, so hat es jetzt einen anderen Grund, dass das heiße Rot in Wilhelmines Gesicht steigt. Sie wendet sich schnell ab.

Schon bald nach solchen religiösen Disputen mischen sich auch immer mehr persönliche Schilderungen in ihre Unterhaltungen ein. Wilhelmine ist jetzt 25 Jahre alt. Die Mutter starb, als sie fünf Jahre alt war. Der Vater, ein Schreiner in einem kleinen Dorf am Niederrhein, folgte ihr sechs Jahre später nach. Ein paar Jahre lebte sie noch bei einer Tante in Wesel. Dann begann sie eine Ausbildung auf der Kinderstation des dortigen Krankenhauses. Mit zwanzig war sie Kleinkind-Lehrerin in Kaiserswerth, anschließend Kinderfrau in einer Familie in Wattenscheid. Von da kam sie auf den Hof Krempel.

„Seit meiner Kindheit habe ich mich allein gefühlt", gesteht sie Karl, „immer musste ich mich einfügen, lernen und geduldig sein, mich zurücknehmen und gehorchen. Und ich hatte Gott zu danken, dass er einen Platz für mich fand. Aber es war nie jemand da, dem ich mein Herz öffnen konnte oder der mir herzlich zugetan war. Erst hier auf dem Hof im Hunsrück habe ich Menschen gefunden, die mir ein Stück Zuhause geben. Bisher hatte ich nur den einzigen Weg, meine Heimat in Christus zu suchen."

Auch Karl muss sich ihr schließlich offenbaren. Nach langem Ringen und mit tiefen Seufzern erzählt er ihr von Wilma, von seinen kleinen Kindern, von den spitzen Dornstrauchgehölzen, die ihm immer noch ins Herz stechen. Wilhelmine legt ihm eine Hand auf den Arm. Nach und nach gelingt es ihr, seinen Blick, der weit über die hohen Buchen hinaus in den unendlich entfernten Himmel ausgewichen ist, einzufangen. Mit ihren sanften Augen holt sie ihn zu sich auf die grüne Erde zurück und gibt ihm Halt.

Während all ihrer Gespräche werden sie von dem neidenden Blick und dem argwöhnenden Ohr des Aspiranten Boegeholz verfolgt. Als er dann während eines selbst auferlegten Bußganges in ein nahe gelegenes Gehölz, bei dem er Psalmen sprechend sich in mittelalterlicher Manier rechts und links die Wangen schlägt, so berichtet er, den Missionar auf einem gefällten Buchenstamme, ihre Hand haltend, im vertraulichen Gespräch eng neben der Kinderschwester Wilhelmine sitzend vorfindet, wobei die beiden so intensiv in ihren Blickkontakt gefesselt sind, dass sie seine Anwesenheit erst dann bemerken, als er schon dicht an sie herangetreten sei, habe er sich, seine Gebete beendet habend, zu allem Überflusse auch noch räuspern müssen, und zwar laut, ehe sie die ihm unschicklich erscheinende Körperkonstellation erschreckt auflösten. So jedenfalls gibt er es am gleichen Abend noch dem Gutsverwalter und Vorsteher der christlichen Hofgemeinschaft atemlos zu Protokoll.

Zum Unverständnis und immer mehr zum Entsetzen des eifernden Aspiranten scheint sich jedoch während seines Berichtes das Gesicht Seidenraups immer mehr aufzuhellen. Er verfällt in ein wohlwollendes Nicken. Das Ende dieses von ihm vermeintlich aufgedeckten Frevelgangs ist denn auch völlig anders, als es der Aspirant sich vorgestellt hat. Der Missionar weigert sich, mit Boegeholz weiterhin zusammenzuarbeiten. Dieser wird nach Rücksprache mit dem Gutsoberen und dessen Zeugnis im versiegelten Brief an den Aussendeort in Barmen zurückgeschickt. Der Missionar erkundigt sich im Nachhinein nicht mehr nach ihm. Nichts mehr erfährt er über dessen Verbleib oder seine weitere Tätigkeit.

Diesem allem zum Trotz und aus wohlbedachten und von Gottes Gnade gelenkten Gründen verloben sich unter der segnenden Hand des Vorstehers Seidenraup der Missionar Karl Skär und die Kinderschwester Wilhelmine Kremer im August 1910 auf Hof Krempel im Hunsrück. Sie heiraten im Dezember des gleichen Jahres im Missionshaus in Barmen und verlassen Europa in Richtung Südwestafrika am 7. Februar 1911, als der Missionar mit seiner neuen Ehefrau zu seiner zweiten Aussendung hinausgeschickt wird. Sie sind voll Zuversicht und können kaum erahnen, was in dem fremden Kontinent auf sie wartet.

4

Biltong

1911 Namutoni

Mitten auf dem endlosen Ozean fällt das Fieber über ihn. Er weiß gleich Bescheid, es ist kein Typhus, keine Malaria, keine Influenza und keine Vergiftung. Er liegt in der Kajüte, er spricht nicht. Er zittert, wird geschüttelt und verkrampft sich. Ihm wird eiskalt und höllenheiß. Der Schiffsarzt kann keine Ursache finden. Als man sich ernstlich Sorge um sein Leben macht, wird er in die Kajüte des Kapitäns verlegt. Man hat den Eindruck, dass er sich fortwährend mit jemandem auseinandersetzt, denn er ballt die Fäuste und wirft den Oberkörper stöhnend hin und her. Drei Tage dauert sein Martyrium, dann steht er morgens plötzlich an Deck und alles scheint verflogen.

Nur Karl Skär weiß, mit welchem Teufel er gekämpft hat und wie schwer dieser Kampf gewesen ist. *Für jedes Kind bin ich einen Tag in der Hölle gewesen*, denkt er, *und hätte das älteste nicht Traugott geheißen, wäre ich vielleicht nicht zurückgekehrt.* Verwinden kann er es nicht, dass er seine drei kleinen Kinder bei einer Pfarrersfamilie in Enger, in der Nähe von Herford, im Ravensberger Hügelland allein lassen muss. Es ist eine Maßnahme, die andere für ihn getroffen haben. Eine rational notwendige Entscheidung, die sein Herz aber nicht verstehen kann. Zum ersten Mal wird er wirklich erschüttert in der Liebe zu seinem Gott. Er spürt den bohrenden Stachel des Zweifels.

Als das Land in Sicht kommt, nimmt sich der Missionar noch einmal zusammen und beschwört, alles zu vergessen, was mit dem Beginn seiner ersten Arbeit hier in Südwest im Oktober 1901 zusammenhängt. Jetzt beginnt alles neu. Er zwingt sich eine Einstellung auf, von der aus er sich sagt, dass der Mensch nicht nur *ein* Leben hat. Es ist viel zu eingeengt und egozentrisch, wenn man Umstände, Begebenheiten und Zeiten von der Biographie eines einzelnen Menschen aus betrachten will. Was immer währt und unverrückbar steht, ist Gott allein. Aber was ist mit ihm, hat nicht sein erstes Leben schon geendet, als man ihn als thyphuskranken Jungen fast aufgegeben hatte? Hat nicht sein zweites Leben geendet, als er Wilma am Rande der Etoscha verscharrte? Seine Kinder, sind sie nicht gut behütet bei diesen frommen Leuten? Und jetzt, jetzt beginnt wieder ein neues, ein anderes Leben. Nur in Verbindung mit den Menschen, mit denen ich zusammenlebe, kann ich mein eigenes Leben definieren. Ich will alles mit den Augen von Wilhelmine sehen, für die alles neu ist, denkt der Missionar. Ihr will ich mich anvertrauen und gemeinsam jeden Schritt versuchen.

Sie beenden ihre Schiffsreise dritter Klasse ohne jeden Komfort an der Anlegestelle in Swakopmund. Das wochenlange Schwanken und Schaukeln ist endlich vorbei. Es wird abgelöst vom ewigen Rauschen und Klacken der Eisenbahnräder auf den Schienen. Während Wilhelmine noch zunächst mit Interesse und Neugier ihre Blicke aus dem Fenster richtet, bereit ist, alles aufzunehmen, kommt doch bald eine große Langeweile und Müdigkeit über sie. Aber es soll noch schlimmer kommen: Sie steigen mit all ihrer Habe um auf einen der ruckenden und schlagenden Ochsenwagen, gegen den das Schlingern und Wogen des Schiffes und später das Rauschen der Räder nun geradezu als eine Wohltat empfunden würde.

Diese Wagen werden gezogen von sechs oder zehn oder gar sechzehn Zugochsen, je nach Beladung des Karrens, paarweise angejocht, die Last mit dem Nacken ziehend. Sie haben weit ausladende, geschwungene Hörner und einen mageren Rumpf. Bei einigen Tieren stehen die Rippen deutlich hervor. Fliegen umschwirren ihre Köpfe. Neben ihnen schreiten die Treiber mit der langen Peitsche in den Händen, die sie Swip nennen. Sie müssen die Tiere nicht selten schlagen, damit sie widerwillig die Planwagen ziehen. In deren einem wohnt das Missionarsehepaar jetzt während der beschwerlichen Reise. Vorne weg geht der Tauleiter mit einem breiten Schlapphut auf dem Kopf. Er führt die Vorderochsen am Trecktau und ist der Pfadfinder für die hinter ihm herpolternden Wagen. Eine Meute von dürren Hunden trottet neben dem Zug. Nicht selten trifft sie ein wütender Tritt. Sie warten hungernd darauf, irgendwann vielleicht einen hingeworfenen Brocken gierig zu verschlingen. In der Nachhut gibt es noch einige Ochsen zur Reserve, die für den Notfall gebraucht werden. Auch ein paar Schafe werden mitgeführt, damit es unterwegs frisches Fleisch gibt. Über zwei Wochen lang dauert die Fahrt bis hinauf ins Ovamboland; die Tagesleistung liegt zwischen 15 und 25 Kilometern.

Das Land ist jetzt nach der Regenzeit schon wieder ziemlich ausgetrocknet. Die Flüsse führen kaum noch oder gar kein Wasser mehr. Nur breite Sandrinnen, Rivier genannt, kennzeichnen den Verlauf. Am Ufer der ausge-

trockneten Flüsse wachsen lediglich ein paar Stechäpfel
oder auch einzelne Sträucher von wildem Tabak, manchmal einige Rizinusbüsche. Aber in der Regenzeit soll es
hier sogar Heuschreckenschwärme geben und Scharen
von Trappvögeln. So weiß Jakob zu berichten, ein
schwarzer Treiber, der bei der Taufe den christlichen
Namen angenommen hat. Es soll Pflanzen geben, die
sich nur durch ihre Wurzeln im Boden viele Jahre lang
ohne Niederschläge halten, ohne abzusterben. Nichts
sieht man mehr an der Oberfläche. Aber wenn es dann
wieder Wasser gibt, schießen sie empor. Sie entwickeln
sich zu Gräsern, Kräutern und Büschen. Man ist erstaunt
über das Leben, das praktisch aus dem Nichts entsteht.
Plötzlich sind dann auch Grashüpfer da oder Eidechsen
und Käfer. Man kann sogar Warane und Leguane entdek-
ken und weiß sich nicht zu erklären, woher sie kommen.

Wenn nichts anderes zu bekommen ist, ernährt man
sich hier von Biltong, steinhartem, knisterdürrem Fleisch,
das in fingerdünne Streifen geschnitten und an der Luft
getrocknet worden ist. Man kann es einfach so essen und
darauf herumkauen. Aber Jakob zeigt ihnen auch, wie
man es in Wasser aufweicht und dann in einer Soße aus
Kräutern und dunkelbraunem Fett in einem Blechnapf
zubereitet, den man über einem kleinen Feuer schwenkt.
Die Vorteile dieses Fleisches sind, dass es nur ein sehr ge-
ringes Gewicht hat und praktisch unbegrenzt haltbar ist.

Manchmal fahren sie, wenn die Ochsen in der
Mittagshitze geschnauft haben und einfach nicht mehr
weiter wollten, endlich stehen geblieben sind und missmu-
tig mit den Füßen den glühenden Sand gestampft haben,
abends noch ein Stück weiter, obwohl die Dämmerung
schon einbricht. Bei dem hellen Mondschein kann man

ohne weiteres noch zwei Stunden in der Nacht fahren. Es
ist so hell, dass nicht einmal die großen Laternen an den
Wagen angezündet werden müssen. Der Treckführer ver-
kriecht sich dann in seinen Wagen. Er legt sich in das mit
Riemen an der Wagendecke aufgehängte Bett, das ihn die
Stöße des ungefederten Wagens kaum spüren lässt.

Ständig trinkt er Alkohol. Allein abends, wenn man
es beobachten kann, leert er regelmäßig mindestens eine
halbe Flasche Weinbrand. Was er tagsüber noch trinkt,
entgeht der Aufmerksamkeit. Natürlich sei das alles nur,
um gegen die Malaria immun zu sein. Manchmal macht
er Wilhelmine gegenüber leicht anstößige Bemerkungen
oder er zwinkert ihr auffordernd zu. Sie überlegt, ob sie es
Karl mitteilen muss, doch sie will den Frieden nicht stören und versucht die Anzüglichkeiten zu überhören. Als
sogenannter *alter Afrikaner*, eine aussterbende Spezies,
die allein für sich in Anspruch nimmt, die afrikanische
Wirklichkeit zu kennen, ist er allen Neuankömmlingen
gegenüber misstrauisch und überheblich eingestellt. Aber
wenn man zusammensitzt, erzählt er doch gern die alten Geschichten, z.B. von den ersten Ochsenwagen, die
das Land befuhren. Von dem zusammengebrochenen
Gefährt, das den Oranje von Süden überschritten hatte
und dann verlassen von den Eingeborenen vorgefun-
den wurde: „Die Hottentotten wagten sich nicht an den
Wagen heran. Nur aus weiter Ferne beobachteten sie das
Wunder, das in ihr Land gekommen war. Sie fragten, ob
die Wagenräder auf Bäumen wüchsen. Die schon am
Meer gewesen waren, hielten den Wagen mit seinem weißen Zelt für ein Schiff, das aufs Land gekommen war.
Wenn ein Buschmann der Räderspur begegnete, setzte er
jedesmal mit heiliger Scheu in einem weiten Sprung über

sie hinweg, wie Zebras und Springböcke Menschenspuren zu überspringen pflegen."

Zweimal am Tage zur Rast, wenn die Ochsen endgültig nicht mehr können und auch die Schläge mit der Swip keine Wirkung mehr zeigen, und auch am Abend werden die Ochsen ausgespannt und dürfen sich – paarweise zusammengekoppelt – zum Grasen frei bewegen. Es wird ein Feuer entzündet. Kochkessel und Feldstühle werden ausgepackt, Proviantkisten und Wassersäcke vom Wagen geholt. Aber Wilhelmine empfindet alles andere als Lagerfeuerromantik. Vor dem Schlafen betet sie lange: *Ich weiß, worauf ich mich eingelassen habe.* Aber sie hat es doch nicht gewusst. *Herr, ich folge dir freudig nach*, sagt sie. Aber sie geht doch nur mit dem Missionar, ihrem Mann. Tapfer versucht sie alle Zweifel zu verdrängen. Unter dem Halbrund der dunkel erscheinenden Plane des Wagens setzt sich deutlich das Nachtblau des Himmels ab. Als der Widerschein des flackernden Feuers nach und nach geringer wird und er schließlich ganz verlöscht, treten am Himmel immer mehr die Sterne hervor, die heller und heller leuchten, wie angesteckt an einem tiefblauen Tuch. Und Wilhelmine ist sich bewusst, dass sie von ihrem Lager unter der Plane dieses Ochsenwagens nur einen ganz kleinen Teil der unendlich vielen Sterne sieht. Ihre Zahl ist so groß wie die Allmacht Gottes. Sie setzt sich auf, indem sie versucht, die Decke, unter der sie mit ihrem Ehegatten schläft, möglichst wenig zu heben, damit er nicht erwacht.

Er ist elf Jahre älter als sie. Vor drei Monaten sind sie vor Gott zu einem Paar geworden. Seitdem haben sie nicht einen Tag und keine Nacht ohne den anderen verbracht. Karl hat sie so selbstverständlich, so unver-

mittelt und so fest in seinen Arm genommen, dass sie
keine Zeit gehabt hat, über Wollen und Wünschen, über
Möglichkeiten und Alternativen nachzudenken. Er ist
Missionar, er muss wieder hinaus, er braucht eine Frau,
er braucht sie! Der Missionsdirektor hat beteuert, ihre
Ehe sei der Wunsch des Herrn gewesen. Und ich habe
immer einen Menschen gesucht, der mich mit Herz und
Hand im Leben trägt, denkt Wilhelmine. Sie schaut auf
die leuchtenden Sterne, die Gott über ihr angezündet hat.
Aber musste es so schnell sein, so unabdingbar, so wie - sie
sucht nach einem Vergleich, der es nicht gar so drastisch
ausdrückt - wie ein warmer Platzregen, der über mir hereinbricht? *Jesus Christus, Vater im Himmel, ich will nicht
undankbar sein.* Aber ihr ist plötzlich so fürchterlich übel.
Alle Rücksicht außer Acht lassend, stürzt sie unter der
Decke hervor, windet sich hinten aus dem Karren und
muss sich übergeben. Sie hält sich am Wagenrad, spürt
deutlich mit der Hand die nächtliche Kälte des eisenbe-
schlagenen Rades.

Ihr Mann wird am nächsten Morgen fröhlich wach. Er
hat wunderbar, tief und fest geschlafen. Wilhelmine fühlt
sich zerschlagen und müde. Schon in der Dunkelheit wird
zusammengepackt, denn eine Dämmerung gibt es hier
kaum. Bei dem plötzlich einbrechenden Morgengrauen
machen sie sich auf. Nach drei Stunden ruckelnder Fahrt,
die Wilhelmine heute besonders schlecht verträgt, macht
der Pfad plötzlich eine Biegung. Sie verlassen den Busch
und vor ihnen erstreckt sich eine schnurgerade Pad, die
über eine offen Fläche nach Norden führt. Im Dunst sieht
man bald etwas wie Türme und Zinnen, und wahrhaftig,
es ist eine Feste, die da etwas erhöht in leuchtendem Weiß
vor ihnen liegt.

Karl weist mit dem Finger voraus: „Namutoni! Na, was sagst du dazu?" Niemand hat mir vorher etwas von dieser Station erzählt, denkt Wilhelmine.

Als sie näherkommen, kann man den einstöckigen, langgezogenen Seitentrakt mit den zwei vorspringenden Türmen an der Ost- und Westecke erkennen. Fenster gibt es auf der Außenseite nicht, doch bald sieht man schmale Schießscharten und auf dem Dach eine Brüstung mit Zinnen, hinter der sich wohl eine Wehrplattform befindet. Die ganze Anlage liegt völlig frei in der Landschaft, so dass ein möglicher Angreifer keine Deckung finden könnte.

„Direkt zu Anfang des Jahrhunderts wurde die Feste als Stützpunkt der deutschen Schutztruppe erbaut. Zunächst gab es dort nur sechs bis acht Reiter, die die Kriegsmacht des Deutschen Reiches repräsentierten, aber sie hatten bald ihre Bewährungsprobe zu bestehen. Beim großen Aufstand 1904 wurden sie von 500 Kriegern vom Stamm der Ovandonga angegriffen, haben den Angriff aber blutig und mit großen Verlusten unter den Eingeborenen abgewiesen. Über zehn Stunden dauerte das Gefecht. Die Ovambo griffen unentwegt immer wieder an, bis es hundert Gefallene gab, die sie zurückließen."

Sie sind jetzt so nah an das schneeweiße Fort herangekommen, dass man die Außenanlagen gut sehen kann, ein Stück abgerückt rechts den Pferdestall, die Wasseranlagen, einige hundert Meter weit entfernt die Viehkraale, die Eingeborenenwerft. „Es gibt sogar ein kleines gemauertes Schwimmbad mit schönen Palmen am Rand", sagt der Treckführer begeistert. Aber Wilhelmine kann das alles kaum noch mit Wohlwollen sehen. „Findest du es denn richtig, Karl, dass die Eingeborenen umgebracht wurden?"

Der Missionar wird von dieser Frage überrascht. Was soll er dazu sagen? „Es gab im Grunde keinen Anlass für ihren Angriff", antwortet er kopfschüttelnd. „Ja, die Herero und Nama, die haben 1904 zahlreiche Farmen überfallen und angezündet, viele Deutsche wurden getötet. Sie wollten die Kolonialherren vertreiben. Aber die Ovambo waren friedliebend und ruhig. Sie haben sich dann vielleicht von der allgemeinen Kriegsstimmung in Südwest anstecken lassen, was weiß ich. Oder sie wollten ihre Kupferminen zurückgewinnen, aber sie haben doch in jedem Fall das Blutvergießen provoziert! Es waren einige dabei, die ich kannte, die ich getauft hatte. Stell dir das vor, als Christen griffen sie die Deutschen an!"

Der Treck zieht ein in den Hof der Feste. Über dem Eingangstor hängt ein blankgeputztes Wappen mit Kaiserkrone. Der Distriktchef von Namutoni, der junge Oberleutnant Graf Jeltsch, kaum etwas mehr als dreißig Jahre alt, begrüßt sie und lädt sie ein in den Speisesaal zu einem kleinen Frühstück. Es gibt frisch gebackenes Brot und wunderbar duftenden Milchkaffee. Er sitzt am Kopf des Tisches unter einer Reichsflagge mit Adler und Krone und einem großen, farbigen Bildnis von Wilhelm II. und der Kaiserin.

„Ich habe bemerkt, dass Sie erstaunt die Griffe unserer Türen angesehen haben, gnädige Frau. Sie sind aus Gehörnen von Springböcken gefertigt, die man in der Umgebung gesammelt hat."

„Wie hübsch", sagt Wilhelmine einsilbig und tonlos.

Als Kavalier und Mann von Anstand und Sitte wendet er sich besonders der jungen Missionarsfrau zu. Wenngleich sie heute Morgen sehr blass aussieht, macht vielleicht gerade ihr strenges und distanziertes Aussehen besonderen Eindruck auf ihn, so dass er sie bewundernd ansieht. „Ich bedaure es sehr, dass Sie nur auf der Durchreise sind, gnädige Frau. Gern würde ich Ihnen alle bescheidenen Annehmlichkeiten unserer Feste für eine längere Zeit zukommen lassen. Immerhin hat Namutoni den Ruf als schönste Station der Kolonie."

„Ich hörte, dass hier vor einigen Jahren über hundert Einwohner aus dem Ovamboland von Ihren Leuten getötet wurden", sagt Wilhelmine kühl.

Karl scheint ihre Bemerkung ein wenig unangenehm zu sein, doch der Oberleutnant reagiert gelassen.

„Wir haben diese schneeweiße Feste erbaut, um etwas Höheres zu verkörpern, als Negerschreck zu sein", antwortet er in überlegener Manier. „Seien Sie überzeugt, wir wollen Hort und Heimstatt des guten Geistes der Steppe sein, der über allem wacht und dem auch die weißen Menschen dienen, die hier wohnen. Aber wer die innere Ordnung in Gedanken und Werken voranbringen will, so dass das Niveau immer fester und immer höher wird, der muss es auch als sein Tagewerk ansehen, dass die äußere Ordnung reibungslos vonstatten geht und nicht gestört wird." Er gibt ein Löffelchen Zucker in seinen Kaffee. „Sie sind neu in diesem Land, meine Verehrteste, sie werden lernen, die Gepflogenheiten zu verstehen."

Er winkt seinem schwarzen Bambusen, dem persönlichen Diener. Der bringt nun die erste Flasche Sekt und hohe, schmale Trinkkelche. Der Treckführer beginnt lauthals das Wort zu führen. Aber erst als die Missionarsfrau sich zurückgezogen hat, weil sie ein möglicherweise sich anschließendes Trinkgelage befürchtet, holt der Oberleutnant aus einer Truhe einige der erbeuteten Gewehre der Angreifer von 1904 hervor. Er zeigt sie stolz den Gästen herum. Es sind englische Fabrikate der Firmen Martin und Lee-Enfield. Die Männer wiegen sie anerkennend in den Händen. Der Missionar mag sie nicht nehmen; seine Entschuldigung, nach seiner Frau zu sehen, wird in der allgemeinen Begeisterung kaum wahrgenommen.

Die mittägliche Zeit der Hitze verbringen sie im Haus. Karl hat sich zu einem offensichtlich ausgedehnten Mittagsschlaf im angewiesenen Gästezimmer ausgestreckt. Wilhelmine kann diese Ruhe nicht finden. Als sie auf den Innenhof tritt, ein paar unsichere und suchende Schritte hierhin und dorthin tut, kommt ihr scheinbar zufällig Graf Jeltsch, aus einer Tür des Quergebäudes tretend, entgegen.

„Gnädigste, kommen Sie, ich zeige Ihnen unser Schwimmbad, bitte begleiten Sie mich."

„Ich dachte gerade darüber nach, mein Herr, ob zu ihrer Wehranlage hier auch eine Kapelle oder ein Gebetsraum gehören", antwortet Wilhelmine etwas spitz.

„Ich muss Sie da enttäuschen", spricht der Oberleutnant unbeeindruckt, „so wie immer mal wieder ein paar Journalisten oder Wissenschaftler mit einem Empfehlungsschreiben hier auftauchen, so macht auch einmal im Jahr der Zahnarzt und der Priester seine Runde. Ansonsten geht man wohl davon aus, dass hier der christliche Glauben Fuß gefasst hat und konzentriert die Missionierungsversuche eher auf die nördlichen Gebiete der Ovambo, die ja auch Ihr Gatte bearbeitet."

„Bilden Sie sich nicht zu viel ein, Herr Distriktchef. Zivilisation und Nächstenliebe sind nicht allein gewährleistet durch einen Taufschein und die formale Zugehörigkeit zur christlichen Kirche."

„Ich weiß, meine Verehrteste", lenkt er jetzt ein, „Sie sind immer noch empört über die hundert getöteten Eingeborenen. Wir wollen froh sein, dass es nicht noch schlimmer gekommen ist. Führende Leute im Berliner Kolonialamt waren äußerst erbost über das Verhalten der Ovambo. Als ich nach Namutoni kam, war die Ambolandfrage im Schweben: Was sollte geschehen? Sollte man die Eingeborenen für den Überfall bestrafen, das Land militärisch besetzen? Ein Strafgericht ausführen wie bei den Herero oder sie ganz in Ruhe lassen?"

„Was war mit den Herero geschehen?"

„Sie stellten sich mit fast 50 000 Leuten zur Schlacht. Natürlich konnten sie gegen die 7500 Männer unserer Schutztruppe nichts ausrichten." Der Oberleutnant hebt besänftigend die Hand, als er sieht, wie die Missionarsfrau die Augen verdreht. „Bitte, fassen Sie das nicht als Überheblichkeit auf. Es sind einfach militärische Tatsachen. Sie hatten Frauen und Kinder dabei. Es war ein fürchterliches, aber notwendiges Gemetzel. Die Überlebenden zogen dann in Richtung Osten, verdursteten zu großem Teil in den nördlichen Ausläufern der Kalahari. Die wenigen Wasserstellen in der Wüste reichten beileibe nicht aus. Wer umkehrte, wurde weiter verfolgt. Es blieb kaum mehr als die Wahl, von den Schutztruppen erschossen zu werden oder zu verdursten."

Der Oberleutnant hält inne. „Ja, sie haben zuvor ganze deutsche Familien bestialisch umgebracht. Das konnten wir uns nicht bieten lassen, der Lebensraum der deutschen Siedler musste verteidigt werden. Aber diese drastische Strafe - das sage ich nur Ihnen im Vertrauen - macht mich doch betroffen. Vielleicht habe ich mehr von einer humanen - oder wenn Sie wollen christlichen - Lebensanschauung, als Sie mir als Soldat zutrauen."

Er strafft sich, weil er plötzlich das Gefühl hat, doch zu weit gegangen zu sein, auch wenn es nur deshalb ist, weil er eine Frau besänftigen will. „Jedenfalls war es ein Zeichen des neuen Geistes, dass Deutschland kein zweites Strafgericht verhängte. Ich war sehr erleichtert."

Wilhelmine weiß einfach zu wenig über dieses Land, als dass sie dem Oberleutnant etwas erwidern könnte. Sie spürt Ungerechtigkeit, Anmaßung, Selbstüberschätzung. Sie glaubt, dass sie dem allen ausgleichend etwas entgegensetzen kann, wenn sie an der Seite ihres Mannes zu diesen Eingeborenen kommt und ihnen die Botschaft des Herrn und den christlichen Glauben bringt. Aber sie ärgert sich über sich selbst, weil sie diesem gut gekleideten und so selbstbewussten Offizier nicht handfester gegenübertreten kann. Zu allem Überfluss ist sie sich nicht sicher, ob er nicht Eindruck auf sie macht.

Er begleitet Wilhelmine zum Schwimmbad. Fabelhaft geschorener Rasen umgibt das Becken. Das Wasser im Bassin erscheint tiefblau und spiegelglatt, von keinem Lufthauch gekräuselt. Eine Reihe von niedrigen Palmgewächsen ist unregelmäßig in der Rasenfläche verteilt. Einer dieser Palmbüsche ist umgeknickt, liegt abgebrochen auf der Seite, offensichtlich durch eine fremde Einwirkung umgestoßen. Der Graf ist sehr betroffen. Wilhelmine spürt, wie sehr er sich mit jedem Detail, mit jeder Pflanze seiner Festung identifiziert. Er richtet den Palmbusch auf, findet einen Stock und schlägt ihn neben der Palme ein, so dass die Pflanze wieder aufrecht stehen kann. „Ich hoffe sehr, sie wächst wieder an. Wissen Sie, viel hat dieses Land, das wir lieben, nicht zu bieten. Es gibt hier keine Seen, keine Berge, keine Wasserfälle, und in langen Zeiten des Jahres sind die Gräser gelb und verdorrt, die Blätter der Bäume grau. Wir freuen uns über jede gesunde Pflanze."

Wilhelmine kann ihn gut verstehen. „Aber kommen Sie heute Abend bei sinkender Sonne mit mir auf einen der Türme, und Sie werden erleben, was das Faszinierendste an Namutoni ist."

Karl teilt ihr am Nachmittag mit, dass sie diesen und auch noch den nächsten Tag in Namutoni bleiben. Menschen und Tiere brauchen eine Verschnaufpause, und an einigen Wagen müssen Reparaturen vorgenommen werden. „Es gibt hier sogar warmes Wasser; wenn du etwas durchwaschen willst, ist Gelegenheit." Und wahrhaftig, in einer Ecke des Hofes ist ein Kessel aufgebockt, unter dem ein kleingewachsener Hottentotte ein Holzfeuer unterhält. Er nimmt einen Zinkeimer, füllt ihn mit heißem Wasser. Als sie ihn nehmen will, winkt er mit großer Geste ab und trägt ihn selbst vor ihr her zu ihrem Zimmer und füllt das Waschbecken, das auf einem kleinen Ständer aus Gusseisen steht.

Am frühen Abend holt sie der Oberleutnant zum versprochenen Aufstieg auf den Turm ab. Noch steht die Sonne am hellblauen Himmel, aber sie hat nicht mehr viel Kraft, färbt sich langsam dunkler, immer mehr zum Rot. „Geh du nur mit", sagt ihr Mann, „ich habe die Rindviecher und Perlhühner oft genug gesehen. Wenn du mich entschuldigst, ziehe ich mich gern zurück und halte ein Lesestündchen. Herr Offizier, ich übergebe meine Frau in Ihren Schutz." Graf Jeltsch führt mit einem leisen Klacken die Hacken zusammen und macht eine knappe Verbeugung, dann schlendert er plaudernd mit Wilhelmine davon.

„Die Etoscha-Pfanne beginnt ganz dort hinten im Westen." Er macht vom Turm aus eine weit ausladende

Armbewegung. „Die Menschen hier nennen sie *Platz des trocknen Wassers.* Der Regen verwandelt die salzbedeckte Pfanne im Sommer in ein flaches, blaues Gewässer. Jetzt nach dem Ende der Regenzeit findet man vielleicht noch vereinzelte Stellen, die mit Wasser gefüllt sind, aber sonst ist alles trocken, mit einer dünnen Salzschicht bedeckt, die hell in der Sonne glänzt. Nur hier und da gibt es hauchdünne Hälmchen, die kaum mehr als fingerlang aus dem verkrusteten Boden ragen." Wilhelmine blickt über das flache Land, sieht nur Dorngewächse, die sie zur Genüge kennt, und vereinzelt ein paar wilde Dattelbäume oder Feigen. In der Ferne erahnt sie die weite, flache Platte der Etoscha, ohne jede Vegetation.

„Aber dort weiter südlich befinden sich zwei Wasserstellen, und ich verspreche Ihnen, dass Sie noch etwas zu sehen bekommen." Dann schweigt er, stützt sich mit beiden Armen auf die Brüstung, schaut hinaus. Wilhelmine wendet ihr Gesicht der Sonne zu. Sie genießt es, dass sie jetzt schon vom Morgen an nicht mehr in dem rumpelnden Wagen hat sitzen müssen, schließt die Augen.

„Da, sehen Sie!", sagt ihr Begleiter plötzlich, nachdem sicher fünfzehn oder zwanzig Minuten vergangen sind. Von links kommen in schnellem Lauf sechs, acht immer größer werdende Punkte herangeflogen. Als sie näherkommen, sieht man, wie sie im Sprung ihre Läufe ausstrecken, sich überlang machen, sich nur ganz kurz zusammenziehen, um flüchtig den Boden zu berühren und sich dann wieder in ihrer ganzen Länge in der Luft zu strecken und zu zeigen, dass sie eher einem geschossenen Pfeil gleichen als einem schwerkraftverhafteten Erdentier. „Da haben Sie Ihre Springböcke! Es sind sicher nicht nur die schnellsten, sondern auch die elegantesten Antilopen." Schon ist der Spuk vorbei.

Dann kreuzt ein Rudel von zwanzig oder gar dreißig Zebras von der anderen Seite durch die südlich gelegene Steppe. Sie gehen hintereinander im Gänsemarsch, traben langsam, bleiben auch mal stehen. Eile und Furcht scheinen sie nicht zu kennen. Der Offizier reicht der jungen Missionarsfrau das Fernrohr. „Sie laufen hinüber zur Etoscha, das Salz ist für sie eine Delikatesse, für die sie lange Wege in Kauf nehmen." Ein einzelner Strauß steht weit hinten und scheint sie zu beobachten, ohne sich intensiv für sie zu interessieren.

Doch mehr ist heute Abend nicht zu sehen. „Gern hätte ich Ihnen noch ein paar Giraffen gezeigt oder Oryx-Antilopen. Diese kräftigen, braunen Tiere mit den langen, schwarzen Schwänzen und den breiten Nacken haben dünne, spitze Gehörne. Bei einem ausgewachsenen Tier sind sie wohl einen Meter lang. Auch bei glühender Hitze ziehen sie unbeirrt ihres Weges, können aber auch zornig werden und drohend mit den Läufen stampfen, wenn sie sich an einer Wasserstelle zu bedrängt von anderen Durstenden fühlen."

Immer noch ist Wilhelmine alles neu und fremd, obwohl sie schon über Wochen durch dieses Land zuckelt. Wieder trifft sie in dem Oberleutnant einen, der eigentlich nicht hierhergehört, der aber mit Herz und Seele aufgeht in dieser Landschaft, sich dem Land verschrieben hat, ja, fast hat sie den Eindruck, ihm verfallen ist. Das hat sie selbst auch festgestellt: Sie fühlt sich zwar nach diesem kurzen Aufenthalt keineswegs heimisch hier, aber ganz schnell hat sie unter den ungeheuren Eindrücken, die die südafrikanische Landschaft, die Tiere und die Menschen auf sie ausüben, alles andere vergessen. Sie denkt nicht mehr an die Rheinpromenade in Kaiserswerth, die Dorfstraßen im Hunsrück oder ihre montägliche Bibelstunde im Schwesternheim. Die Dimensionen haben sich verändert, die Sichtweise hat sich verschoben. Mit einer ungeheuren Macht hat dieses karge, weite Land von ihrem Leben Besitz ergriffen. Und dieser junge Leutnant! Sie schaut ihn an. Er bemerkt, dass sie sich nicht abwendet, obwohl er ihrem Blick standhält und sie sich schon zu lange Zeit in die Augen gesehen haben, als dass es schicklich wäre.

Ihr wird wieder schwindlig und dann übel. Der Graf stützt ihren Arm, fängt sie dann halb auf. Er spürt trotz der Umstände ihren Körper leicht und weich in seinen Händen und Armen, geleitet sie zu einer halbhohen Mauer, auf die sie sich setzen kann. Er blickt prüfend in ihr bleiches Gesicht. „Gestatten Sie", und er legt ihr eine Hand auf die Stirn, fühlt ihren Puls.

Dann hat sie sich wieder gefangen, sieht sein besorgtes Gesicht, das jetzt wieder etwas erleichtert scheint. „Nein, nichts, Fieber scheinen Sie nicht zu haben."

„Woran haben Sie gedacht?"

„Nein, nein, wenn es die Malaria wäre, müssten Sie hohes Fieber haben und Schüttelfrost. Ihnen ist doch nicht kalt?"

„Nur übel ist mir", sagt Wilhelmine. Sie reißt sich zusammen und fügt förmlich hinzu: „Es tut mir leid, dass unsere kleine Safari so enden muss. Ich danke Ihnen jedenfalls sehr herzlich für die großen Eindrücke, die Sie mir vermittelt haben." Der Oberleutnant verbeugt sich mit besorgtem Gesicht.

Kurz vor Mittag des nächsten Tages trifft in der Feste Dr. Steinberg ein, den Graf Jeltsch eigens herbeirufen ließ.

Er zieht sich mit der jungen Frau in den Sanitätsraum zurück. Über eine halbe Stunde gehen der Oberleutnant und der Missionar fast schweigend im Festungshof auf und ab. Graf Jeltsch macht sich Sorgen wegen der Missionarsfrau, nicht nur weil er um ein ungetrübtes Mittagessen fürchtet. Er hat ein junges Warzenschwein zubereiten lassen, einen Braten, der noch besser ist als ein Spanferkel, wie man es aus der Heimat kennt. Aber mehr noch liegt ihm das Wohlbefinden dieser - ja, er muss es sich eingestehen - ihn faszinierenden Frau am Herzen.

Dann tritt der Doktor aus der Tür auf sie zu. „Mein lieber Jeltsch, ich bin Ihnen dankbar, dass Sie mich gerufen haben, denn einen solchen Fall diagnostiziert man gern", wendet er sich an den Oberleutnant, „und nur zu selten tritt ein solcher Umstand hier ein." Dann dreht er sich zu Karl: „Ich gratuliere Ihnen, guter Mann Gottes, es besteht kein Zweifel, Ihre Frau ist in anderen Umständen und ansonsten kerngesund."

5

Sikulukuku

1911 Namakunde

Ondangwa Oshikango Tsandi Ekuma - sind das Namen oder sind es Zauberformeln? Ombalantu Okahao Okongo - für Wilhelmine wirken die Bezeichnungen der Orte alle gleich fremd, so verwirrend und verwechselbar. Oshakati Oshikuku Okankolo - als seien die Kennzeichnungen nur ausgedacht, um sie um den Verstand zu bringen.

Als Karl Petroleum in die Lampe nachfüllen will, bemerkt er, dass die große Vorratsflasche fast leer ist. Er wundert sich, doch als er am Abend in das Schlafzimmer kommt, steigt ihm sofort der penetrante Geruch in die Nase. Er blickt um sich und sieht dann die vier mit Petroleum gefüllten, kleinen Schüsseln, in die Wilhelmine die Pfosten des Bettes gestellt hat. „Ich werde keine Nacht mehr hier verbringen", sagt Wilhelmine bestimmt, „wenn nachts die Viecher an den Beinen der Betten hochkriechen können."

Karl nickt mit dem Kopf, sagt aber nichts. Er denkt, dass es Hoffnung auf Eingewöhnen gibt, wenn Wilhelmine nicht verzweifelt, sondern die Initiative ergreift.

„Aber schlafen werde ich nicht in diesem Gestank", beschließt er und will sich für die Nacht in den vorderen Wohnraum verziehen. Doch Wilhelmine zwingt ihn in das

Bett, da sie trotz ihrer Vorsorge vom Schlafzimmerboden aus auf seinen Beistand und Schutz nicht verzichten kann.

„Es ist auch dein Kind, das ich zur Welt bringen werde, und wenn du es schon nicht um meinetwillen tust, dann schütze wenigstens unseren Nachwuchs."

„Ich werde Hängematten besorgen", schlägt Karl dann vor, aber Wilhelmine protestiert sofort: „Wenn du auf dem Rücken liegst, ist dein Schnarchen gar nicht zu ertragen!"

Zwei Nächte geht alles gut, dann erwacht Karl, der doch auf das Sofa im Wohnraum entwichen ist, plötzlich in der Nacht von einem Schrei seiner Frau. Er entzündet ein Licht. Sie sitzt elektrisiert aufrecht im Bett, schlägt immer noch mit den Armen um sich. Ein großes, lebendiges Wesen habe sich von oben auf ihr Lager fallen lassen, sie habe es mit einer Reflexbewegung vom Laken gefegt. „Wo bist du nur, Karl? Hilf mir doch!" Schuppig hat es sich angefühlt, feucht oder schleimig, jedenfalls eklig. Wilhelmine ringt um Worte, um Fassung und Atem.

„Wahrscheinlich war es nur ein Gecko", versucht Karl sie zu beruhigen, „es hatte sicher mehr Angst als du. Außerdem sind sie Insektenvertilger und somit sehr nützlich. Die kommen nicht von unten. Da hilft dein Petroleumbad nicht. Die können sich mit Fingern und Zehen an fast jedem Untergrund festhaften. Es sind ganz ungefährliche Tiere, nur sind sie eben nachtaktiv und können uns überraschen."

Bei Wilhelmine verwandelt sich die entsetzte Überraschung jetzt in Zorn. Sie krallt die Hände und schüttelt hysterisch den Kopf.

„Es hatte sicher mehr Angst als ich", wiederholt sie die Worte ihres Mannes. „Schön, dass du dir so viel

Gedanken um die Echsen machst. Und die Schakale kommen ja ebenfalls nur nachts, wühlen nur ein bisschen im Abfall und sind dann ja bald wieder verschwunden. Und Löwen, nein, nein, wann hat man hier denn zuletzt mal einen gesehn?"

Auch an die zahlreichen Spinnen, die überall herumkrabbeln oder deren Netze man auf Schritt und Tritt zwischen den Büschen, an Ästen hängen und über dem Boden ausgebreitet sieht, will sie sich nicht gewöhnen.

Wenn Karl bei einigen der Arten die Namen nennt, ihr Aussehen und ihre Lebensweise beschreiben kann, hilft ihr dies keineswegs, den Schauer und den Widerwillen zu überwinden. „Hör mir doch zu, du kannst die Viecher nicht aus unserer Lebensumwelt vertreiben oder eliminieren", sagt er. „Beschäftige dich mit ihnen, sei ihnen doch überlegen. Je mehr du weißt und kennst, desto eher kannst du die Angst überwinden."

In oder auf Blüten und Blättern lauern die Krabbenspinnen, die ihre Körperfärbung ihrem Lebensraum anpassen können. So gibt es manche, die blassweiß wie eine Blüte sind, andere zeigen eine leuchtend gelbe bis smaragdgrüne Färbung, oder es gibt solche, die dunkel wie der Baumstamm gefärbt sind, auf dem sie leben. Es sind Lauerjäger, Netze bauen sie nicht. Kommt ihnen z.B. eine Biene, die Honig saugen will, zu nahe, packen sie diese mit ihren Zangen. Wenn sie ihre Beute gefangen haben, schnüren sie sie zu Päckchen zusammen und befestigen sie unterhalb der Blüten oder Blätter.

Die Scharfaugenspinnen haben dünne Beine und einen länglichen Hinterleib. Ihr großes, nach vorn gerichtetes Augenpaar ermöglicht ihnen ein hervorragendes räumliches Sehen. Auch sie springen ihre Opfer blitzschnell an.

Noch rabiater ist allerdings die Gottesanbeterin, die es auch in Europa gibt. Sie hat einen dreieckigen Kopf. Wenn sie z.B. einen großen Citrusfalter mit ihren Armen fängt, umschließt sie ihn unbarmherzig und frisst ihn auf.

„Aber sie frisst auch die von dir gehassten Spinnen oder während der Begattung sogar das Männchen …"

„Hör auf, Karl, hör auf, verschone mich!", wendet sich Wilhelmine entsetzt ab. „Es fehlt nur noch, dass du mir jetzt vorpredigst, dass auch sie alle als Geschöpfe Gottes zu achten sind."

Im Stillen würde er gern mit dem Kopf nicken: Es sind faszinierende Wunderwerke der Natur, von Gott geschaffen.

Sie sind hier in Namakunde weit und breit die einzigen Weißen. Das nächste Missionarspaar, Heinrich und Alma Welsch, lebt etwa eine Tagesreise mit dem Ochsenkarren entfernt. Das flache Land ist immer wieder dicht mit Büschen und Wäldern bedeckt. Stellenweise gedeihen schlanke, hochgewachsene Palmen. Das Missionshaus am Rande des kleinen Dorfes ist wie die anderen Hütten schichtartig mit verschiedenen Lagen von Stroh bedeckt, so dass das Dach von weitem wie ein längsgestreifter Schuppenpanzer aussieht. Aber das Haus ist nicht rund, sondern nach europäischer Art eckig und länglich gebaut, insgesamt größer und großzügiger als die Rundhütten der Eingeborenen. Über einem halbhohen Untergeschoss verläuft rings um das Haus ein etwa eineinhalb Meter breiter Rundgang mit einem weißen Geländer. Dieser wird von dem auslaufenden Dach, auf Pfeiler gestützt, überdeckt. Von beiden Seiten kann man über eine Treppe den umlaufenden Gang betreten, um dann durch die Tür auch ins Haus zu gelangen.

Vor dem Gebäude steht auf einem Balkengestell, das wie ein zu schmal geratenes Fußballtor aussieht, ein Kreuz, vom Missionar vor Jahren handfest gebaut und weiß gestrichen. An der Südseite und neben dem Haus ragen aus dem offenen Grasland Palmen empor, die das Haus weit überragen. Nach hinten zum Buschwald hin ist das Gelände mit einer Palisade aus starken Holzknüppeln abgetrennt, wie sie auch üblicherweise die Hütten der Schwarzen umgeben. Ungebetene Gäste sollen abgehalten werden, etwa wilde Perlhühner oder Schakale, die den Kühen der Eingeborenen sogar an die Euter springen. Etwas weiter weg vor dem Haus gibt es Felder mit Bohnen, Hirse, Kürbissen, Erdnüssen oder Mais.

Karl und Wilhelmine sind zum Antrittsbesuch bei Häuptling Nande eingeladen worden, doch können sie seinen Kral nicht ohne weiteres betreten. Das Anwesen seiner Familie ist nach außen hin gemäß alter Tradition mit Palisaden so unübersichtlich und verwinkelt abgeschirmt, dass ein Fremder kaum einen gangbaren Weg durch die mannshohen Zäune aus Holzknüppeln, durch die toten Winkel und geschlossenen Höfe finden könnte.

Ein etwa zwölfjähriger Junge empfängt sie sehr selbstbewusst und mit einem auffordernden Lächeln. Er führt sie in den inneren Bezirk des Krals, wo es mehrere eingezäunte Hütten gibt. Leicht kann man erkennen, dass einige als Ziegen- oder Hühnerställe dienen. Andere sind die Wohnräume der halberwachsenen Kinder. Daneben gibt es Vorratsräume mit Strohkörben oder Säcken, angefüllt mit Bohnen oder Mais. Die Wände sind aus geflochtenen Zweigen und Ästen der hier wachsenden Bäume gefertigt, die mit Erde, Sand und Viehmist abgedichtet worden sind. Die weit überragenden Dächer sind sehr sorg-

sam aus Stroh geschichtet, damit auch der zur Regenzeit
heftige Niederschlag sie nicht auflösen kann.

Schließlich betritt das Missionarsehepaar eine relativ große und fast leere Rundhütte. Karl hat die stau-
nende Wilhelmine vorausgehen lassen. Im dunklen
Dämmerlicht versucht sie sich zu orientieren und sieht
sich dann fünf Männern gegenüber, von denen der
Stammesoberste an einer erhöhten Sitzposition auf einem kleinen Podest leicht zu erkennen ist. Seitlich neben seinen Ratsmännern stehen aus Holz geschnitzte
Figuren. Dort liegen auch Felle und zu Bündeln gebundene Federn. Das sind heidnische Kultgegenstände,
denkt Wilhelmine sofort. Nach kurzem Zögern überwindet sie ihre Unsicherheit, indem sie in gespielter
Natürlichkeit und Unbefangenheit mit ausgestreckter
Hand auf den Häuptling zugeht, seine nur halb erho-
bene Hand ergreift, ihn freundlich begrüßt und sich für
die Einladung bedankt.

Der Schwarze zieht die Hand zurück. Eisig zeigt sich
seine Miene. Zu spät hat Karl seine Frau von hinten
an der Schulter gefasst, um sie zurückzuhalten. Die
Situation ist verfahren. Das Gespräch kommt über einzelne Floskeln nicht hinaus, bis sich das weiße Ehepaar
resigniert verabschiedet. Die Schwarzen neigen mit eisi-
gem Gesicht nur knapp die Köpfe.

Als Karl Wilhelmine zu Hause erregt erklärt, dass
sie alles verdorben habe, dass sie darauf hätte warten
müsse, bis der Häuptling *ihr* die Hand reicht, weil ein
Ranghoher eine Berührung, die von einem Rangniederen
ausgeht, fast als einen Angriff ansieht, dass sie sich einfügen und den Sitten anpassen müsse, wird sie wütend
und ungehalten.

„Du bringst mich aus unserer zivilisierten Welt in diese Wildnis, wo Menschen leben, denen eine natürliche
Freundlichkeit fremd ist. Dass du mich über ihre barbari-
schen Bräuche nicht einmal aufklärst, will ich dir weniger
anlasten als die Tatsache, dass du ihr Verhalten auch noch
akzeptierst und mich dazu bringen willst, mich ebenso zu
benehmen."

Nur wenige Tage darauf hat Wilhelmine ein Erlebnis,
das sie noch stärker prägen wird als dieser Besuch bei
Häuptling Nande. Als sie frühmorgens aus der Tür auf
den Rundgang des Missionarshauses tritt, die Augen
schließt und ihr Gesicht der schon wärmenden Sonne zuwendet, wird sie plötzlich und überraschend von einem
unbekannten Schwarzen ergriffen. Er muss dort auf sie
gelauert haben. Er reißt sie zu Boden, spricht mit für sie
unverständlichen Worten auf sie ein. Während sie vor
Angst und Schrecken starr wird und nicht einmal schrei-
en kann, streicht er ihr mit der Hand über das Haar, über
die Wangen, über die Brust und ihr weißes Kleid. Bevor
sie begreift, was geschieht, ist er schon wieder verschwunden.

Der Mann wird ermittelt und gefasst. Karl berichtet,
dass ihm auf Befehl des Häuptlings Nande noch am gleichen Tag eine Hand abgeschlagen worden ist. Wilhelmine
ist wie vom Schlag getroffen. Sie schließt die Augen, atmet tief und senkt ihren Kopf nach unten. Eine endlose
Starre scheint über sie gekommen.

„Mein Gott", sagt sie schließlich, „was ist dies für
ein Land!" Sie blickt Karl jetzt ins Gesicht, der, ebenfalls
sprachlos, vor ihr steht. „Bei aller Schuld: Was maßen
sich die Menschen an, wer gibt ihnen dazu ein Recht?"

Karl ist in erster Linie überrascht. Immer wieder hat er vergeblich Nande zu einem stärkeren Durchgreifen gegen Übergriffe, Diebstahl, Gewalttaten und Mord aufgefordert. All die Härte, die er gegenüber den Verfehlungen seiner Landsleute bisher hat vermissen lassen, wenn sie untereinander schreiendes Unrecht begangen haben, zeigt der Häuptling jetzt, als jemand gegen die weiße Frau vorgegangen ist. Wilhelmine ist nur froh, die abgeschlagene Hand nie gesehen zu haben.

Am nächsten Mittag ist sie mit einer kurzen Hacke im Bohnenbeet neben dem Haus beschäftigt. Sie lockert die harte Erde und zieht Unkraut heraus. Dabei ist sie der prallen Sonne ausgesetzt, hat noch nicht gelernt, dass eine schattenspendende Kopfbedeckung ein unabdingbares Utensil ist. Sie wischt sich mehrmals über die Stirn, bevor ihr endgültig flau wird. Am Stiel der Hacke sinkt sie nieder und bleibt ohnmächtig liegen.

Hinter dem angrenzenden, halbhohen Palisadenzaun tauchen jetzt mehr und mehr bisher sorgsam versteckte Gesichter auf. Dann hört man zunächst einige verhaltene Stimmen, schließlich ein Geschrei. Ein paar der schwarzen Eingeborenenkinder, die die weiße Frau auf Schritt und Tritt heimlich verfolgen und beobachten, springen auf und rennen kreischend Richtung Dorf. Sie rufen: „Sikulukuku, sikulukuku!"

Damit ist die uralte Großmutter gemeint, die, von den Kindern herbeigeholt, kurz darauf hinkend und schwer atmend im Bohnenbeet erscheint. Sie schleppen gemeinsam die weiße Frau zum Haus, in den Schatten des vorstehenden Rundganges. Die Alte legt ihr ein Tuch unter den Kopf, befühlt mit der Hand ihren gewölbten Bauch.

„Omagongo", sagt sie, und bald darauf kommt ein Junge zurück mit einem kleinen irdenen Krug, in dem sich eine schaumige Flüssigkeit befindet. Sie setzt ihn an Wilhelmines Lippen, versucht ihr etwas einzuflößen.

Wieder gibt die Alte Zeichen und Anweisungen an die Kinder weiter, die schnell verschwinden und kurz darauf wiederkommen mit allerlei Blättern und Kräutern. Die Greisin hat den Rock der bewusstlosen Wilhelmine vorn aufgeknöpft, das Mieder nach oben und die Hose nach unten geschoben. Auf die Wölbung des nackten Bauches legt sie Blätter und Pflanzenstile, murmelt unverständliche Worte. Sie ordnet die Pflanzenteile, so dass sie aussehen wie ineinanderliegende Kreise, die innen geschlossen und rund und nach außen hin immer mehr geöffnet und gespreizt erscheinen. Schließlich versucht sie Wilhelmine wieder etwas von dem gegorenen Saft einzuflößen.

Gerade in dem Moment, als sich der herbeigerufene Missionar von hinten nähert, kommt Wilhelmine langsam wieder zu Bewusstsein, worauf die alte Großmutter mit halb erhobenen Händen reagiert. Karl bleibt erschrokken hinter seiner Frau stehen, versucht die Situation zu erfassen. Langsam hebt sie den Kopf, schmeckt die klebrige, weinartige Flüssigkeit in ihrem Mund, sieht in das uralte, gefurchte Antlitz der Schwarzen. Dann erblickt sie ihren eigenen stramm gewölbten, nackten Unterleib mit den Teufelsmalen aus Pflanzenteilen. Rundherum sieht sie die weit geöffneten Kulleraugen in den Gesichtern der neugierigen Negerkinder, und sie stößt einen schrecklichen Schrei aus, fegt mit der linken Hand ihren Leib rein, schlägt mit der Rechten um sich, so gut sie kann, versucht dann, ihren Leib zu bedecken, und sinkt zur Seite, erscheint völlig entkräftet und ist aschfahl im Gesicht.

Schluchzend sinkt sie in die Arme von Karl, der jetzt neben ihr kniet.

„Sie wollen mein Kind verhexen", jammert Wilhelmine unter Tränen, als sie in ihrem Bett liegt. Den Petroleumgeruch empfindet sie fast schon wie einen Schutz der Zivilisation vor der afrikanischen Zauberwelt.

„Es ist die Frucht des Omagongo-Baumes, dessen Saft in einem großen Topf gegoren wird und der berauschend ist wie starker Wein", versucht Karl zu erklären. „Die Alte wollte dich von deiner Ohnmacht beleben. Die Kräuter sollten dich und unser Kind schützen. Es ist kein böser Gedanke dabei."

Wilhelmine ist verzweifelt. Sie schreibt in ihrer Not noch an diesem Abend einen Brief, den ihr Mann nicht zu Gesicht bekommt, an den Vorsteher von Hof Krempel, den verehrten Bruder Seidenraup.

„Was uns auf kleinstem Raume des Abends in der Enge einer Eingeborenenhütte im Kral an abgrundtiefer Sünde begegnet, was an Herrschaft der bösen Dämonen uns überall entgegentritt, ist leicht imstande, all meine Kraft zu zerschlagen. Es macht mich so müde, dass ich alle Freude am Dienst verliere, dass ein Kleinglauben über mich kommt, der mich verzehrt und mich an meinem Auftrag verzagen lässt. Und ich fürchte um die Frucht meines Leibes, mein ungeborenes Kind, das ich zu Gottes Ehre austragen will und das doch schon im Mutterleib den heidnischen Anfechtungen ausgesetzt ist. Vom Missionar, meinem angetrauten Manne, kann mir da Unterstützung und fromme Zuversicht kaum gewahr werden. Denken Sie sich, er sitzt bei Sonnenuntergang manchmal mit den Eingeborenen und singt ihre heidnischen Lieder mit, so gut er es kann!"

Vier Tage später setzen die Wehen ein. Wilhelmine gerät in eine fieberhafte Erregung. Das Kind kommt drei Wochen zu früh, wahrscheinlich wegen der allzu großen Aufregung. Alma Welsch, die Frau der Nachbarstation, mit der Unterstützung für die Geburt abgesprochen ist, fällt also als Hilfe aus. Auf keinen Fall will Wilhelmine Hilfe von einer Schwarzen. „Nur mit deiner Hilfe und mit Gottes Beistand soll unser Kind geboren werden!" Sie sagt es so bestimmt, dass Karl erschrickt und weiß, dass er dagegen nichts ausrichten kann. Bei der Geburt seines zweiten Kindes hat er schon einmal assistieren müssen, doch trotzdem überkommt ihn Angst vor der Aufgabe. Er zieht sich mit Schweißperlen auf der Stirn in sein Zimmer zurück, spricht ein langes Gebet und beginnt, das alte Doktorbuch zu studieren.

Wenn er später von der Geburt erzählt, sagt er immer nur, dass Wilhelmine im Grunde alles ganz allein gemacht habe. „Aber sie ist ja auch gelernte Kinderschwester, da lässt sie sich in ihr Metier nicht hereinreden", scherzt er.

Aber er vergisst es nie, wie er nach der Geburt mit dem kleinen Kind auf den Rundgang des Hauses hinausgetreten ist und laut gerufen hat: „okalume - ein kleines Knäblein." Es ist Ende September, der Frühling kommt, das Gras ist noch trocken und gelb, aber die Akazienbäume werden schon langsam grün. Und vor dem Haus versammelt sitzen sie alle auf dem Boden, seine ganze Gemeinde und auch viele andere aus dem Dorf, die noch nicht getauft sind. Eine kaum überblickbare Schar, und sie haben alle dort über vier Stunden lang ausgeharrt. Jetzt erheben sie sich und sehen den von ihnen verehrten Vater bewundernd an. Der ruft: „Sein Name: Gottlieb!" Und ein Jubelgeschrei bricht aus. Sie tanzen im Dorf bis in die Nacht.

Vier Tage warten sie, so ist es bei den Ovambo Tradition. Vier Tage muss das neue Kind zeigen, dass es wirklich leben will. Dann erscheint der oberste Ratsmann mit einem großen Gefolge und sie breiten auf dem Rundgang vor dem Haupteingang des Hauses ein Löwenfell aus. Als Karl mit dem kleinen, weißen Sohn erscheint, nehmen sie ihn aus seiner Hand, legen ihn auf das Löwenfell und ehren ihn wie einen Häuptling ihres Stammes, und Karl ist so gerührt, dass er sich verneigt und ihm die Tränen in den Augen stehen.

6

Efundula

1913 Namakunde

Karl ist ein glühender Anhänger der Thesen des Missionars Hermann Heinrich Vedder, der auf dem Missionsgut Gaup, in der Nähe von Grootfontain, beispielhafte Arbeit leistet. Er bildet einheimische Mitarbeiter aus und sammelt die Sagen, Fabeln und Märchen der Buschmänner. Er will von ihrem alten Sprachgut retten und erhalten, was er irgendwie noch aufspüren kann. Karl Skär ist unbedingt mit ihm der Meinung, dass diese Sammlung der Volksgüter auch der Missionsarbeit zugute kommt.

„Wie will der Missionar in der Schule und Kirche, bei Werft- und Krankenbesuchen mit geschickter Hand hier beseitigen, dort aufbauen und das Geistesleben in neue Bahnen lenken", hat Bruder Vedder gesagt, „wenn er mit dem Denken und Fühlen seiner Leute nicht vertraut ist? Wie will er ihr Vertrauen gewinnen, wenn er unablässig von ihnen fordert, auf seine Gedanken einzugehen, sie aber deutlich merken, dass ihm ihre Gedanken unbekannt und wertlos sind."

Wilhelmine wendet sich unwirsch ab, wenn ihr Mann auf solche Ansichten zu sprechen kommt.

„Kämpfe mit dem Wort Gottes gegen ihre Sünde, das ist deine Aufgabe!", sagt sie entschieden.

„Aber du musst einmal das Leuchten in ihren Augen sehen, wenn ich als Beweis für meine Darlegungen eines ihrer Sprichwörter zitiere oder eine Lehre aus einem ihrer Märchen anführe!", erwidert Karl. „Der Vater im Himmel hält seine Augen offen über alle Völker, wie weit verstreut sie auch sein mögen", hat er in Vedders *Hauskapelle* gelesen. Ja, Vedder geht noch weiter, aber das kann Karl seiner Frau gar nicht mehr vermitteln: „Zur Verkündigung des Evangeliums genügt es keineswegs, wenn man die Sprache eines fremden Volkes einigermaßen fließend sprechen kann. Das Evangelium ist für den Heiden etwas vollständig Neues. Dies Neue wird ihm am besten in der Weise nahegebracht, dass man an Altes, dem Heiden Geläufiges anknüpft, sei es, dass man das Alte verwerten kann, sei es, dass man die Grundlosigkeit des Alten nachweist, um sofort das Neue und Bessere an dessen Stelle zu pflanzen."

Als er seinen turnusmäßigen Bericht an den Herrn Inspektor der Rheinischen Missions-Gesellschaft in Barmen beginnt, überkommen ihn schnell andere Sorgen: „Es herrscht wieder Hungersnot in Ovamboland, sie ist nicht kleiner, als es die im Jahre 1908 gewesen ist."

Er weiß, er darf nicht zu sehr klagen, das würde man dort oben in Deutschland kaum verstehen. Und er ist auch selbst der Meinung, dass die Leute faul werden, wenn sie sich zu sehr auf die Regierung oder den Missionar verlassen können. Natürlich muss er sie anhalten, zu arbeiten und sich selbst zu versorgen, aber einen Vorrat an Lebensmitteln braucht er doch in seiner Station. Wie jetzt, wenn der Hunger so weh tut, dass er allen Verstand wegnimmt, liegen die Menschen vor seiner Tür und gehen nicht weg und sterben da.

Der *liebe Herr Inspektor* hat 60 Zentner Reis bewilligt, die bereits in Okaukuejo angekommen sind. Von der Regierung sind auch 250 Zentner versprochen, die bald eintreffen sollen, und von dem Rest des früheren Hungergeldes hat Karl noch 20 Zentner hinzukaufen können. Die 60 Zentner Reis von der Mission will er zunächst hier in Namakunde lagern und als Vorrat für noch schlimmere Zustände aufbewahren. Er will sie nicht auf die einzelnen Stationen verteilen, „weil es auf einer Station weniger Mäuse gibt als auf vieren."

Mit dem Dank für die Bewilligung der Nahrungsmittel aus der Missionskasse wagt es Karl noch einmal, nachdrücklich an seinen Vorschlag zu erinnern, Gemeindefelder anzulegen. „Wir müssten deshalb nicht nur so nach Belieben und persönlichem Geschick Gemeindefelder anlegen, sondern es müsste jedem unserer Brüder zur notwendigen Pflicht gemacht werden", schreibt er an den Herrn Inspektor.

Auf diesen Vorschlag, den er schon vor einigen Jahren unterbreitet hat, ist man nicht eingegangen. Karl muss sich erst durch die Schwarzen und ihre Kinder so weit bringen lassen, dass er es nicht als selbstgefällige Rechthaberei ansieht, diesen Vorschlag noch einmal zu unterbreiten. Sie lagern apathisch vor seinem Haus und warten. Er sieht die dünnen Ärmchen und aufgeblähten Bäuche, die großen leeren, kaum mehr bittenden Augen. Ihre offenen, bettelnden Hände ziehen sie nur nicht wieder weg, weil sie zu schwach dazu sind. Jeden Abend betet er: „Herr, lasse die Früchte reif werden und das Korn!"

Aber seine geheimen Pläne lässt er unausgesprochen: Wenn sie nur einen tüchtigen Laienbruder hier hätten, was ließe sich da nicht alles machen! Er denkt an Baumwolle und vor allem, das wäre beileibe keine utopische und nur eigennützige Idee, an den Tabakanbau. Damit ließe sich auch Geld machen, das in Notzeiten für

Nahrungsmittel zur Verfügung stände. Er müsste selbst natürlich diesen Tabak prüfen! Bei diesem Gedanken leuchten Karls Augen jedes Mal auf.

Dann kommt er in seinem Bericht noch auf einen weiteren Punkt zu sprechen, der ihm sehr am Herzen liegt. Die Schule muss neu gebaut werden, denn das alte Gebäude ist zu klein und von den Termiten zu sehr heimgesucht. Er ist der Meinung, dass man um dieses Projektes willen den Kirchbau noch um einige Jahre hinausschieben sollte. Die Missionskasse soll für den Schulneubau natürlich nicht in Anspruch genommen werden. Für das, was die Gemeinde nicht aufbringen kann, könnte man einen Ochsen aus der Gemeindeherde verkaufen. Was der Inspektor wohl antworten wird? Zwei Monate wird es brauchen, bis dieser Bericht ihn erreicht, noch einmal mindestens zwei Monate, bis Antwort zu erwarten ist.

Lobend erwähnt Karl in seinem Bericht auch den neuen Häuptling Mandume, der ein sehr energischer und durchgreifender Mann zu sein scheint, ganz anders als sein Vorgänger Nande. „Jetzt herrscht Zucht im Lande. Früher hörte man fast jeden Tag von Ochsenstehlerei, von Mord und Totschlag. Niemand war sich seiner Habe und seines Lebens sicher. Jetzt ist ein allgemeines Aufatmen im Lande. Die Leute sagen: Jetzt haben wir Frieden. Nur sind manche der alten Großleute verstimmt, denen das Handwerk gelegt ist. Es darf im Lande kein Schuss mehr fallen, keine Schlägereien dürfen vorkommen. Wer diese Verbote übertritt, der wird von Mandume schwer bestraft. Deshalb stehen wir natürlich auf seiner Seite."

Dann bedenkt Karl Skär sich lange, ob er dem Inspektor in Deutschland von der Efundula berichten soll. Dieses Fest findet in Zeiträumen von 3-4 Jahren satt und steht nun wieder bevor. Mandume besteht darauf, dass alle Mädchen, die heiraten wollen, zur Efendula geschickt werden sollen. „Dieses heidnische Fest ist die reinste Schweinerei!", ist Wilhelmines überzeugte Meinung, nach allem, was sie davon gehört hat. Wilde Tänze soll es geben, fast nackte Menschen, die sich stundenlang in ekstatischen Bewegungen umlauern, sich mit ihren schweißigen Körpern berühren, umwerben und eindeutige Gebärden vollführen. Wenn Karl es richtig überlegt, fällt es ihm schwer, ein Argument zu finden, das einen Widerspruch rechtfertigen würde. Auch Bruder Welsch von der Nachbarstation hat doch von „fleischlichen Orgien" gesprochen.

An der Efundula muss jedes junge Mädchen teilnehmen, bevor es heiraten darf. Das Fest dauert vier Tage lang. Der erste heißt okaombexuxua: *Zeit, wo die Hühner Mittagspause halten;* der zweite trägt den Namen okambadjona: *der junge Schakal;* der dritte Tag ist der bedeutendste, ombadje ja kula: *großer Schakal.* Am Nachmittag des letzteren beginnt der große, die Nacht hindurch dauernde Tanz. Erst die aufgehende Sonne des vierten Tages bringt den müden Tänzerinnen etwas Ruhe. Doch bald beginnt der Tanz aufs Neue, immer begleitet von dem ohrenbetäubenden Geräusch all der Trommeln.

„Du musst sie in Christi Namen dazu anhalten, ihre Körper mit Kleidung zu bedecken", fordert Wilhelmine entschieden, wenn sie über das bevorstehende Fest spricht. Diese strikte Aufforderung seiner Frau trifft ihn ziemlich unvermittelt. Er hat den Umstand, dass die Schwarzen unbekleidet sind, nie als schamverletzende Nacktheit empfunden, eher als eine Eigenart, an die er sich mit der Zeit völlig vorbehaltlos gewöhnt hat. Karl spürt, wie ihm sein weißes Leinenhemd schweißnass auf der Brust und unter den Achseln klebt.

Er leidet unter einem Fieberanfall und soll am nächsten Tag mit dem Häuptling sprechen. Er weiß, Mandume gibt in diesem Punkt nicht nach, er kann nicht nachgeben! Es müsse zum Fest getrommelt werden im Land, andernfalls müsse er sterben, hat er Karl eindeutig zu verstehen gegeben. Der Missionar wird dem Inspektor nichts von dem Fest berichten.

Kaum hat Karl sich von seinem Fieber erholt, kommt Wilhelmine mit ihrem zweiten Kind nieder. Während die Trommeln für die Efundula zu schlagen beginnen, sitzt sie im Bett und ringt um Luft und hält sich die Ohren zu. Auf Vermittlung von Alma Welsch ist Schwester Frieda, eine Krankenschwester aus Otavi, geschickt worden.

Karl dankt Gott, dass sie hier ist, denn mit den Umständen dieser Geburt wären er und sein Doktorbuch niemals zurecht gekommen. Zudem kann er das Buch auch gar nicht zu Rate ziehen. Es liegt eingeschlossen in seinem Sekretär und das Schloss will sich trotz aller Versuche einfach nicht öffnen lassen. Karl schüttelt den Kopf. Dann erkennt er die Umstände: Blattschneidebienen haben das Schloss als Bruthöhle benutzt und mit Blattteilen vollgestopft, ja regelrecht einzementiert.

Die Nachgeburt ist angewachsen und muss gelöst werden, eine Situation, vor der selbst die Schwester noch nie gestanden hat. Sie lässt sich aber keine Unsicherheit anmerken und handelt entschlossen und selbstbewusst. Erst im Nachhinein ist sie über ihren mutigen Zugriff selbst ein wenig erschrocken.

Schwester Frieda soll noch zwei Wochen bleiben. Sie erlebt eine Patientin, die so schwach ist, dass sie ihr Kind kaum versorgen kann. Die kleine Tochter, die Karl schon am zweiten Tag in großer Sorge auf den Namen Malvine Luise tauft, scheint darunter zu leiden, dass ihre Mutter ihr keine Kraft geben kann. Während draußen im Kral der Klang der Trommeln immer lauter und wilder wird und schließlich auch in der Nacht nicht mehr verstummt, liegt Wilhelmine auf ihrem Lager. Schwester Frieda legt der fremden Frau unermüdlich kalte Tücher auf die Stirn, richtet sie mit untergeschobenen Kissen im Bett auf, damit sie besser atmen kann. Sie öffnet die Fenster erst, nachdem die junge Missionarsfrau eingeschlafen ist, weil sie weiß, dass die unermüdlichen Trommeln ihr eine zusätzliche Pein verursachen.

Als Schwester Frieda am 9. Februar Namakunde verlässt, hat sie keine gute Hoffnung. Sie blickt sich auf dem trockenen, staubigen Weg vor dem Missionshaus um, winkt Karl Skär zu, der auf der Veranda steht und zum Abschiedsgruß seinen Arm kaum heben kann. Mehr ist es eine Geste der Verzweiflung, ein Abwinken, bevor er seinen Arm ganz sinken lässt. Er sieht fremd aus. Zwei Tage nach der Geburt ist sein brauner Bart gefallen. „Jetzt sehe ich doch menschlicher aus", hat er zu der Schwester gesagt, hat sie umarmt und sie dankbar auf die Stirn geküsst. Nun fragt sie sich, ob Gott es denn gewollt haben kann, dass die Verzweiflung und die Hoffnungslosigkeit zu den allermenschlichsten Eigenschaften gehören sollen.

Der kleinen Malvine Luise gelingt es nicht, richtig zu leben. Alle Liebe der Eltern und alle Gebete zu Gott können sie nicht dazu führen, ein starkes, gesundes und lebensfähiges Baby zu werden.

Da sie ein Mädchen ist, haben die Eingeborenen ihr Blumen gebracht. Sie haben die Treppe zum Hausumgang

mit Blüten belegt, haben vier Tage lang gewartet, obwohl
von der Efundula müde und ausgelaugt. Aber als Karl
ihnen das neue Kind nicht gezeigt hat, haben sie dann ein
Lied gesungen mit einer traurigen und schweren Melodie
und sind niedergeschlagen davongeschlichen. Und Karl
hat mit ernstem Blick im Haus gesessen und sein bartlo-
ses Kinn befühlt.

Die kleine Malvine bleibt schwach. Beinahe im
Gleichklang des Leidens gegenüber ihrem Kind kann
Wilhelmine sich nicht erholen und neue Kraft schöpfen.
Mehrmals erleidet sie schwere Asthmaanfälle.

Karl ist unsicher, was zu tun ist. Er fühlt sich wohl
im Ovamboland, aber er spürt mehr und mehr, dass alle
Umstände, sowohl die klimatischen wie auch die psychischen, dem Wohlbefinden und sogar dem Leben seiner
Frau und seiner Tochter widersprechen.

Andererseits fragt er sich, ob es recht ist, darauf
Rücksicht zu nehmen, wenn sie doch hier so gebraucht
werden. Zu seinen Missionsbrüdern, mit denen er schrift-
lichen oder mündlichen Kontakt hat, sagt er: „Wir dürfen auf meine Frau nicht hören, müssen so entscheiden,
wie es richtig ist, wie es in unseres Gottes Plan steht!"

Aber er ist sich so unsicher in dieser geäußerten
Ansicht, dass seine abendlichen Spaziergänge immer länger werden. Manchmal bleibt er stehen und umfasst verzweifelt einen Baumstamm. Er versucht ihn zu schütteln
und schlägt seine Stirn dagegen. Wenn er weitergeht, ist
sein Kopf so leer wie damals, als die Meisterin ihn aus der
Werkstatt schickte, weil der Typhus ihn so quälte.

Karl beschließt, die zuständige Ärztin um ein
Gutachten zu bitten. Doch bevor sein Brief beantwor-
tet werden kann, stirbt die kleine Malvine. In der Nacht

hat sie noch geweint, ganz schwach, und ihr Vater hat sie gewiegt, bis sie zur Ruhe gekommen ist, da er den Schlaf der Mutter schonen will. Am Morgen liegt sie kalt und tot in ihrem Bettchen. Die Augen sind geschlossen. Ernst und friedlich liegt sie da, die Kleine, die hier nicht leben kann oder nicht hat leben wollen. Und sie ist die zweite Tote, die Karl in der südafrikanischen Erde begräbt.

Die Ärztin attestiert, dass die Asthmaanfälle, von denen in der Heimat nichts bekannt gewesen ist, in den letzten zwei Jahren ständig an Intensität und Häufigkeit zugenommen haben. Sowohl Inspiration als auch Exspiration seien dann sehr erschwert und geräuschvoll rasselnd. Wahrscheinlich handele es sich um Asthma bronchiale, doch sei bei dem nur kurzen Beobachtungszeitraum auch ein Asthma cardiale nicht auszuschließen, eine anfallsweise, besonders nachts auftretende schwere Atemnot als Folge einer Linksherzinsuffizienz. Eine spastische Verengung der Bronchien bewirkt einen Reizhusten und neben der starken Atemnot auch einen dünnflüssigen, manchmal blutigen Auswurf. Nach den Anfällen ist es der Patientin nur möglich, am offenen Fenster leicht zu atmen. Bei nur geringster Belastung seien sichtbare Atembeschwerden wahrzunehmen.

Die Frage sei, ob Frau Skär dieses Klima fortwährend ertragen wird. Dazu kommen gelegentliche traumatische Angstzustände, aus dem Erleben des sozialen Umfeldes und jetzt zusätzlich durch den Verlust des Kindes abgeleitete Phobien, die die Atemnot möglicherweise verstärken können.

Im Ovamboland, in einer Höhe von 1200 bis 1300 Metern, werde vielen Weißen beim Gehen, Singen und Reden der Atem schwer, so dass eine Abnahme der körperlichen und geistigen Kräfte nicht ungewöhnlich sei. Nicht auszuschließen sei, dass eine Änderung der klimatischen und auch der psychischen Belastung der Patientin die Gefahr eines chronischen Verlaufs der Krankheit einschränken könne.

Karl nimmt dieses Gutachten der Missionsärztin, das sie nach Barmen schickt und auch ihm in einer Kopie zukommen lässt, sehr ernst. Er macht sich auf den Weg zu Bruder Welsch, um mit ihm das Problem eingehend zu beratschlagen.

Bruder Welsch ist der Ansicht, dass insbesondere Wilhelmines Probleme mit den Schwarzen und ihren Sitten sowie deren Übergriffe auf ihren Leib und ihre Seele vom Missionsdirektor nicht akzeptiert werden. „Darauf sollten wir nicht pochen. Deshalb sind wir ja hier, um die Eingeborenen zu einem Leben in Christi zu bekehren. Da müssen Gebete und eine starke Zuversicht in das Wort Gottes helfen. Nur für das Klima hier hat der Herrgott uns Weiße nicht unbedingt erschaffen. Das müsste auch dem Herrn Direktor in Barmen einleuchten."

Aber sie sind der Meinung, dass etwas geschehen muss, bevor sie Antwort aus Deutschland erhalten. Das kann ja noch Monate dauern. Bruder Welsch macht den Vorschlag, Wilhelmine für einige Zeit nach Namutoni zu bringen. „Dort ist sie unserer Zivilisation sicher schon um einiges näher. Sie genießt die Sicherheit der Schutztruppe und ist auch der ärztlichen Betreuung schnell und jederzeit gewärtig. Ich bin überzeugt, lieber Karl, dass sich ihre Gesundheit in körperlicher und psychischer Hinsicht schnell und deutlich verbessern wird."

Karl Skär nickt: Bruder Welsch hat ihm aus der Seele gesprochen und den von ihm ebenso gefassten Plan ausgebreitet. Als sich Wilhelmine mit geröteten Wangen und leicht zittriger Hand von ihnen verabschiedet, führen sie ihre Aufregung allein auf die Freude über eine möglicherweise bevorstehende Genesung zurück.

7

Graf Jeltsch

1913 Namutoni

Schon seit geraumer Zeit spürt Wilhelmine das Geruckel des Wagens nicht mehr. Eine zuversichtliche Leichtigkeit, wie sie sie seit Wochen nicht empfunden hat, nimmt mehr und mehr von ihr Besitz. Sie fahren an der Etoscha-Pfanne vorbei, die sich als silbern-grünes Band am rechten Horizont entlangzieht, nähern sich Oshivelo und überqueren endlich den Omuramba Ovambo.

Sie schließt kurz die Augen. In ihrem Koffer ist alles versammelt, was sie für einen unter Umständen mehrwöchigen Aufenthalt benötigt. Und strahlend scheint die Sonne über dem weiten Land.

Nachdem der Weg nach gut einer weiteren Stunde Fahrt nach Westen abbiegt, wartet sie jeden Moment darauf, die Festung und ihre weißen Zinnen weit hinten in der ebenen Fläche zu erblicken. Aber schließlich wird der Tag doch zu lang. Auch der gespanntesten Erwartung gelingt es nicht, die junge Frau von einem langsamen und immer stärker werdendem Dämmern abzuhalten. Schließlich lässt die Erschöpfung gar einen leichten Schlaf zu, in den Wilhelmine fällt, ohne dass sie allerdings ihr Haupt sinken lässt. So weit kann sich ihr Wille der Schwäche des Körpers noch widersetzen.

Ein Trompetensignal lässt sie erwachen. Es ist gerade noch frühzeitig genug, dass sie beim Einfahren in die Feste

wie ein Zeichen der Zivilisation das kaiserliche Wappen
über dem Torbogen glänzend wahrnimmt. Staub wirbelt
auf. Der Wagen macht eine halbe Drehung und die er-
schöpften Tiere halten an. Ein Uniformierter steht neben dem Gefährt. Er empfängt sie mit dem militärischen
Gruß, dem Anlagen der rechten Hand an die Schläfe, da
er keine Kopfbedeckung trägt. Zwei Hottentotten helfen
ihr heraus und nehmen ihr Gepäck in Empfang. Es ver-
schafft ihrer angespannten Erwartung eine wohltuende
Erleichterung: Sie bewohnt das gleiche Zimmer wie vor
zwei Jahren. In dem Gestell mit der Schüssel findet sie
angewärmtes Wasser vor.

Aber ansonsten ist sie enttäuscht. Der Oberleutnant
zeigt sich nicht. Keine Begrüßung, keine Nachricht. Sie
sitzt, nachdem sie sich frisch gemacht hat, unschlüssig
eine zu lange Zeit in ihrem Zimmer. Schließlich wird sie
zu einem Abendessen in den Speisesaal gebeten.

Der große, leere Raum kommt ihr unwirtlich vor. Der
junge, unbeholfene Soldat, den man zu ihrer Gesellschaft
beordert hat, erfüllt schematisch seine Aufgabe. Nicht
im geringsten kann er verbergen, dass er abkommandiert
worden ist, die kränkliche, unbekannte Missionarsfrau
beim Essen zu betreuen. Mit den Rangabzeichen kennt
Wilhelmine sich nicht aus, so dass sie seine Stellung nicht
einordnen kann. Aber seine Unverschämtheit lässt sie ihn
als Gegenleistung bei jeder Geste und mit jedem nicht ge-
sprochenen Wort spüren. Letztlich tritt ihm der Schweiß
auf die Stirn, da die immer mehr gespannte Situation seine gesellschaftliche Erfahrung und sein Vermögen übersteigt.

„Bei meinem letzten Besuch hat mir Graf Jeltsch die
Annehmlichkeiten des Schwimmbades empfohlen. Ich

denke, dass ich mich nun nach dem Essen bis zum baldigen Sonnenuntergang dorthin zurückziehen werde, wenn Sie gestatten", sagt schließlich Wilhelmine in das Schweigen hinein. Sie fährt fort: „Sie haben sicher inzwischen das Kommando von Graf Jeltsch übernommen und jetzt die Führung der Truppe in Namutoni inne." Wie erwartet springt der Soldat von seinem Stuhl auf und Wilhelmine erfährt umgehend alles, was sie so brennend wissen möchte.

„In keinem Falle möchte ich mir solcherlei anmaßen! Bitte vergeben Sie mir, wenn mein Verhalten auch nur den geringsten Schimmer einer solchen Mutmaßung gerechtfertigt hätte. Selbstverständlich ist Oberleutnant Jeltsch der Befehlshaber der Feste. Mir war nicht bekannt, dass Sie vordem die Bekanntschaft des Herrn Oberleutnant gemacht haben. Der Herr Oberleutnant befindet sich für kurze Zeit auf einem Erkundungsritt in Richtung Kavangoland und wird in spätestens zwei Tagen zurückerwartet. Nur bis dahin stehe ich den restlichen Soldaten hier vor."

Er hat längst Haltung angenommen, aber Wilhelmine wendet sich noch einmal ihrem Nachtisch zu, löffelt teilnahmslos im Schokoladenpudding und lässt ihn stehen.

Als Wilhelmine am frühen Abend des nächsten Tages sich bei dem Hottentotten, der den Kessel mit dem warmen Wasser unterhält, einen Eimer voll Waschwasser holen will, kennt dieser sie noch von dem früheren Besuch wieder. Er ist hocherfreut und klatscht in die Hände. Auch diesmal lässt er es sich nicht nehmen, ihr den Eimer zu ihrem Quartier zu tragen.

Sie haben den Hof halb überquert, da sprengen drei Reiter in den Innenraum. Von dem ersten der verschwitzen Pferde, einem sehr hellbraunen Hannoveraner mit großen Packtaschen und einem Wassersack an der Seite, springt der Oberleutnant. Mit einem ebenfalls völlig durchschwitzten Khakihemd und einem breitrandigen Lederhut auf dem Kopf steht er plötzlich vor der Missionarsfrau. Wilhelmine erkennt ihn zuerst kaum, weil er sich einen kurzen, braunen Bart hat stehenlassen, weil er so verwegen aussieht, so abenteuerlich und jung.

Er gibt dem Pferd einen Klaps auf das Hinterteil. Der Hottentotte führt es weg. Der Oberleutnant verbeugt sich knapp und förmlich vor Wilhelmine, reicht ihr die Hand und nimmt dann den Eimer mit dem warmen Wasser und geht mit ihr in Richtung des Zimmers im Seitengebäude.

„Ich habe mich so darauf gefreut, Sie zu sehen", sagt er, „dass wir den halben Tag durchgeritten sind, nur um heute noch in Namutoni einzutreffen." Wilhelmine wendet sich ein wenig ab. Nichts findet sie unverschämt. Eine Röte steigt ihr ins Gesicht, von der sie wusste, dass sie sie heimsuchen würde.

Der Oberleutnant weist ihr eine junge Schwarze zu, die Wilhelmines Bedienung und Betreuung übernimmt. Es ist eine Hereroschönheit, der man an allen Gesten und Bewegungen anmerkt, dass sie einem ehemaligen Herrenvolk entstammt. Ihre Familie hat der Aufstand völlig verschlungen. Nur sie allein lebt einige hundert Meter westlich in der Eingeborenenwerft mit einer Reihe anderer aus ihrem Volksstamm zusammen. Fast durchweg sind es Frauen und jüngerer Nachwuchs. Als Wilhelmine später einmal in einem Gespräch den geschmeidigen Gang der jungen Frau mit dem einer Eidechse vergleicht, greift der Oberleutnant ihren Hinweis sofort auf. Er preist begeistert die vollendete Gestaltung sowohl ihrer sanften Gesichtszüge wie auch ihres gesamten Körpers, ihre grazile Haltung und ihre Bewegungen. „Es ist ein schmerzliches Versäumnis der deutschen Kolonialzeit, dass nie ein Künstler sich einfand - ein Zeichner, ein Maler oder Bildhauer - der den eingeborenen Menschen zum Modell nahm, seine naturgegebene, wilde Schönheit festhielt und sie dem Menschen fern im Reich vermittelt und nahebringt."

Und noch jemanden stellt Graf Jeltsch ab, der die Missionarsfrau begleiten und beschützen soll. Auf Schritt und Tritt ist er in ihrer Nähe, verborgen und versteckt, ohne dass sie ihn wahrnimmt, aber der sicherste Hüter, den man sich denken kann. Er besitzt die feinsten Sinnesorgane: eine Nase, die so sicher wittert wie die eines Hundes; Augen, die die glänzenden Lichter mit der tiefblauen Iris des Springbocks erkennen, wenn normale Jäger nur den rötlichen Rücken als Farbtupfer im offenen Feld ausmachen können; und einen Instinkt, der eine Gefahr wittert, lang bevor sie drohend vor dir steht. Sein Name ist Obai. Niemand weiß, woher er kommt. Seine Rasse ist nicht zu bestimmen. Sicher vereint er alles in sich, was Erfahrung, Mut, Erleiden, Misstrauen, Kraft und Stolz des Afrikaners in sich birgt. Die Mutter ist eine Buschfrau oder ein Bergdama-Mischling, der Vater ein Bur oder vielleicht ein Europäer. Krumm und klein ist er, geht zudem noch immer gebückt, halb versteckt und der Erde nahe, mit einem Gesicht, breit und gegerbt.

Zum ersten Mal sieht ihn Wilhelmine, als sie in einem hellen, langen Kleid und mit einem breitrandigen Tropenhut weit hinter dem Schwimmbad hinausgegangen ist. Sie will Vögel beobachten. Die bunt gefiederte Gabelracke hat es ihr angetan, violett und blau im Brustbereich, orange um die Augen und mit einer grünen Kopfhaube. Plötzlich springt ein geducktes, braunes Wesen aus dem hohen Gras hervor, wirft sich in einem langen Hechtsprung vor ihr auf den Boden, überrollt sich und steht dann mit krummem Rücken vor Wilhelmine, die zu Stein erstarrt ist.

Er hält etwas in der Hand, das zuckt und sich windet. „Nur kleine Schlange", sagt Obai, „aber ist giftig, man nie weiß, man nie weiß." Dann ist er wieder verschwunden. Wilhelmine kann sich immer noch nicht rühren.

Der Graf ist ein vorzüglicher und faszinierender Gesellschafter. Nicht nur, dass er ihr jetzt all die Tiere der Etoscha zeigt, die sie bei ihrem ersten, kurzen Besuch nicht haben sehen können, Flamingos und Giraffen, Warzenschweine und Schakale, Gnus und Oryx, einmal sogar in der Ferne einen Löwen; er kennt sich auch in allen Bereichen der Kultur aus, der Literatur, Malerei und Musik. Er besitzt für diesen afrikanischen Vorposten eine erstaunliche Menge an Büchern und Bildbänden.

„Und wissen Sie, Gnädigste, dass Gerhart Hauptmann im vergangenen Jahr den Nobelpreis für Literatur erhalten hat! Zwar hat der Kaiser damals abgelehnt, dass er den Schillerpreis bekommt, weil er ein Umsturzdrama geschrieben und den Aufstand der schlesischen Weber verherrlicht hat, aber die Schweden haben ihn jetzt geehrt. Auf keinen Fall hege ich Schadenfreude gegenüber unserem Kaiser. Trotzdem empfinde ich diese Ehrung als nationale Anerkennung für uns Deutsche, wenn auch das Werk dieses Autors umstritten ist." Auf Wilhelmines Frage fügt er dann hinzu: „Nein, gelesen habe ich nichts von ihm, doch dieser Dichter stammt aus Breslau, stellen Sie sich vor, genau wie meine Familie!"

Dann empfiehlt er ihr den Roman „Der Stechlin" von dem Ende des letzten Jahrhunderts verstorbenen Theodor Fontane, der hier Bestandteil in seiner Bibliothek ist. Ein altes märkisches Adelsgeschlecht steht im Mittelpunkt der Handlung. Wilhelmine nimmt das Buch begeistert. Sie kennt den Namen dieses Berliner Dichters. Wie lange hat sie schon keinen Roman mehr gelesen!

Bei den Mahlzeiten sitzen sie sich gegenüber. Wenn der Graf ihr den Stuhl heranschiebt, liegen seine Hände schon einmal kurz an ihren Schultern, während er wie versonnen eine alltägliche Bemerkung macht und weiterredet und die Hände nicht wegnimmt. Wenn er ihr eine Schüssel reicht, berühren sich die Hände oftmals länger als nötig. Sie spürt, dass er sie dabei sogar ansieht. Mehr und mehr lässt Wilhelmine es zu, weicht seinen Blicken aber aus.

Abends sitzen sie häufig noch ein Stündchen im Jagdzimmer. An der Kopfseite des Zimmer hängen still und zwangsweise vereint nebeneinander ein riesig wirkender Kopf einer Oryxantilope mit ihrem langen Gehörn und der mächtige Kopf eines Warzenscheins, ausgestattet mit steil nach oben gerichteten Hauern. So ganz geheuer sind die toten Tiere Wilhelmine nicht.

Um einen runden Tisch stehen drei wuchtige Stühle mit Armlehnen und Sitzpolstern, die im Stil des Historismus gestaltet sind. Aus Nussbaum gefertigt, zeigen sie filigrane, geschnitzte Verzierungen an den Lehnen und an den Beinen. Oben in der Rückenlehne ist ein fantasievolles Wappen eingearbeitet, von Weinreben umgeben. Einer der Stühle bleibt frei.

Jeltsch entkorkt gekonnt eine Flasche und bietet Rotwein an. „Meine Gnädigste, zum Dämmerschoppen ein hervorragender Tropfen aus Württemberg, ein Schwarzriesling von 1911, ein großartiges Weinjahr in Deutschland. Ein solcher Wein ist südlich vom Äquator wahrlich eine Besonderheit."

„Wenn Sie das sagen, muss ich das wohl zu schätzen wissen und ich danke Ihnen dafür. Aber für mich bitte nur ein ganz kleines Schlückchen", sagt Wilhelmine, „nur zum Benetzen der Lippen, nur zum Probieren." Sie ist so aufgeregt, greift ungeschickt nach dem Glas, stößt es fast um und macht einen kleinen Flecken auf die weiße Tischdecke, weil etwas von der rubinroten Flüssigkeit hinausschwappt.

„Oh, das ist mir schrecklich peinlich", sagt sie und ihre Wangen nehmen fast die Röte des Weines an. Dann lacht sie ein wenig gekünstelt: „Sehen Sie, obwohl ich doch noch gar nichts getrunken habe, bin ich schon außer Rand und Band. Was sollte da erst werden, wenn ich den Rebensaft trinken würde?" Sie holt aus dem Ärmel ihres Kleides ein Taschentuch hervor und versucht hastig die Tropfen aufzunehmen.

„Lassen Sie, Verehrteste, das ist doch nichts", springt ihr Begleiter sofort ein, „bitte, machen Sie keine Umstände." Er lacht plötzlich, streicht sich durchs Haar. „Hören Sie, ich erzähle Ihnen eine kleine Geschichte."

„Ich hatte in Berlin gerade mein Leutnantspatent erhalten, da wurde ich mit drei andern jungen Offizieren nebst Damenbegleitung von Ludwig Freiherr Senfft von Pilsach zu einem Essen in seine Wohnung am Kurfürstendamm eingeladen. Ich war aufgeregter als Sie es hier jemals sein könnten. Das Essen war vorzüglich, geschmorte Entenbrust in Tomaten-Ingwersauce mit frischen Spargelspitzen und Apfelmus. Als Schüsseln und

Teller, Schalen und Besteck abgeräumt waren und der weiträumige Tisch mit dem blütenweißen Leinentuch vor uns lag, da habe ich durch eine Ungeschicktheit nicht nur ein paar Tropfen wie Sie, sondern mein halbvolles Glas mit Rotwein über den Tisch verschüttet. Die Damen kreischten erschreckt auf, die Herren saßen versteinert und stumm. Ich hätte vergehen mögen vor Scham, mir flatterte der Atem. Ich hatte berechtigte Angst, meine militärische Karriere stünde auf dem Spiel. Meine erste gesellschaftliche Prüfung schien vollkommen misslungen zu sein." Noch jetzt guckt Graf Jeltsch verschreckt.

„Aber was passierte?", fährt er fort, „Freiherr Senfft von Pilsach blickte erstaunt auf das Tischtuch, zog mit dem Zeigefinger die Rotweinlache am rechten Rand noch ein wenig auseinander und sagte zur Verblüffung aller Anwesenden: ‚Da haben Sie schön die Grenze des damaligen Königreichs Preußen abgebildet, Jeltsch, alle Achtung. Und hier', er tippte mit dem noch vom Rotwein tropfenden Zeigefinger in die weiße Fläche nördlich des Flecks, ‚hier liegt Berlin!'"

„Meine Anspannung löste sich etwas, als der Freiherr fortfuhr: ‚Schlacht bei Großbeeren, 1813, ist Ihnen doch bewusst, meine Herren, der Franzmann wollte unter Napoleon erneut nach Berlin vorrücken. Hier', er pochte mit dem Finger auf die Tischdecke, ‚überschritten die Franzosen die Grenze, aber wir hatten bereits Position bezogen. Hier', und er nahm jetzt sein Glas, schüttete eine weitere kleine Portion Rotwein aus, südlich des Punktes, der Berlin markierte, ‚hier hatte das IV. preußische Armeekorps unter General von Bülow Position bezogen, und an dieser Position', wieder entstand ein neuer Fleck auf dem Tischtuch, das jetzt ein Schlachtfeld geworden war, ‚lagen die russischen Korps und hier die Schweden.‘ Noch ein roter Fleck entstand.“

„Wie gebannt schaute die gesamte Gesellschaft auf dieses Szenario. ‚Bei strömendem Regen rückten die Franzosen bei Großbeeren vor‘ - Senfft von Pilsach schüttete etwas Mineralwasser auf die napoleonischen Truppen, was deren Gebiet schnell verwässerte - ‚aber unser Artilleriefeuer aus 64 Kanonen und schließlich der Bajonettangriff von über 30 000 tapferen Soldaten vertrieben den Feind aus dem Dorf. Die Franzmänner waren gescheitert. Die Eroberung Berlins fand nicht statt.‘“

Auch jetzt wieder beim Erzählen atmet Graf Jeltsch befreit auf, so wie er es damals sicher auch getan hat: „Der Freiherr lehnte sich befriedigt zurück. Die Anwesenden klatschten begeistert in die Hände. Er hatte die Schlacht gewonnen und mich gerettet. Nie werde ich ihm das vergessen. An meinen Fauxpas dachte angesichts der gewaltigen Schlacht und des berauschenden Sieges niemand mehr.“

Seit zwei Wochen befindet sich Wilhelmine nun in Namutoni, in diesen weißen Mauern, die sie abschirmen von allem Bösen und Bedrohlichen. Fontanes Roman hat sie gegen Balladen von Börries von Münchhausen und Gedichte von Rilke eingetauscht. Das Gedicht *Der Panther* geht ihr tagelang nicht aus dem Sinn. Wie fühlt sie mit mit dieser eingesperrten Kreatur im Jardin des Plantes in Paris, vor allem weil sie jetzt hier die Tiere in der freien Wildbahn beobachten kann.

Der Graf erzählt ihr von einem französischen Maler mit Namen Paul Gauguin. Er ist Ende des vergangenen Jahrhunderts der Zivilisation entflohen und hat auf einer

Südseeinsel gelebt. Dort hat er mit leuchtenden und kon-
trastreichen Farben wunderbare Gemälde von bunt be-
kleideten Eingeborenenmädchen gemalt. „Solche Bilder
könnte man auch hier von den Negern malen."

Längst hat er wieder ein tadellos rasiertes Kinn,
trifft sich nach der Mittagsruhe unter einem hohen,
schattenspendenden Baum an einem winzig kleinen,
runden Tischchen mit ihr zum Kaffee. Er schwärmt
von den Berliner Cafés an der Tauentzienstraße. Später
im Abendrot erklärt er ihr das Knurren, Heulen und
Kreischen der unterschiedlichsten Tiere, deren Laute hal-
lend und hohl über die ebene Fläche heranschallen.

Alles scheint die junge Frau vergessen zu haben: die
Atemnot, die Schwäche, die Angst. Das Ovamboland,
nur ein paar Steppenkilometer entfernt, scheint so weit
von ihr. So sicher fühlt sie sich, so angeregt von einer anderen Welt, dass sie denkt, es sei gut, endlich etwas nach-
zuholen.

Nur manchmal, kurz nach dem Einschlafen, schreckt
sie ganz plötzlich wieder auf. Ihr fällt der Kral ein und die
Trommeln, das Missionshaus, ihr Kind und der Missionar.
All das, woran sie den ganzen Tag über nicht gedacht hat.
Dann spürt Wilhelmine, dass sie zwar einer Gefahr entkommen, aber einer neuen Gefahr ausgesetzt ist. Doch
sie weigert sich, darüber nachzudenken, ob die neue
Bedrohung vielleicht noch schlimmer sein könnte. Sie liegt
auf dem Rücken und blickt durch das Oberlicht der Tür
auf den Schein der Lampe im Hof, die niemals erlischt und
die ihr Sicherheit gibt.

Am nächsten Nachmittag wird plötzlich ihre Fürsorge
gefordert. Als sie sich gerade auf das Abendessen vorbereitet, ihre Frisur ordnet, Augenbrauen und Wangen betupft

und sogar ein wenig pudert, die Falten ihrer Bluse mit den Fingern glattstreicht – alles Handhabungen, die ihr in der letzten Zeit im Ovamboland nicht wichtig gewesen sind, die sie dort kaum ausgeführt hat – wird laut ihr Name gerufen. Sie stürzt auf den Hof. Am Eingang des Forts gibt es einen kleinen Auflauf. Ein paar Soldaten, einige Farbige, die sie gestikulierend umringen. Dann sieht sie in der Mitte den Oberleutnant stehen. Er schiebt die Menge beiseite, geht links auf das Quartier zu. Er hebt ruckartig die rechte Hand halbhoch, bleibt stehen und sieht Wilhelmine auf sich zukommen.

„Es ist nichts, nichts von Bedeutung!", sagt er bestimmt, nimmt die rechte Hand nach unten. Er drückt sie starr ganz tief, so dass auch seine Schulter sich nach unten zieht.

„Lassen Sie sehen", sagt Wilhelmine, „los, kommen Sie!"

„Nein, es ist wirklich nicht der Rede wert."

Da steht Obai vor ihr, der bucklige Mischling: „Eine Leuchtpatrone, Missis, knallpodiert in Hand von Oberleutnant." Er schließt die Augen, hebt den Kopf und macht hilflose Bewegungen mit beiden Armen und Händen. „O, Jesus, Jesus", ruft er, „ist große Katastrophe!"

Jeltsch schiebt ihn beiseite, öffnet schließlich seine Hand. Er zeigt sie vor, streicht mit den Fingern der linken Hand über die Innenfläche der rechten, wie um zu zeigen, dass nichts passiert ist. Aber der gesamte Handballen ist dick und gräulich gefärbt. Die Haut ist zwar glatt, aber die ganze Hand innen gewölbt und teilweise auch verbrannt. Wilhelmine weiß, dass es teuflisch brennen muss, obwohl man äußerlich nur wenig sieht. Auch die Innenkuppen des Ringfingers und des kleinen Fingers sind ebenso stark betroffen.

„Ich hatte die Leuchtpatrone in der Hand. Ich habe vorschriftsmäßig den Zünder betätigt, doch bevor ich sie hochgehen lassen konnte, presste sich das Feuer nach hinten in meine Hand."

„Es muß höllisch brennen."

„Nein, lassen Sie, es ist kaum etwas zu sehen."

„Auch wenn Sie vorschriftsmäßig gehandelt haben und wenn fast nichts zu sehen ist, kann es theoretisch möglich sein, dass Sie einen Schmerz empfinden. Ich halte diesen Schmerz auch praktisch für sehr gegeben. Deshalb empfehle ich Ihnen dringend, mir in mein Zimmer zu folgen und sich einer Behandlung zu unterziehen."

Einer solch rationalen und bestimmten Aufforderung kann sich Graf Jeltsch nicht widersetzen, zumal er jetzt, da Wilhelmine es ausgesprochen hat, dieses höllische Brennen kaum noch zurückdrängen kann.

„Sie haben recht", sagt er, tritt in ihr Zimmer. Dieses erscheint nun dunkel, da sie aus dem gleißend hellen Licht des Hofes kommen. Er setzt sich, und jetzt endlich, mit ihr allein, verzieht er das Gesicht vor Schmerz. Eigentlich hätte er alles, was er vor seinen Männern nicht zeigen durfte, vor dieser Frau erst recht verbergen müssen. Aber er lässt sich jetzt einfach gehen, offenbart sich ihr.

„Lassen Sie sehen!" Wilhelmine öffnet seine zusammengekrampfte Hand.

„Eine Verbrennung zweiten Grades. Die obere Haut hebt sich von der Lederhaut ab. Es werden sich noch stärkere Blasen bilden. Aber keine Angst, alles wird verheilen, ohne Narben."

„Mehl", sagt der Oberleutnant.

„Unsinn!"

Wilhelmine gibt Obai, der die ganze Zeit über an der Tür gelauert hat, eine Anweisung. Er kommt kurz darauf mit einer Kanne kalten Wassers zurück.

„Jetzt wird die Hand eine Viertelstunde lang in kaltes Wasser gesteckt. Und sonst nichts."

„Bitte, geben Sie mir etwas zu trinken."

Kaum kann Wilhelmine sich umsehen, ob es etwas gibt, was sie ihm anbieten kann, da steht Obai in der Tür, gebückt, so dass er der Erde näher scheint als den hofierten Herrschaften. Nach vorn hoch über dem Kopf hält er in der Hand eine Flasche.

„Robby 54, was der Hoofdman jetzt brauchen."

Es ist Jamaika-Rum. Unschlüssig sieht sie sich um, ob es ein Glas gibt. Da greift Jeltsch nach der Flasche, nimmt sie aus ihrer Hand und trinkt. Er stöhnt und trinkt noch einmal einen ausgiebigen Schluck. Er sitzt auf dem Bett, legt sich dann zurück, riecht trotz allen Schmerzes den weiblichen Duft, der dem Kissen entströmt. Als er die Augen schließt, bemerkt Wilhelmine, dass Schweiß auf seine Stirn tritt. Sie nimmt ein Taschentuch und tupft die Tropfen weg.

„Sie sollten nicht zu viel trinken, zumal dieser Rum sicher sehr hochprozentig ist." Aber er lässt sich die Flasche nicht wegnehmen, stöhnt, setzt sie immer wieder an. Sie ist bald schon zu einem Drittel leer.

„Sie haben nur ihre Pflicht getan und sind Ihrem Mann gefolgt", sagt er, „aber ich bin freiwillig in dieses Land gegangen. Ich kannte es nicht, was wusste ich denn? Kaffernbüffel und Tigerpferde: Lausbubenträume aus der Kadettenanstalt! Felsen, riesige Blöcke in den Flussläufen, über die die Fluten strömen, Wasserfälle, hohes Schilf, Grassteppen und Dornbuschwald. Hier und da ein paar

Fächerpalmen. Herden von stiernackigen Gnus, witternde Löwen, die sich im Morgengrauen nach ihrem blutigen Mahl einen Ruheplatz suchen. Elefantenbullen, die Mopaneblätter verschlingen. Alles nur Fieberträume eines Knaben, dem ein alter Fanatiker etwas ins Ohr und ins Herz gesetzt hat."

Er streckt wieder die Hand nach der Flasche aus, die neben ihm auf dem Bett liegt. Wilhelmine lässt es zu. Er trinkt. Seine verbrannte Hand liegt halb verschlossen neben dem Körper. Er scheint sie vergessen zu haben.

„Trotzdem habe ich meine Verlobte nicht leichtfertig verlassen." Er blickt zur Wand. Dann wendet er wieder den Kopf, will sich aufrichten, doch sie drückt ihn zurück.

„Ich wollte in dieses Land. Ich habe gespürt, dass ich es lieben werde. Es ist alles wahr geworden. Ich musste mich entscheiden."

Noch einmal trinkt er von dem Jamaika-Rum. Er blickt Wilhelmine plötzlich ins Gesicht: „Sie werden es mir glauben: Es ist Unsinn, wenn jemand behauptet, dass es wegen der Karriere war. Dieses Land hat mich gerufen, dieses Feld, dem ich nicht mehr widerstehen kann. Die trockene Hitze und der Staub, die Grassteppe, das Dorngestrüpp, das die dürftigen, grauen Zweige ausstreckt wie ein abgestorbenes Gerippe, das nach mir greift. Die Tiere, die hier leben, die Antilope, die selbst ihrem Jäger Ehrfurcht abverlangt, und auch der Schakal, der durch das Ufergras schleicht. Ja, sogar die Neger, Hottentotten, Herero oder Ovambo, manche von ihnen sind mir sehr vertraut geworden, dienen uns treu und zuverlässig, und warum sollten sie denn nicht mit uns auch hier leben?"

Wilhelmine verzieht etwas das Gesicht und schüttelt leicht den Kopf ob dieser Aussage.

Er sinkt zurück, zur Seite, legt seinen Kopf in Wilhelmines Schoß. Sie lässt es geschehen. Sie legt ihre Hand auf seine heiße Stirn, lässt sie dort liegen. Seltsam heiß fließt es in sie zurück.

Als er eingeschlafen zu sein scheint, streicht sie mit dem Fingerrücken vorsichtig über seine Wangen. Einmal seufzt er heftig und tief auf. „Gib mir deine Hand", sagt er. Ihr ist es recht, dass er sie greift und hält.

Wer hält wem helfend die Hand, fragt sich Wilhelmine. Als sie sich gerade niederbeugen will, um seine Stirn zu küssen, selbst schon halb eingeschlafen und kaum mehr bei klaren Sinnen, steht plötzlich Obai neben ihr. Wie immer, wenn er eine Gefahr wittert, ist er zur Stelle. Sanft geleitet er sie auf die Liege im Nebenzimmer und übernimmt selbst an ihrer Stelle die Wache. Doch unruhig und verwirrt findet Wilhelmine jetzt keinen Schlaf mehr.

8

Die Kaiserspende

1913 Namakunde

Die Konferenz der Rheinischen Missionare in Namakunde beginnt am Samstag, dem 6. Dezember 1913, mit dem Gesang des Liedes *Macht hoch die Tür, die Tor macht weit.* Jetzt in der Adventszeit soll es dem *Herrn der Herrlichkeit* die Türen öffnen und die Wege bahnen. Teilnehmer sind die Brüder Wulfhorst, Skär, Welsch, Hochstrate und Gehlmann. Auch die meisten Ehefrauen, die sich Schwestern nennen, und die Kinder der Missionarspaare sind anwesend. Neben der Beratung soll die Konferenz ja auch dazu dienen, die Gemeinschaft der Geschwister untereinander zu stärken und das Band der Liebe, das sie verbindet, fester zu knüpfen, so dass der Herr mit seinem Geist und seinen Gaben in die Herzen einziehen kann. So jedenfalls wird von Barmen aus Monate später der Bericht von der Konferenz lobend kommentiert.

Wilhelmine ist gerade rechtzeitig wieder aus Namutoni eingetroffen. Karl erscheint sie bei der Begrüßung blass und einsilbig. Dann umarmt sie ihn plötzlich derart fest und lang, dass es ihn erstaunt. Sie will ihn gar nicht mehr loslassen, vergräbt ihr Gesicht an seiner Schulter und atmet ein paarmal schwer, schluchzt fast.

„Na, na", sagt er lachend, „auch wir haben dich sehnsüchtig vermisst und auf dich gewartet. Aber jetzt geht es an die Arbeit."

„Ja, du hast recht, Karl", antwortet sie und gibt sich einen Ruck, „wir müssen nach vorne blicken." Sie schließt nur kurz die Augen, fasst noch einmal seine Hände. „Gott wird uns helfen."

Am Sonntag findet aus Anlass der Konferenz in Namakunde das von allen Seiten schon mit Spannung erwartete Missionsfest statt. Das Wetter meint es gut mit den Veranstaltern. Die Temperaturen erreichen auch in ihren Höchstwerten kaum einmal 35 Grad. Regen gibt es heute gar nicht. In der Nacht hat es zwar stark geregnet, aber jetzt bleibt es trocken. Die größten Niederschläge sind ohnehin erst im Januar und Februar zu erwarten.

Beim morgendlichen Gottesdienst wird die Aufregung immer größer. Weit über 100 schwarze Gemeindeglieder sind versammelt. Ein großes, buntes Gewimmel. Jede und jeder ist so weit herausgeputzt, wie es nur eben möglich ist. Frische Blumen sind in die Kleider gesteckt, schmukke Ketten um den Hals gelegt.

Viele der schwarzen Männer tragen Hüte, mehrere eine Art Krawatte, die sie in nicht wenigen Fällen auch ohne Hemd und Kragen einfach um den Hals gebunden haben. Sie blicken selbstsicher in die Runde, sind sich ihrer Erscheinung bewusst und schreiten aufrecht umher. Wie sie es bei den Weißen gesehen haben, erscheinen sie mit ihren Frauen, eingehakt an ihrer Seite, auf dem Festplatz. Stolz. Würde.

Die Haare der Frauen sind zu zahllosen schmalen Zöpfen geflochten, die den Kopf umgeben. Oder das Haar ist mit eingeflochtenen Zöpfen aus Sisal- oder Palmfasern kunstvoll verlängert. Manche haben farbige Tücher um den Kopf geschlungen. Armbänder schmükken die Handgelenke. So hübsch haben sie lange nicht

ausgesehen, und sie wissen das auch und tragen ihre
Schönheit selbstbewusst zur Schau. Sie bewegen sich,
wenngleich mit nackten Füßen, elegant und vornehm
auf den Grasflächen rund um das Missionshaus. Anmut.
Liebreiz.

Wilhelmine hat ihr Haar vorn gescheitelt und es hinten zu einem Zopf gebunden, aus dem sie einen fest an-
gesteckten Kranz gelegt hat. Karl trägt ein steif gebügel-
tes, weißes Hemd mit geschlossenem Kragen, über dem
die Hosenträger aufliegen. Auf dem Kopf hat er wie immer seine flache Schirmmütze aus Tweed, einem groben
Gewebe aus Wollgarn. Sie ragt nach den Seiten so weit
über, dass auch die Ohren noch vor der fast senkrecht stehenden Sonne geschützt werden. Mit zusammengeknif-
fenen Augen überblickt er wohlwollend die versammelte
Schar. Der Vater. Nicht oft, ist er sich bewusst, habe ich
einen solch eindrucksvollen Tag hier im Ovamboland erleben können.

Nach dem Gottesdienst sitzen die Eingeborenen im
Gras, palavern lauthals und gestikulieren, wiegen sich
und singen. Die wenigen Weißen versammeln sich an den
hölzernen Tischen vor dem Missionarshaus. Aus riesigen
Palmblättern hat man eine Art von Schirmen gefertigt,
die die größte Sonneneinstrahlung abhalten sollen. Die
Missionarsfrauen fächeln ihren stark geröteten Wangen
mit grünen Wedeln frische Luft zu.

An den aufgebauten Spielgeräten vergnügen sich
die Kinder, wenige weiße und viele schwarze, in gleicher Weise. Es gibt hölzerne Wurfbuden, bei denen
man mit kleinen Baumwollballen, die mit Sand gefüllt
sind, Blechdosen abwerfen muss. Eine kurze Laufstrecke
ist abgesteckt, die man zu bewältigen hat, indem man

auf einem Löffel eine kleine Süßkartoffel vor sich herträgt. Immer wieder hört man ein großes Hallo und Gekreische, wenn die Kartoffel einmal herunterfällt. Aber schnell wird sie wieder aufgehoben und es geht weiter, denn immerhin winkt am Ziel als Belohnung ein dickes, steinhartes Bonbon. Es verschwindet sofort im Mund und verursacht in der Backe eine enorme Wölbung, egal ob die Backe schwarz oder weiß ist.

Die fünf versammelten Missionare ziehen sich trotz allen Trubels alsbald ins Haus zu ihrer Beratung zurück. Zunächst noch angenehme Kühle und gedämpftes Licht erwarten sie.

Nachdem Bruder Tönjes vor fast zwei Jahren in den Süden nach Lüderitzbucht beordert wurde, ist die Stelle des Präses vakant. Jetzt ist die Ehre an Karl Skär gefallen, zum stellvertretenden Präses ernannt worden zu sein. Er eröffnet als leitender Geistlicher die Konferenz in Namakunde.

Er beginnt seine Einführung mit einem Vers aus dem 1. Brief des Johannes, 5. Kapitel: „Und das ist die Freudigkeit, die wir haben zu ihm, dass, so wir etwas bitten nach seinem Willen, so hört er uns." Dieses schöne, ermutigende Wort spricht er freudig aus, könnte es doch so ungemein helfen bei ihrer Arbeit hier. Aber er ist sich nicht ganz sicher, ob er eine solche Gewissheit auch auf finanzielle Dinge anwenden darf. Oder ist es in solchen Fällen nur Wunschdenken, welches das Wort aus der Schrift verdreht. Er legt eine kleine Pause ein. *Sei nicht kleingläubig*, sagt er dann zu sich selbst, *glaube alles, was uns hier helfen kann.*

Er blickt jetzt bestärkend und aufmunternd in die Runde - seine Brüder erscheinen aufmerksam und erwartungsfroh - und kann zunächst Erfreuliches berichten. Jede Schule hier im Ovamboland soll von der Mission in Barmen folgende Ausstattung bekommen: eine Weltkarte, eine Karte von Palästina, eine Rechenmaschine sowie einen Satz Buchstaben und Zahlen, auf Pappe aufgeklebt.

„Ist das nicht wunderbar und ungeheuer hilfreich für unsere Arbeit!", kommentiert er.

Aber dann muss Karl doch das Wesentliche ansprechen. „Die Finanzlage der Mission", sagt er, „ist sehr ernst. Wie wir dem letzten Rundschreiben aus Barmen entnehmen können, besteht der große vorjährige Fehlbetrag nach wie vor, obwohl die Einnahmen in diesem Jahr immerhin günstiger ausgefallen sind. So hat die Missionsgesellschaft aus der Kaiserspende 254 000 Mark für die Arbeit in den deutschen Kolonien erhalten."

Bruder Wulfhorst und Bruder Gehlmann klopfen anerkennend mit den Knöcheln ihrer Finger auf das Holz des Tisches. Die beiden anderen Missionare und auch Karl blicken sie eher skeptisch an. „Ich bin mir nicht sicher", sagt er, „wie wir das einschätzen sollen. Geld vom Kaiser halte ich doch eher für problematisch. Zumindest sollte die Missionsgesellschaft …"

„Ohne dieses Geld hätte unsere Mission doch noch viel größere Probleme", fällt ihm der junge Leopold Gehlmann ins Wort. „Wir müssen dankbar sein, dass der Kaiser uns unterstützt. Ich bin zwar erst seit kurzem in Südwest, da habt ihr hier sicher viel größere Erfahrung als ich, aber dafür kenne ich die Situation in Deutschland besser."

Von draußen fliegt ein Vogel gegen die Fensterscheibe. Das Geräusch des Aufpralls unterbricht seine Rede. Der Vogel ist wieder verschwunden.

Er fährt fort: „Die Finanzlage ist wirklich sehr besorgniserregend. Die wachsenden Ausgaben sowie große Vorschüsse, die in manchen Missionsgebieten in den letzten Jahren zu leisten waren, haben dazu geführt, dass die Gesellschaft einen Bankvorschuss von über 100 000 Mark aufnehmen musste. Dieser musste bei dem hohen Bankdiskont mit sage und schreibe 7 % verzinst werden. Mit dem Geld der Kaiserspende kann wenigstens die Bankschuld gedeckt werden."

Er blickt herausfordernd in die Runde. Karl löst den Knoten seiner Krawatte und öffnet den obersten Knopf des Hemdes.

„Lieber Leopold", antwortet Heinrich Welsch, „wir alle hier erfahren in unserer Arbeit, dass die finanziellen Mittel äußerst begrenzt sind. Jeden Pfennig müssen wir dreimal umdrehen, bevor wir ihn ausgeben dürfen. Nur mit stets verstärktem Einsatz, mit immer neuen Ideen und mit der Hilfe des Herrn können wir überhaupt über die Runden kommen."

Von draußen hört man ein großes Gejohle und anschließenden Applaus, doch Heinrich lässt sich nicht aus der Ruhe bringen.

„Aber wir sind nur Gott gegenüber verantwortlich und handeln nur zu seinem Wohl. Nur von seiner Fürsorge und seiner Zuwendung wollen wir abhängig sein."

„Ich lebe auch im Wort des Herrn, daran müsst ihr sicher nicht zweifeln, aber ich verschließe auch die Augen nicht vor der weltlichen Realität." Leopold schüttelt den Kopf. „Die Arbeit in den Missionsstationen muss finanziert werden und auch in Deutschland werden dringend Geldmittel gebraucht."

Wieder fliegt ein Vogel gegen die Fensterscheibe. Ist es der gleiche wie vorher? Wohin will er denn? Macht ihn das laute Treiben auf dem Festplatz verrückt?

„Die Verhandlungen über den notwendigen Neubau des Missionshauses auf dem Hardtberg in Barmen waren in vollem Gange, als ich hierher zu euch ausgesandt worden bin. Im Frühjahr 1914 soll mit dem Bau begonnen werden. Einen annehmbaren Preis für den Verkauf des bisherigen Missionshauses zu erzielen, vor allem für den schönen, großen Garten, daran war bis zu meiner Ausreise nicht zu denken." Er ist regelrecht verärgert wegen der skeptischen Blicke seiner Brüder. „Woher soll das Geld kommen? Nur der Nickneger wird es uns sicher nicht in die Kasse spülen!"

Für einen kurzen Moment schweigen die Männer. Karl streicht mit den Fingern über seinen Bart. „Was meinst du", wendet er sich dem jungen Bruder zu, „was der Grund ist, warum der Kaiser uns einen solchen Betrag zuwendet?"

„Weil er die Mission unterstützen will, weil er helfen will, das Wort Gottes und den christlichen Glauben in die heidnische Welt zu tragen."

Abermals ist von draußen ein großer, jubelnder Aufschrei zu hören. Karl ist mehr und mehr verunsichert.

„Mehr verlangt er nicht dafür? Sonst hat er nichts im Sinn? Schickt er auch die Schutztruppe nur deshalb hierher, weil er Gottes Wort verteidigen will?"

Bruder Welsch räuspert sich, meldet sich zögerlich zu Wort. „Liebe Brüder, ich bin die längste Zeit von uns allen hier in Südwest, um Gottes Herrlichkeit, seine Gnade und seine Güte zu verkünden. Die Zuversicht und Freude, die uns der Glauben bringt, wollen wir auch den Schwarzen zukommen lassen. Aber auch die göttliche Gerechtigkeit ist in der Bibel manifestiert."

Er legt den Kopf etwas zur Seite, stülpt die Lippen vor, legt die gefalteten Hände auf den Tisch. Dann redet er mit fester Stimme weiter. „Ich will euch gestehen, es gab eine Zeit, da habe ich an unserem Auftrag hier gezweifelt. Da habe ich Gott angerufen und habe keine Antwort bekommen, da habe ich gelitten wie ein elender Hund."

Die anderen sehen Heinrich aufmerksam und erwartungsvoll an. Auch Leopold Gehlmann nimmt sich merklich zurück, da er die Betroffenheit seines älteren Missionsbruders spürt. Es herrscht angespannte Stille im Raum. Auch von draußen sind im Moment keine Geräusche zu hören.

„Wenn die Menschen hier leben wollen, ganz gleich ob sie schwarz oder weiß sind, brauchen sie fruchtbares Land. Je mehr Weideflächen und Wasserstellen deutsche Siedler aber für sich in Anspruch nahmen, umso mehr Land wurde den Eingeborenen genommen. Wir haben ihnen die deutsche Kultur und Gottes Wort gebracht und ihnen ihr Land weggenommen."

Plötzlich erscheint ein Großkopfgecko auf dem Tisch. Verschreckt und starr stiert es geradeaus. Das dämmerungs- und nachtaktive Tier erweckt in der Missionarsrunde erstaunte Blicke. Woher kommt es jetzt? Wer hat es aufgescheucht? Was hat es hier zu suchen? Johann Wulfhorst nimmt es behutsam auf und setzt es nach draußen.

„Aber", ergreift Heinrich wieder das Wort, „vergesst nicht, dass wir die Eingeborenen auch aus ihrem Schlaraffenleben herausgerissen haben, aus ihrem Hang zur Trägheit. Seid euch eingedenk, dass sie ohne uns so etwas wie Arbeitsfreude nicht kennen würden."

Im Konferenzraum ist es sehr heiß geworden. Einige der Männer streichen sich den Schweiß von der Stirn oder atmen schwer. Karl steht auf und öffnet ein Fenster. Kurz blickt er auf das bunte Treiben, auf Tanz und Spiel vor der Missionsstation. Von draußen dringt Kindergeschrei und Lachen herein. Auch Trommeln und Gesang sind zu hören.

Heinrich Welsch fährt fort: „Im Jahre 1904 begann der blutige Krieg. Herero-Kämpfer überfielen die Siedler und ihre Farmen, unterbrachen Eisenbahnlinien und zerstörten Brücken. Ich weiß, auch vor Mord schreckten sie nicht zurück. Weit über hundert weiße Menschen mussten sterben!"

Karl schließt das Fenster wieder, weil die fröhlichen Geräusche von draußen zu laut werden und die eher leise Stimme von Heinrich Welsch zu übertönen drohen.

„Damit haben sich die Herero auf einen Kampf mit dem Deutschen Reich eingelassen, das alsbald etwa 14.000 Soldaten nach Südwestafrika schickte. Generalleutnant Lothar von Trotha führte fortan einen Vernichtungskrieg gegen die hoffnungslos unterlegenen Herero, die samt Frauen und Kindern in die Kalahari-Wüste getrieben wurden. Die Flüchtigen wurden erschossen, verdursteten oder verhungerten. Von Trotha kündigte in einer Proklamation an, jeden Herero, der innerhalb der Grenzen von Deutsch-Südwest angetroffen werde, zu erschießen. Man weiß es nicht genau, aber mehr als 80.000 Herero hat es das Leben gekostet. Dieser Oberbefehlshaber und seine Soldaten sind vom Kaiser geschickt worden." Seine Stimme wird immer lauter: „Soll ich es jetzt gut heißen, Geld vom Kaiser für die Mission zu empfangen? Soll ich in seinem Namen die Mission weiterführen? Was ist denn unsere Rolle hier in Afrika? Sind wir die hilfreichen und gütigen Missionare oder aber Handlungsgehilfen der Kolonialherren? "

„Der Begründer der Kolonie Deutsch-Ostafrika, Carl Peters", sagt Johann Wulfhorst, „hat es in einem Aufsatz einmal so ausgedrückt: *Der Neger im allgemeinen will ganz eigenartig behandelt sein. Man muss ihm imponieren und Vertrauen einflößen zu gleicher Zeit.*"

Heinrich Welsch ist empört: „Ich bitte dich, lass diesen Peters aus dem Spiel. Soweit ich weiß, trug er unter Afrikanern den Spitznamen *Blutige Hand*. Er hat die Häuptlinge betrunken gemacht und ihnen gegen ein Versprechen, sie vor Feinden zu schützen, ihr Land abgeschwatzt. Schriftstücke in Deutsch wurden von den Schwarzen mit Kreuzen als Unterschrift versehen. Auf einen solchen Mann dürfen wir uns jedenfalls nicht berufen. Und was du da zitiert hast, ist doch äußerst zweifelhaft."

So hat sich Karl seine erste Konferenz als Präses nicht vorgestellt. Er schnauft und streicht sich mit der Hand über den schweißigen Hals. Er ist froh, dass er die Sitzung unterbrechen muss, da es Zeit für das gemeinsame Mittagessen ist.

In großen Töpfen über einer offenen Feuerstelle haben mehrere Ovambofrauen unter der Anleitung der Missionarsschwestern gekocht. Besonders in der Kochkunst und Organisation hervorgetan hat sich Schwester Herta, die Frau des jungen Missionars Gehlmann. Mit den Zutaten von Zwiebeln, Möhren, etwas Hühnchenfleisch und Öl sind große Mengen eines schmackhaften Hirsegerichtes bereitet worden. Das schmeckt sogar den Kindern. Wenngleich die Nachfrage nach diesem leckeren Essen vielleicht nicht in jedem Fall endgültig befriedigt werden kann, blickt Karl doch auf die muntere Schar mit ihren Essnäpfen - gegessen wird

ohne Besteck - und denkt an den Herrn Jesus, der mit
fünf Broten und zwei Fischen fünftausend Männer,
Frauen und Kinder gespeist hat.

„Natürlich will ich mich nicht mit Gottes Sohn ver-
gleichen, so vermessen kann niemand sein", denkt er,
„aber es ist doch ein erhebendes Gefühl zu sehen, wie die
gesamte Gemeinde in Christi friedlich lagert und speist."
Sein Dankgebet spricht er anschließend mit kräftiger
Stimme, beginnt dann laut sein Lieblingslied zu singen
und viele fallen ein:

Nun danket alle Gott
mit Herzen, Mund und Händen,
der große Dinge tut
an uns und allen Enden,
der uns von Mutterleib
und Kindesbeinen an
unzählig viel zu gut
bis hierher hat getan.

Der ewig reiche Gott
woll' uns in unserm Leben
ein immer fröhlich Herz
und edlen Frieden geben
und uns in seiner Gnad
erhalten fort und fort
und uns aus aller Not
erlösen hier und dort.

„Ein dreiviertel Stündchen wollen wir uns noch gönnen", sagt Karl anschließend aufmunternd zu seinen
Missionarsbrüdern, „für ein Pfeifchen oder ein kleines

Nickerchen, jeder wie es ihm beliebt. Danach geht es weiter." Er selbst weiß gar nicht, für welche der beiden Möglichkeiten er sich entscheiden soll.

Im Konferenzraum ist die große Kaiserspende dann zunächst kein Thema mehr – viel profaner und konkreter geht es jetzt zu. Bruder Hochstrate hatte beantragt, dass ihm 150 Mark für Wellblech zur Reparatur seines Hauses bewilligt würden. Die Antwort des Herrn Inspektors aus Barmen liegt jetzt vor und Karl verliest sie: „Da ihr diesen Antrag befürwortet habt, wollen wir ihn nicht abweisen, können ihn aber jetzt noch nicht genehmigen, da er ohne weitere Begründung an uns gelangt ist. Der Antrag erscheint uns als eine Neuerung. Bisher wenigstens waren die Brüder selbst in der Lage, die Reparaturkosten ihrer Häuser zu tragen. Ist es nötig, in diesem Falle eine Ausnahme zu machen, so werden wir auf begründete Befürwortung der nächsten Konferenz den Antrag bewilligen."

Bruder Hochstrate ist maßlos enttäuscht. Über ein halbes Jahr hat es gedauert, bis diese Antwort gekommen ist. „*Wir wollen nicht abweisen, können aber nicht genehmigen.*" Hochstrate schüttelt den Kopf. „Wenn wir nun eine Begründung schicken, wird es noch einmal lange Monate dauern. Liebe Brüder, ihr wisst, wie es bei uns aussieht. Wenn jetzt die Hauptregenzeit einsetzt, wird es bei uns Land unter geben. Nicht nur unsere Wohnräume werden unter Wasser stehen, auch die Bibeln und Katechismen für meine Gemeindeglieder kann ich nicht mehr vor der Nässe schützen!"

„Und da gibt es immer noch Skepsis, wenn der Kaiser eine bedeutende Spende für die Mission zur Verfügung stellt?", meldet sich Bruder Gehlmann wieder zu Wort.

„Mein Lieber", wendet sich Karl, Gehlmann ignorierend, an Bruder Hochstrate, „du musst dich nicht rechtfertigen, uns sind die Umstände hinreichend bekannt.
Der Herr Inspektor in Barmen hat unseren Antrag nicht
grundsätzlich abgelehnt. Wegen der Dringlichkeit der
Angelegenheit stelle ich nun den Antrag, dass ein Ochse
aus der Gemeindeherde hier in Namakunde verkauft
wird, um dir vorläufig das Geld für die Reparatur des
Daches zur Verfügung zu stellen."

Karl wartet eine Reaktion nicht ab und notiert seinen
Antrag ins Protokollbuch.

„Ich werde nur für diesen Antrag stimmen", sagt
Leopold Gehlmann dann in die Stille hinein, „wenn wir
im Gegenzug den Eingang der Kaiserspende wohlwollend befürworten."

„Bei einer Gegenstimme", sagt Karl und schreibt es
gleichzeitig ins Protokoll, „wird der Antrag angenommen,
für die Reparatur des Daches von Bruder Hochstrate einen Gemeindeochsen zu verkaufen."

Fliegen schwirren durch den Raum, deutlich ist ihr
Gesumme zu hören.

Noch einmal ergreift Leopold das Wort: „Ich bin nicht
so naiv, wie ihr vielleicht denkt. Ich kenne das Problem, lieber Heinrich, immer gab es in den Missionsgesellschaften
das Bestreben, unabhängig zu sein. Aber wenn man das
Geld vom Reich nicht nehmen will, dann muss eben der
Nickneger her. Ob das die Lösung ist?"

Er erntet fragende Blicke: „Was meinst du denn nun
wieder mit dem Nickneger?"

„Nun ja, das müsstet ihr eigentlich kennen. Eure
Groschen für das Wellblechdach sammelt er doch ein,
der Nickneger oder Missionsneger, wie er auch genannt

wird. Aus Holz oder Pappmache gefertigt, schön bunt mit Lackfarbe angemalt, sitzt er überall in Deutschland auf einer kleinen Spardose. In jedem Gemeindehaus und in jedem christlichen Kindergarten. Er sammelt für uns, für unsere wichtige Arbeit hier. Wenn man eine Münze einwirft, nickt der Neger mit dem Kopf. Es hat uns schon als Kinder im Gottesdienst erheblichen Spaß gemacht, unseren Sonntagsgroschen da hinein zu werfen, bevor wir den aufgeklebten Spruch noch richtig entziffert hatten: *Willst du den Heiden Hilfe schicken, so laß mich Ärmsten freundlich nicken! Vergelt's Gott!"*

Einige der Brüder blicken erstaunt. Aber Robert Hochstrate bestätigt: „Ja, so sammelt die Mission schon seit etlichen Jahren. Da kommt sicher einiges an Geld zusammen." Er zögert ein wenig. „Aber etwas zweifelhaft finde ich es schon, den infantilen Mohrenkopf nicken zu lassen für unsere ernsthafte und gottesgläubige Arbeit."

„Und es kommt bei allen Erfolgen beileibe nicht so viel Geld herein, wie wir es dringend benötigen. Was soll ich über die Kaiserspende noch sagen? Der Kaiser spendet, aber wir bekommen doch das Geld und verwenden es, und wenn wir dies in unserem Sinne tun, ist doch dagegen nichts einzuwenden."

„Es ist wohl eine Sache des Prinzips, lieber Leopold, ich schließe auch keinen Pakt mit dem Teufel, um ihm ein paar Seelen abzukaufen", sagt Karl.

Das ist starker Tobak. Jetzt steht Leopold Gehlmann erbost auf und verlässt den Raum.

Die anderen blicken sich konsterniert an. „Du bist wohl etwas zu weit gegangen, Karl", sagt Heinrich Welsch, „der Vergleich ist nun doch nicht angemessen. Und ich möchte nicht, dass du hier Schwierigkeiten bekommst. Leopold ist immer noch sehr stark mit den Strukturen in Deutschland verbunden." Er zögert noch, dann sagt er: „Machen wir eine kleine Pause. Geh ihm nach, Karl, sprich mit ihm."

Draußen steht die Sonne schon recht tief, taucht alles in ein goldenes Licht. Zwischen der Schar der schwatzenden und singenden Menschen laufen einige Ziegen und Schafe umher. Die Kinder jagen sie, schlagen ihnen mit den Händen auf den Rücken, schrecken zurück, wenn sie sich bockig wehren. Die Frauen der Missionare sitzen beim Tee. Sie rühren mit den kleinen Löffeln in ihrem heißen Getränk. Sie stöhnen über die schwüle Luft, schütteln gelegentlich den Kopf, wenn sie ihre eigenen Kinder von den wilden der Schwarzen kaum noch unterscheiden können. Nun denn, heute beim Missionsfest will man nicht so streng sein.

Leopold Gehlmann ist kopfschüttelnd ein bisschen hinaus gegangen. Karl hat ihn bald eingeholt. Er legt einen Arm um seine Schulter. Leopold wehrt sich nicht. Er hat Karl in seiner kurzen Zeit in Südwest schon als gottesgläubigen, ehrlichen und ehrbaren Bruder kennengelernt. Unter einem Marula-Baum bleiben sie stehen.

„Man nennt ihn auch Elefantenbaum. Er hat goldgelbe Früchte, die man sogar zu Likör verarbeiten kann", sagt Karl, „aber sie können auch direkt als Obst verzehrt werden. Die Eingeborenen lieben sogar die Steine der Früchte, die als Delikatesse gelten. Sie werden auch gern von Elefanten gefressen, daher der Name."

„Ich weiß, Karl, dass ich in diesem Land noch viel lernen kann und muss, aber vielleicht bringe ich als Neuling hier in Südwest auch ein paar frische Gedanken mit. Hoffentlich seid ihr Afrikaner nicht zu abgeschottet gegenüber der neuen Zeit. Habt ihr eigentlich schon bemerkt, dass das zwanzigste Jahrhundert angebrochen ist?"

„Ja, du hast sicher recht, vergib mir. Ich habe immer einige Schuldgefühle, wenn ich an den Aufstand der Herero und Nama denke. Ich bin nur froh, dass unsere Missionsbrüder hier zu vermitteln suchten. Ich selbst habe im Oktober 1901 meine Arbeit hier aufgenommen. Ich habe erlebt, wie deutsche Gesetze das gesamte Leben in der Kolonie geregelt haben. Es wurde ein Heiratsverbot zwischen Schwarzen und Weißen ausgesprochen. Der Schulbesuch wurde nach der Hautfarbe getrennt. Ohne behördliche Erlaubnis durften Schwarze kein Land, keine Nutztiere oder Feuerwaffen besitzen. Beim Aufstand der Herero hielten sich unsere Ovambo hier trotz einer Aufforderung, sich am Kampf zu beteiligen, relativ zurück. Nur das Fort Namutoni wurde von ihnen angegriffen, schließlich geplündert und niedergebrannt. Ansonsten habe ich hier oben in Namakunde nicht so viel von diesem Krieg mitbekommen. Aber es war doch schwer, das alles zu begreifen und mit unserer freudigen Gesandtschaft im Sinne des Herrn zu vereinbaren. Glaube mir, ich habe mich manche Nacht im quälenden Gebet prüfen müssen."

„Jeder hat seine Ressentiments", sagt Leopold. „Mir persönlich ist die Kaiserspende lieber als der Nickneger. Ich erfahre jetzt mehr und mehr, welch ernsthafte Arbeit wir hier betreiben, die angemessen unterstützt und gefördert werden sollte. Lediglich ein paar Spendengroschen scheinen mir da kaum angemessen. Und was den Kaiser angeht: Immerhin hat er doch den Vernichtungsbefehl Trothas wieder aufgehoben."

„Ich weiß, ich weiß. Es gab große Empörung im In- und Ausland. Deshalb musste der Kaiser etwas tun. Aber lassen wir das jetzt. Ich möchte das Wort des Herrn verbreiten und seine Liebe zu den Menschen predigen, auf dass sie im Glauben ihre Erlösung und ihr Heil finden können. In keiner Weise habe ich etwas mit einer bestimmten Ideologie oder politischen Zielen im Sinn."

Ein paar Kinder kommen ihnen entgegengelaufen. Karl schnappt sich einen kleinen Jungen, fasst ihn mit beiden Händen an seinen Händen, dreht sich und schleudert ihn im Kreis um sich herum. Der Junge kreischt lauf auf, fällt nach drei-, viermaligem Kreisen erschöpft und glücklich ins Gras. Auch Karl muss schnaufen, obwohl er sich mit seinen vierzig Jahren bärenstark fühlt.

„Leopold, wir werden gut zusammen arbeiten. Ich respektiere Männer mit einer eigenen Meinung, mit Grundsätzen und", das muss Karl doch noch hinzufügen, „mit der Bereitschaft lernen zu wollen."

Sie treffen wieder auf der Festwiese ein, als sich gerade eine Gruppe von schwarzen Frauen und Mädchen zu einem Tanz formiert hat. Sie tragen rosarot und weiß gestreifte Röcke, Halsketten und Hüftgürtel aus Leder. Bei den Frauen sind die Gürtel meist recht breit, manche Mädchen tragen gar keinen Gürtel. Sie bilden einen Kreis, um den sich die übrigen Zuschauer scharen. Nach und nach springen immer wieder zwei, drei oder vier junge Frauen in die Mitte, vollführen ein paar Tanzbewegungen, wobei sie sich laut und vehement irgendetwas zurufen, und gesellen sich dann wieder zurück in den äußeren Kreis. Jedes Mal werden sie mit großem Applaus belohnt.

Die beiden Männer haben keine Zeit, lange zu verweilen und zuzusehen. Zu viele Punkte müssen bei ihrer Konferenz noch abgehandelt werden. Ein wichtiges Thema ist die sogenannte Sachsengängerei der Ovambo.

Gemeint ist hiermit die Abwanderung von hauptsächlich männlichen Ovambo in die südlichen Teile der Kolonie, um dort besser entlohnte Arbeit zu finden. Der Begriff Sachsengänger ist übernommen von der Situation deutscher Landarbeiter, die aus den ostelbischen Regionen nach Westen abwandern.

Karl ergreift wieder das Wort: „Unsere ganze Sorge muss darauf gerichtet sein, nach Möglichkeit dafür einzutreten, dass die Gemeindeglieder im Süden nach Leib und Seele gut versorgt sind, soweit es die Verhältnisse nur eben gestatten. Wir hören viel von Sterben und Krankheiten. Sofern sich unsere Brüder, die im Süden tätig sind, um sie kümmern können, müssen wir ihnen ans Herz legen, dass sie die Fürsorge für die Ovambo als erste Aufgabe ansehen.“

Auch Robert Hochstrate ist besorgt. „Für unsere Ovambo, die im Hereroland arbeiten, ist es sicher sehr schwierig, weil unsere dort tätigen Brüder natürlich ein Sprachproblem haben. Aber Bruder Tönjes arbeitet doch schon im Süden, er spricht die Sprache besser als jeder von uns. Er muss sich kümmern und auch die Regierung nachdrücklich auf die Notwendigkeit der Fürsorge für die in der südlichen Kolonie arbeitenden Ovambo aufmerksam machen.“

Alle sind sich in diesem Punkt einig. „Es muss uns am Herzen liegen“, ergänzt Heinrich Welsch, „Vorkehrungen zu treffen, um Christen wie Heiden, die sich im Bereich unserer Gemeinden im Süden aufhalten, das Evangelium nahe zu bringen und sie auch in dieser Hinsicht nach Möglichkeit treu zu versorgen.“

Kurz bevor die Sonne untergeht, beenden die Missionare ihren Konferenztag mit dem gemeinsam gesungenen Lied „Ach bleib mit deiner Gnade". Sie öffnen die Fenster und besonders die letzte Strophe wird sehr vehement gesungen, so dass von draußen, wohin ihre Stimmen schallen, die Missionarfrauen mit einstimmen:

Ach bleib mit deiner Treue
Bei uns, mein Herr und Gott!
Beständigkeit verleihe,
Hilf uns aus aller Not!

Monate später werden die Glieder der Deputation der Rheinischen Missionsgesellschaft in Antwort auf das ihnen gesandte Protokoll die *censura fratrum* loben und ausdrücklich hervorheben: „Solange Ihr in einem Geist der Liebe das Werk des Herrn betreibt, steht Ihr da als eine gesegnete Schar und als eine Macht gegenüber den Bollwerken des Heidentums, die Ihr zu bekämpfen habt."

Lediglich Bruder Hochstrate ist nach wie vor enttäuscht, weil Geld für die Reparatur des Wellblechdaches nicht bewilligt wird. Durch den Verkauf des Gemeindeochsens, der sicher schon stattgefunden habe, sei der Betrag ja längst hereingekommen, lautet die Anmerkung aus Deutschland zu diesem Thema. Noch ahnen sie nicht, dass sie bald ganz andere Sorgen als ein schadhaftes Blechdach drücken werden.

9

Im Lager

1914/15 Aus

Vor Lüderitzbucht liegen im Meer ein paar kleine Inseln. Deren Namen verdeutlichen, welch vielfältiges Tierleben es hier gibt oder zumindest doch gegeben hat: die Haifischinsel, Pinguininsel, Seehundinsel und die Flamingoinsel; zwischen der Angra-Spitze und der Diaz-Spitze liegt die Sturmvogelbucht. Millionen von Pinguinen und Seegänsen, daneben Kronenreiher und Pelikane tummeln sich in den Buchten. Walfische durchpflügen das Meer. Der portugiesische Seefahrer Bartolomeu Diaz errichtete hier 1488 eine - jetzt stark verwitterte - Kreuzsäule, um damit den Besitzanspruch Portugals anzuzeigen.

Der Apotheker Oppermann aus der Bismarckstraße berichtet Karl Skär von einer Überlieferung, derzufolge es bei den Seefahrern üblich war, bei ihrer Suche auf dem Seeweg nach Indien an der unwirtlichen Küste des südlichen Afrikas einzelne weiter nördlich an Bord genommene Eingeborene auszusetzen. Waren sie bei der Rückkehr von ihrer wochenlangen Seereise noch am Leben, war das Gebiet für die Seefahrer von gewissem Interesse. Es musste Überlebensmöglichkeiten geben. Wurden keine Lebenden mehr angetroffen, hatte sich die Sache erledigt.

Oft ist es hier stürmisch oder die Küste ist in kühlen Nebel eingehüllt. „In Lüderitzbucht ist der Wind gebo-

ren", hört man die älteren Bewohner häufig sagen. Die
Wassertemperatur erreicht auch im Sommer kaum einmal
mehr als 15 oder 16 ° C. Ursache ist die aus den antark-
tischen Gewässern gespeiste kalte Meeresströmung, der
Benguelastrom, der auch wesentlich für die Entstehung
der Namibwüste verantwortlich ist. Wegen der kühlen
Temperaturen gibt es über dem Meer keine feuchten,
aufsteigenden Luftmassen, die dem Land Niederschläge
bringen könnten. Lüderitzbucht gehört zu den Orten mit
den geringsten Regenniederschlägen. Zudem weht der
Wind meist vom Land weg Richtung Meer. Dafür ist der
Küstenstreifen aber mit diesem immensen Fischreichtum
gesegnet.

Die Bucht hat nur eine sehr geringe Wassertiefe. Die
großen Überseeschiffe müssen weit vorne im Atlantik an-
kern. Mit kleineren Kuttern, in die man umsteigen muss,
wird man bis hin zum Land geschippert.

In der Zeit vor dem Weltkrieg leben in Lüderitzbucht
vorwiegend Deutsche. Es ist praktisch eine deutsche Stadt.
Mit Häusern in deutschem Baustil, deutschen Geschäften
und Straßennamen, mit deutschem Vereinsleben, einer
Kegelbahn mit allen Neunen, deutschem Denken, deutschen Sitten und Gebräuchen. Man ist stolz auf ein eigenes Elektrizitätswerk und die frischen Brötchen, die
man morgens in der Bäckerei Hallerbäumer kaufen kann.
Tanzveranstaltungen und größere Feiern finden in Kapps
Konzert- und Ball-Saal statt. Über dem 1907 erbauten
Haus mit den großen Initialen „FK" im Wappen über
der Eingangstür weht stolz die schwarz-weiß-rote Fahne.

Unten an der Bucht liegt das Woermann-Haus von
der Schifffahrtslinie. Dann kommen ein paar andere
Häuser, noch eine Straßeneinmündung und schließlich

das Haus, in dem die Familie des Missionars zur Miete wohnt, Hafenstraße 25.

Es zeigt zur Straße hin einen hohen Unterbau aus grob behauenem Bruchstein, der für die steile Eingangstreppe nur einen recht engen Platz lässt. Darauf ist dann zu einem kleinen Abhang hin der obere Teil des flachen Hauses gemauert, so dass man nach hinten wieder ebenerdig hinaustreten kann. Rechts neben der Treppe gibt es eine kleine, offene Loggia. Sie wird zur Straße hin mit einer Holzbrüstung abgeschlossen und zeigt oben einen sanft geschwungenen Rundbogen. Gern stellt Wilhelmine auf die Brüstung einen schmalen Blumenkasten mit feuerrot blühenden Geranien. Von hier hat man einen freien Blick über die Schotterstraße hinweg auf den Hafen und das Wasser der Bucht. Meist wird es von einem leichten Wind gekräuselt.

Die nächsten Nachbarn sind die Kaufleute Segberg und Söhne. Die verfügen sogar über einen Telefonanschluss. Kaufmann Segberg versucht mehrmals den Missionar zum Tennisspielen einzuladen, aber der schüttelt jedes Mal den Kopf. „Nein, nein, das ist nichts für mich. Ein so großes Spielfeld würde mich wirklich überfordern. Das müssen Sie verstehen, Segberg. Sie dürfen mich allenfalls zum *Mensch ärgere Dich nicht* herausfordern, das ist mir eher gelegen. Gerade neu aus Deutschland eingetroffen, ein famoses Brettspiel! Einfache Regeln, große Wirkung. Aber diese Disziplin", Karl macht ein ganz ernstes Gesicht, „ich muss Sie warnen, beherrsche ich schon hervorragend." Dann muss er doch lachen.

Weiter oben auf den Klippen steht hoch die stolze Felsenkirche. Über den sandigen Anstieg führt zwischen großen herrschaftlichen Häusern eine schmale

Schienenstrecke hinauf. Hier hält Karl nur sehr selten einen Gottesdienst. Er ist in erster Linie für die Ovambo zuständig, die diese Kirche nicht besuchen dürfen. Karl weiß, dass die meisten Weißen seine Arbeit wohlwollend schätzen und es befürworten, wenn die Schwarzen an Gott glauben. Aber dass sie neben ihnen in der Kirchenbank sitzen, die Gesangbücher mit ihren Händen befassen, ohne dass sie doch etwas lesen könnten, und dann gemeinsam mit ihnen beten – nein, nein, so weit muss es nach deren Meinung nun doch nicht gehen!

Eine kleinere Kirche liegt nur wenige Schritte neben seinem Haus. Sie wurde 1906 aus großen, hellen, ockerfarbenen Steinen gebaut. Auch das Dach ist hell und sandfarben, so dass die Kirche sich in die Felsen und den Sand um sie herum zumindest farblich bescheiden einfügt. Zur Eingangstür führt eine steile, ziegelrot gestrichene Treppe hinauf, beiderseits eingerahmt von einer braun gestrichenen Mauer mit einem daran angebrachten metallenem Handlauf. Nach unten hin öffnet sich die Treppe einladend zu den Seiten.

So gern Karl in dieser Kirche seine Gottesdienste für die Ovambo hält, oder auch für die wenigen Weißen, die sich manchmal hierher verirren, so sehr wünscht er sich doch für die zwei Glocken einen tieferen und volleren Klang, wie er es aus der Heimat kennt. „Beim Schlagen der Stunde mag der Ton ja noch angehen, aber beim Läuten denke ich doch – verzeih mir bitte – eher an eine Jahrmarktsglocke. Die Glocken sind wirklich recht klein", sagte er fast an jedem Sonntag zu Wilhelmine. „Wenn ich doch nur einen reichen, spendablen Kaufmann finden würde."

Karl Skär sind die Ursprünge dieser deutschen Siedlung bekannt. Im Jahre 1883 hatte der Bremer Kaufmann

Lüderitz die Bucht von Angra Pequene und deren Hinterland vom Hottentotten-Häuptling Josef Frederik gekauft. Wenn man es wohlwollend so nennen will. Er hoffte dort auf Bodenschätze, vor allem vermutete man Kupfer zu finden. Dies war die Geburtsstunde von Deutsch-Südwest. Bismarck stellte das Gebiet dann unter deutschen Schutz, als die Briten vom Kap aus ihre Hand danach ausstreckten. Das nur wenig besiedelte Land ist etwa eineinhalb mal so groß wie das Deutsche Reich.

Karl Skär hat die Aufgabe bekommen, jetzt hier die Ovambo zu betreuen, nachdem die oberen Gebiete von Südwest an die finnische Mission übergeben und die deutschen Missionare abgezogen worden sind.

„Ich diene dem Herrn überall da, wo er mich braucht!", hat er an den Missionsinspektor in Barmen geschrieben, der ihm auf seine Anfrage bezüglich des Gesundheitszustandes seiner Frau nicht geantwortet hatte. Und Karl trug tagelang ein strahlendes und lachendes Gesicht zur Schau, weil er insgeheim davon überzeugt war, der Vater im Himmel habe sein Flehen erhört und alles gelenkt. Seine Frau Wilhelmine darf nun aufgrund seiner Versetzung sowohl in einem ihrer Gesundheit vorteilhaftem Klima leben als auch in einer ihr so angenehmen, deutschen Umgebung, wie sie ähnlicher im ganzen Süden Afrikas kaum zu finden ist.

Wilhelmine lebt auf. Mit klopfendem Herzen hat sie sich aus Namutoni verabschiedet. Sie hat in der frischen und trockenen Luft der Namibwüste durchgeatmet, alles schnell vergessen, die weiße Feste, die beeindruckenden Tiere der Etoscha und fast sogar den jungen Oberleutnant. Und sie hat sich daran gemacht, das Haus einzurichten und sich auf die Schwangerschaft einzustellen. Denn sie spürt bald, dass sie erneut in anderen Umständen ist.

Ihr Mann wird jetzt hauptsächlich von der Minengesellschaft bezahlt. Der Großteil der nach hier angewor-
benen Ovambo arbeitet auf den Diamantfeldern. Andere
sind in den Fisch- und Langustenfabriken beschäftigt
oder auch als Hausangestellte tätig. Aber nur selten kommen ihre Familien nach. Fast ausschließlich sind es junge Männer, die allein hier leben. Sie sind den Deutschen
sehr zugetan. Sonntagmorgens kann man oft beobachten,
wie sie nach deutschem Muster auf der Werft exerzieren, Arme und Beine ekstatisch in die Luft schwingen,
Holzknüppel als Gewehre treu umfassen und mit erhobenem Kopf stolz in die deutsche Luft starren, als hätte der
Kaiser selbst sie zu seinen Kriegern auserkoren.

Doch das Gesicht des Missionars wird immer ernster,
wenn er sie jetzt exerzieren sieht. Im Njassaland, so berichten ihm seine Missionsbrüder, hat es einen Antikriegsruf
der Eingeborenen gegeben. Man solle die Reichen, die
Farmer und die Kaufleute einander totschießen lassen.
Doch sollten nicht die Afrikaner sterben für eine Sache,
die nicht die ihre sei. „Haben sie damit nicht recht?",
fragt er sich. „Am stärksten quält die Unsicherheit unserer Lage", sagt Karl zu seiner Frau. Er geht schulterzuk-
kend vom Haus hinüber zum Meer, schlägt die Hände
zusammen und schüttelt den Kopf.

Kaum hat er vom Kaufmann Segberg, des-
sen Begeisterung er nicht teilen kann, erfahren, dass
Deutschland Anfang August Russland und dann auch
Frankreich den Krieg erklärt hat, gibt es auch schon
Gerüchte, dass die deutsche Kolonie Togo kapitulieren
musste und von französischen und britischen Truppen
besetzt worden sei. England habe sich auf die Seite der
Kriegsgegner geschlagen. Die Nordsee soll von England

zum Sperrgebiet erklärt worden sein. Eine Seeblockade unterbricht die Verbindung zu Deutschland.

„Andererseits gibt es jetzt hier im Schutzgebiet seit Juni die ersten zwei Flugzeuge", triumphiert Segberg, „wer weiß, für was man sie neben der Postbeförderung noch einsetzen kann."

Dann überschlagen sich die Ereignisse: Am 15. September 1914 greifen südafrikanische Truppen unter der Führung von Louis Botha die deutsche Station Ramensdrift am Oranje an. Die Hoffnung der Deutschen auf eine Neutralität Südafrikas ist zerronnen. Die deutsche Schutztruppe kann sich gegen die Übermacht der südafrikanischen Truppen nicht behaupten.

Karl Skär und der Kaufmann Segberg beobachten, dass alles deutsche Militär aus Lüderitzbucht abgezogen wird. Wie soll man das deuten?

Einige Tage später, am 20. September 1914, steht Karl am Fenster seines Hauses. Es ist ein Tag mit starkem Wind und grau verhangenem Himmel. Ihm schlägt vom Meer, wo die Wellen sich aufschäumend an den Klippen brechen, die feuchte Luft herüber ins Gesicht. Gleichzeitig mit dem Ruf der Hebamme, die ihm ankündigt, dass Wilhelmine einen gesunden Jungen zur Welt gebracht hat, hört er die Kanonenschläge der englischen Kriegsschiffe. Diese sind zwar ohne Gegenwehr, aber sich doch donnernd Respekt verschaffend in den Hafen von Lüderitzbucht eingelaufen. Später wird Karl erfahren, dass es Plan der Schutztruppe war, im Falle eines Angriffs der Südafrikaner keinen Widerstand zu leisten. Swakopmund und Lüderitzbucht sollten umgehend geräumt werden, dagegen Kräfte der Schutztruppe im Norden bereit stehen.

Seinen Sohn tauft er gleich am nächsten Tag auf den Namen Helmut.

Oben im Norden der Kolonie gehen die kämpferischen Auseinandersetzungen weiter. Karl ist überrascht, wie sehr sich Wilhelmine für alle Spekulationen und Gerüchte über die Kampfhandlungen interessiert. Er weiß nicht, dass es vor allem der eine deutsche Offizier ist, den ihre Sorge aus allen Gefahren hinaustragen möchte. Hier unten ist der Krieg schnell vorbei, bevor er eigentlich überhaupt begonnen hat. Niemand in Lüderitzbucht, das ganz isoliert von allem liegt, wo es im Wesentlichen nur Krämer und Gewerbetreibende gibt, kann Widerstand leisten.

Der Großteil der Deutschen wird in der Folgezeit von den englischen Besatzern deportiert, wie es heißt nach Pretoria. Nachbar Segberg, der öffentlich und lauthals im Namen des Kaisers protestiert, wird rigoros abgeführt und inhaftiert. Der Missionar muss tatenlos zusehen, hat nur Angst um seine Familie.

Schließlich werden die restlichen Deutschen mit der Eisenbahn in ein Camp zwischen Aus und Schakalskuppe gebracht, hundertfünfzig Kilometer weit östlich von Lüderitzbucht gelegen. Die Mutter trägt den Neugeborenen auf dem Arm. Karl ist verzweifelt, weil er von seiner Frau und ihren nun zwei Söhnen getrennt wird, denn die Männer werden von den Frauen separiert in einem eigenen Lager untergebracht. Sie wohnen zunächst in Zelten, was bei dem oft starken Wind, der Staub und Sand mit sich führt, sehr unangenehm ist. Zudem bieten die Unterkünfte wegen der sommers wie winters sehr extremen Temperaturen eine kaum erträgliche Situation.

Am 9. Juli 1915 unterzeichnen der Kommandeur der Schutztruppe Oberstleutnant Franke, der südafrikanische General Luis Botha und der kaiserliche Gouverneur von Deutsch Südwestafrika, Dr. Seitz, einen Waffenstillstandsvertrag, der aber eher einer deutschen Kapitulation gleichkommt. Das ehemalige Deutsch Südwestafrika steht ab jetzt unter südafrikanischer Militärverwaltung.

Nach der Kapitulation der deutschen Truppen werden schließlich mehr als 1500 Kriegsgefangene, zum größten Teil Mannschaften und auch Unteroffiziere, hierher gebracht. Zunächst per Schiff nach Lüderitzbucht transportiert, gelangen sie dann mit der Eisenbahn nach Aus. Bewacht werden sie von etwa 600 Freiwilligen, Soldaten aus Südafrika.

Wilhelmine zeigt ungeahnte Kraft. Den neugeborenen Helmut an der Brust und den gerade einmal dreijährigen Gottlieb an der Hand, gibt sie beiden Kindern Schutz und Geborgenheit. Sie wächst über alles hinaus, was sie jemals von sich gedacht oder von Gott gefordert sich hat vorstellen können.

Karl sitzt derweil im Männerlager nur wenige Meilen entfernt. Er hat keine Informationen über das Befinden von Frau und Kindern, betet wohl zu Gott, aber eher verhalten.

In der ersten Zeit des Aufenthaltes bekommen sie hier von der zunehmenden Verschärfung des Krieges oben im Norden nichts mit. Karl grübelt darüber, was Recht und was Willkür, was gottgewollt und was vermessen ist. Er hat etwas weiches Holz und ein scharfes Messer auftreiben können und verbringt seine Zeit damit, beim Nachdenken zu schnitzen. Er schneidet an einer kleinen Schatulle, in die er auf der Vorderseite Blattornamente und den Namen AUS einarbeitet. Während Wilhelmine, ohne sein Wissen, an der Aufgabe der Fürsorge für ihre zwei Söhne auflebt und zu neuer Kraft erblüht, ist Karl niedergedrückt und verzweifelt. Manchmal möchte er sich das Schnitzmesser in den Arm stechen.

Er versucht aber auch, seelsorgerisch tätig zu sein, ruft die Männer sonntags zu einem Gottesdienst zusammen. Sie sitzen unter freiem Himmel, und Karl denkt daran, dass er in dieser Art häufig zu seinen Schwarzen im Ovamboland gepredigt hat. Jetzt sind es deutsche Kaufleute, Ingenieure oder Farmer sowie nach der Kapitulation eine große Zahl von gefangen genommenen Soldaten von den Kämpfen im Norden. Ihm fehlt nur ein kräftiger Baum im Rücken, an den er sich lehnen könnte, der mit ihm zusammen einen Orientierungspunkt geboten hätte, um den sich die Zuhörer versammeln könnten.

Zuerst kommen nur wenige Männer. Sie sind zu verzweifelt oder auch zu stolz: Sollen sie, die die Herren in diesem Land gewesen sind, jetzt demütig Gott um Erlösung aus ihrer Lage bitten? Die weltliche und politische Katastrophe ist für sie so ungeheuerlich und so unbegreiflich, dass ihnen ein göttlicher Ausweg, womöglich noch mit demütiger Fürbitte, als absurd und abwegig erscheint. Der Gottesglaube ist bisher doch nur vereinbar gewesen mit ihrer gesicherten Position. Er stellt eine Manifestation ihrer überlegenen und selbstverständlichen Stellung in dieser Kolonie dar, die von Beginn ihrer wirklichen Entwicklung an *deutsch* gewesen ist.

Ein Soldat Mitte 30 fällt Karl seit der ersten Versammlung auf. Er trägt leger ein offenes Hemd ohne Krawatte, aber manchmal darüber auch eine Uniformjacke mit den Schulterstücken eines Offiziers. Er ist immer sehr verschwitzt und sitzt zusammengekauert und in sich gekehrt da, scheint eher abwesend und apathisch. Er trägt einen dunklen Vollbart, aber sein Gesicht kann der Missionar kaum richtig sehen. Wenn Karl seinen Gottesdienst beendet hat, die kleine Gruppe segnet und dann mit gesenkten Armen da steht, bleibt er noch eine Zeit lang wie vorher sitzen, die Arme um die Knie geschlungen und den Kopf schräg nach vorn zu Boden gerichtet.

Einmal wartet Karl und spricht ihn an.

„Sie sind die Wüste nicht gewöhnt, die Hitze. Aber auch für mich ist dies ein Platz, den ich mir nicht ausgewählt habe."

Nach einiger Zeit blickt der Offizier auf: „Warum reden Sie dann von Zuversicht?"

„Warum hören Sie mir zu, wenn ich darüber rede?"

Karl wischt sich den Schweiß von der Stirn. Woher kennt er diesen Mann?

„Ich habe vor nicht zu entfernter Zeit im Ovamboland gedient. Wissen Sie, eine Predigt im Schatten eines Affenbrotbaumes gibt mehr Zuversicht, da sollten wir uns nichts vormachen. Ich bin mir ganz sicher, dass das Wort Gottes allein eine ungeheure Kraft hat, aber die meisten Menschen begreifen es nur und wollen es erst hören, wenn sie in einer Situation sind, in der ihnen ein Trost und eine Offenbarung angenehm sind und als letzter Ausweg erscheinen. Sind sie jedoch völlig aus der Bahn geraten, wenn der Tod oder ein Krieg oder andere unbegreifliche Ereignisse auf sie einstürzen, dann zweifeln sie an der Güte Gottes."

„Ich frage mich im Moment, warum Gott die Briten bevorteilt und die Deutschen ins Abseits setzt." Er blickt wieder hinaus in Richtung Wüste.

„Glauben Sie, dass Gott in die Politik eingreift, oder wünschen Sie, dass er das wirklich tun sollte? Doch sicher nicht. Ihre Verbitterung sollten Sie den politischen Institutionen anlasten, die dafür die Verantwortung tragen. Ich sage Ihnen, warum ich Gott liebe: Er hilft in den großen Dingen, er ist gnädig, er kann uns unsere Sünden verzeihen. Und er kann unsere kleinen, alltäglichen Bitten erhören: Ich möchte Sie gern wiedersehen. Ich weiß, ich kann alles versuchen mit Gottes Hilfe. Ich habe es oft erlebt, dass eine Träne getrocknet, eine Wunde geheilt oder eine Pflanze wieder erblüht ist, wenn ich es mit Gottes Hilfe versucht habe."

„Das ist doch Unsinn. Einen solchen Kindergott kann ich nicht gebrauchen. Es ist vonnöten, dass die Geschicke der Menschen mit Sachverstand und Sinn für Realität geregelt werden. Dabei können sicherlich göttliche Gesetze ihre Rolle spielen. Aber, verehrter Herr Missionar, ich weiß, dass man Sie auch den Vater nennt, Sie können doch nicht für alle Zeit die ihnen anvertrauten Menschen wie unreife Schäfchen halten, über die Sie schützend die väterliche Hand legen."

Karl mag auf diesen Anwurf nicht antworten. Er schlendert mit dem Offizier den heißen, staubigen Weg zwischen den Baracken entlang. Sie richten ihre Blicke nach vorn, sind allein, da sonst ein jeder sich irgendwo in den Schatten verkrochen hat. Es ist anstrengend zu sprechen.

„Sie erkennen mich nicht", sagt Graf Jeltsch, er versucht sich zu straffen, „ich bin – nein, ich war – der Kommandant von Namutoni."

Karl sieht hinüber zu ihm, blickt in sein Gesicht. „Verzeihen Sie mir, ja, jetzt sehe ich den schmucken

Oberleutnant wieder vor mir." Er hält einen kurzen Moment sich besinnend inne. „Ja, Sie haben viel für meine Frau getan, aber in dieser Umgebung, unter diesen Umständen, verzeihen Sie mir..."

„Es gibt nichts zu verzeihen, das Lager hat uns alle erniedrigt, wir kennen uns ja selbst nicht mehr wieder."

Karl schweigt eine Weile. „Wissen Sie, als die feindlichen Schiffe in Lüderitzbucht einfuhren, hat Gott mir einen Sohn geschenkt, kann das nicht ein Zeichen sein?"

„Etwa zur gleichen Zeit wurde die Bahn ins Inland gesprengt. Deutschen Geschäftsleuten wurde alles niedergebrannt. Einige hat man ermordet. Was wir Deutschen zur Erschließung dieses Landes getan haben, wird auf barbarische Art und Weise zunichte gemacht. Ist das nicht auch ein Zeichen?"

Die heiße Luft zwischen ihnen flimmert und flirrt.

„Wir müssen versuchen weiter zu leben. Die Engländer haben alle Eingeborenen an die Arbeit gestellt, und so lange ich in Lüderitzbucht gewesen bin, hat man mir gestattet, weiter meine Gottesdienste abzuhalten, sogar den Taufunterricht. Es sind doch keine Heiden, die uns da überfallen haben."

„Wollen Sie jetzt für die Engländer Partei ergreifen?" Graf Jeltsch wirft unwirsch seinen Arm in die Luft. Abrupt dreht er sich weg.

Karl faltet die Hände und blickt zu Boden. Seine Füße stecken in ausgetretenen Schuhen, Strümpfe trägt er nicht. „Ich habe gehört, dass das deutsche Krankenhaus und das Erholungsheim des Roten Kreuzes in Swakopmund seinen Betrieb weiterführen können. Kommen Sie, Jeltsch, ich bin auch verzweifelt, aber dadurch, dass ich Ihrem Defätismus etwas entgegensetzen muss, haben Sie mich

dazu gebracht, in unserer verzweifelten Lage nach den positiven und Mut machenden Tatsachen zu suchen. Sollten
wir uns nicht gegenseitig unterstützen und helfen?"

„Vielleicht noch zusammen beten?", entgegnet Jeltsch,
geht mit schnellem Schritt davon, von aufwirbelndem
Staub umweht.

„Ja, es wäre schön, Sie wieder im Gottesdienst zu sehen", sagt Karl, aber seine Stimme ist so unsicher und
leise, dass sie wohl der Offizier nicht mehr hört.

Elf Monate verbringt Karl im Lager Aus. Dann darf er
nach Lüderitzbucht zurückkehren, wo er seine Familie wieder zu treffen hofft. Graf Jeltsch und der Missionar müssen Abschied nehmen. Er erfährt von dem Oberleutnant,
dass er nach Deutschland ausgewiesen wird. Sie treffen
sich kurz beim Abtransport. Karl legt ihm einen Arm um
die Schulter. Der Soldat lässt es geschehen.

„Was ist schmerzlicher für mich, dass wir diesen Krieg
verloren haben oder dass ich dieses geliebte Land verlassen muss? Es ist einerlei, mein Leben ist zerstört." Das
Gesicht des Oberleutnants ist wie versteinert und aschfahl. Dann vollführt er mit den Händen verzweifelte
Gesten.

Karl weiß nicht, wie er ihn trösten kann. Was soll er
ihm mit auf den Weg geben? Er ist auch zu sehr damit
beschäftigt, dass er zurück nach Lüderitzbucht darf, dass
er hoffentlich dort mit Gottes Hilfe seine Frau und seine
Söhne wiedersehen wird. Er ist eigentlich überzeugt, dass
es so sein wird.

Es scheint Karl, als hätte der Soldat seine Gedanken
erraten, als er sagt: „Grüßen Sie Ihre Frau von mir." Er
sieht den Missionar nicht an. Sein Blick schweift ab,

weit hinaus in das trockne Land. Leise fügt er nach einer Pause hinzu: „Sie hat mir viel bedeutet. Ich habe mir häufig Gedanken um sie gemacht und hoffe, Sie werden sie gesund wiedertreffen." Die beiden Männer schweigen.

Der Graf wendet sich abrupt um, nimmt sein Gepäckbündel auf. Er blickt an Karl vorbei immer noch hinaus in die Wüste und sagt leise, aber so, dass dieser doch noch jedes Wort versteht: „Bitte sagen Sie Wilhelmine, dass auch sie ein Grund ist, warum ich dieses Land nur unter Schmerzen verlassen kann. Gern hätte ich sie noch einmal gesehen und ich hoffe trotz allem, dass das Schicksal vielleicht doch noch eine andere Möglichkeit finden wird."

„Wer kennt schon Gottes Wege." Mehr Trost weiß Karl nicht zu geben.

10

Der Schatz

1918 Lüderitzbucht

„Gott, der du uns verstoßen und zerstreut hast und zornig warst, tröste uns wieder. Der du die Erde bewegt und zerrissen hast, heile ihre Brüche, die so zerschellt ist." Wie oft hat Karl dieses Gebet aus dem 60. Psalm leise für sich oder auch laut in einem Gottesdienst gesprochen, zwischen Sorge, Verzweiflung oder auch Hoffnung auf Gottes Güte und Durchhaltewillen hin- und hergerissen.

Als er und seine Familie wieder glücklich in Lüderitzbucht vereint sind, finden sie an ihrem Haus die Eingangstüre aufgebrochen, die Fensterscheiben zerschlagen. Auf der zur Straße hin offenen Veranda hat sogar jemand versucht ein Feuer zu legen. Im hinteren Wohn- und Küchenraum liegt eine große Sanddüne, unter der Tür hereingeweht. Sie ragt zur Wand hin mehr als einen halben Meter hoch. Karl hat das Gefühl, dass es nach Ratten riecht. Kein Stuhl, kein Schrank ist mehr heile. Die Bilder sind von den Wänden gerissen, liegen zersplittert und zertreten am Boden. Leere Flaschen liegen herum. Fast alle brauchbaren Gerätschaften aus Küche und Stuben sind entwendet worden. Es ist ein Anblick schier zum Verzweifeln.

Zu seiner großen Freude findet er aber das kleine Bücherlager für die Eingeborenen, das sich in einem durch einen Teppich verborgenen Verschlag im Boden befindet, vollständig und ohne Schaden vor. Er hat die Schriften 1915 vor der zu erwartenden Vertreibung aus Lüderitzbucht aus der nahegelegenen kleinen Kirche schnell noch in sein Haus bringen lassen. Auch seine persönlichen Bücher und Unterlagen sind dort unversehrt vorhanden.

Er ist wirklich erleichtert. „Ich kann wieder an die Arbeit gehen", sagt er.

„Nur wer deine Arbeit bezahlt", entgegnet Wilhelmine, „wissen wir nicht."

Nach langer Wartezeit ist auch wieder eingeschränkt ein Briefverkehr mit Deutschland möglich. Karl meldet sich sogleich pflichtgemäß bei dem Herrn Inspektor in Barmen: „Nun dürfen wir wieder schreiben. Zuerst herzlichen Gruß nach über zwei Jahren allen Bewohnern des lieben Missionshauses. Wir sind noch alle gesund, hatten trotz allen Unbills immer auch das Nötige zum Leben. Unseren Geschwisterkreis in Südwest hat der Herr in seiner Güte vor großen Lücken bewahrt. Nur sind wir sehr betroffen, weil Bruder Lieng heimgegangen ist. Durch seine Druckerpresse hat er in diesen schlimmen Kriegsjahren auch unserer Ovambomission große Dienste geleistet. Leider konnte er eine gekürzte biblische Geschichte nicht mehr ganz vollenden."

Dann teilt er im gleichen Brief kurz und knapp folgendes mit: „Um drei Mädchen hat sich unsere Kinderschar vermehrt. Am 9.3.1917 bekamen wir Zwillinge – Hanna und Elisabeth. Der Herr hat gnädig geholfen bei der Geburt und uns meine Frau und unsere Mutter gelassen. Arzt und Krankenschwester leiteten die Geburt. Dann kam in diesem Jahr 1918 am 27. Juli eine kleine Helene an."

Einen lakonischen Satz fügt er noch hinzu: „Hoffentlich
dürfen wir von den drei Kindern in Deutschland bald etwas hören."

Er beschließt den Brief: „Unsere Sache ist unseres
Gottes, er wird weiter helfen. Mit herzlichen Grüßen Ihr
Karl Skär."

Das Leben in Lüderitzbucht hat sich schnell wieder
ziemlich normalisiert. Vom Bäcker Hallerbäumer hängen morgens Brötchen in einem weißen Leinensäckchen
an der Tür. Wilhelmine ist vollauf mit den drei kleinen
Töchtern beschäftigt. Karl geht, so oft es möglich ist, mit
seinen Söhnen Gottlieb und Helmut mittags zum Strand.
Sie plantschen im kalten Wasser und aalen sich in der
Sonne. Die Lufttemperaturen erreichen jetzt im Oktober
in der Sonne häufig schon mal mehr als 25 Grad. Oft
kommen auch die drei Töchter des Bäckers dazu, alles
rothaarige, *scheene* Mädel, die großzügig geschneiderte
Badekleidung tragen, aber an allen Stellen, die daraus
hervorlugen, ob Kopf, Beine oder Arme, ganz schnell einen Sonnenbrand bekommen.

Ihre Familie stammt aus Leipzig in Sachsen, und
obwohl die Töchter alle hier in Südwest geboren sind,
sprechen sie einen furchtbaren sächsischen Dialekt, wie
Karl es empfindet. Ihr Vater ist kein Bäcker, sondern ein
Bäggor, weil sie kein richtiges *K* sprechen können. Der
Kaiser ist für die *Saggsn* immer der *Gaiser* gewesen, ob
er jetzt abgedankt hat oder nicht. Und die weißen *Diere*
mit den Hörnern im Stall hinter dem Haus sind *Ziechen,*
wunderbar genüsslich lang gezogen ausgesprochen. Karl
mag den Bäckermeister, aber er schüttelt den Kopf über
dessen Aussprache. „Nu, Herr Missionar", sagt dieser,
„der Leewe heeßt Leewe, weil er durch de Wüste leewt."

Jetzt kann Karl sich ein Lachen nicht verkneifen. „Mir Saggsn sin ehmd so, wie mor sin", resümiert der Bäcker Hallerbäumer. Hauptsache, seine Brötchen schmecken, denkt Karl und schlägt ihm wohlwollend seine Hand auf die Schulter.

Wenn die Kinder zu viel im Sand getobt haben und ihre Körper ganz eingesandet sind, jagt der Vater sie noch einmal ins kalte Wasser, damit sie sich abspülen. „Vater, du bist gemein", beschwert sich Gottlieb, „und über die Mädchen hast du eh nicht zu bestimmen." Aber er weiß, dass aller Protest nichts nützt. „Husch, husch, hinein ins kühle Nass. Mit dem Sand lassen eure Mütter euch keinesfalls ins Haus, da können wir sicher sein." Bibbernd sitzen sie dann auf den großen Felsbrocken am Strand, mit einem Handtuch um die Schultern, sind aber bald wieder von der Sonne gewärmt.

Gottlieb ist mit Fritz Schuster befreundet, einem Jungen, der hier in Lüderitzbucht im Schülerheim wohnt und mit ihm in die zweite Klasse geht. Seine Eltern haben eine flächenmäßig riesige Farm in der Nähe des Fischflusses, dem längsten Fluss der Kolonie, etwa dreihundert Kilometer südöstlich von Lüderitzbucht gelegen am Rande der Kalahari-Wüste. Trotz langer Trockenperioden gibt es dort auch Wüstengräser und Baumbestand von Akazien. Von ihm erfährt Gottlieb alles über die Tiere, die es hier in der Wüste Namib nicht gibt. Fritz erzählt von unzähligen Schafen, von Springböcken und besonders von den großen Kuhantilopen.

„Sie sind fast so groß wie ein Elefant", sagt Fritz. „Na ja, so stell ich es mir vor", schränkt er schnell ein, als er Gottliebs ungläubigen Blick sieht, „einen Elefanten habe ich ja selbst auch noch nicht gesehen. Wie soll ich es also wissen? Aber die Hörner der Kuhantilope sind meterlang, geschwungen und dick. Bei uns im Farmhaus hängen sie an der Wand."

Und er berichtet auch von dem gewaltigen Fischfluss-Canyon. „Du bist so klein", sagt er und zeigt mit Daumen und Zeigefinger eine Distanz von vielleicht einem Zentimeter an, „und die riesige Schlucht, die plötzlich vor dir liegt, ist so tief, dass dein Herz fast aufhört zu schlagen, wenn du hinunter blickst. Willst du hinab gelangen, musst du mindestens einen halben Tag lang über steile Abhänge, Geröll und Gesteinsbrocken klettern." Gottlieb kann kaum nachvollziehen, was Fritz erzählt von diesem Millionen Jahre alten Canyon, der sich auftut wie ein Höllenschlund, der den Blick hinabzieht in die unendliche Tiefe. Aber er spürt bei der Schilderung doch die Ergriffenheit seines Freundes und möchte ihn zu gern einmal nach Hause begleiten und dieses wahre Weltwunder sehen. „Wenn du einen Stein hinunter in den Canyon wirfst", sagt Fritz, „dauert es mindestens eine halbe Stunde, bis er unten im Wasser aufplatscht."

Fritz ist so weit von der elterlichen Farm entfernt, dass er in den kleinen Ferien auch schon mal in Lüderitzbucht bleiben muss. Als sechstes Kind wohnt er dann bei der Missionarsfamilie im Haus in der Hafenstraße.

Hinter dem Küchenausgang, etwas seitlich zum Hang hin, haben Gottlieb und er sich einen Platz zum Spielen eingerichtet. Hier formen sie aus Sand, Wasser und Erde kleine Rinder oder Schafe und auch Tiere mit Geweihen. Dazu benutzen sie Streichhölzer, die sie dunkel einfärben, oder andere kleine Holzstückchen. Die Figuren bleiben in der Sonne stehen, und wenn sie Glück haben, werden sie steinhart. Die Jungen gestalten in mühevoller Arbeit eine ganze Farm mit Zäunen, Häusern und Ochsenwagen. Ihre einzige Sorge ist, dass Hanna und Elisabeth, unbeholfen wie sie noch sind, neugierig herangelockt ihre Kunstwerke berühren und beschädigen. Ein breites, quer gestelltes Brett soll die Kleinen davon abhalten, die Farm zu betreten. Besonders als sie nach den Ferien wieder zur Schule müssen, haben die beiden Jungen Angst um ihre Tiere und die übrige Ausstattung. Die Mutter muss feierlich versprechen, dafür zu sorgen, dass die Mädchen sich ihrer Farm nicht nähern. Aber sie sind sich nicht sicher, ob die Mutter der Sache wirklich Ernst beimisst.

Sie sorgen sich besonders um eine hervorragend gelungene Kuhantilope mit wunderbar geschwungenem Gehörn und die Figur eines schwarzen Farmarbeiters, der sie den Namen Erich gegeben haben. Er trägt sogar einen kleinen grünen Hut aus einem Stückchen Filz. „Wenn die Mädchen die erwischen", sagt Fritz, „ist die ganze Farm nichts mehr wert."

Am ersten Schultag nach den Ferien sind sie besonders früh aufgestanden. Die Mutter wundert sich. „Heute beginnt die Schule wieder", sagt Gottlieb, „da wollen wir doch pünktlich da sein." Wilhelmine bemerkt die Scheinheiligkeit nicht. Sie muss sich um die Mädchen kümmern. Die beiden Jungen frühstücken nur kurz. Kaum haben sie ihr Porridge, den Haferbrei mit Wasser und Milch, aufgegessen, da gibt Gottlieb Fritz ein Zeichen. Er geht dann in den Vorratsraum, und als sie sich hinter dem Haus treffen, erscheint er mit einer Teedose aus Blech in der Hand. „Die Teeblätter habe ich in ein Glas geschüttet, das werden die schon überleben", sagt er. Sie gehen zur Farm. Fritz nimmt sein Stofftaschentuch aus der Hosentasche. Er legt es in die Dose und darauf betten sie behutsam die Antilope und Erich. „Aber jetzt, wohin damit? Viel Zeit haben wir nicht."

Sie gehen vom Haus aus die paar Schritte nach rechts Richtung Kirche. Der Weg zum Gebäude hinauf besteht aus Sand. Auf der rechten Seite ragt aus dem Sand hervor ein großer, flacher, abgerundeter Fels. Zwischen diesem Fels und dem Zaun des sich anschließenden Nachbargrundstückes scheint ihnen ein geeigneter Platz zu sein, um ihre Schatzdose zu vergraben. Im losen Sand ist schnell ein Loch gebuddelt, die Teedose hinein, wieder zugeschüttet. „Es muss unauffällig aussehen", sagt Fritz. Sie verwischen ihre Spuren im Sand mit den Händen. Ein paar kleinere Steine werfen sie wie zufällig auf die Fläche.

Am Nachmittag haben sie noch eine Chorprobe, dann anschließend eine Menge an Hausaufgaben zu erledigen. Acht Päckchen Rechnen müssen sie erledigen und die Ostfriesischen Inseln sind zu lernen: Borkum, Juist, Norderney, Baltrum, Langeoog, Spiekeroog, Wangerooge. Wofür soll das gut sein? Was hat sich der Lehrer dabei gedacht? Diese Zungenbrecher! Werden sie jemals als Seefahrer mit einem Dreimaster zu einer dieser komischen Inseln segeln, dort in einer felsigen Bucht vor Anker gehen, sie mutig betreten, mit den schwarzen Eingeborenen kämpfen und dann dort einen Schatz finden oder einen vergraben? Die Namen hören sich jedenfalls nicht vielversprechend an. Bis auf Spiekeroog vielleicht, findet Fritz. Nach den Hausaufgaben muss er ins Schülerheim zurück.

Erst am Freitagnachmittag haben sie Gelegenheit nach Antilope und Erich zu sehen. Als sie den kurzen Weg zur Kirche gelaufen sind, bleiben sie wie angewurzelt stehen.

Was ist denn da los? Entlang der Grundstücksgrenze, da wo auch ihr Schatz vergraben ist, heben zwei schwarze Arbeiter im Sand einen kleinen Graben aus. Der Zaun zum Nachbargrundstück soll durch eine Mauer ersetzen werden.

Gottlieb treten Tränen in die Augen. Er ist wütend und rennt auf die Arbeiter zu, fasst einen am Arm und schüttelt ihn. „Unser Schatz", ruft er, „wo ist unser Schatz?"

Die Schwarzen wissen nicht, was die Kinder von ihnen wollen. Sie heben lamentierend die Arme in die Höhe. Die beiden Jungen wühlen mit den Händen wie wild in den aufgehäuften Sandbergen. Ihnen wird heiß und kalt. Die Schwarzen sehen verständnislos zu. Aber so sehr sie sich auch abmühen, sie finden nichts. Antilope und Erich samt Teedose bleiben spurlos verschwunden, verschüttet und vergraben.

Sie laufen nach Hause, zertreten wie wild alle Tiere der Farm, die Häuser, die Wagen, die Zäune, sitzen dann schluchzend neben dem Werk ihrer Zerstörung und die konsternierte Mutter weiß nicht, was in die Knaben gefahren ist.

Zu den Aufgaben von Karl Skär gehört es auch, die Kriegsgefangenen im Lager Aus gelegentlich weiter seelsorgerisch zu betreuen. Wenn es sich einrichten lässt, fährt er zweimal im Monat von Lüderitzbucht aus mit dem Zug nach Aus. Dort hält er einen Gottesdienst und führt Gespräche mit den Gefangenen. Sie sind immer sehr dankbar für seine Zuwendung, schöpfen Mut aus allem, was sie mit der zivilisierten Welt außerhalb des Lagers verbindet. Sie fragen den Missionar begierig, wie der Krieg in Deutschland verläuft, hängen an seinen Lippen, wenn er ihnen das Wenige, was er weiß, mitteilt.

Eifrig schreiben sie Briefe, sind glücklich, wenn sie Nachricht von ihren Familien bekommen. Die Menge der Briefe wird so groß, dass der Zensor, der alle Korrespondenz lesen muss, sich schließlich bei Karl beschwert und ihn dringend auffordert, den Soldaten mitzuteilen, dass sie sich beim Briefeschreiben zurückhalten sollen. Aber der zuckt nur mit den Schultern und zeigt in einer Geste seine offenen Handflächen. Auch eine Beschwerde beim Lagerkommandanten hat keinen Erfolg.

Gemüse wird in Eigeninitiative in kleinen Gärten angebaut und die Gefangenen stellen ungebrannte Sandsteine her, um sich daraus sogar primitive Häuser zu bauen. Als provisorische Dachpfannen müssen zusammengedrückte Konservendosen oder Blechreste herhalten. Bald werden deshalb keine Zelte mehr gebraucht. Etwas Taschengeld zum Kauf von Gebrauchsartikeln wie Seife, Kämmen, oder Rasierklingen bekommen sie von Sammlungen, die in Deutschland zugunsten der Kriegsgefangenen durchgeführt werden. Auch das Rote Kreuz hilft.

Karl bewundert diese Aktivitäten mit großem Wohlwollen. Nur nicht resignieren, nicht aufgeben. Auf Gott vertrauen. Diese Devise will Karl jederzeit fördern. Er kann sogar durchsetzen, dass es in einigen gravierenden Fällen erlaubt wird, dass einzelne Gefangene zur zahnärztlichen Behandlung in seiner Begleitung nach Lüderitzbucht fahren dürfen. Lediglich der Anfang 1918 gestellte Antrag, zwei oder drei Lehrer nach Aus zu schikken, wird abgelehnt. Die Kriegsgefangenen möchten sich bilden und ihr Wissen aktualisieren, hat der Missionar argumentiert, um nach dem Krieg wieder erfolgreich im Zivilleben bestehen zu können. Das sei doch eine legitime Forderung. Aber in diesem Punkt kann auch Karl nicht helfen. Er ermutigt die Gefangenen jedoch, als es eine Initiative gibt, ein Blasorchester im Lager zu gründen, wenngleich sie seinem Vorschlag, auch christliche Choräle oder Kirchenlieder zu spielen, nur zögerlich oder gar nicht nachkommen.

Dann bricht eine Grippeepidemie aus.

Als er am Sonntag, dem 27. Oktober 1918, nach seinem Besuch in Aus wieder in Lüderitzbucht eintrifft, muss er seiner Frau berichten, dass fast zwanzig deutsche Gefangene und eine noch größere Zahl von Mitgliedern der Garnison an der Influenza gestorben sind. Wilhelmine ist entsetzt. Sie weist mit der Hand in Richtung der Zimmer, wo ihre fünf Kinder schlafen. Der Älteste, Gottlieb, ist 7 Jahre alt, die Jüngste, Lene, gerade einmal drei Monate.

„Karl, der größte Schatz, den uns der Herr geschenkt hat, sind unsere Kinder. Ich bitte dich ausdrücklich, keine Besuche mehr im Lager zu machen. Von meiner Ausbildung als Kinderschwester her weiß ich, dass sich eine solche Infektionskrankheit sehr schnell zu einer Epidemie ausweiten kann. Das scheint ja hier schon der Fall zu sein."

Karl sieht sie stirnrunzelnd an: „Aber ich muss doch …"

„Nein", entgegnet Wilhelmine, „du weißt, dass die Übertragung durch Tröpfcheninfektion stattfindet. Wenn du mit deinen Leuten sprichst oder ihnen nur die Hand gibst, kann es leicht geschehen, dass du dich ansteckst. Wenn du die Krankheit in unsere Familie einschleppst, wird uns niemand mehr helfen können."

Am kommenden Sonntag ist ohnehin kein Besuch in Aus vorgesehen. Am Donnerstag darauf gibt es in Lüderitzbucht Gerüchte, dass schon fast 80 Männer im Lager gestorben seien. Endlich ist es auch für Karl klar, dass er hier nicht seiner seelsorgerischen Pflicht nachkommen muss, sondern die Fürsorge für seine Familie im Vordergrund zu stehen hat. Dann, am Freitag, bekommen Helmut und Hanna fast gleichzeitig heftige Fieberanfälle. Besonders Helmut zeigt ein verquollenes Aussehen des Gesichts. Husten haben beide Kinder.

Dr. Schreiber, nach dem Wilhelmine sofort geschickt hat, ist über das Wochenende nicht im Ort. Karl ist verzweifelt, weil er nicht helfen kann. Bis der Arzt am Montag in das Haus in der Hafenstraße kommt, hat es auch Gottlieb und Elisabeth erwischt, obwohl bei den beiden anderen das Fieber wieder gesunken ist. Jetzt hat die entsetzte Mutter vier ihrer Kinder mit Fieber oder Flecken auf den Wangen oder in der Mundschleimhaut zu versorgen. Lediglich die kleine Lene scheint bisher verschont geblieben.

Dr. Schreiber macht ein ernstes Gesicht. Er versucht, seine Befürchtungen nicht zu deutlich zu zeigen. Auch ihm sind die Nachrichten von der Epidemie im Lager bekannt. Ja, er weiß sogar noch mehr: Er hat von der „Spanischen Grippe" gehört, die sich inzwischen zu einer Pandemie entwickelt hat. In Spanien sollen seit dem Frühjahr 1918 acht Millionen Menschen infiziert worden sein. Tausende von Toten soll es gegeben haben. Auch in Deutschland, England oder Frankreich wütet die Grippe. „Wenn es uns hier jetzt auch erwischt …", denkt der Doktor.

Schweigend nimmt er sich der Kinder an, untersucht sie eingehend. Noch ist er etwas unsicher. „Bettruhe", ordnet der Arzt an, „ein Hustenmittel lasse ich Ihnen hier. Und vor allem: Die Kinder sollen viel trinken."

Gottlieb ist offensichtlich besonders schlimm betroffen. Das Fieber steigt auf 40° C. Auf seinem Gesicht bilden sich Flecken und helle Bläschen, hirsekorngroß und mit klarem Inhalt gefüllt.

Als die Mutter am Bett sitzt und darüber brütet, woher sie ein solches Krankheitsbild kennt, klopft es. Ein Schwarzer steht im Arbeitsanzug an der Tür. Er verneigt sich schüchtern vor der Missionarsfrau und hält eine verbeulte Blechdose in seinen weit nach vorn gestreckten Händen. „Missis, ich habe gefunden, was kleine Mister hat gesucht", sagt er. Wilhelmine nimmt unwillig die ihr aufgedrängte Teedose entgegen und komplimentiert den schwarzen Arbeiter schnell wieder hinaus. Sie geht zurück zu ihrem kranken Jungen, legt die Dose auf den Tisch.

Kaum hat Gottlieb durch einen Fieberschleier hindurch gesehen, was die Mutter mitgebracht hat, streckt er die Hände aus, nimmt die Dose, kann sie nicht öffnen ohne die Hilfe der Mutter. Das Tier ist fast unversehrt, nur die eine Hälfte des Geweihs ist herausgebrochen. Der Menschenfigur ist der Kopf abgefallen und leicht zerbröselt, aber Gottlieb scheint äußerst erleichtert: „Antilope und Erich. Sie sind da. Erich bekommt einen neuen Kopf. Alles wird gut." Die Mutter schaut verständnislos ob der Fieberphantasien ihres Sohnes.

Bei seinem nächsten Besuch ist der Arzt sich sicher. „Ein typisches Masernexanthem, ein großflächiger Ausschlag, der, wie Sie berichtet haben, hinter den Ohren begonnen und sich dann auf den ganzen Körper ausgebreitet hat. Das deutet unzweifelhaft auf Masern hin. Das sind typische Hauterscheinungen. Aber die Kinder haben schon das Schlimmste überstanden. Wir können auf rasche Erholung hoffen. Bei Gottlieb zeigen sich die stärksten Effloreszenzen, aber auch er ist unzweifelhaft auf dem Weg der Besserung. Und das Wichtigste: Die Influenza ist es eindeutig nicht."

Wenn Wilhelmine ihre Kinder sieht, weiß sie nicht, ob sie sich wirklich freuen soll, aber sie ist doch ein wenig erleichtert.

„Und was Lene betrifft", fügt der Arzt hinzu, „die Kleine ist verschont geblieben, weil sie als Säugling von der Mutter übertragene Antikörper hat. Und die anderen Kinder sind jetzt ihr Leben lang immun. Noch einmal werden sie die Masern nicht quälen."

Mehr und mehr hat Karl auf den Diamantfeldern im südlich gelegenen Sperrgebiet zu tun, wo er auch kleine Stationen betreut. Oder er unternimmt eine Fahrt ins Inland. Mal ist er vierzehn Tage weg, mal auch drei Wochen. Er bringt den Kindern kleine, sechs bis acht Zentimeter lange Früchte des Kameldornbaumes mit, die die Form eines Halbmondes haben. In der Nähe von kleinen Flussbetten kann man den Baum auch in der Wüste oder Halbwüste finden. Zu hunderten liegen die Früchte im Herbst unter dem schattenspendenden Baum. Sie enthalten in ihrer festen Schale zehn bis zwanzig Samen, die lustig rappeln, wenn man sie schüttelt. Gottlieb gefällt auch der samtene Überzug der Frucht, und er reibt sie an seiner Wange.

Wilhelmine geht ihrer nicht enden wollenden Arbeit bei der Betreuung von Haus und Kindern geduldig nach. Unterstützt wird sie von Kathy, einer jungen, schwarzen Hausangestellten, ohne die sie die immensen

Anforderungen nicht hätte meistern können. Sie ist froh, dass sie eine der ganz wenigen weiblichen Ovambo für die Hilfe im Haushalt hat finden können.

Eines Abends, als sie erschöpft mit Kathy in der Küche sitzt, wird ihr plötzlich bewusst, dass sie von ihren Asthmaanfällen kaum noch geplagt wird. Ist es deshalb, weil ich es mir gar nicht mehr leisten kann, durch solche Atemprobleme auszufallen? Oder liegt es wirklich an dem trockenen Klima hier? Oder hat Gott mir geholfen, weil ich doch so sehr gebraucht werde? Wahrscheinlich sind alle drei Gründe ausschlaggebend, sagt sie zu sich selbst.

Dann blickt sie hinüber zu Kathy, geht um den Tisch herum auf sie zu und nimmt sie in den Arm und sagt: „Ich danke dir für all deine Arbeit und Hilfe. Du bist ein Schatz für mich. Ich bin so froh, dass Gott dich geschickt hat." Und Kathy ist ganz überrascht über diese emotionale Bewegung der Missis, die sich ihr gegenüber doch sonst immer sehr streng verhalten hat.

11

Die Versuchung

1920 Lüderitzbucht

Deutschland ist ein fernes, unbekanntes, Geheimnis umwobenes Land. Dort soll es exotische Tiere geben, so wissen Gottlieb und Fritz, die man bei uns hier in der Wüste niemals zu sehen bekommt: fette Kühe und Schweine, die sich im Schlamm suhlen, weiße Störche, die sich in Sümpfen von Fröschen ernähren, oder Buntspechte. Das sind Vögel, die auf Bäumen herumklettern und mit ihrem Schnäbeln Höhlen in das Holz hacken. Jede Familie dort hat einen Hund, der andere Menschen anbellt und beißt. Es gibt kein Fleckchen Erde, auf dem nicht ein Baum wächst, wo nicht ein Fluss fließt oder zumindest Blumen oder Sträucher wachsen. Es gibt Städte, in denen wohnen mehr Menschen als in ganz Südwest insgesamt. Jeder Weg und jede Straße ist mit Steinen gepflastert, was immer das heißen mag. Darauf fahren die Fuhrwerke und eine große Zahl von Automobilen. Hundert Eisenbahnen dampfen kreuz und quer durch das Land. Sie fahren unter- und übereinander, weil es nicht genug Platz gibt. Nachts wird es nicht dunkel, weil überall Lichter sind. Es gibt so viele Menschen, dass es unmöglich ist, sie zu zählen. Aber nicht ein einziger ist schwarz oder braun.

Ein bisschen Angst können einem solche Gedanken schon machen, ziemlich starke sogar, finden die Jungen.

Ein Brief benötigt mehrere Wochen, um dort im fernen Norden der Erde anzukommen oder von dort hierher zu gelangen. Er muss eine endlose Reise über das raue Meer machen. Einige Seeleute können den Weg kaum finden, so weit ist es. Viele Matrosen sterben unterwegs. Manchmal können die Schiffe auch untergehen. „Es ist ja ein ganz anderer Erdteil", weiß Gottlieb, „das gehört ja gar nicht mehr zu Afrika."

„Deshalb möchte ich lieber hier bleiben", sagt Fritz. Er gerät ganz außer Atem, wenn er sich mit seinem Freund über solche Vorstellungen unterhält. „Ja, du hast wirklich recht", antwortet Gottlieb, „bleiben wir lieber hier, wo wir zu Hause sind. Was geht uns Deutschland an?"

Einen Kaiser gibt es dort nicht mehr, das haben die Jungen erfahren. War der Kaiser überhaupt schon einmal hier bei uns in Südwest? Oder hatte er auch Angst im Meer zu ertrinken? Und was heißt denn: Er hat abgedankt? Wer hat denn wem danke gesagt? Sie kennen ein Foto vom Kaiser, das bis vor kurzem in ihrem Schulraum gehangen hat, jetzt aber verschwunden ist. „Na ja, er sah ein bisschen albern aus", meint Gottlieb, „das Schwert finde ich ja gut. Aber auf dem Kopf so einen Helm mit einem großen Vogel oben darauf und eine Gardinentroddel an der Seite, das ist doch übertrieben."

Wer bestimmt denn jetzt in Deutschland? Geht das überhaupt ohne einen Kaiser? Kann denn jetzt jeder machen, was er will, wenn es keinen Kaiser gibt? Sogar die Ovambo haben doch einen Häuptling. „Aber der ist ja auch noch nie hier in Lüderitzbucht bei seinen Leuten gewesen", sagt Fritz, „die sind doch ganz allein. Nur dein Vater kümmert sich um die. Der Häuptling ist weit oben im fernen Ovamboland. Das ist fast genauso weit weg wie Deutschland. Wer weiß, vielleicht hat er auch schon abgedankt und nichts mehr zu sagen."

„Aber Gott hat etwas zu sagen, er bestimmt!", sagt Gottlieb. Fritz ist sich da nicht so sicher: „Meinst du denn, der Kaiser hätte auf Gott gehört?"

Die dreiklassige, nur für Deutsche zu besuchende Regierungs-Volksschule in Lüderitzbucht befindet sich im Woermann-Haus, dem Gebäude der Deutsch-Ostafrika-Linie. Diese gewährleistet die Schiffsverbindung zu den deutschen Kolonien: Togo, Kamerun, Südwest, ums Kap bis nach Ostafrika und wieder zurück. Vorrangig wird in der Schule Rechnen, Schreiben und Lesen unterrichtet. Die Jungen erhalten Unterricht in handwerklichen Tätigkeiten, die Mädchen erlernen Grundkenntnisse der Hauswirtschaft. Auch Natur- und Gesellschaftskunde sowie Religion stehen auf dem Stundenplan. Wesentliches Erziehungsziel ist daneben die Festigung deutscher Identität und Ordnung. Die deutsche Würde soll den eher niederen Einheimischen gegenüber gewahrt und gestärkt werden. Die Furcht vor einer Angleichung mit den Farbigen ist bestimmend für Bildung und Erziehung. Das alles ist Fritz und Gottlieb natürlich nicht bewusst. Sie machen sich nicht einmal Gedanken darüber, dass in ihre Schule nur weiße Kinder gehen dürfen. Das ist einfach so.

Obwohl Geschichtsunterricht im engeren Sinne nicht vorgesehen ist, sollen doch die Grundzüge der deutschen Besiedlung und Besitznahme verdeutlicht werden, die schließlich dazu geführt haben, dass Deutsch-Südwestafrika unter den Schutz des Deutschen Reiches gestellt wurde.

„Woher stammt der Name Lüderitzbucht, den unsere Stadt trägt?" Das wissen die Kinder: „Der Kaufmann

Lüderitz aus Bremen hat das Land von den Einheimischen gekauft. Nach ihm ist die Stadt benannt."

„Wann ist das gewesen?", fragt Lehrer Arndt weiter. Die Kinder wissen es nicht. „Vor mehr als 35 Jahren", sagt er. „Da wurde ich gerade geboren. Versteht doch: So lange schon haben wir Deutschen hier für Recht und Ordnung gesorgt, haben Siedler ins Land geholt und unsere Kultur mitgebracht. Und jetzt wird uns im Vertrag von Versailles diese blühende Kolonie abgesprochen!" Der Lehrer spricht immer lauter. „Andere wollen unsere Früchte ernten. Viele Deutsche werden des Landes verwiesen. Wir müssen froh sein, wenn wir hier noch leben dürfen."

Gottlieb ist wegen der Ausführungen des Lehrers besorgt, auch wenn er noch zu jung gewesen ist, um den Einmarsch der Engländer und die Erlebnisse im Lager Aus wirklich zu begreifen. Den Vertrag von soundso kennt er nicht. Aber ein Unbehagen ist bei dem Achtjährigen doch vorhanden. Er kommt mit vielen Fragen nach Hause und sucht das Gespräch mit seinem Vater: „Wem gehört denn nun eigentlich unser Land? Müssen auch wir weg von hier?"

Karl Skär, der mit seinem Sohn über solche Probleme bisher noch nicht gesprochen hat, weil er den Jungen nicht damit belasten will, sieht, dass er Gottlieb nicht mehr als Kleinkind behandeln kann. Wie soll er beginnen, diese schwierigen Fragen zu erörtern?

„Wir Deutschen haben eine hohe Kultur", setzt er abstrakt an, „wir lehren die Eingeborenen Lesen und Schreiben. Wir wollen den einzelnen Völkern und Stämmen helfen, friedlich miteinander zu leben. Bisher haben sie sich gegenseitig das Vieh gestohlen, sich sogar umgebracht. Wir haben ihr Leben verändert. Weiße Händler haben ihnen Waren gebracht, die sie gar nicht kannten und die ihr Leben leichter und schöner gemacht haben. Und durch uns Missionare lernen sie auch endlich Gott und seinen Sohn Jesus Christus kennen."

„Aber wem gehört das Land?"

Der Vater wischt sich über die Stirn. Er spürt, dass er seinem Sohn gegenüber aufrichtig sein muss.

„Komm, wir gehen ein Stück am Hafen entlang", sagt er und nimmt Gottlieb an die Hand. Ein paar Möwen kreischen auf. Ein kühler Wind weht vom Wasser her. Es riecht ein wenig nach Tran und Tang. In den Kaianlagen gibt es geschäftiges Treiben, ausnahmslos sind es schwarze Arbeiter.

Sie sprechen nicht. Karl weiß, dass sein Sohn auf eine Erklärung wartet. Was soll er ihm sagen?

Der „Meilenschwindel" geht ihm durch den Kopf. Franz Adolf Eduard Lüderitz, Tabakhändler und Kaufmann aus Bremen, kam 1883 hier in diese Bucht, suchte Absatzmärkte. Er hoffte durch billige Bodenschätze zu schnellem Reichtum zu gelangen. Sein Teilhaber Heinrich Vogelsang, ebenfalls aus einer wohlhabenden Familie Bremer Tabakhändler stammend, kaufte dem schwarzen Bethanier-Häuptling Josef Frederiks für gerade einmal 100 britische Pfund und 200 Gewehre den Hafen des heutigen Lüderitzbucht ab. Ja, wenn man das objektiv betrachtet, denkt Karl, war dieser Preis eigentlich eine Unverschämtheit. Dann handelten sie weiter mit dem Stammesführer, boten noch einmal Geld und Gewehre und erwarben ein Gebiet von 70 mal 35 Kilometern Größe. So jedenfalls verstand es Josef Frederiks. Aber die Deutschen hatten ihn böse betrogen. Die Ausmaße wurden in Meilen angegeben. Während der Häuptling davon ausging, dass es sich bei den Abmessungen des verkauften Landstücks um englische Meilen handelte, was ca. 1,6 Kilometern entspricht, wurde ihm nachher beigebracht, dass es selbstverständlich preußische Meilen seien, die 7,5 Kilometern entsprechen. So hatte Josef Frederiks entgegen seiner Absicht den größten Teil seines Stammesgebietes von 300 mal 150 Kilometern Größe an den Bremer Kaufmann verkauft und trotz aller Proteste für immer verloren.

Der Vater versucht seinem Sohn die Zusammenhänge vorsichtig zu erklären, aber Gottlieb versteht schnell. Er bleibt stehen und sieht seinem Vater ins Gesicht. „Dann war es also Betrug", empört sich der Junge.

„Nun ja", antwortet der Vater, er legt den Kopf leicht zur Seite, streicht sich über den Bart, „du hast schon recht, obwohl es eigentlich wertloses Land war, nur Sand und Steine."

Gottlieb spricht am nächsten Morgen auf dem Weg zur Schule mit Fritz über diese betrügerische Vorgehensweise. Dieser ist zunächst sprachlos. „Aber dann muss es ja der Kaiser auch gewusst haben", sagt er dann und schüttelt empört den Kopf.

„Und Gott auch!", ergänzt Gottlieb. Wieso konnten sie so etwas zulassen? Die Jungen sind ratlos, blicken sich fragend an. Schweigend gehen sie den Weg Richtung Schule. Fritz hat Sand in seinem rechten Schuh, bleibt stehen, stützt sich mit einem Arm auf Gottliebs Schulter, hebt das Bein und schüttelt den Sand aus dem Schuh. Für ein paar Pfund und ein paar hundert Gewehre! Sie spüren, dass sie Lehrer Arndt besser nicht zu diesem Problem befragen sollten.

„Der Kaiser war ja viel zu weit weg in Deutschland, der hat es wahrscheinlich nicht mitbekommen", meint Gottlieb entschuldigend, als sie mittags auf dem Heimweg von der Schule sind. Fritz nickt abwägend leicht mit dem Kopf, bleibt dann stehen. Er sagt: „Da hast du wahrscheinlich recht, die Post dauert ja auch viel zu lang, bis sie hier ist." Dann fügt er überlegend hinzu: „Vielleicht hat ja auch Gott nichts damit zu tun. Vielleicht hat er nichts davon gewusst, vielleicht hat der Kaufmann Lüderitz es so klammheimlich und so geschickt angestellt, dass es auch Gott verborgen geblieben ist."

„Nein, nein, das kann nicht sein, Gott weiß alles. Er erfährt alles, ihm entgeht nichts", entgegnet Gottlieb schnell und bestimmt. In diesem Punkt ist er sich ganz sicher.

„Übertreibst du da nicht?", zweifelt Fritz. Er bleibt wieder stehen.

„Nimm mal an, dass ich jetzt ganz leise etwas zu dir sage, nur ein ganz kurzes, leises Wort, vielleicht etwas ganz Belangloses. Ich sehe dich dabei noch nicht einmal an, sondern ich blicke nach links in die Dünen, so dass also keiner merkt, dass ich überhaupt mit dir spreche. Meinst du, Gott hört das Wort?"

Dieses Beispiel behagt Gottlieb nicht. Das ist vielleicht so ein Grenzfall, aber dann sagt er doch sehr bestimmt: „Wenn er will, kann er es hören!"

„Ich weiß nicht …" Fritz überlegt. „Du kannst es jedenfalls nicht beweisen! Vielleicht behaupten die Erwachsenen uns gegenüber solche Dinge nur, weil sie lediglich im Sinn haben, dass wir uns an die Gebote halten. Wir müssen sie auswendig lernen, aber sie selbst halten sich ja auch nicht immer daran. Nimm den Lüderitz zum Beispiel."

Gottlieb will nicht aufgeben. „Wenn wir uns etwas Bestimmtes von Gott wünschen", versucht er noch einmal zu erklären, „und es nicht sofort in Erfüllung geht, dann kann man trotzdem nicht sagen, dass Gott diesen Wunsch nicht gehört hat. Das ist noch lange kein Beweis. Er muss nicht alle Wünsche erfüllen, das wäre ja zu einfach."

„Aber wenn jemand Unrecht tut und Gott davon erfährt, dann muss er es bestrafen."

„Das vielleicht schon", räumt Gottlieb ein.

Fritz ist jetzt von diesem Gedanken elektrisiert. Er fasst Gottlieb am Arm, zieht ihn zu sich heran. Ein paar andere, vorbei kommende Kinder sprechen sie an, wollen sie mit einem Ball zu einem Spiel herausfordern. Aber dafür haben sie keine Zeit.

„Lass es uns ausprobieren! Wir machen im Geheimen etwas. Nicht so was ganz Schlimmes", überlegt Fritz, „aber es muss schon etwas sein, was eine Strafe nach sich zieht, nach sich ziehen müsste. Und dann werden wir sehen, was passiert."

Gottlieb fühlt sich unwohl bei einem solchen Gedanken. Er kratzt sich am Hinterkopf. Er möchte nichts Verbotenes tun. Er möchte sich keiner Strafe aussetzen, aber er will vor seinem etwas älteren Freund auch nicht wie ein Feigling dastehen. Und, wenn er es recht bedenkt, möchte er wissen, wessen Argumente denn nun zutreffen.

„An was denkst du denn?"

„Lass uns bis morgen warten. Ich will noch überlegen."

Fritz geht gemächlich die Vogelsangstraße hinauf in Richtung Schülerheim. Die Sonne scheint aus einem blanken, hellen Himmel. Nur über dem Meer stehen ein paar weiße Wolken. Als Gottlieb ihm nachblickt, hört er, dass sein Freund ein Liedchen pfeift. Er schlenkert ausholend mit beiden Armen, wippt in den Hüften und sieht sich nicht um. Die Luft flimmert blau und Gottlieb streicht sich mit der Hand über seinen schweißigen Nacken. Er steht etwas hilflos da, sieht seinem Freund nach, bis er oben um die Straßenecke verschwindet.

Als er zu Hause von der Hafenstraße die steile Treppe ins Haus hinauf geht, hört er schon, bevor er die Tür öffnet, Kathy laut und heftig schluchzen. Sie sitzt in der Küche, hat den Kopf in die auf dem Tisch liegenden Arme versenkt. Die Mutter steht hinter ihr und versucht sie zu beruhigen. Was ist denn passiert? Gottlieb möchte am liebsten eine tröstende Hand auf Kathys Schulter legen. Er kann es kaum ertragen, dass jemand weint. Aber er steht stocksteif da, drückt sich zurück an die Wand, den Tornister immer noch auf dem Rücken.

Später erfährt er alles. Ihr Verlobter Sam, ein Ovambo ganz oben aus dem Norden des Landes, wo der Vater früher als Missionar tätig war, arbeitet unten am Hafen in einer Fabrik, die Fischmehl herstellt. Soeben ist sein Bruder gekommen und hat Kathy atemlos mitgeteilt, dass es einen Unfall gegeben hat. Seine Stimme überschlägt sich fast. „Groß Katastroph", hat er immer wieder gesagt und die Augen nach oben gerichtet, „schlimm Katastroph!" Ein Zwischenboden in der Fabrikhalle, auf dem große Mengen von Säcken mit Fischmehl gelagert werden, hat dem Gewicht nicht mehr standgehalten. Alles ist eingestürzt. Staubwolken und Getöse. Geschrei und Gerenne. Dann hat man es entdeckt: Beim Einbruch der Konstruktion ist ein schwerer Balken auf Sams Knie geschlagen. Er ist erheblich verletzt worden. Wimmernd hat er am Boden gelegen.

„Ich schon kenne, was passiert", heult Kathy, „sie schicken Sam zurück nach Hause. Kranker Neger wird nicht gebraucht. Kathy wird sein allein."

Obwohl Wilhelmine weiß, dass sie vermutlich recht hat, versucht sie ihre Hausgehilfin zu trösten: „Wir werden sehen, was geschieht. Nun warte doch einfach mal ab, wie schlimm die Verletzung wirklich ist. Wir werden mit Vater sprechen, wenn er zurückkommt. Lass den Kopf nicht hängen."

Gottlieb wird von den beiden gar nicht bemerkt. Er schleicht sich vorbei und geht durch den hinteren Flur in den Hof. Er kauert sich neben der Abfalltonne an die Hauswand und betet: „Lieber Gott, bitte, lass den Sam nicht so verletzt sein. Ich möchte nicht, dass Kathy traurig ist und allein ist. Bitte höre mich. Ich weiß, dass du helfen kannst."

Am nächsten Morgen auf dem Schulweg erläutert Fritz seinen Plan. Sie werden dem Lehrer Arndt die Bibel stehlen, ein kleines, in schwarzes Leinen gebundenes Buch. Die Bibel liegt im Klassenraum immer vorn auf dem Regal neben dem Lehrerpult. Das dürfte eigentlich kein Problem sein. Unter dem Hemd versteckt, wird Fritz sie aus dem Raum schmuggeln. Anschließend kommt Gottliebs Teil. „Du schreibst vorn in das Buch: *Lüderitz ist ein Betrüger und Gott lässt es zu.* Dann legen wir die Bibel irgendwo ab, vielleicht im Bahnhof in einen Papierkorb oder hinter die großen Topfpflanzen in der Eingangshalle."

Fritz sieht ihn herausfordernd an. Gottlieb ist äußerst unwohl bei der Vorstellung. Es ist schon ziemlich warm so früh morgens und er streicht sich über die Stirn. Er ist sich unschlüssig. Schließlich schüttelt er den Kopf.

„Willst du etwa einen Rückzieher machen? Ich habe die ganze Nacht lang nachgedacht. Es geht um eine wichtige Sache. Ich habe dich anders eingeschätzt. Enttäusche mich nicht." Fritz wendet sich ein wenig ab.

„Nein, nein, ich mache mit", antwortet Gottlieb. Er überlegt, muss etwas Zeit gewinnen. „Ich weiß nur nicht, wieso denn im Bahnhof? Da sind doch immer so viele Leute." Er sieht auf Fritz, der schaut ihn ziemlich unwirsch an. Ach, es gibt keinen Ausweg. „Es sollte versteckter sein", sagt Gottlieb schließlich seufzend. „Vielleicht", er denkt noch einmal nach, „vielleicht wäre es besser in der Fischfabrik."

Die Sache ist entschieden! Fritz nickt mit dem Kopf. „Meinetwegen auch in der Fischfabrik. Ich wollte es nur nicht zu schwer machen. Aber wenn Gott die Bibel finden will, muss er sie auch da finden."

Als nach dem Schulschluss alle Kinder den Klassenraum verlassen haben, Lehrer Arndt sich den Kreidestaub vom Jackett geklopft hat, selbstgefällig noch einmal den Blick über Pult und Bänke und Wände schweifen lässt, dann die Tür abschließen will, kommt sein Schüler Fritz noch einmal zurückgelaufen. „Entschuldigen Sie bitte, Herr Arndt, ich habe meine Mütze unter der Bank vergessen", sagt er, macht einen Diener und rennt zurück ins Zimmer. Mit einem kurzen Blick überzeugt er sich, dass der Lehrer den anderen Kindern nachsieht und ihn nicht beobachtet. Er schnappt sich vorn aus dem Regal die Bibel des Lehrers. Schnell lässt er sie unter dem offen über der Hose getragenen Hemd verschwinden. Fast hätte er an die Mütze nicht mehr gedacht. Er muss noch einmal ein paar Schritte zurück nach vorn zu seiner Bank, greift sie dann schnell und rennt durch die Tür wieder nach draußen. Den anderen Kindern hinterher, die schon ein Stück voraus sind. „Nun vergaloppier dich nicht, mein Junge", ruft der Lehrer ihm nach und lacht kopfschüttelnd, „die werden schon mit dem Mittagessen auf dich warten. Verhungern wirst du sicher nicht."

Bei der Eisen- und Metallgießerei Albert Plietz am unteren Ende der Bismarckstraße hocken sie sich neben der breiten Einfahrt hinter eine Mauer. Erst jetzt traut sich Fritz, die Bibel aus dem Hosenbund zu ziehen. Das Herz klopft ihm immer noch bis zum Hals. Die Sonne steht so hoch, dass die Mauer nur einen sehr schmalen Schatten wirft, in den sie sich kauern. Er zeigt Gottlieb das kleine Buch. Der Atem wird nur langsam wieder etwas ruhiger. Erleichtert stellt er dann fest, dass der erste Teil ihres Planes reibungslos geklappt hat. Aber die eigentliche Prüfung steht noch bevor. Erbarmungslos brennt die Sonne über ihnen. Die Steine, auf denen sie sitzen, sind heiß. Gottlieb hat ebenfalls Herzklopfen, ihm stockt der Atem. Er sieht Fritz an, aber der scheint keine weiteren Skrupel zu kennen. „Nun mach schon", fordert der Freund ihn auf. Gottlieb zögert noch, öffnet dann langsam seinen Ranzen, nimmt einen Bleistift aus dem Etui. Als er den ersten Teil seiner Inschrift schreiben muss, *Lüderitz ist ein Betrüger,* kann er seine Hand noch ruhig führen. Aber beim zweiten Teil, *Gott lässt es zu*, zittern ihm die Finger.

Sie laufen hinunter zum Hafen. Vorbei an den Wellblechbaracken und langen Bootsschuppen, vorbei an dem Kai mit den Pollern, dem Gewirr von Seilen und dicken Tauen und den fest montierten Kränen, die mit

ihren eisernen Armen auf- und niederschweben. Weiter
hinüber zur stinkenden Langustenfabrik, ein Stück noch
den Hafenkai entlang. Sie blicken sich nicht um, laufen
bis zur Fischmehlfabrik. Vor allem aus Abfällen bei der
Filetierung von Speisefischen, aber auch durch die aus-
schließliche Verwendung bestimmter Fischarten oder anderer Meeresfrüchte wird hier Fischmehl produziert. Man
verkauft es - getrocknet, fein gesiebt und in Jutesäcke
gefüllt - hauptsächlich als Futtermittel. Ein intensiver,
eindringlicher Geruch umlagert die Gebäude und das
gesamte Gelände. Sie blicken in die Halle, wo sie viele
Schwarze sehen, die geschäftig bei der Arbeit sind. Ein
paar weiße Aufseher geben durch knappe Zurufe oder
entsprechende Fingerzeige Anweisungen. Säcke werden
abtransportiert, mit Schüppen und Besen werden große
Haufen von Fischmehl, das auf dem Boden liegt, zusam-
mengeschoben und in Eisenloren wegbefördert. Man sägt
Balken zurecht. Stützpfeiler werden aufgerichtet, hölzerne Querverstrebungen angenagelt.

Die Jungen bleiben hier kurz stehen, beobachten das
rege Treiben. „Ich weiß", flüstert Gottlieb dann seinem
Kameraden zu, der ihn mit fragenden Blicken anschaut,
„hier hat es gestern einen schlimmen Unfall gegeben.
Ein Teil der Lagerhalle ist eingestürzt. Stell dir vor, der
Verlobte von Kathy wurde schwer verletzt. Sein Bein,
man weiß noch nicht genau, was es ist. Komm, wir verschwinden lieber."

Hinter der Halle folgt ein sandiges Stück, das nach
vorn hin, wo es abschüssig zum Wasser geht, mit großen Steinblöcken befestigt ist. Das Meer draußen glitzert
und leuchtet in hellen Farben, reflektiert das Sonnenlicht.
Man muss die Augen zu einem schmalen Schlitz zusam-

menziehen, wenn man hinaus sieht. Ein paar Boote dümpeln verschlafen an ihren Ankerketten in den sanften Wogen. Anstelle der üblen Gerüche ist jetzt eine frische Meeresbrise getreten. Salzig schmeckt sie auf den Lippen.

Zwei Pelikane watscheln am Ufer entlang. Ihr weißes Gefieder, das nur am äußeren Rand der Flügel graue Unterfedern zeigt, strahlt in der Sonne. Zu den langen, kräftig breiten, gelben Schnäbeln wollen die kleinen, runden Knopfaugen so gar nicht passen. Von den Fischern werden die Pelikane, die zu den größten und schwersten Vögeln zählen, die fliegen können, nicht so gern gesehen, da sie räubernd wohl einiges ihrer Fangerträge wegfressen. Aber Gottlieb hat einen Pelikan auch auf einer Abbildung in einem Buch seines Vaters gesehen, auf einem Kelch für das Abendmahl. Die beiden Jungen jedenfalls mögen die Pelikane gern. Es sieht so lustig aus, wie sie flügelschlagend eine lange Strecke auf der Wasseroberfläche laufen müssen, bevor sie sich in die Luft erheben können.

„Machen wir kein weiteres Aufheben", sagt Fritz jetzt, „es hat keinen Zweck, noch weiter zu gehen, da, wirf das Buch hinter die Tonnen, weg damit."

Am Abend liegt Gottlieb in seinem Bett. Er findet keinen Schlaf. Er ist sich ganz sicher, Gott wird von ihrem Frevel erfahren. Wenn er nachdenkt, ja, er hat eine Strafe verdient, auf jeden Fall. Vielleicht kann die Strafe, wenn sie verhängt wird, aber ein wenig milder ausfallen, weil doch dadurch Fritz überzeugt werden soll von der Allmacht Gottes. Wie hoch wird die Strafe wohl sein? Eine irdische Strafe kann ich auf mich nehmen, denkt Gottlieb. Das werde ich vermutlich verkraften, vielleicht Hausarrest oder die Aufgabe, nach dem Gottesdienst die

Kirche auszufegen. Aber, plötzlich sitzt er aufrecht in seinem Bett: Wenn es nun viel ärger wird. Wenn er nicht in den Himmel kommt, sondern in …, er mag sich das gar nicht vorstellen wohin. Das wäre schlimm. Und wahrlich furchtbar wäre, dass er dann seine Mutter, seinen Vater, seine Geschwister nicht im Himmel treffen würde. Allein würde er in der Hölle schmoren, allein ohne alle!

Er springt aus dem Bett, läuft hinüber in das Schlafzimmer der Eltern. Er rüttelt den Vater wie wild und weckt ihn. „Ich habe gesündigt, wer kann mir vergeben?"

Karl sieht noch schlaftrunken seinen verzweifelten Sohn im kurzen Nachthemd vor seinem Bett stehen. Bevor er begreift, was hier geschieht, warum Gottlieb so erregt ist, erteilt er ihm Absolution. „Komm her zu mir, alles ist gut, Gott ist bei dir und dein Vater sowieso." In seiner sonoren Stimme ist eine solche Festigkeit und Vertrauen erweckende Klarheit zu spüren, dass Gottlieb sofort eine ungemeine Erleichterung verspürt. Der verstörte Junge lässt sich mit einem Seufzer, der vom Grunde seines Herzens kommt, nach vorn in die Arme seines Vaters fallen. Der drückt ihn an sich, streicht ihm mit der Hand über das Haar und zieht ihn zu sich in das Bett.

Als Karl dann am nächsten Morgen einen lückenlosen Bericht von seinem Sohn bekommt, der immer noch unruhig ist und zittert, zeigt der Vater nach außen hin ein strenges Gesicht. Aber er hat doch ein gewisses Verständnis für seine Tat und sein Verhalten. Letztendlich hat Gottlieb dem Vater im Himmel vertraut und ihn verteidigt, hat Gottes Allmacht anerkannt und versucht, seinen Freund davon zu überzeugen.

Die Bibel von Lehrer Arndt wird am nächsten Tag im Hafen schnell wieder gefunden. Die Pelikane haben sie

1920 Lüderitzbucht **175**

nicht als ihre Beute erkannt und über das Meer getragen. Die Ovambo haben sie nicht in den übergroßen Haufen von stinkendem Fischmehl geschaufelt. Trotzdem steht ihr Lehrer Arndt kopfschüttelnd da und kann seinen Schülern kaum verzeihen. Die erste Seite in seiner Bibel mit dem „Lüderitz-Vermerk" trennt er sofort fein säuberlich heraus. „Eine solche Anschauung stellt unsere gesamte Aufgabe hier in Südwest in Frage." Dem Apotheker Oppermann gegenüber soll er sogar geäußert haben, dass er die Resultate einer solchen Erziehung gerade bei dem Sohn unseres Missionars am wenigsten erwartet hätte. „Ich bin, so muss ich es ausdrücken, geradezu entsetzt!"

Als sich die Aufregung dann wieder etwas gelegt hat, plagt Gottlieb trotz allem noch das alte Problem: „Wieso hat Gott denn diesen offensichtlichen Betrug beim Landkauf zugelassen oder nicht wenigstens bestraft?"

„Nun, mein Sohn, da kann ich dich in deiner Empörung ein wenig besänftigen. Der Kaufmann Lüderitz ist am Ende mit seiner Gaunerei nicht glücklich geworden. Er geriet später selbst in Geldnot und hat das Land wieder verkaufen müssen. Schließlich ist er elendiglich im Meer ertrunken, als er mit einem kleinen Boot die Oranje-Mündung erforschen wollte." Der Vater streicht sich über den spitzen Bart. „Ich glaube du hast recht, mein Sohn: Alles lässt Gott doch nicht mit sich machen."

12

Der Fahrradparcours

1923 Kolmannskuppe

Die mörderische Hitze Anfang Februar dieses Jahres nehmen sie als gottgegeben hin. Hier kann man sie zwar nur an den hohen Lufttemperaturen ausmachen und an dem Glühen des Sandes, denn wenn man morgens aus dem Haus tritt, hat sich für das prüfende Auge nichts verändert. Es gibt keine Anzeichen sonst, im Gegensatz zu anderen Gegenden, wo etwas wächst und gedeiht und dann verdorrt und vergeht. Es gibt ja kaum mal ein Kraut oder ein Gras, das nun in dem diabolischen Feuer verschmolzen wäre. Es gibt keinen Boden, der vor Schmerz aufbricht, sich in Schuppen und Schollen teilt, die jede nur für sich kämpfen und sich zusammenziehen, breite Risse und Furchen hinterlassend, bevor das letzte Bisschen Feuchtigkeit sich in der Fieberglut verliert und weiße Schlieren von dem geborstenen Erdreich blättern. Nur träger, heimtückisch heißer Sand. Und die ungeheure Hitze lastet unerträglich schwer. Jeder Stein und jeder Ziegel, jedes Sandkorn hat sich vollgesogen mit der Sonnenglut. Das Wenige, das man am Leibe trägt, klebt vor Schweiß. Nur trinken will man, sich nicht bewegen. Warten auf die Nacht, die kaum kühler wird, keine Entlastung verspricht.

An solch extremen Tagen sitzen Karl und Wilhelmine abends fast aufrecht im Bett, ohne Schlaf zu finden. Sie starren in das Dunkle, das keine Linderung bietet. Sie sind froh, wenn die Kinder etwas schlafen können.

Nur wenige Kilometer von Lüderitzbucht entfernt ist Kolmannskuppe eine kleine künstliche, erst Anfang des Jahrhunderts geschaffene Siedlung mitten in der Wüste. Die Gebäude aus Holz und Wellblech wurden in kaum zwei Jahren von 1908 bis 1910 durch moderne, feste Häuser mit Stahlträgern, Steinen und Backsteinen ersetzt. Für die wenigen Bewohner, die auf Grund der Diamantenförderung jetzt hier leben, hat man alle nur erdenklichen Annehmlichkeiten zu schaffen versucht. Mit Hilfe einer Turbinenanlage wird sogar elektrischer Strom erzeugt. Der versorgt den gesamten Förderbetrieb und auch die herrschaftlich anmutenden Privathäuser. Die schönsten Gebäude mit großzügig gestalteten Empfangsräumen, breiten Treppenhäusern und Balkonen bewohnen der Chefingenieur Emil Petersen, der Magazinverwalter Weidel, der Betriebsleiter Leonhard Kolle und der Minenarchitekt Kirchhoff. Badewannen stehen in den geräumigen Badezimmern mit Terrazzo-Böden. Die Wände sind mit glasierten Fliesen, aus Bremen eingeführt, gekachelt. Kühlkästen bereichern die Küchen, Grammophone spielen in den Wohnsalons. In den Wandschränken warten Trinkgefäße aus Böhmischem Kristallglas darauf, mit Burgunder Wein befüllt zu werden.

Etwa 300 weiße Einwohner leben hier. Von der Polizeistation aus unternehmen die Polizisten ihre Patrouillenritte hoch zu Kamel. Das Postamt wird im Februar 1909 eröffnet. Mehr als 30 Kinder besuchen die Schule, die bis zur 5. Klasse führt, ganz am Ende der Siedlung, noch weit hinter dem großen und modernen

Krankenhaus. Man spricht davon, dass das Krankenhaus über einen eigenen kleinen Weinkeller verfügt und einer der beiden Krankenhausärzte die Gewohnheit besitzt, mit jedem Patienten, der entlassen werden soll, ein Glas auf die weitere Beschleunigung der Genesung zu trinken.

Für die Ovambo-Arbeiter, die in einer Art Kaserne unten am Hang wohnen, ist dieses Krankenhaus allerdings nicht gedacht. Für sie gibt es ein eigenes Krankenhaus mit Dampfdesinfektor, Bade- und Entlausungsanlage und Isolierstation.

Die Kegelbahn des Kegelklubs „Gut Holz" oder die gut bestückte Bibliothek will bei dieser Hitze niemand benutzten, das Casino schon gar nicht. Nur die Limonaden- und Sodawasserfabrik wird begrüßt und das kleine Schwimmbad oberhalb der Häuser im Wasserreservoir findet Gefallen bei den Kindern, obwohl das Wasser nun kaum Abkühlung verspricht.

Das Trinkwasser wurde zunächst mit einem Schiff aus Kapstadt über Lüderitzbucht nach Kolmannskuppe geliefert. Es kostete pro Liter 5 Pfennig. „Das war ja immerhin noch ein anständiger Preis", scherzt Karl, „denn ein Liter Bier kostete das Doppelte. Nicht auszudenken, wenn das Bier billiger als das Wasser gewesen wäre! Dann hätte ich mir ja aus Gründen der Sparsamkeit morgens mit Bier die Zähne putzen müssen." Jetzt erhalten die Bewohner von Kolmannskuppe das Wasser aus einer Entsalzungsanlage in Lüderitzbucht und haben ein Anrecht auf 20 Liter Frischwasser täglich pro Person.

Gut, dass es hier sogar eine kleine Eisfabrik gibt. Sie liegt direkt neben dem Haus des Ladenbesitzers in einem Gebäude zusammen mit der Metzgerei und dient auch für die Fleischlagerräume als Kühlung. Daneben versorgt sie jeden Haushalt mit einem kostenlosen Block Eis pro Tag. Frischwasserbehälter werden in ein Becken gehängt, das mit Salzwasser gefüllt ist, dem fügt man mit einer Elektropumpe Kohlendioxyd zu und erhält so dieses schier unglaubliche Luxusgut in der afrikanischen Wüste: Eis.

Zu Hause wird der täglich gelieferte schmale Eisblock dann schnell in den hölzernen Kühlkasten gelegt. Der hat oben eine Klappe zu dem mit verzinktem Blech ausgeschlagenen Eisfach und darunter eine Tür zu zwei Fächern, in die Lebensmittel und Getränke zum Kühlen eingelegt werden können.

Die weiträumige Turnhalle, die gelegentlich auch als Ballsaal, als Theater, für Schulaufführungen oder sogar als Kino genutzt wird, steht bei solcher Hitze verwaist und leer da. In den besten Zeiten hat es hier Auftritte von Künstlern aus Europa gegeben, die eigens für ihre Darbietungen in der Diamantenstadt angereist sind. Mannshoch mit braunen, kassettenförmigen Edelhölzern getäfelt ist der Eingangsbereich. Oben in den Türen gibt es rhomboide Holzrahmen, die mit an den Seiten geschliffenem Glas gefüllt sind. Vorn vor der Bühne steht jetzt allein ein Harmonium. Niemand mag sich bei einer solchen Hitze hier in diesem Raum versammeln, denn außerhalb der Gebäude besteht immer noch die vage Möglichkeit, dass es einen kleinen, erfrischenden Luftzug geben könnte.

Marianne liegt abends als Erste schon in unruhigem Schlaf. Sie ist als viertes Mädchen von Karl und Wilhelmine am 9. Juli 1921 hier in Kolmannskuppe geboren und hat als zweiten Vornamen den Namen der Mutter erhalten, Wilhelmine. Die drei anderen Töchter können nicht einschlafen, quengeln und stöhnen. Sie sit-

zen schließlich bei Vater und Mutter auf dem Schoß und
hören, jede soweit sie es versteht, wie pausenlos erzählt
wird, um von den Hitzequalen abzulenken. Sie erzählen
von den bunten Wiesen und Blumen in Deutschland, vom
barmherzigen Samariter, der einem beraubten und schwer
verletzten Mann selbstlos geholfen hat, von dem kunst-
vollen Haarschmuck der Schwarzen im Ovamboland,
von süßen, roten Früchten in Deutschland, die Erdbeeren
heißen, von Böllerschüssen im Hafen, als die Engländer
kamen, vom Herrn Jesus, der über das Wasser geht,
vom Orlog im Namaland und von den Himbas, die im
Nordwesten im Kaokoland leben und Rinderhirten sind.

Die christliche Erziehung hat im Wesentlichen die
Mutter übernommen. Sie betet jeden Abend lange mit
den Mädchen und singt mit ihnen. Wenn am Sonntag
Gottesdienst ist, bekommen sie einen Penny und werfen
den Penny nach dem Gottesdienst in die Kollekte. Die
Bewohner haben sich in den Sonntagsstaat geworfen,
die Männer mit Zylindern und Krawatten, Gamaschen
und Lackschuhen, die Frauen mit aus Europa importier-
ter Kleidung, mit großen, modischen Hüten und feinen
Boas aus Straußenfedern. Auch die Mädchen tragen weiße
Kniestrümpfe und weiße Turnschuhe, die die Mutter aber
kopfschüttelnd schon kurz nach dem Gottesdienst hinter
der Ecke der Veranda wiederfindet. Die Kinder haben sie
einfach ausgezogen und abgestellt. In der warmen Sonne
sind sie über alle Berge. Herrlich die Füße im Sand, das
Laufen, der blaue Himmel, fang mich, kriegst mich nicht,
komm mit, fall hin, steh auf, lauf weg.

Der Vater versucht ihnen die Brettspiele beizubringen.
Zuerst natürlich will er sie für das geliebte *Mensch ärgere
Dich nicht* begeistern. Da kann man auch als Kind mit

einer Sechs auf dem Würfel schon bald mutig vorwärts-
laufen. Später wird er es versuchen mit Dame und Halma.

In dem Kinderzimmer stehen auf beiden Seiten an
der Wand jeweils zwei Metallbetten. Vorne zum Fenster
hin schlafen rechts Elisabeth und links Hanna. Dahinter
neben Hanna ist das Bett von Lene. Das Bett auf der andern Seite bleibt die meiste Zeit lang frei, da der neun-
jährige Helmut beim Umzug nach Kolmannskuppe in
Lüderitzbucht im Schülerheim geblieben ist. Marianne
liegt im Kinderbettchen im Schlafzimmer der Eltern.

Ihr Bruder Gottlieb hat Afrika schon in Richtung
Deutschland verlassen. Im Alter von 10 Jahren ist er
mit dem Dampfer Wangoni der Woermann-Linie nach
Hamburg abgereist. Karl hat damals einen Brief an
den Herrn Inspektor in Barmen gesandt: „Seinerzeit
schrieben Sie mir, dass ich jederzeit meinen Jungen
Gottlieb nach Deutschland schicken könne und dass er
in Gütersloh im Johanneum wohnen und von dort aus
das Gymnasium besuchen könne. Von dieser Erlaubnis
möchte ich nun Gebrauch machen und ihn nach Hause
schicken. Der Präses hat mitgeteilt, dass das Fahrgeld
von der Missionsgesellschaft in Hamburg bezahlt würde. Gottlieb wird in Hamburg von Verwandten abgeholt
und nach Barmen oder Gütersloh gebracht. Ich bitte Sie
freundlichst, alles Nötige zu regeln und seine Aufnahme
ins Gymnasium zu veranlassen. Gottliebs Lehrer hier sagen, dass er so begabt sei, um im Gymnasium glatt durch-
zukommen. Vielen Dank für Ihre Mühe und herzliche
Grüße Ihr Karl Skär."

Seit 1880 besteht in der Feldstraße in Gütersloh
ein Wohnheim für Söhne von Missionaren, unterstützt
vom Gütersloher Missionshilfeverein, wo Gottlieb, nach

Befürwortung durch den Herrn Inspektor, nun schon seit fast zwei Jahren das Gymnasium besucht.

Gegenüber dem Fenster steht ein Kleiderschrank, davor der Nachttopf. Die fünfjährige Lene hat immer furchtbare Angst. Nachts, wenn sie muss, geht sie zuerst zum Bett von Hanna und weckt sie, damit sie mit ihr zum Nachttopf geht. Manchmal hat sie Angst vor den Betschuanas. Die wohnen in der Mitte von Afrika und haben immer quer ein Messer im Mund. Sie tauchen auch manchmal hier bei uns auf und es kann sein, dass sie sich unter unseren Betten verstecken. Manchmal hat sie von den Engländern geträumt, die mit Kanonenbooten kommen. Sie böllern und schießen und wollen uns unsere Häuser wegnehmen.

Hanna ist immer wütend, wenn sie geweckt wird, um Lene zum Topf zu begleiten. Aber die Mutter hat befohlen, dass sie mit der kleineren Schwester aufsteht. Nur wenn diese dann auf dem Topf sitzt und es nicht klappt und Hanna immer wieder sagt: „Nun mach doch endlich!", und Lene wütend antwortet: „Warte noch, warte!", legt sich die ältere Schwester einfach wieder hin. Lene sieht in dem dunklen Zimmer die nur ein ganz klein wenig helleren Rechtecke der beiden offenen Fenster an der Zimmerfront. Sie zittert und wünscht sich, dass nur nicht gerade in diesem Moment ein Betschuana hereinsteigt. Wie es ist, wenn die Engländer einen Böller abschießen, kann sie sich so recht gar nicht vorstellen. Aber irgendwann kommt doch endlich das Pipi und sie huscht in ihr Bett zurück.

Immer wenn Karl nicht an seine Schwarzen denkt und an seine Aufgabe, die er hier zu erfüllen hat, denkt er an seine Kinder. Manchmal dreht er sich in seinen Gedanken im Kreis. Er macht sich zum Vorwurf, dass er nur dann an Gott und seine Aufgabe denken kann, wenn er nicht an seine Kinder denken muss. Er weiß, dass seine Kinder sein größtes Glück und seine größte Sorge darstellen. Und er fühlt auch manchmal eine immer stärker aufsteigende Schuld, wenn er seine familiären Interessen seinem missionarischen Auftrag gegenüberstellt. Aber er will in seinen Gedanken diese Skepsis nicht gelten lassen. Mit Wilhelmine kann er darüber kaum sprechen. Er hat den Eindruck, dass sie Gott nicht so brennend heiß wie er lieben kann. Und die Kinder? Wenn man Gott nicht unbändig liebt, wie kann man dann jemand anderes völlig bedingungslos lieben?

In Kolmannskuppe gibt es neben den Weißen etwa 800 Ovambo-Arbeiter im Diamantenbergbau. Sie werden vom Missionar betreut. Karl Skär muss aber zudem die Arbeit in Charlottental mit übernehmen, wo auch über 600 Ovambo arbeiten. Diese Arbeitsstelle liegt etwa fünf Kilometer entfernt. Er kann jedoch problemlos mit der Schienen-Trolley dorthin fahren. Darüber hinaus sind in Kolmannskuppe und in Grasplatz noch fast hundert Ovambo an der Bahn beschäftigt.

Das ist der eine Teil seiner Aufgabe, der andere ist die kirchliche Arbeit unter den Weißen hier und in Charlottental, der ihm übertragen ist. Es ist jeden Monat ein Gottesdienst zu halten und wöchentlich muss er vier Religionsstunden geben. In Charlottental übernimmt dies bisher die dortige Lehrerin. Auch die ihm zugeteilten Übersetzungsarbeiten erfordern viel Zeit und Konzentration. 1917 hat Karl die beiden Korintherbriefe übersetzt, die er nun noch einmal durchsehen will.

Bruder Hochstrate, der seine Arbeit jetzt im nicht weit
entfernten Lüderitzbucht angetreten hat, und Karl treffen sich in unregelmäßigen Abständen zu gegenseitigen
Aussprachen wegen ihrer Übersetzungen. Oft suchen sie
gemeinsam nach bildhaften Ausdrücken und feilen an
der Sprache.

„Ich will mich nicht beklagen und fühle mich auch
nicht überlastet", sagt Karl zu Wilhelmine, „aber ich habe
doch ausreichende Arbeit, das kann man wirklich nicht
abstreiten."

Am 8. April 1923 wird Karl fünfzig Jahre alt. Es wird
ein unvergesslicher Tag in seinem Leben werden.

Er wird früh am Morgen geweckt von einem Gesang,
der zunächst laut und fremd, doch dann auch bekannt
und wohlvertraut klingt. Er schlägt schnell die Decke zurück, sieht, dass es erst sechs Uhr in der Frühe ist. Er läuft
hinaus auf die Veranda. Die frische Luft der Frühe schlägt
ihm entgegen. Noch ist die Finsternis der Nacht dem bald
zu erwartenden Tag nicht ganz gewichen. Dunkelviolett
wölbt sich der weite Himmel. Aber vor dem Haus im
Sand erkennt er sie, seine Getreuen, seine Schwarzen, seine Christen, und er ist gerührt.

Sie singen *Lobet den Herren, den mächtigen König
der Ehren*, Gesangbuch Nr. 254. Er hat es ihnen beigebracht, ein altes Lied aus der Mitte des 17. Jahrhunderts.
Es klingt jetzt so frisch, als sei es gerade erst entstanden.
*Kommet zuhauf, Psalter und Harfe wacht auf, lasset den
Lobgesang hören.* Er hat ihnen erklärt, dass Psalter und
Harfe Zupfinstrumente sind, dass Gott aber Trommeln
als Instrumente ebenso achtet und liebt. Doch jetzt singen sie a cappella, leise und zurückhaltend noch, aber sie
klatschen in die Hände beim Singen. Sie stampfen mit

den nackten Füßen in den Sand. Der Rhythmus wird schneller, der Gesang schwillt an. Niemand in einer deutschen Kirche hat je einen solchen Gesang, eine solche Interpretation gehört. Das dunkle, schwere, getragene Lob wird jetzt zu einem freudigen Ausbruch, zu einem wahren Jubel, der sich in den Mienen und Gebärden der Ovambo widerspiegelt. Karl ist gerührt und stolz. Er weiß sein Glück kaum zu fassen.

Sehr schnell wird es dann hell. Das letzte Grau der Nacht schmilzt dahin. Der Sand spiegelt schon diffus ein Licht der noch kaum aufgegangenen Sonne zurück. Karl trägt nur eine kurze Schlafanzughose. Seine muskulöse Brust ist behaart, sein Haar zerzaust. Er zwinkert mit den Augen. Er beugt sich überrascht und gespannt über das Geländer, sieht auf sein Personal, seine Schwarzen. Anerkennend winkt er ihnen zu. Sie lachen und weisen auf ihn und klatschen und rufen und singen wieder. Und sie singen jetzt ein Lied in Oshikuanjama, der Bantu-Sprache ihrer Heimat. Und sie bewegen sich noch vehementer und ausschweifender. Sie rufen *wa shilwa*, guten Morgen. Sie winken ihn zu sich herab. Karl breitet die Arme aus, als ob er sie segnen wolle. *Nda pandula* sagt er mit seiner kräftigen Stimme, danke, danke! Und er klatscht nun freudig in die Hände. Strahlend erhebt sich endgültig die Sonne. Sie zeichnet scharfe Silhouetten in die Dünenkämme.

Mittlerweile sind auch nach und nach schlaftrunken die Kinder und dann sogar Wilhelmine auf der Veranda erschienen. Karl ist die Stufen des Hauses hinabgestiegen. Er stutzt. Was ist das? Er blinzelt mit den Augen. Als er es dann mit vollem Bewusstsein sieht, erscheint es ihm fast unglaublich. Da steht sein Fahrrad. Ehrwürdig

schwarz und blank geputzt. Er hat es seit langem nur
von Zeit zu Zeit sehnsuchtsvoll betrachtet und doch
fast vergessen. Verstaubt wurde es in seinem Schuppen
aufbewahrt, dieses Fahrrad, gebaut von den Anker-
Werken in Bielefeld. Aus einer Laune heraus hat er es
von Deutschland mit nach Afrika genommen. Doch hier
konnte es kaum von Nutzen sein. Jetzt steht es fest auf
zwei Planken. Umgeben von Sand. Und hin in Richtung
Süden, am Hospital vorbei zur Schule hinüber, scheint
eine ausgelegte Brettertrasse schier unendlich lang zu
sein. Sie erweist sich schließlich, als Karl sich auf sein
Fahrrad schwingt und losstrampelt, als eine Strecke von
über 150 Metern. Nachdem er wendet, sich nach vorn
über den Lenker beugt und vehement zurückstrampelt
und schließlich umjubelt im Ziel wieder eintrifft, schließt
ihn Wilhelmine als erste in die Arme. Die Kinder führen Luftsprünge aus. Die Schwarzen tanzen in den ersten
Strahlen der Morgensonne. Der Parcours, den sie gebaut
haben, scheint alle ihre Erwartungen erfüllt, ja, übertrof-
fen zu haben. Karl ist überwältigt. Er sinkt in die Knie
und hebt die zusammengelegten Hände in die Höhe.
Ungläubig schüttelt er den Kopf. Lachend treten Tränen
aus seinen Augen.

Wilhelmine ist fast ein wenig eifersüchtig auf den
Erfolg, den die Schwarzen mit ihrer Geburtstagsidee gehabt haben. Was kann sie ihrem Mann jetzt noch bieten?
Sie gehen ins Haus. Sie muss ihren vermeintlichen Trumpf
sofort ausspielen und sagt wie beiläufig: „Da kann meine
Linzer Torte ja wohl deine Freude nicht mehr steigern."
Aber Karl fällt ihr um den Hals und küsst sie, ist kaum
noch zu halten. Und dann isst die ganze Familie morgens
um sieben Uhr Linzer Torte zum Frühstück. Vater liebt

sie über alles. Er mag besonders die Kombination von Mandeln und Himbeer-Marmelade. Wilhelmine hat darauf geachtet, dass der Teig einen Tag geruht hat. Dann schmeckt sie noch besser. Die gitterförmig aufgelegten Teigstreifen hat sie mit einem geschlagenen Ei bepinselt. Die nach dem Backen ausgekühlte Torte wird mit Puderzucker bestäubt.

„Kinder, ihr dürft jeweils nur ein Stück essen", sagt der Vater verschmitzt, „die Himbeermarmelade ist mit Cognac glattgerührt. Auch eure Mutter verträgt den Alkohol nicht so gut. Also muss ich den Rest der Torte wohl oder übel alleine essen." Er lehnt sich zurück und streift mit den Fingern der rechten Hand den Bart nach unten zusammen. „Auch die Spur von Zimt ist wunderbar", sagt er anerkennend in Richtung seiner Frau. An deren Schweigen erkennt er, dass sie zufrieden ist. Und Karl schmeckt auch die Messerspitze Nelkenpulver, die sie beigefügt hat.

„Wo hast du nur so gut das Backen gelernt?" fragt er.

„Na, das weißt du doch, das Backen habe ich vom Vorsteher Seidenraup auf Hof Krempel gelernt. Alles, was er anrührte und in die Backröhre steckte, gelang. Neben der Liebe zu Gott war dies seine einzige Leidenschaft. Der Satan hätte ihn fangen können wegen dieser Begeisterung für das Backen. Am besten war sein Käsekuchen, aber den bekomme ich nicht so hin. Die Linzer Torte ist zwar auch nicht einfach, aber mir doch eher gelegen. Dich kann ich ja stets damit begeistern."

„Das ist wahrlich dein Meisterstück!", sagt Karl. „Aber den Bruder Seidenraup liebe ich ja auch aus einem anderen Grund", fügt er hinzu und fasst liebevoll Wilhelmines Hand.

Die Kinder drängen hinaus und zu dem Fahrradparcours. Das ist in dieser öden Gegend so etwas Ungeheuer-
liches, dass sie nicht lange davon fernzuhalten sind, nicht
einmal mit leckerer Torte. Zunächst laufen sie die Strecke
ab, barfuß, wie sie es gewohnt sind. Natürlich ist Elisabeth
die Schnellste. Aber auch die anderen sind überwältigt,
wie schnell sie auf der glatten Fläche der Holzbohlen vor-
wärtskommen. Das ist mit dem gewöhnlichen Laufen im
Sand überhaupt nicht vergleichbar.

Dann aber wird doch das Fahrrad das Objekt der
Begierde. Lene drängt sich vor und darf zuerst auf dem
Gepäckträger mit ihrem Vater die Strecke abfahren. „Aber
die Beine schön abhalten!", ruft er. Zappelnd bleiben die
anderen Mädchen zurück. Als der Vater zurückkommt,
schreit Hanna: „Ich bin genauso alt wie Elisabeth!" Karl
setzt Elisabeth auf den Gepäckträger. Hanna kann vorn
auf der Stange sitzen. Beim Wenden - die Beobachter
sehen es nur ganz aus der Ferne - kippt Karl mit dem
Fahrrad und der doppelten Mädchenfracht um und sie
liegen im Sand. Aber es ist nicht zu sehen, ob jemand
sich weh getan hat. Laute von Schmerz sind nicht zu hören. Schon saust die dreifache Fracht wieder heran. Karl
strahlt mehr als die anderen über das ganze Gesicht. Er
streicht mit der Hand über das Emblem mit dem silber-
nen Anker, vorn unterhalb der verchromten Lenkstange.

Am frühen Abend sitzt Karl mit seiner Frau auf der
Veranda vor dem Haus. Der Himmel erglänzt im oberen
Teil in einem tiefen, überwältigenden Blau, nach unten
hin wird er dann heller. Ein nur leicht nach oben aus-
fransendes Wolkenband zieht sich vor der untergehenden
Sonne dahin. Darunter blüht noch kurz ein rot bis rot-
violettes Leuchten auf. Links strahlt das Nachbarhaus des

Arztes noch einmal glutrot, bis der Glanz der Sonne, die man jetzt nicht mehr sieht, gänzlich verschwunden ist. Dann schleicht schnell die Dunkelheit heran.

Karl hat eine Petroleumlampe geholt und entzündet und sich eine Pfeife gestopft. Wilhelmine hat Näh- und Stickarbeiten auf ihrem Schoß.

„Ich habe in den Missionsblättern über die Erweckung auf Nias gelesen, du weißt, diese Insel vor Sumatra im Indischen Ozean."

Der Missionar sitzt in seinem Stuhl und saugt genüsslich an seiner Pfeife. Er stopft mit dem Finger von oben den Tabak im Pfeifenkopf etwas nach. Dann seufzt er leicht, lässt die Pfeife sinken. Er sieht Wilhelmine an. „Die Missionierung muss dort sehr stürmisch verlaufen sein."

Wilhelmine schaut auf von ihrer Handarbeit. „Daran solltest du dich nicht messen. Du musst dir keine Gedanken machen. Du bist ein guter Streiter Gottes."

Ihr Mann legt sich in ruhige Nachdenklichkeit zurück. Lange sieht er hinauf in den Himmel. „Ja, die Bewegung unter unseren Ovambo gleicht mehr einem stillen, sanften Sausen, das aber nun all die Jahre hindurch angehalten hat und heute noch ebenso stark ist wie am Anfang. Ich darf zu diesem stillen Sausen wohl sagen, es ist der lebendig machende Geist des Herrn."

Wilhelmine nickt zustimmend. Sie strafft das auf ihrem Schoß liegende Tuch und setzt den Stickrahmen neu an.

„Und ich bin froh, dass nach dem Urteil unserer Ovambochristen die Bewegung auch mit den Zurückkehrenden wieder nach oben ins Ovamboland geht. Das stille, sanfte Sausen geht weiter."

Wilhelmine unterbricht ihre Arbeit, schaut Karl ins Gesicht. „Ich will dir einmal sagen, dass ich deine missionarische Arbeit bewundere. Sie ist kein flackerndes Feuer. Das kann sie unter den schwierigen Bedingungen der alleinstehenden Männer hier in der Wüste auch gar nicht sein. Wir wollen uns da nichts vormachen. Aber sie ist ein großer, gewaltiger Dauerbrand. Bis du die Leute taufen kannst, wird viel von ihnen verlangt, manchmal ein, zwei oder gar drei Jahre im Unterricht. Die Missionsgesellschaft kann wirklich stolz auf dich sein."

„Ich muss das volle Pensum verlangen", sagt Karl, „aber über den Eifer und die Ausdauer würden die Christen daheim sich wirklich wundern. Ohne selbstgefällig zu sein, kann man Erfolge feststellen. Das liegt für jeden, der Augen hat zu sehen, auf der Hand. Es lässt sich nicht leugnen, dass Gottes Geist unter den Ovambo wirksam ist. Wer anders urteilt, ist blind."

Dann erhebt er zweifelnd die Hand. „Allerdings hat Bruder Alho, der Präses der Finnischen Mission, mir mitgeteilt, dass er sieben abgefallene Christen zu verzeichnen hat."

„Du hast in den Jahren hier über 2100 Ovambo getauft", sagt Wilhelmine, „leicht hättest du diese Zahl um vieles vergrößern können, wenn du die Taufbedingungen leichter gemacht hättest. Es sind doch nur äußerst wenige, die nach ein paar Monaten zur Taufe gehen dürfen. Wie viele müssen mehrere Jahre zum Unterricht gehen und machen sich nach einer missglückten Prüfung doch wieder mit Eifer an die Arbeit."

Seine Pfeife ist langsam ausgebrannt, er klopft sie im Aschenbecher aus. Dieser Fahrradweg, das ist unglaublich, denkt er, als ihm das Geschenk der Schwarzen dann wieder einfällt.

„Wilhelmine, ich glaube, ich muss unten noch irgendwo eine Flasche Wein haben", sagt er mit plötzlich leuchtenden Augen, „das wäre doch jetzt der richtige Augenblick."

Wilhelmine winkt ab: „Nein, für mich ist es schon zu spät, nein, bei aller Liebe nicht. Ich ziehe mich zurück, werde nach den Kindern sehen." Sie geht hinüber zu ihrem Mann und küsst ihn auf die Stirn. „Genieße du ruhig deinen Abend, du hast es wirklich verdient."

Karl sitzt in der noch sehr warmen Nacht. Er ist nicht sonderlich geübt in der Entkorkung einer Weinflasche. Aber dann im Glas scheint ihm dieser Wein nach Himbeeren und Erdbeeren zu duften. Das ist wie ein Gruß aus den Gärten der Heimat, geht es Karl durch den Kopf. Dieser Spätburgunder Rotwein aus Baden mundet ihm vorzüglich. Er schließt die Augen. Sanft geschwungene Weinberge liegen vor ihm. Voll reif hängen die Trauben an den Weinstöcken. Vom Winzerdorf im Tal klingt eine helle Glocke herauf. Ein Habicht steigt vom nahe gelegenen Wäldchen auf und dreht hoch oben seine Kreise. Wie lange hat er nicht an die Heimat gedacht. Beim zweiten Glas erscheint es ihm als ein Wunder, dass er hier tief unten in Afrika einen so herrlichen Wein aus Deutschland trinkt. Im dunklen Rot zeigen sich beim Schwenken helle Lichtreflexe. Jetzt meint es sogar einen Hauch von Brombeere zu riechen. Er kann sich nicht erinnern, wie dieser Wein zu ihm gelangt ist. Nach dem dritten Glas vergleicht er diesen unglaublich guten Wein mit diesem unglaublichen Fahrradparcours. Was ist das größere Wunder? „Wie glücklich bin ich, dass ich das nicht entscheiden muss", sagt er laut.

Er geht hinunter zum Brettersteg, schwingt sich auf das Rad. Ganz allein in der schwarzen Nacht fährt er noch einmal. Strampelt zunächst ganz heftig, lässt sich dann, als er Fahrt aufgenommen hat, einfach treiben bis zum Ende der Strecke. Fein surren die Reifen auf den ausgelegten Bohlen. Er hebt den Kopf. Der Fahrtwind streichelt sein Gesicht. Er riecht den Duft der nächtlichen Wüste. Er hat den Dynamo eingeschaltet, weil er Licht braucht. Alles funktioniert. Was singt dieser Dynamo für schöne Lieder! Er wendet, tritt rechts und links in die Pedale, wiegt sich hin und her und wagt es schließlich, ein kleines Stück lang die Arme vom Lenker zu nehmen. Nicht zu weit, immer in Bereitschaft, aber er fährt freihändig, bis ihn dann eine kleine Unebenheit in der Bretterbahn doch zwingt, wieder die Hände an den Lenker zu legen.

Auf der Terrasse zurück, steigt ihm der Wein langsam zu Kopf, seine Glieder werden schwer. Karl legt den Kopf in den Nacken und blickt auf zum tiefschwarzen Himmel mit dem unendlich weiten Sternenzelt. Myriaden. Die Milchstraße. Der Centaurus. Das Kreuz des Südens. Langsam schleicht sich sogar etwas Kühle der Nacht heran. Er hat Geburtstag. Wie glücklich bin ich, denkt er, wie muss ich danken meinem Gott.

13

Der Diamant

1924 Kolmannskuppe

Zu ihrem Bruder Helmut haben die vier Mädchen kaum Kontakt. Sie sehen ihn selten. Karl besucht ihn, so oft es geht, im Schülerheim in Lüderitzbucht, wenn er dort zu tun hat. Viel Zeit hat er dann aber meist nicht. Er geht mit ihm ein Stück am Hafen entlang oder den Berg hinauf zur 1912 eingeweihten Felsenkirche. Er erkundigt sich nach dem schulischen Vorankommen. „Wie geht es denn in der Schule? Weißt du denn schon, wie viele Nullen eine Million hat? Habt ihr denn ein neues Gedicht gelernt?" Der Vater fragt nach seinen Spielkameraden. Er versucht kleine Scherze zu machen und erzählt von den Geschwistern. Aber er hat doch immer das Gefühl, dass er an seinen nun bald zehn Jahre alten Sohn nicht herankommt.

„Ja, Vater, ich glaube, eine Million hat 6 Nullen oder es können auch sieben sein. Ja, Vater, wir haben von Theodor Storm gelernt *Am grauen Strand, am grauen Meer.* Aber ich bin manchmal stecken geblieben. Der Lehrer war nicht zufrieden mit mir."

Helmut ist meist ernst und ruhig, benimmt sich dem Vater gegenüber höflich und aufmerksam. Ein vertrautes Verhältnis will jedoch nicht aufkommen. Als Karl bei einem Spaziergang die Hand seines Sohnes nehmen will, zieht dieser sie zurück.

Wenn seine Frau ihn fragt, mag er davon gar nicht
sprechen. Es reicht, wenn ich darunter leide, denkt er.
Wilhelmine hat eh mit den Mädchen mehr als genug zu
tun. Sie fragt Karl, ob Helmut nicht öfter die Familie besuchen sollte, wartet die Antwort aber gar nicht ab, weil
sie schnell ins Nebenzimmer läuft, wo die Zwillinge sich
offensichtlich lauthals streiten und sie eingreifen muss.

Ihren Bruder Gottlieb haben die Mädchen kaum gekannt. Gottlieb ist schon im Februar 1922 allein nach
Deutschland gereist. Lene ist zu diesem Zeitpunkt drei
Jahre, Marianne ist nicht einmal ein Jahr alt. Eigentlich
können sich nur die Zwillinge schwach an ihn erinnern.
Aber immer wieder betonen sie, das scheint wichtig zu
sein für die Mädchen, dass sie einen großen Bruder ha-
ben. Als sein Dampfer über den Äquator schipperte, hat
Gottlieb einen rohen Fisch essen müssen. Mit Kopf und
Schwanz und Gräten und Schuppen und allem. Ihr glaubt
das nicht? Wirklich, das war so! Das muss jeder, der nach
Norden fährt. Wenn sie das erzählen, schütteln sie sich.
Aber sie sind doch stolz. Er ist jetzt seit zwei Jahren in
Deutschland und bringt den Kindern dort das Schnitzen
bei und das Bäume-Spalten. Er pflanzt im Schulgarten
Affenbrotbäume und zeigt den Mitschülern, wie man
Löwen vertreibt und auf Zebras reitet. Und er lehrt sie
Zaubersprüche und die Ovambosprache. Er kann besser
Ovambo als Deutsch. Er ist doch im Ovamboland gebo-
ren. Und er kommt später zurück und wird der König
vom Ovamboland. Die Neger haben ihn schon bei sei-
ner Geburt zum Häuptling gemacht. Davon sind die
Mädchen eindeutig überzeugt.

Wenn der Vater hört, was seine Töchter sich aus seinen
Erzählungen zusammengereimt haben, sagt er nichts.

Aber er schließt die Augen und nickt leicht mit dem Kopf. Die Mutter tut alles mit einer Handbewegung ab und verbietet ihnen den Mund, so dass sie bald nur noch heimlich über Gottlieb sprechen. Gerade wegen des Verbotes werden die Geschichten immer wirrer und übertriebener. Einmal, als Marianne meint, dass sie zu Unrecht von der Mutter frühzeitig vom Abendbrottisch weggeschickt worden ist, bekommt sie im Schlafzimmer einen Heulkrampf. Sie schluchzt immer nur „Gottlieb! Gottlieb!" und will nur zu ihm und lässt sich nicht beruhigen und will weg von Afrika zu ihrem Bruder.

Karl Skär übersetzt die Psalmen in Osikuanjama, die Ovambo-Sprache. Der Finne Martin Rautanen, der als Pioniermissionar seit 1870 im Ovamboland gewirkt hat, hat hier die wertvollste Arbeit geleistet. Karl weiß von den Schwierigkeiten seiner Vorgänger; so hat er einen Bericht des Missionars Hugo Hahn gelesen, der 1846 nach Deutschland schrieb: „Die Sprache ist mir ein unüberwindlicher Fels und nun schon 1 ½ Jahre im Lande, bin ich noch nicht imstande, die einfachste biblische Wahrheit den armen Heiden zu sagen. Fürchtete ich nicht die Hand des Herrn, ich liefe weg und überließe es anderen Brüdern, die mehr Gaben und Energie besitzen, diese Sprache zu lernen."

Dagegen hat Karl sich immer wieder bemüht, einfache Texte und Lieder sowohl über biblische Gestalten als auch über Märchen der Schwarzen, über ihre Bräuche, über Pflanzen und Tiere zu übersetzen. Es mangelt den Eingeborenen an der bescheidensten Literatur, und er möchte zumindest bei einigen Begabten etwas gegen das scheinbar unüberwindliche Analphabetentum tun. Je länger er in diesem Land lebt, desto mehr hat er auch das Gefühl, dass seine Schwarzen ein Recht auf die Erhaltung ihres eigenen Volkstums haben. Ist es nicht göttliches Recht, fragt er sich manchmal im Stillen. Es kann doch nicht sein, dass Gott sie erst beachtet hat, als er und seine Missionsbrüder gekommen sind. Auch sie sind doch von Gott geschaffen. Zwar erst mit der Mission hat Gott ihnen die Möglichkeit gegeben, seine Herrlichkeit zu erkennen, seine Güte zu spüren und nach seinem Willen zu leben, aber sicher hat Gott seine schützende Hand seit Urbeginn auch über seine schwarzen Brüder gehalten. Manchmal tut es ihm weh, dass er mit Wilhelmine über solche Fragen nicht sprechen kann, da sie eine ganz andere Ansicht vertritt. „Ich bin mir nicht sicher, ob sie wirklich Blut in ihren Adern haben", sagt sie.

An jedem Vormittag, wenn die Mädchen den langen Sandweg bis ganz ans Ende zur Schule, dem letzten Gebäude der Siedlung, gelaufen sind, vorbei am Haus vom Doktor und dann am Hospital, arbeitet er drei Stunden an seiner Übersetzung. Er hat eine dicke Kladde, in die er seit Jahren Wörter, feststehende Begriffe, kurze Sätze und besondere Ausdrücke eingetragen hat, und er besitzt ein mittlerweile völlig zerblättertes und durch Anstriche, Zusätze und Änderungen fast nur für ihn selbst noch lesbares Wörterbuch der Ovambo-Sprache, Osikuanjama - Deutsch, zusammengestellt von Bruder Tönjes, das 1910 in Berlin erschienen ist. Dieses in rotes Leinen gebundene Buch hütet er wie seinen Augapfel. Es steht stets neben der in fast schwarzes, schon sehr abgewetztes Leder gebundenen Heiligen Schrift.

Zwei Generationen später wird einer seiner Enkel dieses Wörterbuch erben und es wie einen Schatz in einem

Bücherschrank aufbewahren, der mit einer Glastür versehen daneben nur seine wertvollsten Stücke beherbergt: Bände mit Originalunterschriften von Franz Werfel und Sarah Kirsch, Erstausgaben von Else Lasker-Schüler und Marie Luise Kaschnitz oder etwa die deutsche Erstausgabe vom Ernest Hemingways Roman „Der Alte Mann und das Meer" aus dem Jahre 1952.

Viele der hier lebenden Weißen vertreten die Ansicht, dass die Sprache der Ovambo für die Deutschen nicht zu erlernen sei, ganz abgesehen davon, dass die Neger sich eh nach und nach an das Deutsche als Kultursprache gewöhnen müssten. Es erscheint ihnen merkwürdig, dass es in der Ovambo-Sprache keine Wörter gibt, die mit einem B, C oder G beginnen. Ein R oder W z.B. gibt es im Alphabet überhaupt nicht. Ein Drittel aller Wörter beginnt mit dem Buchstaben O. Das sei doch unnormal und nicht zu erlernen. Immer höre man dieses olulio, osimbale und omuleli - einfach alles gleich und dasselbe! „Goethe oder Hölderlin wären verrückt geworden, wenn sie nur die Ovambo-Sprache gehabt hätten, um Gedichte zu schreiben", sagt einmal der Schulrektor von Lüderitzbucht zu Karl Skär.

Karl ist da anderer Ansicht. Er kennt viele der Sprichwörter und Rätsel der Eingeborenen, die schon einige seiner Missionsbrüder von der finnischen Mission gesammelt haben. Er liebt die Sprache, die für ihn weich und mystisch klingt. Er hat ganz andere Probleme. Wenn er Teile der Bibel übersetzen will, fehlen ihm oft die benötigten Wörter, weil es sie in der Ovambosprache einfach nicht gibt, weil sie dort nicht benötigt werden. Ihm wird schnell klar, dass die Sprache durch die Bedürfnisse, die Lebensumstände und die Umgebung der sie Sprechenden

geprägt ist. Er lernt das Wort *xuanuna*, es bedeutet: beim
Wandern durch dichtes Gestrüpp die nach vorn aus-
einandergebogenen Zweige wieder zurückschlagen lassen; und das Wort *xuapula*, beim Essen recht tief in die
Schüssel langen, worin sich Milch oder Fleischbrühe befindet, und schnell essen, so dass die Mitessenden zu kurz
kommen. *filula* bedeutet: Vieh auf der Weide ausmelken,
wobei sich der Betreffende unter die Tiere legt und sich in
den Mund melkt. Das sind Wörter, die kurz und knapp
Verhaltensweisen und Tätigkeiten beschreiben, die für
die Menschen hier alltäglich sind. Dafür brauchen sie
also einfache, kurze Begriffe. Aber er braucht sie nicht für
seine Bibelübersetzung.

Dann wird ihm mit einem Male bewusst, wie viel
schlimmer es ist, dass die Ovambo diese Wörter aus ihrer Sprache hier im Diamantensperrgebiet auch nicht
gebrauchen können. Sie sind hier in der eintönigen
Sandwüste, wohin sie auf unnatürliche Weise verschlagen
worden sind, nur um für den Reichtum der Weißen zu
arbeiten, fern von ihren Familien, die sie mit dem Lohn
für ihre endlose Plackerei zu ernähren versuchen.

Plötzlich wird er sehr traurig. Ihm tritt ein Bild eines Tanzes aus Namakunde vor Augen, während er im
Wörterbuch die Vokabel *finjauka* liest: sich in Zuckungen
auf dem Boden hin und her wälzen, wie z.B. ein von einer
Kugel getroffenes und noch nicht verendetes Wild.

Und dann denkt Karl wieder an seinen Sohn Helmut
in Lüderitzbucht, zu dem er kaum einen emotionalen
Zugang findet. Und erst recht kommt ihm Gottlieb in
den Sinn, der jetzt - er muss erst nachrechnen - wohl drei-
zehn Jahre alt ist. Im fremden Deutschland muss er ganz
allein ein Mann werden, ohne ihn, seinen Vater, ohne

seine Mutter, ohne seinen Bruder und seine Schwestern. Fast drei Jahre schon hat er ihn nicht mehr gesehen. Er schickt ihm alle paar Monate eine Ansichtskarte mit belanglosen Grüßen. Er weiß doch gar nicht, wie es seinem Sohn geht. In seiner Übersetzung ist er bei Psalm 22, Vers 2 angekommen: *Mein Gott, mein Gott, warum hast du mich verlassen? Ich heule; aber meine Hilfe ist ferne.*

Die Mädchen kommen von der Schule nach Hause. Heute ist etwas Bemerkenswertes, etwas ganz Außergewöhnliches passiert. Das müssen sie dem Vater erzählen. Der Vater sitzt auf der Veranda und sieht sie gestikulierend und lachend auf dem Sandweg auf das Haus zu laufen.

Während sie im Unterricht gesessen haben, hat sich plötzlich der Himmel verdunkelt und dann sind Tropfen gegen die Fensterscheiben geschlagen. „Vater, stellt dir vor, es hat geregnet!" Weil die Kinder nicht mehr zu halten gewesen sind, hat die Lehrerin sie hinaus ins Freie laufen lassen. „Es gab richtige Regenpfützen, wir sind mit den Füßen hineingesprungen."

„Na, nur gut, dass ihr nicht gleich ertrunken seid", ist Vaters Kommentar. „Ich habe den Regen auch mitbekommen und mir vorsorglich schnell meine Badehose angezogen. Wartet nur, bis ihr nach Deutschland kommt, dann werdet ihr bald genug haben vom Regen."

Die Mutter hat sogenannte *potato* gekocht, das sind kleine Kartoffeln, lila und etwas knubbelig. Dazu gibt es ausgelassenen Speck. Vom Vortag ist nach etwas Linsensuppe übrig. Die nimmt der Vater gern. Er gibt etwas Essig hinein und schwarzen Pfeffer. Die Mädchen mögen das nicht, aber ihr Vater sagt, so sei die

Linsensuppe eine „wahre Herausforderung". Sie verstehen nicht, was er damit meint, sehen, wie sich auf seiner hohen Stirn unzählige von kleinen Schweißperlen bilden, oder sind das noch Regentropfen? Dann zieht er sein großes Taschentuch aus dem Hosensack, wischt sich den Schweiß ab und putzt sich anschließend die Nase. Zum Nachtisch gibt es gezuckerte Tomaten, als Ersatz für Obst, das hier kaum zu bekommen ist. Das ist etwas, was alle gleichermaßen mögen.

Anschließend zieht Karl sich eine dreiviertel Stunde zu einem Mittagsschlaf zurück. Immer wieder schüttelt Wilhelmine verständnislos den Kopf über diese Angewohnheit, aber Karl besteht darauf. Das gibt ihm Frische und Kraft, und die zweite Tageshälfte will auch gemeistert sein. Heute Nachmittag will er die Arbeiter weiter südlich auf den Diamantfeldern besuchen.

Sie haben über die harten Arbeitsbedingungen geklagt. Einem der Schwarzen ist im Rüttelsieb die rechte Hand zerquetscht worden. Andere behaupten, von den Aufsehern geschlagen zu werden, obwohl das die Anweisungen strikt verbieten. Es ist für ihn nicht leicht zu sehen, wie einige der Aufseher hoch zu Pferde mit einem Hund an der Seite die schwarzen Arbeiter mit rüden Worten antreiben, wobei es häufig bei den Worten nicht bleibt. Er kennt die Gerüchte, dass nicht nur auf den Rücken geschlagen wird. Er hat die roten Striemen im Gesicht selbst gesehen. Karl weiß, obwohl es ihn große Überwindung kostet, dass er sich da nicht direkt einmischen darf und kann. Er will aber doch allein durch seine Anwesenheit eine gewisse Unterstützung bieten und Ausschreitungen der Aufseher so gut es geht eindämmen.

Seit dem Ende des Krieges gehören die Felder, wie man sie kurz und wie für die Schwarzen zum Spott nennt, der CDM, den Consolidated Diamond Mines. Alles ist abgeschottet, organisiert und geregelt. Alles ist jetzt das völlige Gegenteil von dem Diamantenrausch, wie es ihn vor sechzig Jahren in Kimberley im Süden gegeben hat. Wo die Erde von Schwärmen von Schatzgräbern durchsucht wurde, die in einer wirren Ansammlung von Wellblechhütten oder gar Zelten hausten. Sie machten sich gegenseitig den Platz streitig und wurden von den Händlern übers Ohr gehauen, wenn sie wirklich einen *klip* gefunden hatten.

Die Arbeiter hier im Diamantensperrgebiet werden angeworben oben im Ovamboland, deswegen ist Karl zur Betreuung auch hier. Er kennt die Ovambo, und er wird auch zu einem Großteil von der CDM bezahlt. Die Arbeiter bekommen einen Zweijahresvertrag und können während dieser Zeit das Sperrgebiet nicht verlassen. Wenn sie dann zurückkehren wollen, kommen sie zunächst mehrere Tage in Quarantäne. Ja man flößt ihnen sogar zum Abführen Rizinusöl ein, damit man ganz sicher ist, dass kein verschluckter Diamant im Leib hinausgeschmuggelt werden kann. Alles Hab und Gut, alle Stellen des Körpers und besonders das feste, strohige Haar werden genauestens untersucht.

Im Krankenhaus von Kolmannskuppe, wo zwei Ärzte und vier Krankenschwestern ihren Dienst tun, gibt es sogar ein Röntgengerät. „1895 von Wilhelm Conrad Röntgen entwickelt, ist dies das erste Röntgengerät in ganz Afrika, das zur Verfügung steht", sagt der leitende Arzt Dr. Martmöller stolz. Aber er weiß auch, dass es böse Zungen gibt, die behaupten, das Gerät sei nur angeschafft worden, um in komplizierten Fällen verschluckte Diamanten aufzuspüren.

In früheren Jahren versuchten schon mal einzelne der Schwarzen mit ein paar Diamanten aus dem Sperrgebiet zu fliehen, aber es war schier aussichtslos: Drumherum ist nichts als die gnadenlose Wüste Namib. Es fährt nur mal auf den Schienen eine Trolley, eine Art Wagen, oder eine mit Menschenkraft betriebene Draisine, die man als Deserteur aber natürlich nicht benutzen kann. Endlos müsste man laufen, ohne Wasser und jegliche Nahrung. Der nächste bewohnte Ort ist Lüderitzbucht. Auch ein Ort wie eine Insel, von wo man nicht weiterkommen kann außer in einem kontrollierten Zug Richtung Keetmanshoop. Diese abenteuerlichen Ausbrecher waren schließlich froh, wenn man sie endlich fand, so lange sie noch am Leben waren. Jede mögliche Strafe war besser als das grausame Verdursten in der Wüste.

Karl Skär besucht sie immer wieder bei ihrer Arbeit und er denkt dann stets an die Geschichte von der Entdeckung der Diamanten, die Bruder Langehagen so bildreich und ausgeschmückt erzählen kann.

Nachdem der Eisenbahnangestellte August Stauch 1907 in der Nähe von Kolmannskuppe die ersten kleinen Diamanten gefunden hatte, wurde kurz darauf ein wahrer Rausch ausgelöst. Stauch war Stationsvorsteher in Grasplatz, einem trostlosen Ort im Wüstensand. Dort gab es neben den Bahngleisen nur einen öden Wellblechschuppen und dahinter die Pontoks der Streckenarbeiter, noch armseligere Hütten aus alten Brettern und Konservenblech zusammengenagelt. Sie hatten die Aufgabe, für den zweimal wöchentlich verkehrenden Zug von Lüderitzbucht nach Keetmanshoop die Strecke in einem etwa 25 km langen Abschnitt vom Sand zu befreien. Immer wieder wurde diese schmale Spur der menschlichen Zivilisation in dem endlosen Wüstenmeer überweht und verschüttet.

Stauch und seine Hottentotten hatten oftmals aber auch viel Zeit. Was zunächst nur ein Zeitvertreib war, wurde bald zu einer Leidenschaft. Er hielt seine schwarzen Arbeiter dazu an, die häufig zu findenden funkelnden und glitzernden Steine im Wüstensand zu sammeln. Für schöne Stücke gab er ihnen auch mal ein paar Münzen oder Süßigkeiten oder eine Prise Tabak. Bald hatte er eine schöne Sammlung von Aquamarinen, Glimmer, Turmalinen und Bergkristall. Und dann kam Zacharias, ein schwarzer Arbeiter, angerannt. Er hatte schon in Kimberley, wo bereits im vergangenen Jahrhundert ein Diamantenrausch ausgebrochen war, in den Minen gearbeitet. Er war sich ganz sicher, dass er einen Diamanten gefunden hatte. „Kyk Master, een mooi klip", ein schöner Stein, sagte er in Afrikaans zu Stauch.

August Stauch, den alle für verrückt hielten, ließ sich im Bergamt von Swakopmund Schürfscheine für ein großes Gebiet bis weit hinunter in den Süden ausstellen. Und in der Neujahrsnacht 1908 war es schließlich so weit. Zusammen mit dem Berliner Bergrat Professor Robert Scheibe unternahm er eine Expedition. Weitab von aller Zivilisation und schon halb verdurstet fanden sie am Silvesterabend in einer weiten, flachen Ebene, dem sogenannten Tal von Pomona, ein winziges, trübes Wasserloch zwischen Steinen, Büschen und Sand. Als in der herrlich klaren Nacht am Himmel unzählige Sterne funkelten und sie im kühlen Wind ein paar Schritte in das neue Jahr hinein gingen, ließ der prächtige Mond mit seinem Silberglanz plötzlich den Boden vor ihnen an Tausenden von Stellen blinken und glitzern und leuch-

204 *Der Diamant*

ten. Mal klein wie Leuchtwürmchen, aber an einigen
Stellen auch bedeutend und hell wie blitzendes Licht.
Weil die Funkelsteine wirklich Diamanten waren, wurde
August Stauch in dieser Nacht zum reichsten Mann des
Landes. Die verschiedenen Täler im Bereich von Pomona
benannte er Idatal, nach seiner Frau, sowie Barbaratal
und Mariannental, nach seinen Töchtern.

Bald meldeten die Schlagzeilen nicht nur in Berlin,
sondern in der ganzen Welt die sensationelle Entdeckung.
Ein wahrer Boom setzte ein. Von Lüderitzbucht aus
machten sich Abenteurer und Glücksritter, aber auch
gestandene Farmer und aus Deutschland angerei-
ste Diamantsucher mit Schüppe und Spaten und Esel
oder Maultier auf in die Namibwüste. Man suchte die
Diamanten zunächst oberflächig im Sand. In großen,
schrägen Sieben wurde der Sand durchsucht. Dann kam
er in die Trommelsiebe. Die Diamanten wurden mit der
Hand herausgepickt.

Meistens sind es ganz winzige Rohdiamanten. ½ Karat
entspricht etwa einem Stecknadelkopf. 4 Karat sind etwa
0,8 Gramm, aber das ist schon ein Fund, der sich lohnt.
Sie sehen aus wie trübe Steine, kieselig, ein wenig durch-
sichtig. In der ersten Zeit wurden schon mal wahrlich große Klumpen gefunden. Ein Diamant von Walnußgröße
oder 300 Karat hat einen Wert, der in die Millionen geht.
Neben dem Gewicht zählen im Diamanthandel auch
die Farbe und die Reinheit und dann natürlich auch der
Schliff. Das Faszinierende dieser Steine ist die Schönheit
und die Härte und ihr unermesslicher Wert.

Karl Skär sind sie von Anfang an verhasst. Der Name
kommt vom Griechischen *adamas* – unbezwingbar.
Allein das scheint ihm schon eine Eigenschaft, die er als

Sein und als Anspruch nicht akzeptieren will. Das steht nur Gott zu! „Und dieser so unermessliche Wert, wie ihn auf Erden nur die Diamanten haben, verblendet die Menschen und macht sie krank in ihrer Sucht nach Besitz und Reichtum. Er fördert Neid und Missgunst untereinander, lässt sie bedenkenlos werden in der Ausnutzung von Leib und Leben der Eingeborenen", ist sich Karl sicher, „stärker und schlimmer als es die Sucht nach Elfenbein und Vieh jemals vermocht haben."

Nach den abenteuerlichen Diamantsuchern kommen die Notare und Advokaten. Es melden sich Privatpersonen und englische Konsortien mit angeblichen Schürfrechten. Es gibt Prozesse und gescheiterte Existenzen, bis schließlich immer größer werdende Gesellschaften alles in einer Hand vereinigen. Der Handel mit Diamanten wird unter staatliche Aufsicht gestellt. Das Finanzamt von Deutsch-Südwest kassiert allein 1913 über 60 Millionen Goldmark und zieht weitere Gewinne aus den staatlichen Diamantfeldern. Südwestafrika ist mit Abstand zur reichsten deutschen Kolonie geworden.

Und Karl leidet darunter, dass er so ohne rechten Trost zu haben die schwarzen Arbeiter betreuen muss, die tagein tagaus den Sand durchschürfen, die Erde durchkämmen, große Zinkwannen füllen und weiterschleppen, Schüttelsiebe bestücken. Zunächst wird der Wüstensand mit einem feinen Drahtsieb entstaubt. Dann geht es mit dem so gewonnenen gröberen Korn weiter. Die Siebe werden gedreht, grob, mittel, fein. Schließlich schüttet man das übrig gebliebene Material auf ein Laufband und begutachtet es. Später ist man zur Diamanten-Waschmethode übergegangen. Dabei wird das Sieb in eine mit Wasser gefüllte Waschbalge einge-

taucht und man macht mit den Händen unter Wasser ro-
tierende Bewegungen. Eventuell vorhandene Diamanten
bewegen sich dadurch zur Mitte des Siebbodens. In dem
nach dem deutschen Ingenieur Schiechel angewandten
Verfahren wird dann diese Vorgehensweise mit Motoren
und Elevatoren automatisiert. Immer mehr entfremdet
sich die Arbeit den eingesetzten Schwarzen, die sich dabei nach ihren Familien und der Grassteppe sehnen, die
in der sengenden Sonne in der Wüste stehen und ihre
Lieder singen.

Sie singen von den plötzlich so schnell laufenden
Pferden, weil sie ihr Gehöft wittern. Sie singen vom *omia,*
dem kreideähnlichen Stein ihrer Heimat, mit dem sie
sich bei religiösen Festlichkeiten weiße Striche auf Stirn,
Brust und Wangen malen. Und sie singen *nena ohatu
nangala peni* - wo werden wir heute schlafen? Aber sie
können nur träumen davon, dass sie mit ihren Pferden
durch die endlose Steppe ziehen und sich ein Lager suchen für die nächste Nacht. Ihr Weg von den Sieben zu
den Wellblechbaracken im Wüstensand ist nicht weit und
an jedem Abend gleich.

Karl fühlt sich bei diesen Menschen oft so hilflos
und leer und fehl am Platz mit seiner frohen Botschaft
vom Evangelium, aus dem er selbst doch all seine Kraft
schöpft.

Er tritt die Stufen von der Veranda hinunter vor das
Haus, bleibt stehen und führt die gespreizten Finger und
den Daumen über den Bart am Kinn nach unten zusammen, wiederholt diese Geste mehrfach. Er sieht die
Mädchen weit rechts hinter dem Haus von Ingenieur
Petersen, wo es eine riesige Wanderdüne gibt, die sich
dem Haus immer mal wieder bedrohlich nähert. Im ver-

gangenen September hat Petersen sogar einmal einen großen Schaufelbagger abgeordnet, der die heran gewehten
Sandmassen hinter seinem Wasserbehälter wegbefördern
sollte. Aber man hat allerseits nur den Kopf geschüttelt,
dass gerade ein Bergingenieur ein solch aussichtsloses
Unterfangen in Gang gesetzt hat: Wenn die Düne sein
Haus ergreifen will, wird sie es überrieseln und überrol-
len. Kein Mensch und kein Wesen und schon gar nicht
eine Maschine könnte eine solche Düne aufhalten auf
ihrem Weg.

Der Vater sieht, wie seine Töchter mit Mühe im tiefen, losen Sand stakend, sich ein Stück die Düne hin-
aufarbeiten und dann, sich kopfüber überschlagend, rol-
lend und kugelnd, den Abhang wieder herunterstürzen.
Wilhelmine wird ihre Mühe haben, den Sand aus dem
dichten Haar zu bürsten. Er winkt ihnen zu, aber sie sehen ihn nicht. Er geht nach Süden in Richtung der Felder.

Die Mädchen spielen *Kahler Asten*. Einem der zwei
Briefe, die von Gottlieb aus Deutschland eingetroffen
sind, war ein Foto beigelegt, auf dem man kaum etwas
erkennen kann: Neben mit dickem Weiß überzogenen
Bäumen ist nur ein weißer Hang zu sehen und zwei in
zahllose Kleidungsstücke eingemummelte Kinder. Die
scheinen halb versunken in etwas, was die Mädchen nur
als Sand deuten können.

„Ich bin rechts", steht in dem Brief, „ihr glaubt es
nicht, aber Schnee ist noch viel kälter als Wasser." Das
Foto, im Februar 1923 bei einem Ausflug zum Kahlen
Asten aufgenommen, ist die Sensation. Es löst unzählige Fragen aus, übersteigt alle Vorstellungskraft. Seitdem
hängt es an unangefochten vorrangiger Stelle zwischen
den beiden Vorderfenstern im Zimmer der Schwestern.

Die Mutter hat ohne jeglichen Erfolg versucht zu erklären, was Schnee ist. Der Vater regt auf seine Weise, ohne zur Klarheit beizutragen, die Phantasie an: Er erzählt von meterhohen Schneewehen, eingeschneiten Häusern und alles verschlingenden Lawinen. Von Schneemännern, wilden Schlittenfahrten und Schneeballschlachten mit schließlich steif gefrorenen Fingern und roten Nasen. Mit ihrem *Kahler-Asten-Spiel* im losen, treibenden Sand meinen die Mädchen auf die einzig adäquate Weise dem Phänomen Schnee gerecht werden zu können. Sie kugeln sich und bewerfen sich mit Sand wie mit Schnee. Sie verstehen nur nicht, wie es möglich sein soll, mit den Händen Schneebälle zu formen.

Aber wenn man die obersten Schichten des Sandes mit den Händen wegschaufelt, trifft man sogar auf kältere Sandschichten. Natürlich hat wieder Elisabeth die Idee. Man muss nur tief genug graben, die oberen Schichten abtragen, und es wird immer kälter, bis man vielleicht, immer tiefer sich vorarbeitend, irgendwann auf Schnee stößt. Ja, ganz sicher, so muss es sein.

Sie suchen den Schnee. Sie räumen unermüdlich den Sand beiseite, der immer wieder nachrutscht, alle Arbeit zunichte macht. Sie holen Bretter und Wellblechteile herbei, die Herr Petersen zum Schutz vorm Überwehen vor seinen Gartenzaun gestellt hat. Sie versuchen damit, die nachsackenden Sandmassen abzufangen. Lene muss die Sandmassen nach rechts, Marianne, so gut sie kann, nach links ableiten. In der Mitte der Schräge gehen Elisabeth und Hanna in die Tiefe.

„Der Schnee ist ein weißer Kristall", sagt Elisabeth mit monotoner Stimme, „der Schnee so wertvoll und rein." Sie sagt es singend und beschwörend, wie die Ovambo von etwas ihnen Heiligem sprechen. „Der Schnee ist von Gott gemacht." Sie klatscht rhythmisch in die Hände. „Er ist die Sehnsucht des Menschen. Er war schon da vor aller Zeit."

Plötzlich unterbricht sie Hanna in ihrem rituellen Gesang. Im losen Sand ist sie auf etwas Hartes gestoßen. Nein, Schnee kann es natürlich nicht sein. Aber sie hält inne, gräbt es aus. Es ist ein kleiner Stein, etwas größer als die runde Kuppe ihres kleinen Daumens. Er sieht aus wie ein fettiger Glasklumpen. Aber je nachdem, wie man ihn hält, kann er auch schön glitzern. Sie hält ihn hoch. Alle unterbrechen kurz ihre Suche nach dem Schnee.

„Eine schöne Klippe", sagt Elisabeth, „gib her." Und sie steckt den Stein in die kleine, aufgenähte Tasche ihrer Schürze. „Lasst uns weitermachen!"

Beim Abendbrot erzählt der Vater, dass er mit dem Vorarbeiter gesprochen hat, ohne viel Erfolg. Hoch zu Pferde beaufsichtigt er die Arbeiter. Er schildert ihm die Ovambo als arbeitsscheu, faul und nicht belastbar. „Aber bedenken Sie doch …", hat Karl schließlich gesagt. Und als er es gewagt hat, die ungewohnte Umgebung, die soziale Situation und das extreme Klima in Betracht zu ziehen, hat er sich vom Herrn Aufseher herbe Kritik anhören müssen: „Das Geld stecken sie sich ein. Wir zahlen vertragsgemäß, aber sie singen von ihrer Heimat, tanzen bis in die Nacht und kommen morgens zu spät zur Arbeit! Tun Sie, was Ihre Aufgabe ist, Herr Missionar, und lassen Sie mich die meine erledigen."

Zwei Tage später fragt Hanna ihren Vater beim Abendbrot, wie viel ein Brief nach Deutschland koste, einer, der etwas schwerer sei, denn sie wollen etwas mitschicken.

„An wen wollt ihr denn schreiben?", fragt ihr Vater.

„An unseren Bruder Gottlieb", mischt sich jetzt Elisabeth ein. Sie legt den im Sand gefundenen Stein auf den Tisch: „Er kennt keine Klippen, weil es in Deutschland so etwas nicht gibt, und deshalb wollen wir ihm eine schicken."

Als der Vater den Stein sieht, blitzt es in seinen Augen. Sofort erkennt er, was da auf dem Tisch liegt. Zunächst ist er wie erstarrt. Er findet keine Worte, ringt um Atem.

„Niemals könnt ihr diesen Stein verschicken!", brüllt er dann. Er springt von seinem Stuhl auf. Er reißt die Arme hoch. Ist entsetzt. „Wo habt ihr den her? Niemand hier darf einen solchen Stein in seinen Besitz nehmen! Das ist ungeheuerlich! Es ist strengstens verboten, ein solches Ding nur aufzuheben. Ich bin vereidigt. Ihr setzt meine Stellung aufs Spiel. Meine Integrität. Unsere Existenz!" Augenblicklich wird er leichenblass. Er beginnt zu zittern.

Die Mädchen kennen ihren Vater nicht wieder. Sie haben ihn noch nie so erregt gesehen. Sie schrecken zurück. Wie ein Teufelsmal liegt der matte, trüb und unscheinbar wirkende Stein auf dem Küchentisch.

„Wisst ihr, was das ist?", schreit der Vater.

„Natürlich", sagt Elisabeth kühl, „ein Diamant, und keiner von der kleinen Sorte! Denkst du denn, wir würden den Aufwand betreiben und das Porto ausgeben, um Gottlieb nur einen wertlosen Stein zu schicken?"

„Beruhige dich, Karl", greift die Mutter jetzt ein. Sie zieht ihren Mann besänftigend auf seinen Stuhl zurück. „Selbstverständlich kann er nicht verschickt werden", sagt sie dann zögerlich und blickt ihn an, „aber denk doch mal, diese Größe, dieser bedeutende Wert, könnte man nicht, ich meine, vielleicht für die Mission, für die Belange des Christentums ..."

Mit einer kurzen Handbewegung winkt er nur ab. Der Vater ist immer noch außer sich. Er berichtet aufgebracht die Geschichten von dem 1866 in Kimberley gefundenen Diamanten von 21 Karat; von dem Stein, für den zwei Jahre später einem erstaunten Medizinmann der Eingeborenen 500 Schafe, zehn Ochsen und ein Pferd geboten wurden. Bald strömten die Glücksritter aus der ganzen Welt herbei. Vorbei war es mit Ruhe und Frieden; Gier, Hass, Sünde setzen ein.

Im Kindergottesdienst haben die Mädchen die Geschichte gehört, wie Jesus voll überschäumender, heiliger Wut die Krämer und Händler aus dem Tempel vertrieben hat. Aber erst jetzt, als sie ihren Vater sehen, wie er voll Zorn den Diamanten packt, können sie die Geschichte wirklich begreifen. Er hastet nach draußen, stürzt die Treppe hinab. Er läuft über den Vorweg, durch den losen Sand, fällt hin, rafft sich auf und läuft weiter. Bis er nicht mehr weiter kann, sich erschöpft aufrichtet und dann in einem urgewaltigen Schwung mit dem Arm, all seine Kraft aufbringend, den glühenden Stein weit weit in die Wanderdüne schleudert, wo er hofft, dass er dort wieder versinkt und vergeht, überweht und verborgen wird für immer und alle Zeit.

Wie erleichtert sitzt Karl Skär anschließend am Tisch. Alle sind versammelt, keiner spricht ein Wort. Die Mädchen sehen ihren Vater mit großen Augen an. Sie sind verängstigt ob seines Ausbruchs.

„Wir senden Gottlieb ein wenig Sand aus der Namib", sagt er dann versöhnlich, „wir senden ihm tausend Körner, die er durch die Finger rieseln lassen kann, die nichts wert sind und doch alles bedeuten. Tausendmal wird er an uns denken. Das Porto, da macht euch mal keine Sorgen."

Er streicht den Mädchen über ihr Zottelhaar. Er geht noch mal hinaus, steht lange neben dem Haus und schaut in den Himmel, der im Südwesten mit hohen Wolken tiefviolett erscheint, im Norden nur dunkel und fern. Nein, regnen wird es nicht noch einmal.

14
Mäuseblut

1924 Pomona

In Pomona bewohnen sie ein Haus mit einem fast quadratischen Grundriss, hellbraun gestrichenen Mauern und einem nur flach geneigten Walmdach aus grauem Blech. An einer Seite gibt es einen kleinen, vorspringenden Anbau. Dieser besteht unten aus einer hölzernen Veranda, ist im oberen Teil weiß gekälkt und mit einem spitzen Giebel versehen, der etwas tiefer als das Hauptdach liegt. Eine Treppe führt neben dem Vorbau zur Eingangstür hinauf. Der Treppenaufgang wie auch der Fries über der Tür sind mit einem ockerfarbenen Streifen bemalt.

Es liegt wie alle Häuser einfach da, verloren im Sand, im Wind, in der Hitze, in der endlos leeren Gegend. Nach allen Richtungen hin mindestens einen Steinwurf weit entfernt von dem nächsten Haus, das auch allein und ungeplant zwischen ein paar felsigen Klippen und feinem Sand liegt.

Warum jemand entschieden hat, ein Haus gerade hier an dieser Stelle zu bauen, ist nicht nachvollziehbar. Man braucht mit dem Platz nicht zu sparen. Nichts gibt es in so verschwenderischem Maße wie freies Land, trockne sandige Flächen, ohne Schutz und landschaftlich markante Stellen. Es scheint so, dass man mit diesem vermeintlichen Reichtum protzen wollte und die Häuser so weit auseinander gebaut hat, dass keine Gesprächsfetzen, keine Küchengerüche oder nächtlichen Geräusche bis zum Nachbarn dringen können. Aber doch sind sie so nah beieinander, dass man notfalls vor die Tür treten und mit lauter Stimme zum Nächsten hinüberrufen kann.

Oder war alles noch spontaner und planloser? Hat einfach jemand seinen Packen abgeworfen in den Sand und da schnell ein Haus gebaut, weil das doch alles kaum wichtig war? Denn nur die Diamanten hatte man im Sinn und keine Bleibe für immer.

Fünf oder sechs weiße Familien gibt es in Pomona. Karl ist nur für die Schwarzen zuständig. Sie wohnen weiter weg unten im Tal auf der Werft, in Pontons, teilweise auch in selbstgebauten Hütten aus Wellblech. Es gibt hier keine Kirche und keinen Versammlungsraum; die Treffen, zu denen er einlädt, finden draußen im Freien statt. Das Wetter kennt ja bis auf den häufig heftigen Wind keine Widrigkeiten. „Das Haus, das der Herr uns gebaut hat", sagt der Missionar, „hat einen hohen, weiten Himmel, und wir wollen dankbar sein."

Häufig sitzt Karl gegen Ende des Tages auf der einem leichten Abhang zugeneigten Veranda. Manchmal steht er aus seinem Rattansessel auf, zieht seine Uhr aus der Westentasche. Wenn es später als 17 Uhr ist, wechselt er mittels eines Spiegels Morsezeichen mit seinem Nachbarn, dem Geologen Süders, der 150 Meter weiter südlich sein Haus bewohnt. Welche Ablenkung soll es hier auch sonst geben?

Bis zum späten Nachmittag ist es auf der Veranda wunderbar schattig. Erst langsam schleicht sich dann an den wenigen Tagen, an denen der Wind nicht so stark bläst, von Norden her die Sonne um das Haus, um warm

und angenehm den Sitzplatz zu bescheinen und in ein
volles, goldenes Abendlicht zu tauchen, bevor sie relativ
schnell hinter den Sanddünen im Westen versinkt.

Ein Großteil des eintönigen Lebens spielt sich hier
ab. Die Mutter bereitet das Essen vor oder den Teig für
das Brot, das am nächsten Tag gebacken werden soll. Sie
holt die Flasche, in der die Hopfenblätter gären, drückt
sie in einem Tuch trocken und fügt sie dem Teig als
Treibmittel bei. Hefe gibt es ja nicht. Die Kinder machen
die Hausaufgaben. Der Vater sitzt, wenn er zu Hause ist,
manchmal schon in aller Frühe hier draußen und liest, bis
die anderen aufstehen. Abends nimmt er von den Kindern
eins auf den Schoß und erzählt allen von den Bäumen
im Ovamboland. Von dem legendären Affenbrotbaum,
bei dem man mehr als dreißig ausgewachsene Männer
benötigt, wenn man ihn mit den Armen umspannen
will. Von seinen dicken Ästen, die immer noch drei-
oder viermal so dick sind wie ein Mann. Und von
den kleineren Ästen, die mit ihrem wirren Gehölz
durcheinanderwachsen und sich manchmal wieder bis
zur Erde neigen, so dass man den Baum von der Seite
besteigen und auf den ausladenden Ästen schaukeln
könnte. Und die Mädchen staunen. Denn sie haben noch
niemals einen Baum gesehen, nicht mal einen kleinen
Apfelbaum oder eine dünne Birke.

Für die wenigen Kinder, die hier leben, gibt es ein eigenes Schulgebäude. Sie werden unterrichtet von einer Frau
von Falkenhausen, die von der Diamantengesellschaft als
Lehrerin angestellt ist. Wie sie aus Ostpreußen in die südafrikanische Wüste verschlagen worden ist, weiß niemand
so ganz genau. Es gibt lediglich ein Gerücht, dass sie nach
einer unglücklichen Liebe aus Deutschland geflohen sei,

um hier Vergessen zu finden. Frau von Falkenhausen unterrichtet in allen Fächern, außer in Handarbeit, weil sie das als unter ihrer Würde empfindet.

„Ich bin schließlich eine gebildete und niveauvolle Frau und gebe mich nicht mit Stricknadeln und Sockenstopfen ab!", hat sie energisch vorgebracht. Sie fällt auf, weil sie ziemlich kurz geschnittene Haare trägt. Die Lippen erscheinen immer leicht rot geschminkt. Sie hat einen Damenbart, und trotz des von ihr verbreiteten Selbstbewusstseins bekommt sie manchmal glühend rote Wangen, wenn sie getadelt oder unversehens gelobt wird.

Jedenfalls lernen die Kinder bei ihr das Pomonalied:

Pomona war das Zauberwort
in aller Schürfer Munde,
sie zogen zu dem Märchenort
im fernen Wüstengrunde.
Gar freudig schlug des Wandrers Herz,
wenn er erreicht nach Müh und Qual,
das diamentenreichste Land,
genannt: „Pomona Märchental".

Hinter dem Haus der Missionarsfamilie gibt es eine Küchentreppe, die zur Seite hin zu einer Geländesenke führt. Hier befindet sich im Untergeschoss des Hauses die Waschküche und der Bügelraum, nur nach hinten hin mit einer Ziegelwand geschlossen. Die übrigen Seiten sind offen, auf Pfeilern stehend. Meist ist hier einer der schwarzen Boys beschäftigt, der in einem großen, mit einem Feuer erwärmten Bottich wäscht. Anschließend wringt er die Wäsche mit einer kleinen Apparatur aus, die aus zwei Gummiwalzen mit einer Kurbel an der Seite

besteht. Oder es wird gebügelt oder Seife gekocht. Dann
riecht es furchtbar, und die Mädchen meiden den sonst
schattigen, winddurchwehten und kühlen Raum.

Oft beobachten sie die Mauergeckos, die hier den
ganzen Tag über an den Wänden kleben. Aber niemand
hat richtig Angst vor ihnen. Sie bewegen sich nicht und
gehen nur des Nachts auf Beute aus. Sie sind etwa 15
Zentimeter lang, bräunlich oder grau und können sogar
ihre Farbe wechseln. Wenn man sie anfasst und erschreckt,
verlieren sie ihren Schwanz, hat ihnen der Vater erzählt,
aber die Mädchen wissen nicht, ob sie das glauben sollen.
Jedenfalls sollte man es nie herausfordern, denn es seien
nützliche Tiere. „Sie fressen Fliegen und Käfer, Spinnen
und Asseln."

Hinter dem Haus steht ein Schuppen mit allerhand Geräten und Werkzeugen, Brettern, Holzpfosten,
Eisenstangen, Drahtrollen und Maschendraht, Teerpappe,
Farbtöpfen und Pinseln, Zinkeimern und Blechdosen,
Gartengeräten wie Harken oder Spaten, einer Schubkarre
und Vaters verstaubtem Fahrrad. Es gibt einen Platz mit
vier Wäschepfählen und einen flachen Hühnerstall mit
einem eingezäunten Auslauf. Dessen Zaun ist allerdings
so niedrig, dass die Hühner ständig darüber hinwegflat-
tern und hunderte von Metern in die Umgebung laufen,
um irgendwo vielleicht ein trockenes Pflänzchen zu finden, was allerdings schier aussichtslos ist.

„Lasst sie nur", sagt der Vater, das macht ihm wenig
Sorgen, „die kommen schon von allein zurück. Gutes
Futter bekommen sie ja nur bei uns."

Neben dem Schuppen gibt es von hinten noch einen
kleinen Anbau an das Haus, der einen eigenen Eingang
hat und zu dem drei oder vier Stufen hinaufführen. Das

ist Karl Skärs Zimmer, seine Studierstube, sein Arbeitszimmer, sein Beichtstuhl, sein Trostraum, seine Praxis
und sein Plaudereckchen und sein Tabaksrefugium. Und
ein kleines Mittagsschläfchen kann er hier auch abhalten,
wenn es sich einrichten lässt.

Oft sitzen auf den Stufen Schwarze, die die Anhöhe
heraufgestiegen sind, und warten auf ihn. Keinen Arzt
gibt es in Pomona, und dem Missionar geht der Ruf voraus, dass er Medikamente, Spritzen und Geräte gar nicht
benötigt, dass er mit einer Berührung, mit dem Auflegen
der Hand, mit einem gütigen und wohlbedachten Wort
schon heilen kann. Dadurch, dass er die Schwarzen in diesem Sinne beachtet und anerkennt, sich ihrer annimmt,
sie in seinen Schutzbereich einbezieht, kann er oft ent-
scheidend helfen, bei kleineren körperlichen Gebrechen
oder Verwundungen und insbesondere bei psychischer
Anspannung und Belastung.

Manchmal kommen sie am späten Nachmittag im
Anschluss an ihre Arbeit und warten bis zum Abend. Wenn
die frühe Dunkelheit einsetzt und er nicht kommt, gehen
sie schließlich und kehren dann am nächsten Tag zurück
und warten wieder. Es nützt nichts, wenn man ihnen sagt,
der Missionar werde in den nächsten Tagen sicher nicht
nach Hause kommen. Sie schütteln den Kopf, weisen mit
beiden Zeigefingern in die Höhe und bleiben. Es scheint,
als ob sie allein durch das Warten und Sitzen auf den Stufen
zu seinem Zimmer schon Kraft und Zuversicht bekommen, denn nach drei Tagen sind sie wieder verschwunden.
Wenn Karl dann kommt, gibt es oftmals niemanden mehr,
der ihm ein Anliegen vorbringen will.

Nur ganz selten trauen sich die Mädchen mal in die
Nähe der Wellblechschuppen und Hütten der Schwarzen

weiter unten im Tal. Sie empfinden es aber als spannend, sich diesen verbotenen Zonen zu nähern. Sie schleichen sich geduckt hinter Sandbergen heran. Sie lugen um die Ecken der Wellblechhütten und schrecken fürchterlich auf, wenn sie dann aus der Nähe einen Ovambo sehen, obgleich sie wissen, dass kein Verbot und keine Ablehnung von den Schwarzen ausgeht. Es ist die Mutter, die streng und unerbittlich den Kontakt verhindern will.

„Owe uya po!", rufen die jungen Männer dann oder „Wa aluka!", und die Mädchen verstehen nicht, dass es *Willkommen* oder *Hallo* bedeutet. Aber sie empfinden es nicht als Ablehnung, lachen und ducken sich in den Sand.

Abends sitzen oder liegen die Ovambo vor ihren Behausungen im Sand, singen und bewegen sich in stetig steigendem Rhythmus mit den Schultern weit ausladend nach rechts und links und klatschen in die Hände dabei. Sie finden mit den Händen auch mal einen Rhythmus auf einer leeren Blechdose oder einem Fass. Oder sie dösen einfach vor sich hin, träumen vielleicht in dieser erbarmungslosen Wüste von ihrer grünen Heimat weit im Norden. Es ist ihnen von der Minengesellschaft verboten, Alkohol zu trinken, aber man ist sich nicht ganz sicher, ob sie nicht selbst irgendwelche alkoholischen Gärungen zubereiten. „Die sind so verschlagen", sagt der Nachbar Süders, „die kennen doch alle Tricks. Denen kannst du nicht über den Weg trauen. Und wenn sie betrunken sind, schmieden sie Pläne, wie sie uns hintergehen und betrügen können. Das liegt einfach in der Natur dieser Neger."

Die Mädchen kichern, wenn sie die Schwarzen beobachten. Und wenn sie selbst entdeckt werden, lachen die Ovambo und zeigen mit den Fingern und schlagen die Hände fester und schwungvoller zusammen. Aber nie kommen sie näher oder suchen anderen Kontakt.

Die Mädchen wundern sich. „Wieso gibt es von den Ovambo nur Männer, keine Kinder, keine Frauen?" Besonders die beiden Größeren fragen sich, wie das möglich ist. Die Mutter wird ihnen in einer so heiklen Frage sicher keine Antwort geben. Mehr als eine abwertende Handbewegung wird ihr ein solches Problem nicht wert sein. Vielleicht können sie mal mit dem Vater darüber sprechen.

Die Mutter möchte auch nicht, dass die Schwarzen hinter ihrem Haus auf der Treppe zu Vaters Schuppen sitzen. Sie hält die Mädchen dann vorn auf der Veranda fest, aber bis auf die noch zu kleine Marianne entwischen die drei Größeren doch. Sie zwängen sich behände wie Katzen unter dem untersten Brett des Geländers hindurch, schleichen über die Dielenbretter hinweg um das Haus herum und hinter den Schuppen.

Schon mehrfach haben sie hier Mäuse beobachtet. Hanna und Lene schreien jedesmal wie am Spieß, wenn sie auftauchen, bis Elisabeth ihnen den Mund zuhält, damit die Mutter nichts mitbekommt. Sie selbst wird nur stocksteif und stumm vor Entsetzen, und die kleine, verschreckte Maus ist längst hinter einem losen Brett hindurch im Schuppen verschwunden. Elisabeth denkt sich aus, wie eine der Mäuse zu fangen ist. Nach ihren Beobachtungen gibt es mindestens eine größere und zwei oder drei kleinere Mäuse. Spuren ihrer bevorzugten Wege sind leicht zu entdecken. Sie enden alle an einer bestimmten Stelle, wo das lose Schuppenbrett ist. Elisabeth steckt die beiden Schwestern an mit ihrem Jagdeifer. Es gelingt ihr sogar, Hanna vom Schreien abzubringen, doch Lene schreit nach wie vor wie am Spieß, wenn nur jemand das Wort Maus erwähnt.

„Du darfst nur noch dabeisein, wenn du dir den Mund mit Heftpflaster verkleben lässt", sagt Elisabeth. Hanna ist auch dafür, weil sie stolz darauf ist, dass sie sich das Mäuseschreckschreien jetzt verkneifen kann. Sie meint, das gleiche auch von Lene fordern zu können. Als Lene sich nicht vertreiben lässt und sie wirklich Heftpflaster holen und Hanna sie schon gepackt hat, beginnt sie noch mehr zu schreien. Die energische Stimme der Mutter ist schon um das Haus herum zu hören und Elisabeth ist wütend und enttäuscht.

„Niemals werden wir so eine erwischen!" Sie hat aus Draht einen kleinen Käfig gebaut, hinten einen Käseköder hineingelegt und am Eingang eine Falltüre konstruiert. Die kann mit einem Faden, der über eine leere Zwirnsrolle läuft, hochgehalten und im Falle des Eindringens der Maus hinuntergelassen werden. Vom Prinzip her klappt das einwandfrei. Nur muss die Falltür mit dem Faden per Hand hochgehalten und durch Loslassen des Fadens auch geschlossen werden. Man muss also in sicherer Entfernung auf der Lauer liegen, bis eine Maus sich heraustraut. Wie die Mädchen bald feststellen, kann das Stunden oder sogar Tage dauern. Eine harte Probe der Geduld. Wenn dann Lene beim vorsichtigen Heraustasten der Maus einen Schrei ausstoßen würde, wäre alles umsonst. Aber sie verspricht unter Tränen Besserung. „Sieh gleich weg, wenn sie hervorlugt", sagt Hanna. Sie üben den Ernstfall hundertfach. Sie legen sich auf die Lauer, der Käfig steht vor dem Bretterloch. „Da, die Maus!", sagt Elisabeth. Lene soll eigentlich den Kopf nach unten drücken und sich die Hand vor den Mund halten. Aber obwohl es nur ein Probefall ist und gar keine Maus zu sehen ist, schreit sie auf und blickt entsetzt die wütenden Schwestern an.

Mehrfach hat Elisabeth die Fallenkonstruktion verbessert. Daran liegt es wirklich nicht. Aber drei quirlige Mädchen haben gegen die naturgegebene Scheu einer kleinen Maus keine Chance. Bis die Maus eines Mittags von allein im Käfig gefangen sitzt.

Als die Mädchen von der Schule kommen, ist die Sensation perfekt: „Es sitzt eine im Käfig. Und es ist die große!" Elisabeth nimmt den kleinen Käfig mit Todesverachtung. Sie überwindet für einen Moment Ekel und Angst und schüttet die Maus unter den schrillsten Schreien von Hanna und Lene und trotz ihrer vor Entsetzen geschüttelten Gesichter in einen Zinkeimer. Sie legt ein Brett darauf und lässt sich dann kreidebleich in die Arme ihrer Schwestern fallen. Beim Mittagessen kriegt keine einen Bissen herunter. Die verständnislos erboste Mutter, die von nichts weiß, verteilt Stubenarrest für die störrischen Kinder.

Am nächsten Tag traut sich niemand mehr, das Brett vom Eimer zu heben. Elisabeth weiß kaum noch, wie sie den Käfig hat anfassen können. Am Abend nähern sie sich wechselseitig, immer mutiger die anderen übertreffend, mit dem Ohr dem Eimer. Aber beim besten Willen ist nichts zu hören. Als Hanna schließlich mit dem angewinkelten Zeigefinger gegen den Eimer klopft, meint man ein leises Kratzen zu hören. Lene schreit. Hanna stürzt zurück und schlägt mit dem Kopf vor einen Pfosten. Elisabeth ist schon aus dem Schuppen gerannt. Niemand traut sich mehr vor.

Nach vier Tagen beschließen sie, dass die Maus tot sein muss. Es ist Sonntag. Die Mädchen haben viel Zeit, um zu trauern. Sie habe zwar ein zäheres Leben als die Menschen, meint Hanna, sie könne sicher zwei Wochen ohne Wasser leben, aber allein die Einsamkeit in dem leeren Eimer und die Sehnsucht nach ihren beiden Kindern wird die Maus schon getötet haben. Elisabeth ist zudem der Ansicht, dass die Maus sich in höchster Gefahr tot stelle. Dann hat sie vielleicht vergessen, diesen Zustand wieder rückgängig zu machen. Deshalb ist sie dann wirklich tot. Lene weiß nicht, ob sie noch einmal schreien soll, als sie diese definitive Aussage hört. Trotz allem traut sich noch niemand, den Deckel zu heben. Man will sicherheitshalber noch einen Tag warten.

„Müssen wir nicht für sie beten?", fragt Lene. „Unsinn, sie ist eine Kreatur", sagt Elisabeth.

Am Montag nach der Schule und der Erledigung der Hausaufgaben tut Elisabeth so, als sei es gar nichts. Sie geht auf den Eimer zu, nimmt das Brett ab. Sie schaut hinein. Plötzlich schreckt sie zurück. Die etwa einen Meter hinter ihr stehenden und neugierig vorgebeugten beiden anderen Mädchen schrecken noch heftiger zurück.

„Lebt sie etwa noch?"

Elisabeth nähert sich wieder langsam dem Eimer. „Sie riecht schon", sagt sie.

Sie holt sich ihre weißen, feinen Handschuhe aus dem Schrank im Kinderzimmer, zieht sie sorgfältig an, streicht jeden Finger noch einmal extra zurück. Dann nimmt sie todesmutig die Maus heraus

„Wie ekelig", sagt Hanna mit ersterbender Stimme. Elisabeth legt die Maus auf das Brett. Mit einer Scherbe schlitzt sie ihr den Bauch auf. Hanna und Lene rennen

raus. Auch Hanna schreit wieder. Elisabeth steht entschlossen da.

„Es geht darum, ob sie Blut hat", sagt sie. „Wenn die
Mäuse vom Teufel gesandt sind, können sie kein Blut haben. Gottlieb hat es mir erzählt." Sie tupft mit der Spitze
des Zeigefingers auf die kaum noch weiche Masse, die
nur ganz wenig aus dem kleinen aufgeschlitzten Leib
quillt. Am Handschuh ist nur ein winziger bräunlicher
Fleck zu sehen.

„Wir müssen noch eine fangen. Es ist nicht endgültig
zu entscheiden." Hanna wendet sich kopfschüttelnd ab.

Aber es wird nichts mehr mit einer zweiten Maus.
Außer Elisabeth haben die beiden anderen das Interesse
daran verloren. Sie liegt an den kommenden Tagen noch
ein paarmal auf der Lauer. Aber so richtig prickelnd ist
es nicht mehr. Elisabeth liegt auf dem Bauch hinter einer Tonne. Ihre Augen tun weh vom ständigen Starren
auf das Loch im Schuppen und den kleinen Käfig. Sie
ist fast bereit zu beschließen, dass dieser braune Fleck
am Handschuh eingetrocknetes Blut gewesen ist. Damit
wäre dann bewiesen, dass die Mäuse keine Gesandten des
Teufels sind. Man brauchte sich nicht mehr intensiver um
sie zu kümmern. Sie blinzelt in die Luft. Es ist warm und
stickig. Das angestrengte Starren hat sie müde gemacht.

Plötzlich trifft sie ein Schatten. Fast lautlos kommt ein
Ovambo um die Ecke des Schuppens. Er ist riesengroß.
Er trägt eine dunkelblaue, kurze Hose und ein grau-
es Unterhemd. Daraus ragen die kräftigen, muskulösen
Arme. Er geht zögernd auf das Zimmer ihres Vaters zu. Er
klopft an die Tür und setzt sich, als keine Antwort erfolgt,
auf die Stufen. Er stöhnt. „Vater", sagt er, „lieber Vater."
Er klopft im Sitzen noch einmal mit der Hand rückwärts

an die Tür. Dann lässt er mutlos die Arme sinken und lehnt sich mit dem Rücken an das Holz.

Elisabeth ist kaum anderthalb Meter von ihm entfernt hinter der Tonne verborgen. Sie wagt es nicht, sich zu bewegen. Der Ovambo schließt die Augen. Er scheint erschöpft zu sein. Er murmelt unverständliche Worte vor sich hin und macht dann Gesten mit den Händen. Sie drehen sich parallel wie in einer Rolle vor dem Körper. Dann fügt er beide Hände ineinander und schüttelt sie. Dann dreht er sie wieder beständig.

Je länger Elisabeth ihn beobachtet, umso peinlicher würde sie es empfinden, jetzt plötzlich vor ihm aufzustehen und wegzugehen. Vielleicht würde er auch erschrecken oder böse sein, weil sie ihn hinterrücks beobachtet hat. Würde er sie packen und schütteln und schimpfen? Sie duckt sich tiefer. Ihr wird heiß und kalt. Er sagt noch einmal halblaut „Vater". Dann wird er laut. Es klingt wie ein böser Fluch. Schließlich umfasst er mit beiden Händen sein angewinkeltes linkes Bein. Er hebt es leicht an und lehnt sich wieder zurück an die Tür.

Meine einzige Chance ist, dass er einschläft, denkt Elisabeth. Er atmet ruhig. Schweißperlen treten auf seine Stirn. Nur ab und an zuckt er leicht. Wie bei der Maus, als sie so lange warten mussten, bis es hundertprozentig war, dass sie nicht mehr lebte und nichts sie mehr wieder zum Leben erwecken konnte, muss sie jetzt warten. Bis der Schwarze so fest schläft, so dass er in keinem Fall erwachen könnte, wenn sie direkt an ihm vorbei und dann neben dem Schuppen über den Wäscheplatz und ums Haus rennen würde. Erst auf der anderen Seite bei den ersten Stufen der Verandatreppe wäre sie in Sicherheit.

Nach einer schier endlosen Zeit, die sie verstreichen lässt, erhebt sie sich langsam. Sie kommt mit dem Kopf über die Tonne hervor. Erst jetzt kann sie den gesamten Körper des dort Sitzenden wahrnehmen. Die Hände umklammern immer noch das linke Knie. Dann sieht sie es! Sie zuckt zusammen, versinkt sofort wieder hinter der Tonne. Am liebsten hätte sie sich so klein gemacht, dass sie verschrumpelt, vergeht, versinkt und sich in nichts auflöst. Aber sofort kann sie ob dieser Sensation nicht anders, als wieder den Kopf zu heben und hervorzulugen: Er hat ein großes Loch im Bein. Im Unterschenkel neben dem Schienbein klafft es, ein riesiges Loch. Es läuft ihr kalt über den Rücken: Es ist kein Blut zu sehen! Das Loch sieht dunkel aus, fast violett. Und es ist kein Blut zu sehen.

Sie weiß sofort Bescheid. Falsche Vorsicht kann jetzt das Leben kosten. Sie springt auf, fällt mit Gepolter über die Tonne. Sie stürzt hin vor den erschreckt aufwachenden Ovambo. Sie ist dem Satansloch ohne Blut so nahe, dass sie es fast mit dem Gesicht berührt, rafft sich wieder hoch und kann nur mit Not die Hausecke erreichen. An einem Nagel reißt sie sich den Oberarm auf, fällt mit vor Entsetzen weit aufgerissenen Augen auf die Veranda. Hier fasst sie erleichtert mit der Hand an ihren blutenden Arm. Sie sieht das abgewischte Blut über alle vier Finger laufen. Sie ruft: „Ich habe Blut, Herrgott, ich danke dir, ich habe Blut!" Die sprachlose Mutter schließt sie bestürzt in ihren Arm.

Der Vater kommt spät abends nach Hause. Er kommt von Kaukausip Nord, einer kleinen Station südlich von Kolmannskuppe. Er konnte nicht wie sonst mit der handbetriebenen Draisine mitfahren, mit der das Eisenbahnpersonal die Bahnstrecke inspiziert. So ist er kurz nach der größten Mittagshitze allein losmarschiert, ist den ganzen Weg bis Pomona gelaufen. Seine Kappe trägt er auf dem Kopf und am Leib ein weites, weißes Oberhemd ohne Kragen, aber mit langen Ärmeln. Die beiden obersten Knöpfe hat er aufgeknöpft.

Er liebt diese langen, einsamen Märsche, dieses eintönige Gelände der Wüste, das ihn von nichts ablenkt. Ich bin allein auf dieser Welt, denkt er. Ich könnte sie neu gestalten, so wie Gott es sich gedacht hat.

Manchmal singt er Lieder für seinen Herrgott, für alle die, die er liebt, oder einfach nur für sich. Der Weg an der Bahnlinie entlang ist schnurgerade. Er muss nicht auf ihn achten. Er kann sich fallenlassen in sein Lied, in seine Gedanken. Er läuft und läuft, und er merkt nicht die Füße, keinen Durst, kein Verlangen, keine Pein. Da ist nur die Kontinuität des Laufens, der Bewegung, wenngleich es ihn manchmal trügt, so dass er das Gefühl hat, sich nur auf der Stelle zu bewegen und nicht einen Meter voranzukommen. Aber auch das stört ihn nicht. Er beginnt ein neues Lied, und hinter jeder Sanddüne und jeder flachen Kuppe kann er sich seine eigenen Landschaften vorstellen. Die grünen Mischwälder des Hunsrücks mit einem abgelegenen Wirtshaus im Schatten der hohen Buchen. Oder ein in der Hitze flimmerndes Gebäude aus luftgetrockneten Lehmziegeln mit Wellblechdach oder sogar zinnengekrönt, von wo man weit hinten in der Steppe eine Gruppe von Antilopen erblickt. Oder sogar eine der endlos langen Reihen von Zebras, die durch das niedrige Steppengras wandert.

Als er zwei Drittel des Weges bis Pomona zurückgelegt hat, denkt er plötzlich an Wilma, die er nach ihrem schmerzhaften Dahinscheiden unter Dornbüschen hat begraben müssen. Er bleibt zum ersten Mal stehen. Es ist beileibe keine Rast. Es ist ein gewaltsamer Stopp. Wer erscheint da in der trügerisch heißen Luft vor ihm? Karl kneift seine Augen zu kleinen Schlitzen zusammen. Er wischt sich über die Stirn. Sind das nicht die Schemen von Traugott, Margarete und Karl? Spiegelungen in der flirrenden Sonne.

Immer wieder bohrt sich ihm der Gedanke an die Kinder aus seiner ersten Ehe ins Gehirn. Wie ergeht es ihnen in Deutschland. Wie leben sie ohne Vater und Mutter? Auch Gottlieb ist längst dort. Und für Helmut, der wegen der Schule in Lüderitzbucht zurückgeblieben ist, muss er jetzt bald eine Lösung finden.

Links von der Pad, auf der er gelaufen ist, erhebt sich eine gewaltige Sanddüne. Scharf ist die Kante, die der Wind geblasen hat. Krass geteilt sind in der jetzt schon tiefer stehenden Sonne die beiden Seiten. Helles Licht und dunkler Schatten. Von der Pad aus bis zum Beginn der Düne erstreckt sich eine nahezu tischebene Fläche. Darin sind vom Wind Furchen und Linien gezogen. Sie scheinen hart und eingeprägt wie die Linien einer Hand. Wie Lebenslinien. Sie sind in immer gleichen Abständen und Schwingungen, in gleicher Tiefe und Breite eingeblasen. Und doch verändern sie sich ständig. Sie stellen nur in ihrer Gesamtstruktur ein einheitliches und sich gleich bleibendes Bild dar. Dabei sind aber die einzelnen Profile durch die Kraft und die Richtung des Windes ständigen Veränderungen unterworfen. Sie krümmen sich dahin, müssen sich dorthin wenden, fremdbestimmt und doch nach bestimmten Gesetzen eine Einheit bildend.

Er atmet plötzlich schwer, sinkt zu Boden im Gebet. Um ihn ist nichts als Sand und Leere - und Zweifel.

„Du bist zu häufig fern von deinem Haus", sagt Wilhelmine, als er am Abend die Treppenstufen zur Veranda betritt. Die Luft ist jetzt angenehm mild. Die Sonne ist längst untergegangen. Sie spiegelt nur noch ein schwaches Rot in den wenigen Wolken. Wilhelmine trägt ein helles Kleid mit Rüschen an den Armen und schneckenförmigen, in die Baumwolle eingearbeiteten Ornamenten auf dem oberen Brustbereich. Um die Taille hat sie eine ebenfalls helle, naturfarbene Schürze. Das Haar über dem gebräunten Gesicht ist in der Mitte gescheitelt und seitlich nach hinten in Rollen untergelegt. Karl betrachtet seine hübsche Frau mit Wohlwollen. „Während du die Ovambo missionierst", sagt sie, „hängen deine Töchter mehr und mehr dem Satansglauben an."

Karl spürt plötzlich, dass er Schweiß auf der Stirn hat. Die jetzt mehr als fünfzig Jahre machen mir doch langsam zu schaffen, denkt er. Er wischt sich mit einem Taschentuch die Stirn. Ach, Unsinn, es ist nur natürlich nach einem so anstrengenden Marsch. „Ich habe in Kaukausip drei Seelen zu Gott geführt", sagt er, „es war eine erfolgreiche Mission!"

Er lehnt sich mit aufgestützten Armen über die Veranda und sieht hinunter in die sandige Senke. Bis hierhin hat mich Gott gebracht, kommt ihm in den Sinn. Nein, ich will keinesfalls unzufrieden oder undankbar sein. Der Fluch der Wüste ist über mich gekommen, denkt er. Er muss einfach alles abschütteln. Während er tief durchatmet, kehrt langsam die Ruhe in ihn ein. „Schlafen die Kinder schon?"

Seine Frau wendet sich ab, schüttelt den Kopf. „Du scheinst es nicht begreifen zu wollen, Karl, sie verrohen!

Ich weiß bald nicht mehr, wie ich ihnen einen christlichen und sittlichen Weg noch zeigen kann."

Das will er jetzt nicht hören. „Komm her, Wilhelmine." Er zieht sie zum Geländer, fasst sie um die Hüfte, zeigt auf den sternenhellen Himmel. „Sieh dort das Kreuz des Südens, danke unserem Gott für unser Glück. Er hat uns sechs gesunde Kinder geschenkt." Er zieht sie fester an sich: „Und ich bin immer noch ein Mann!"

Sie schiebt ihn von sich, macht zwei Schritte von der Veranda weg. Als er sich mit auffordernden Blicken zu ihr wendet, sieht sie ihn strafend an.

„Mein Herz plagt mich wieder, ich kann schlecht atmen." Sie setzt sich auf die Bank neben der Tür, legt die Hände auf die Brust.

Karl holt aus dem Schuppen den Liegestuhl, baut ihn draußen auf der Veranda auf. Er legt ein Kissen hinein und die Decke zurecht.

Wilhelmine dreht sich in der Nacht hin und her. Der Liegestuhl knarrt und sie stöhnt. Und als Lene in der Nacht wach wird, weil sie Durst hat, hört sie den Vater schnarchen im Elternzimmer. Auf der Veranda stöhnt die Mutter. Es ist so dunkel und still, dass alle Geräusche so eine übergroße Dimension erhalten. Kaum mehr erscheinen sie fassbar und einschätzbar. Und sie läuft auf nackten Füßen erst zum Vater und erkennt, dass er in seinem tiefen Schlaf zu weit entfernt von allem ist. Dann zur Mutter, die beim Stöhnen das Gesicht verzieht und auch die Augen nicht öffnet, als sie Lenes Hand auf ihrem Arm spürt. Sie winkt nur ab und dreht sich. Große Angst befällt das kleine Mädchen, Vater und Mutter zu verlieren, und sie weiß nicht, dass eine solche Vorahnung so unberechtigt nicht ist, dass ein Schatten davon schon am Horizont steht.

15

Lippenschneiden

1924 Pomona

Am Morgen sind alle Mahre und schlechten Träume der Nacht verweht. Die Sonne strahlt und verspricht einen grandiosen Tag. Halb Pomona ist auf den Beinen, denn ein Ausflug ans Meer steht auf dem Programm. Jammerbucht, das ist das Zauberwort für die willkommenste und beliebteste Abwechslung im doch recht eintönigen Wüstenleben.

Schon um sieben Uhr sind alle aufgestanden. Die Mädchen zappeln aufgeregt herum. Vater steht da in Sonntagstracht und hält Ausschau nach den Trolleys, den kleinen, offenen Schienenwagen mit den jeweils zwei sich gegenüberliegenden Holzbänken. Kaum halten sie an, springen alle hinauf. Mit Sack und Pack und mit Geschrei. Der Wind bläst nur sehr mäßig. Sandbrillen werden heute nicht benötigt. Ein paar Ovambo sind auch dabei: Sie sollen die Schienen frei schaufeln, wenn sie zu versandet sind. Auch sonst können sie sich nützlich machen. Die Trolleys werden von Mulis gezogen, die in der Woche auf den Diamantfeldern gebraucht werden. Ihr Wochenende genießen sie jetzt anscheinend noch bei diesem Ausflug, denn sie traben flott dahin. Was sind denn fünf Kilometer? Vielleicht spüren auch sie, dass Jammerbucht die ganze Seligkeit bedeutet. Denn dort müssen sie keine Wagen ziehen, sondern können den ganzen Tag über stehen und dösen.

Endlich! Da liegt die Bucht mit dem weiten Strand voll weißem Sand! Es gibt kein Halten mehr. Den ganzen Tag über werden die Mädchen im Meer tollen und planschen, wenngleich dessen Temperatur äußerst frisch ist. „Manchmal kommen kleine Eisberge vorbeigeschwommen", flunkert ihr Vater, „ihr müsst aufpassen." Aber als er die ungläubigen Augen seiner Töchter sieht, fügt er hinzu: „Nein, nein, keine Angst. Doch im Ernst, das Wasser strömt von der kalten Antarktis, vom Südpol her, hier herauf zu uns. Da ist das Eis mehrere tausend Meter dick. Wenn ihr in Deutschland seid, werdet ihr merken, dass die Temperatur im Meer dort viel angenehmer ist."

Im Wasser gibt es Klippen über Klippen, zwischen denen Seetang schwimmt, der aussieht wie lange, dunkelgrüne Rohre, innen hohl, so dass man Stücke abreißen und versuchen kann, darauf zu blasen. Oder ganze Büschel werden gepackt und von hinten über den Kopf der Schwester geworfen. Igitt, igitt! Andere Seepflanzen haben dicke Blasen, die ihnen helfen an der Wasseroberfläche zu schwimmen. Marianne beißt sie auf, die anderen schreien vor Ekel, aber dann sind es alle Vier, die um die Wette in die Tangblasen beißen. Später erzählen sie der Mutter, dass die Meerespflanzen eigentlich ganz angenehm schmecken.

In dem flachen Bereich, wo die Klippen von den Wellen umspült aus dem Wasser ragen, entdeckt Hanna weiße, röhrenartige Kalkgebilde. „Das sind Korallen", sagt sie überlegen, „ich glaube, die sind sehr wertvoll!" Als die anderen herankommen, um die Röhrchen zu untersuchen, entdeckt eines der Mädchen einen Wurm, der sich aus einem Hohlraum schlängelt. Die Bewunderung schlägt um in blankes Entsetzen, das Geschrei und extreme Hektik nach sich zieht. Hoch spritzt bei der dramatischen Flucht das Wasser auf.

An den Wänden der Klippen unter Wasser kleben unzählige größere und kleinere Gebilde. Die Mädchen wissen nicht, ob es igelähnliche Tiere sind oder Pflanzen mit dicken Tentakeln. Sie sehen aus wie wunderschöne, schillernde Blumen, die sich elegant und schwingend im Wasser bewegen. Wenn man sich traut, sie anzutippen, schließen sie sich und erscheinen wie junge Knospen.

„Ihr meint wohl Wasseranemonen", sagt ihr Vater, der weiter oben am Strand mit den anderen Männern auf Klappstühlen sitzt und seine Pfeife raucht. „Statt eurer Fingerchen wollen sie kleine schwimmende Teilchen aus dem Wasser schnappen, die ihre Nahrung sind."

Die Frauen haben sich etwas weg vom Strand in einen Windschatten gesetzt, wo sie sticken oder stricken, Erziehungsprobleme besprechen und erörtern, wie lange die Kinder noch im Wasser bleiben dürfen. Eins ist klar: Sobald sie sich am Strand aufhalten, müssen alle Hüte tragen. Einerseits weht oft ein ziemlicher Wind, aber doch brennt die Sonne so heiß, dass ein Sonnenstich nichts Besonderes wäre. Für seine Kinder hat Vater selbst die Hüte genäht. Sie sind aus feinem, dünnem Kord gefertigt, oben rund nach der Kopfform geschnitten und mit einer umlaufenden Krempe versehen, die vorn als Schattenspender heruntergeklappt oder auch hochgeschlagen getragen werden kann. Auf den Köpfen der Frauen sitzen meist breitere Hüte, aus Stroh oder grobem Sisal, die oben flach sind. Vater ist nicht zu denken ohne seine Schirmmütze, die obenauf ein mit Stoff überzogener Knopf ziert.

Als die Kinder endgültig nicht mehr ins Wasser dürfen, laufen sie über den Strand und sammeln rosafarbe-

ne Flamingofedern. Aber irgendwann verwehen sie doch
wieder im Wind, bevor die in den Händchen gehaltenen
Sträußchen wirklich fertig sind und den Müttern gebracht werden können. Es gibt breite Strandflächen mit
Muscheln und zerkleinerten Muschelschalen, die unter
den Füßen pieken. Bei den veranstalteten Wettläufen darf
man sich das Zwicken nicht merken lassen. Manchmal
liegen alte Ölfässer am Strand, mit deren von den Fingern
abgestrichenem Rost man sich das Gesicht gruselig be-
malen kann. Und die Sensation sind gelegentlich weiß-
gebleichte Rippen oder Rückenwirbel von gestrandeten
Walen, die halb versunken und überweht aus dem Sand
auftauchen.

Draußen gibt es reichhaltig Fische, sagen die Männer,
Welse und Platthaie, wie man hier die Rochen nennt,
Kaplachse und Weißfisch. Aber keiner macht sich Mühe,
danach zu angeln oder zu fischen.

„Auch der Brillenpinguin ist hier heimisch", erklärt der Vater, „irgendwann muss er vom Südpol aus
die Wanderung nach Südwest unternommen haben,
oder er ist", da müssen die Mädchen lachen, „auf einer
Eisscholle bis hierher geschwommen. Ihr müsstet sie
einmal sehen, wenn sie fein herausgeputzt ihre feierlichen
Spaziergänge im Watschelschritt unternehmen!"

Am Spätnachmittag, als alles sich für die Heimfahrt
rüstet, die Kinder langsam müde werden und die Mulis
aus ihrem Dämmerschlaf aufgeweckt werden, sieht man,
dass auch die Männer nicht untätig gewesen sind. Mit
großen Käschern und Netzen haben sie Langusten gefangen, die es hier im Übermaß gibt. Die Tiere mit ihren
kräftigen, gekrümmten Schwänzen werden in Säcke gestopft und mitgenommen. Abends zu Hause sitzt man

noch zusammen, entfacht ein mächtiges Feuer, und in großen Blechdosen, alten Petroleum-Tins, wird Wasser zum Kochen gebracht. Die noch lebenden, unscheinbar grauweißen Langusten werden hineingeworfen. Sie zappeln und zucken wild vor Schmerz, was niemand bewusst zur Kenntnis nehmen will, und dann färben sie sich bald orangerot. Den ganzen Abend über werden Langusten gegessen, wozu sehr gut eine selbst bereitete Mayonnaise passt. Besonders gern lutschen die Kinder die Langustenbeine aus.

Onkel Langehagen, Missionar aus Kolmannskuppe, ist zu Besuch. Die Erwachsenen, in erster Linie die Männer, erfreuen sich an dem französischen Weißwein, von dem er ein paar Literflaschen mitgebracht hat und sie nun spendiert. Er stammt aus dem Gebiet von Roussillon in Frankreich, ist sehr hell in der Farbe und schmeckt ein wenig säuerlich. Aber diese Flaschen stellen hier eine Sensation dar. Onkel Langehagen bekommt jährlich drei Kisten zu 12 Flaschen von einem Tuchfabrikanten aus Langenberg geschickt. Es ist ein Dank für einen beeindruckenden Vortrag über die Mission in Afrika, den er bei seinem Deutschlandaufenthalt 1919 bei der Bürgergesellschaft in Langenberg/Rheinland im Haus der Vereinigten Gesellschaft gehalten hat. Seine Ausführungen über die erfolgreiche Arbeit der Missionare unter den Ovambo und das anschließende Buffet mit Putenbrust in Orangensauce, Mäuseöhrchensalat, Kartoffelnestern und gebackener Sellerie war den versammelten Apothekern, Stadtverordneten, Kriegsveteranen, Studienräten und Rechtsanwälten ein Hochgenuss.

„Es ist doch nicht alles, was wir Deutschen in unseren Kolonien vollbracht haben, so ohne Wert, wie

man es uns jetzt weismachen will!" Besonders die Frau
des Fabrikanten, Rosalinde Colsmann, war von den
Ausführungen Langehagens so angetan, dass sie ihren
Mann für die nun schon fünfjährige Apanage gewinnen
konnte.

Zu den Langusten ist dieser Mittelmeerwein, obwohl
nicht ausreichend gekühlt, ein Genuss besonderer Güte.
Die Kenner loben den besonderen Tropfen, je mehr sie
trinken und desto rarer er wird.

Als alle gegangen sind, macht Martin Langehagen
für sich und seinen Missionsbruder Karl Skär noch eine
Flasche auf. Sie haben sich bisher zurückgehalten mit dem
Trinken, aber jetzt, in der nun stillen Nacht, überwölbt
von einem weiten Himmelszelt, an dem Millionen von
Sternen leuchten, fordert er Karl auf zu einem Glas. Er
will erzählen von diesem öden Landstrich, in den es ihn
verschlagen hat und der auch für Karl und seine Familie
nun schon seit Jahren zu einer Bleibe geworden ist.

Mit seinem Glas in der Hand steht er auf. Er wendet
sich in Richtung Meer, nippt von dem Wein, vergisst alles
und spricht von dem weiten, sandigen Land, das trocken
ist und trostlos und eintönig. Von den hohen Dünen, seit
allen Zeiten vom Wind getrieben, verweht und wieder
aufgetürmt. Von der sandigen Küste, an der die Wellen,
ganz gleich wie stark sie aufschlugen, sich schon vor allen Ewigkeiten wie auch heute nur im Sand verlaufen
konnten. Alles wird schließlich abgelöst von einer noch
endloseren und gleichförmigeren Weite, dem unermess-
lichen Ozean. Auch alle Vorstellung, alles Denken muss
hier haltmachen, wenngleich nicht sicher ist, ob nicht
doch einmal eine unbekannte Sehnsucht mit den leichten Vögeln hinausflog weit auf das Meer, in die grenzen-

lose Ferne, in die Bläue und den Dunst, in dem sich alle
Konturen und alles Wirkliche auflösen.

Als um 1400 einzelne strandlaufende Buschmanns-
horden die ersten Weißen mit ihren Schiffen erblickten,
überwog bei den Eingeborenen zunächst das Staunen. Es
zeigte sich, dass die dann aufkommende Angst und ihre
Flucht noch unbegründet waren. Die ersten Seefahrer,
die durch widrige Winde hier an Land gespült wurden,
deren Schiffe zerschellten, sie verdursteten in der gnaden-
losen Wüste. Die Portugiesen, die längs der afrikanischen
Küste fahrend den Seeweg nach Indien suchten, drangen
später zwar in jede Bucht und jeden noch so schmalen
Busen vor, doch gingen sie hier nur äußerst selten und
meist nur im Notfall vor Anker und an Land. An dieser
Küste fanden sie nichts von dem, was sie suchten, keine
Früchte, kein Gold, kein Elfenbein und keine Sklaven.
Unwirtlich, versandet und tot stellte sich das Land. Und
es war sein Glück. Denn die Eroberer drangen nicht ein
in das Innere. Noch wurde das Land verschont von aller
weißen Habgier und Gefahr. Es verfiel dem Vergessen,
blieb unbezeichnet und nichtbeachtet auf den Karten der
Seefahrer aus Portugal, England oder Holland, die alle
bald um das südlich gelegene Kapland fuhren, diesen trü-
gerischen Strand aber mieden.

Schon die halbe Nacht lang sitzt der Missionar mit
Bruder Langehagen auf der offenen Veranda. Sie trinken
jetzt Früchtetee, der immer in großen Mengen gekocht
wird und in Glaskannen im Untergeschoss des Hauses
steht, wo es am kühlsten ist. Sie spielen Halma und vergessen ihr Spiel sehr oft über dem intensiven Gespräch.

Martin Langehagen ließ sich zuerst in Gibeon nieder. Sein Vorgänger war der Missionar der Rheinischen

Mission Knauer, dem im Jahre 1867 der Missionar Johannes Olpp aus Mercklingen in Württemberg folgte. In Gibeon hatte sich der Stamm der Khowesin unter der Führung von Kido Witbooi niedergelassen. Den Namen gab er dem Ort nach dem Josua-Wort *Sonne, stehe still in Gibeon*. Gibeon sollte nur ein vorübergehender Wohnsitz sein, bevor sie nach Norden weiterziehen würden in ein paradiesisches Land. Der Enkel dieses Kido war Hendrik Witbooi, der Missionar Olpp bald wegen seiner Bescheidenheit und überlegenen Zurückhaltung und Ruhe auffiel. Er betreute ihn als eifrigen Schüler danach im Taufunterricht. Olpp unterrichtete ihn ebenso in Bibelkunde, Geographie und Kirchengeschichte, daneben auch in Schreinerei und Gartenbau.

Später wurde Hendrik Witbooi Führer der Nama. Er verwickelte sich in kriegerische Auseinandersetzungen mit den Herero und geriet schließlich in Konflikt mit der deutschen Kolonialmacht. Er wollte seine Unabhängigkeit nicht aufgeben. Die Deutschen aber wollten, dass seine Macht gebrochen werde. „Bei der Erstürmung der Feste Hornkranz im Jahre 1893", weiß Langehagen zu berichten, „sollen die deutschen Soldaten auch auf unbewaffnete Frauen und Kinder geschossen haben. Dutzende wurden niedergemetzelt."

Karl ist froh, dass er endlich jemanden gefunden hat, der ihm Auskunft geben kann, Antwort auf all seine Fragen. Bisher hat in erster Linie der missionarische Eifer sein Denken und Handeln bestimmt. Jetzt will er immer mehr wissen über das Leben der Farbigen, über ihre Vergangenheit. Und vor allem über die Rolle der Weißen hier in Südwest, über Rechte und Rechtmäßigkeiten. Im Norden, im Ovamboland, haben sie so abgeschirmt und isoliert von allem gelebt, dass solche Fragestellungen kaum aufgekommen sind. Aber so lange er auch gebraucht hat, um darauf gestoßen zu werden, um so vehementer dringen sie jetzt hervor. Er weiß, es ging nicht alles mit rechten Dingen zu. Aber wie viel Unrecht haben die Weißen hier begangen?

„Auch Witbooi soll nach diesem Massaker wehrlose Menschen getötet haben, deutsche Posten und auch Farmer", sagt Bruder Langehagen, „bevor er gezwungen wurde, mit den Deutschen einen Schutzvertrag abzuschließen."

Als 1904 die Herero einen Aufstand begannen, beteiligten sich Witbooi und die Nama zunächst nicht daran, doch das unmenschliche Vorgehen des Oberbefehlshabers von Trotha gegen die Herero, die zu Zehntausenden ermordet und vernichtet wurden, bewegte sie zum Umschwenken. Henrik Witbooi, inzwischen über 70 Jahre alt, starb schließlich bei einem Gefecht in den Karasbergen.

„Die überlebenden Nama und Herero", endet Langehagen seinen Bericht, „wurden in Lagern inhaftiert. Denk dir, Karl, hier bei uns vor Lüderitzbucht auf der Haifischinsel war ein solches Lager. Es galt als ziemlich perfekt, da es nur eine Brücke zur kleinen Insel gab, die von einem Mann mit einem MG bewacht werden konnte. Eine Flucht über das Wasser war so gut wie ausgeschlossen: Wer konnte von den Schwarzen schon schwimmen? Und man hat ihnen erzählt, dass Haie das Wasser unsicher machten. Unsere Leute von der Mission haben dieses Lager zunächst geleitet, bis es schließlich auf ihr Drängen und ihre energischen Proteste hin verlegt wurde. Aber von den zirka 2000 Nama haben kaum mehr als 450 überlebt."

Bruder Langehagen will die Aufmerksamkeit lieber wieder auf das Halmaspiel lenken oder auf ihre Missionsarbeit, aber er wird durch Karl doch immer mehr herausgefordert, und er hat einfach zu viel vom himmelschreienden Unrecht erfahren, als dass er es ob so drängender Fragen zurückhalten könnte.

Richtig entdeckt wurde das Land nicht von den habgierigen und kompromisslosen Konquistadoren, sondern von den Jägern, die dreihundert Jahre später von Süden, vom Kap aus, heraufzogen. Die ersten Jäger waren noch von Entdeckungslust und Abenteuertum getrieben. Sie fügten sich noch halbwegs ein in die Gegebenheiten und Gesetze von Natur, Landschaft und eingeborenen Menschen. Bald aber waren es Unverstand, sinnloses Vernichten, Gier und Zerstörung, was ihr Handeln bestimmte. Man griff dann nach dem Vieh und dem Land der Eingeborenen. Die sogenannten Hottentotten, die als äußerst friedfertiges, wahrheitsliebendes und gastfreundliches Volk bekannt waren, wurden mit blutiger Grausamkeit, mit Willkür, Diebstahl und grundlosem Morden konfrontiert. Die Eindringlinge drängten sie in eine Kampfstellung, die ihrer Großmut und Gutherzigkeit widersprach. Ob kleinmütige Duldung oder verzweifelter Widerstand - als die Weißen ihr Land mit ihren blutigen Spuren überzogen, waren die Schwarzen verloren, ohne Chance, ohne Hoffnung. „Nur in den dürrsten und unfruchtbarsten Gebieten, wo kaum ein Dornbusch oder eine einsame Distel wachsen kann, in der verlassensten Wüstenei, hier, wo wir jetzt leben", sagt Martin Langehagen, „gab es für einige Zeit noch Ruhe vor dem Zugriff der wilden Weißen."

Als er ihm dann von der Buschmannjagd Ende des 18. Jahrhunderts berichtet, kann Karl es kaum ertragen.

Sein Herz verkrampft. „Die Kompagnie im Kapland setzte Schussprämien aus", sagt Langehagen mit trockner, brüchiger Stimme, „die Ergebnisse der Jagd wurden in sogenannten Schussbüchern niedergeschrieben. Bei den Zusammenkünften der beteiligten Buren wurden sie hitzig diskutiert und bewertet. Einer, mit Namen van der Merwe, hatte 142 Buschleute erschossen. Ein anderer, namens Obermann, wurde gefeiert, weil er fast die doppelte Anzahl zur Strecke gebracht hatte. Kaum kann man es aussprechen, aber es gab regelrechte Treibjagden. Horden von Jägern ermordeten 3000 und mehr Buschleute."

Jetzt kann auch der sachliche Langehagen nicht mehr an sich halten. Er fegt die Spielsteine vom Tisch, steht auf. Er geht zum Geländer der Veranda, sieht in den tiefvioletten Himmel, der nur da, wo irgendwo das Meer sein muss, noch nicht ganz schwarz ist: „Die Schussprämie auf die Hottentotten zahlte die Kompagnie gegen Vorzeigung der abgeschnittenen Oberlippe. 'Schneid ruhig zu', soll der Obermann lachend zu einem Neuling gesagt haben, 'die Neger haben eh kein Blut!'"

An dieser Stelle des Gesprächs, als eine konkrete Vorstellung auch jedem rationaler argumentierenden Menschen das Ausmaß der Unmenschlichkeit in widerwärtigster Weise dokumentieren muss, bricht Karl Skär verzweifelt zusammen. Der Missionar presst sich die Hände vors Gesicht. Er spürt, seine Augen sind tränenblind. Auch wenn er aufblicken würde, hätte er nur tiefstes Schwarz gesehen. In dieser Nacht kann sich am endlosen Himmel über dem südlichen Afrika eigentlich kein einziger Stern zeigen.

Als Bruder Langehagen sich zurückgezogen hat, geht Vater mit leisem Tritt ins Schlafzimmer der Mädchen. Er

schleicht zu jedem der vier Betten, betrachtet die kleinen, unschuldigen Körper. Sie sind nur mit einem Laken
bedeckt, über dem Arme, Beine oder gar der halbe Leib
nackt hervorlugen. Wenn er bei einem der Mädchen
nicht den schweren Schlafatem hört, beugt er sich sofort
besorgt ganz tief über das Gesichtchen, bis er den leichten Hauch spürt und hört, der ihm ganz sicher sagt, dass
jedes einzelne am Leben ist, dass alle leben. Noch sind sie
bei ihm.

16

Sperrgebiet

1999 Egmond aan Zee

„Ich kann mich noch erinnern, wie du, Marianne, geboren wurdest", sagt meine Mutter zu ihrer Schwester.

„Das kann nicht sein", erwidert die sofort, „da warst du erst drei Jahre alt."

„Doch, doch, ich kann es dir beweisen. Mutter war ja im Krankenhaus in Kolmannskuppe. Hausgeburten hatte sie schon genug gehabt. Wie ein Ehebett standen da die Betten nebeneinander und Mutter schlief darin. Und da stand ein Körbchen. Das hatte sie selbst zurechtgemacht und mitgebracht, und da lagst du drin. Und als wir euch besuchten, gab es eine spitze Tüte, so dicke süße Kugeln waren darin, hart wie Stein. Das waren Himmelsbonbons, denn bei uns brachte ja nicht der Klapperstorch die Kinder, sondern sie kamen vom Himmel."

„Nie habe ich Himmelsbonbons gekriegt", sagt Marianne beleidigt.

„Du warst ja auch die Jüngste, nach dir kam keiner mehr."

„Aber ich habe als Erste Kaffernbonbons bekommen, als ich in Keetmanshoop war."

Ihre Schwester Lene ist kurz still, dann kontert sie: „Das sagt man nicht! Das Wort *Kaffer* ist ein Schimpfwort. Genauso wie *Neger* und *Hottentotte*. Weißt du das nicht? "

„Damals sagte man das so, nun spiel dich nicht so auf."

Wir sitzen im holländischen Küstenstädtchen Egmond aan Zee in *De Klock*, einem gemütlichen Lokal unten in der Voorstraat, wo die Straße sich zu einem kleinen Platz verbreitert und es nur noch hundert Schritte bis zum Strand sind. Vor dem Haus stehen die typisch holländischen Korbstühle. Aber wir gehen hinein, weil der Himmel sich ein wenig bedeckt zeigt. In allen Ecken des Raumes und oben auf umlaufenden Regalbrettern sind verstaubte Seemanns-Requisiten ausgestellt: kleine Rumfässer, dicke Taue, Flaschenschiffe, eine Bake oder Emailleschilder mit Seezeichen.

Es ist der Geburtstag von Tante Marianne. Sie wird 78 Jahre alt, meine Mutter ist bald 81 Jahre. Noch einmal wollten die alten Damen nach Holland ans Meer fahren, wo sie all die Jahre zuvor immer wieder gemeinsam ein oder zwei Urlaubswochen verbracht haben. Als Chauffeur bin ich hoch willkommen. Jemand anderes aus der Familie wird sie dann am nächsten Wochenende wieder abholen.

Nie sind sie auf die Idee gekommen, noch einmal nach Afrika, ganz nach Süden, zu reisen. Mit einem Schiff, wie es sie vor Jahren hier nach Europa gebracht hat, schon gar nicht. Wie können ihnen die Dünen im Nordholländischen Dünenreservat genügen, wenn sie die endlose und gewaltige Namib erlebt haben? Aber vielleicht reichen diese flachen Sandhügel, um ihre Erinnerungen wieder zu wecken. Nur ein bisschen Sand muss durch die Finger rieseln, zwischen den Zehen knirschen. Denn obwohl sie damals noch Kinder waren, haben sie Afrika und die große Wüste in ihrem Leben nie ganz verlassen, vor allem nicht, wenn sich die Schwestern treffen.

Der Kellner bringt dreimal *appeltaart met slagroom*, dazu *drie kopje koffie*. „Hmm, wunderbar, das haben wir das ganze Jahr vermisst."

„Die Holländer haben so viele schöne Teppiche, die legen sie sogar auf den Tisch", sage ich.

Die Tante knufft mich in die Seite. „Den Scherz machst du jedes Mal. Los, jetzt will ich auch noch deine Glückwünsche zum Flitzebogentag hören!"

Ich weiß genau, was sie meint. Als sie von ihrem holländischen Vermieter mal eine Geburtstagskarte mit der Aufschrift *hartelijk gefelicitert* bekommen hatte, wandte sie sich wegen der Übersetzung fragend an mich. Ich wusste nichts Schlaueres zu sagen, als dass die Holländer den Geburtstag als Flitzebogentag bezeichnen und daher der Ausdruck komme. Das hat sich seitdem bei uns eingebürgert, und wir lachen jedes Mal.

Aber dann tauchen sie sofort wieder in die Vergangenheit ab und erzählen und kommentieren in einem liebevollen Wettstreit ihre alten Erinnerungen. Jede weiß ein bisschen mehr als die andere. Jede weiß noch etwas Neues, weiß es besser. Ich spitze die Ohren. Meine Mutter ist schon ziemlich krank. Keine zwei Jahre mehr hat sie noch zu leben. Der gemeinsame Besuch der Schwestern hier im Urlaubsort wird ihr letzter sein.

„In Pomona mussten wir morgens vor der Schule Porridge essen, eine ekelhafte, dicke Pampe. Wir haben uns geschüttelt."

„Aber Vater hat mit Bärenmarke Buchstaben auf den Brei gemalt, unsere Anfangsbuchstaben. Da haben wir den Brei dann gegessen."

„In Pomona war alles primitiv und einsam. Ich glaube, es gibt keinen einsameren Platz auf der Welt."

Tante Marianne rührt in ihrer Kaffeetasse, schließt kurz die Augen.

„Aber es gab eine Poststelle, Freitagnachmittag kam die Post. Wir haben immer draußen im Sand gesessen und gewartet, bis sie sortiert war. Nur leider war kaum mal etwas für uns dabei."

„Und es gab eine Kegelbahn. Dahin hat Vater uns manchmal mitgenommen." Meine Mutter legt die Kuchengabel beiseite, blickt mich an. „Wenn ich mir das jetzt vorstelle, muss ich lachen. Kaum hatten die Deutschen irgendwo ihren Packen abgeworfen und ihr Lager aufgeschlagen, und sei es an dem erbärmlichsten Ort, schon bauten sie eine Kegelbahn."

„Ja, ja, sonst gab es da auch keine Zerstreuung."

Jahre später sollte auch ich Pomona besuchen. Schon Wochen vorher musste von Deutschland aus eine Genehmigung beantragt werden, Kopien der Reisepässe wurden eingereicht. Nur in Begleitung eines legitimierten Führers darf man diesen Bereich der Namib, der wegen der Diamantenfunde bis heute Sperrgebiet ist, befahren und betreten. Der Fahrer holte uns am Morgen um 8 Uhr an unserer Pension in Lüderitz ab. Er musste sich dann bei einer Kontrollstelle einem Alkoholtest unterziehen, die Papiere vorlegen. Ein letztes Mal gab es am Checkpoint die Gelegenheit zur Toilette zu gehen und, von Überwachungskameras observiert, öffnete sich uns schließlich ein Tor ins Sperrgebiet.

Dann nur Geröll und Fels und Sand und Steine und eine aufgewirbelte Staubwolke, die endlos lang hinter uns unseren Fahrweg markierte. Über hundert Kilometer Schotterpiste. Zwischendurch mal *offroad* über einen

Dünenhang oder ein Felsbrett, denn dem Touristen soll etwas geboten werden. Wir lassen uns durchschütteln und rütteln und blicken staunend und fassungslos in die unwirtliche, meist ebene Fläche.

Über ein Walkie-Talkie kommuniziert unser Fahrer, Lewis mit Namen, mit dem zweiten Fahrzeug unseres kleinen Konvois. „Pass auf, in 500 Metern dickes Loch, links in der Fahrbahn. Da hab ich vorige Woche eine gro-ße Klippe reingelegt." – „Das ist Iris, meine Frau", erklärt Lewis in perfektem Deutsch. Seine Vorfahren waren als Mitglieder der Schutztruppe Anfang des 20. Jahrhunderts ins Land gekommen. Jetzt ist er der einzige in der Stadt, der eine Lizenz zum Befahren des Sperrgebiets hat.

Er zeigt uns unterwegs ein marodes Gebäude, in dem sich früher die Wasserpumpe befand, dann im Tal von Pomona die ehemalige Diamantenwäsche und andere Betriebsgebäude, die alte Polizeistelle und die Verladestation. Alles fast zerfallene und überwehte Relikte des damaligen Rausches, als man in der ersten Zeit die Diamanten sogar mit der Hand aus dem Sand auflesen konnte, erzählt Lewis.

Als der Rush vorbei war, zog man einfach weiter, ließ alles liegen und stehen im Sand, in Hitze und Wind: Gebäude, Ölfässer, Schienenstränge, Rüttelsiebe, Blechkanister, Seilwinden und Kaffeebecher. Als ich eine rostige Schaufel finde, sagt Lewis: „Nimm mit, oben an der Schule haben wir eine kleine Sammelstelle. Da tra-gen wir alle solche Fundstücke zusammen." Auch von der ehemaligen Kegelbahn ist noch etwas übrig geblieben. Wir machen Fotos.

Auf dem Hügel weht ein kräftiger Wind. Wenige Häuser stehen versprengt in der Landschaft, die eigent-

lich gar keine ist. Welch ein trostloser Eindruck! Ein
ausgebrochener Fensterflügel hat sich vor einem Haus
zur Hälfte in den Sand eingegraben. Eine Eisenstange
reckt sich schräg empor, präsentiert an ihrem Ende ein
Rad mit vier Sprossen in der Luft. Ein Telegrafenmast
mit ein paar herunterhängenden Leitungsfetzen steht
einsam, ohne jede Verbindung im Gelände. Einzelne
Schienenstücke einer Kleinspurbahn winden sich durch
den Sand, verdrehen sich, bäumen sich manchmal auf.
Die Wohnhäuser ducken sich grau an den Boden. Die
Zeit hat an der Wellblechverkleidung genagt und hinter-
lässt ein bröselndes Gerippe. Etwas abseits liegt vergessen ein kleiner Friedhof. Bei einigen der Holzkreuze sind
selbst die Inschriften nicht mehr zu erkennen.

Auch wenn ich an eine Zeit zurückdenke, als man
Sandwehen, heulenden Wind, Rost und Glasbruch noch
halbwegs im Zaum halten konnte, kann ich mir kaum
vorstellen, dass man hier hat leben können. Mehrere Jahre
haben unsere Mütter an diesem Ort als kleine Kinder
verbracht. Wir sitzen jetzt in dem engen Schulraum
und verzehren das von Lewis angebotene Mittagslunch:
Kartoffelsalat, panierte Koteletts, Gurkenscheiben und
Dosenbier oder Cola.

„Ach, weißt du, wir kannten ja nichts anderes. Wir
liefen raus, und wenn der Wind zu heftig blies, sind wir
um das Haus herum und haben uns auf die andere Seite
gesetzt. Und wenn es zu heiß war, haben wir uns genauso
wie die Geckos unten in den offenen Waschraum verkrochen. Da war es immer noch ein wenig kühl."

„Ja, Lene, du hast recht. Wir konnten uns gut mit den
Umständen arrangieren. Für mich wurde es erst schlimm,

als ihr drei Schwestern nach Deutschland gefahren seid und ich allein mit den Eltern zurückblieb."

„Und wir haben in Kaiserswerth dich und vor allem die Eltern so sehr vermisst! War es das alles wert? Ein paar getaufte Ovambo – und unsere Familie wurde mehr und mehr auseinander gerissen. Wofür haben die das so entschieden?"

Der Kellner bringt uns jetzt noch einen Bessen Genever, einen süßen Likör aus schwarzen Johannisbeeren. Tante Marianne ist an ihrem Geburtstag spendabel. Wir stoßen an und prosten uns zu.

Ich mische mich in das Gespräch ein: „Hatte denn der Opa überhaupt viel Gelegenheit seine Missionstätigkeit auszuüben? Die Arbeitszeit bei der Diamantensuche soll doch neun Stunden täglich betragen haben, und das an sechs Tagen in der Woche."

„Was soll ich sagen? Das haben wir als Kinder gar nicht so mitgekriegt. Was Vater eigentlich gemacht hat? Er war viel unterwegs, hat seine Leute auch an anderen Orten betreut, in Elisabethbucht, in Grillenthal oder am Bogenfels, was weiß ich. Er hat ihnen geholfen, wenn es Probleme gab. Er musste auch oft mit den Aufsehern sprechen. Mutter hat mal gesagt, er solle sich mehr um seine seelsorgerische Arbeit kümmern, als sich immer nur mit den Sorgen und Problemen der Schwarzen zu beschäftigen."

„Wenn ich es recht überlege", sagt die Tante, „war er eigentlich so eine Art Sozialarbeiter. Warum denn sonst hat ihn auch die Diamantengesellschaft zum großen Teil bezahlt? Wenn jemand zu arg behandelt wurde, hat er interveniert. Wenn jemand aufmucken wollte, hat er ihn beschwichtigt." Sie schüttelt den Kopf. „Das ist mir alles erst viel später klar geworden. Manchmal denke ich, sie haben ihn ausgenutzt."

„Aber er hat gute Arbeit geleistet", sagt meine Mutter, „das musst du anerkennen."

„Die Frage ist nur, für wen er da war. Für die Mission, für die Diamantengesellschaft, für die deutschen Kolonialherren, für seine Familie?"

„Jedenfalls seine Schwarzen haben ihn geliebt. Für sie war er ein Segen."

„Ja, ja, Lene, da hast du wohl recht."

Wir machen noch einen Spaziergang hinunter zum Strand. Der Wind bläst vom Meer her, lässt die Wellen hoch aufschäumen, schmeckt salzig. Beide alten Damen ziehen sofort ihre Schuhe und Strümpfe aus. Sie müssen den Sand zwischen den Zehen spüren.

„Kennst du noch die Geschichte von dem Schuh, der mir ins Hafenbecken gefallen ist?", wendet sich Marianne an ihre Schwester Lene. „Nein, nicht diese alte Kamelle schon wieder", antwortet diese sofort und verdreht die Augen. Ich hätte die Geschichte gern gehört, werde sie später noch einmal danach fragen.

Wir gehen an der Wasserkante entlang. Mit den Füßen spritzen sie etwas Sand in die Luft. Sie sind albern. Marianne hebt eine schöne Muschel auf. „Gegen unsere Muscheln in Lüderitzbucht sind diese hier ja gar nichts. Dort gab es wunderschön gedrehte Schneckenhäuser. Und Seegurken – die findet man hier überhaupt nicht." Der Wind zerzaust ihre Frisuren. Das kümmert sie wenig.

„In Lüderitzbucht war das Leben nicht mehr so einsam und etwas geregelter. Hier wurde auch an jedem Sonntag in der Kirche Gottesdienst abgehalten."

„Die Felsenkirche, ja", bringe ich mich ein, „hoch oben über der Stadt. Sie ist noch heute ein Wahrzeichen."

„Nein, nein", unterbricht mich meine Mutter, „da hat Vater kaum mal einen Gottesdienst geleitet. Diese Kirche war ja für die Weißen."

Ich stutze: „Die Felsenkirche war für die Weißen?"

„Ja, nur für die Weißen, der Vater war für die kleine Kirche der Ovambo zuständig."

Zunächst bin ich sprachlos. „Mutter", sage ich dann, „weiß du, was du da sagst? Die Weißen hatten eine Kirche, die war für die Schwarzen gesperrt? Und die Schwarzen hatten eine eigene Kirche?"

„So war das eben."

„Und ihr habt euch nichts dabei gedacht? Und noch heute sagst du das so ohne Kommentar?"

Sie hebt nur ein wenig entschuldigend die Schultern.

Auch der Tante scheint das peinlich zu sein. „Ich kann dazu nichts sagen", murmelt sie dann, „ich war damals noch zu klein."

Der Tag endet grau.

„Hier gibt es nicht einmal einen vernünftigen Sonnenuntergang."

„Aber dafür den weltbesten Apfelkuchen!"

Diese Tage am Meer waren ihr letzter gemeinsamer Urlaub.

17

Bokkie

1925 Pomona

Zu allem, was Hörner hat oder irgendwie noch Hörner bekommen soll, sagen die Mädchen Bokkie. Egal ob Schaf, Ziege oder Lämmchen oder Zicklein. Die Ovambo kennen sich mit den Bokkies aus, das wissen sie. Hier in der Wüste sind diese Tiere fast so selten wie Bäume, aber immerhin gibt es doch einige. Im Ovamboland gibt es Bokkies in unermesslicher Zahl. Samuel, der schwarze Boy, hat es ihnen erzählt. Jeder richtige Mann hat mindestens hundert Ziegen oder Schafe. Wenn er heiraten will, kostet die Braut eine Vielzahl von Tieren. Niemals bekommt er sonst eine Frau. Dabei wissen die Mädchen aus eigener Erfahrung, dass diese Tiere stinken. Und ihre Milch schmeckt fürchterlich. Wieso sind sie für eine Verheiratung so wichtig?

Die Missionarsfamilie besitzt nur eine Ziege. Sie hat ein weißes, kurzhaariges Fell. Nur kleinere Teile des Kopfes und der Hals sind dunkelbraun und an beiden Hinterbeinen hat sie im mittleren Bereich eine ringförmige, dunkle Zeichnung. Sie ist meist eingepfercht im Hühnerstall, kann sich dort aber frei bewegen. Hinten in der Ecke hat sie einen Salzleckstein.

Morgens, wenn die Mädchen zur Schule gehen, schlagen sie mit der flachen Hand gegen den Zaun. Die Ziege läuft herum und versucht ein wenig Nahrung zu finden.

Sie würde alles fressen, Gräser, Kräuter, sogar von den Bäumen die Rinde, wenn es die geben würde. Mittags kommen die Mädchen zurück. Dann liegt die Ziege im Sand und muss wiederkäuen, wie ihnen ihr Vater erklärt hat. Man weiß kaum, was sie an Fressen gefunden hat, was sie sich mit den Hühnern hat teilen müssen. Das trockene, heiße Klima jedenfalls scheint ihr nichts auszumachen und auch an die kargen Futterbedingungen hat sie sich offensichtlich gewöhnt. Die Ovambo freuen sich, dass der Missionar eine Ziege hat, wenngleich sie ihn bedauern, weil es nur ein einzelnes Tier ist.

Das Melken hat Samuel übernommen. Er hockt sich neben das Tier. Er massiert ein wenig den Euter mit den Händen oder klopft auch mal mit der flachen Hand zwischen den Zitzen gegen den Euterboden, um das Stoßen der Lämmchen zu imitieren. Die Mädchen blicken skeptisch, wenn er mit Daumen und Zeigefinger die Zitzen zusammendrückt und die Milch dann in schmalem Strahl in einen emaillierten Topf spritzt. In ein paar Minuten ist alles vorbei. „Hauptsache, wir müssen das nicht trinken", sagen sie.

Viel lieber ärgern die Mädchen diese Ziege. Kaum sind sie aus der Schule zurück, haben sie nichts anderes im Sinn, als die Ziege wütend zu machen.

„Bokkie, Bokkie", ruft Hanna zunächst noch freundlich und, indem sie Bezug nimmt auf ihre heutige Erdkundestunde, „wie heißt der größte deutsche Hafen an der Nordsee?" Und sie versucht durch den Maschendraht den Kopf der Ziege zu streicheln. Aber die Ziege mag das nicht und wehrt sich. Sie senkt den Kopf nach unten. Blöde Ziege. Sie stinkt. „Du bist zu dumm!", sagt Hanna böse. Aber sie weiß nicht, dass es bei einer Ziege nicht angebracht ist, den Kopf zu streicheln, sondern eher den Brustbereich.

Elisabeth hält ihr ein paar Kartoffelschalen hin. „Komm her, Bokkie, kriegst ein Leckerli." Die Ziege kommt wieder ganz dicht an den Zaun. „Heb erst den Schwanz und zeig uns einen Tanz!", sagt Elisabeth dann, zieht ihre Hand wieder zurück. Die Ziege hat sich mit einem ihrer sichelförmigen, leicht gewundenen Hörner im Maschendraht verfangen. Sie reißt und zerrt und ruckt. Sie glotzt aus ihren großen Augen, begierig nach den verlockenden, doch unerreichbaren Kartoffelschalen.

Als sie den Kopf wieder befreit hat, hat Lene einen Tomatenstrunk mit einem Stück Draht an einem Besenstiel festgebunden und hält ihn hoch über den Zaun. „Spring, Bokkie, spring!", ruft sie. „Spring, Bokki, spring!", fallen die anderen ein. „Spring, Bokkie, spring. Sing, Bokkie, sing." Und dann schmettern sie der jetzt angriffslustig blickenden, den Kopf schräg haltenden Ovambo-Ziege ihr Lied entgegen, das sie heute bei Frau von Falkenhausen in der Schule gelernt haben: „Wildgänse rauschen durch die Nacht, mit schrillem Schrei nach Norden." Schier verrückt machen sie die Ziege.

Wenn ihr Vater spät am Nachmittag nach Hause kommt, darf die Ziege frei herumlaufen. Nun rächt sie sich: Wehe, wenn eines der Mädchen in ihre Nähe kommt. Bokkie rennt mit gesenktem Kopf auf sie zu. Manchmal bleibt kein anderer Ausweg, als schnell an dem Wäschepfahl hoch zu klettern, sich oben mit den Händen festzuhalten und nach unten mit den Füßen zu treten. Die Ziege kann aus dem Stand bis zu eineinhalb Meter hoch springen.

Doch dann ist aller Spaß vorbei. Sie hören, dass die Ziege zu Weihnachten geschlachtet werden soll. Die Kinder sollten es eigentlich nicht erfahren, aber sie haben zufällig ein Gespräch zwischen ihrem Vater und Samuel belauscht. Jetzt sind sie entsetzt: Bokkie soll sterben? Warum denn das? Ihr Fleisch würden sie sowieso niemals essen. Alle Händel mit dem Tier und alle Anfeindungen und Angriffe sind mit einem Mal vergessen. „Arme Bokkie", schluchzen sie, liegen sich mit Tränen in den Augen in den Armen. „Eigentlich ist sie ein guter Spielkamerad. Wir haben doch Spaß mit ihr gehabt. Und wenn sie draußen ist, so schlimm stinkt sie eigentlich gar nicht."

Sie machen sich mit einem Spankorb auf den Weg durch die Siedlung und sammeln und pflücken alles, was grün oder braun ist und nach Pflanze aussieht. Meist sind es scharfe, schmale Grashalme, die vereinzelt oder in kleinen Büschen wachsen. Sie fragen sogar bei einigen der Nachbarn, ob sie etwas Futter für ihre Ziege bekommen können. „Bokkie, Bokkie, du sollst es gut bei uns haben!"

Dann bleibt Elisabeth plötzlich stehen. Es sind noch zehn Tage bis Weihnachten. Ihr kommt ein schlimmer Gedanke. Falls sie es vielleicht erreichen könnten, die Erwachsenen in ihrem Plan zu verunsichern, falls der Entschluss, Bokkie zu schlachten, doch noch nicht endgültig ist, dann wäre ihre Futteraktion der helle Wahnsinn. „Wenn wir Bokkie fett füttern, wird sie erst recht geschlachtet", sagt Elisabeth mit entsetztem Gesicht. „Werft alles Grünzeug weg, vergrabt es im Sand!"

Ihre Schwestern sind zunächst sprachlos. „Soll sie denn hungern, soll sie *verhungern?*", entgegnet Lene schließlich. „Dann kann sie auch geschlachtet werden und hat noch ein leckeres Mahl vor ihrem Tod." Die Mädchen sind jetzt restlos verzweifelt und völlig ratlos.

„Sie soll nicht sterben", weint Marianne. Sie sitzen auf den Treppenstufen des Hauses von Familie Süders. „Wir haben doch nur eine Ziege. Niemals wird eine von uns heiraten können."

„Wir sollten sie heute Nacht frei lassen", sagt Hanna resigniert, mehr zu sich selbst, und seufzt schwer. „Ich weiß, ich weiß", fährt sie gleich fort, „es gibt hier nur Wüste, sie kann nicht weg, tausend Kilometer nur Wüste, nur Wüste, Wüste, Wüste!" Und sie schreit die letzten Worte immer lauter.

„Sammelt das Grünzeug wieder ein, wir werden es brauchen", befiehlt Elisabeth dann. An ihrer entschlossenen Miene sehen ihre Schwestern, dass sie einen Plan hat, und sie folgen ihr sofort. Sie schleichen um Süders Haus herum. Ganz hinten auf dem Grundstück, halb verdeckt durch eine kleine Düne, steht ein Geräteschuppen. Darin bewahrt Herr Süders allerlei Werkzeug auf. Kleine Maschinen, Vermessungsstangen, eine Schubkarre, dicke Holzbalken, Lappen, Ölfässer und Kanister, die er nur selten mal für seine Arbeit benötigt. Der Schuppen ist nicht verschlossen, die Tür nur mit einem verschiebbaren Riegel gesichert. Unten hat sich schon ein kleiner Wulst von angewehtem Sand gebildet.

„Hierhin werden wir Bokkie bringen." Die Schwestern sehen Elisabeth fragend an. „Bis Weihnachten vorbei ist, muss sie hier leben. Wir werden ihr täglich Futter bringen. Kein Mensch wird sie finden."

Der nächste Morgen ist ausnehmend günstig für ihren Plan. Ihr Vater hat sich, sogar in Begleitung des Geologen Süders, schon früh mit der Pomona-Grubenbahn auf den Weg Richtung Bogenfels gemacht. Die Mutter, Frau Süders und noch zwei weitere Frauen treffen sich im Store, um einige Vorbereitungen für die Weihnachtsfeier zu besprechen. Die Häuser des Missionars und des Geologen stehen also menschenleer da. Den Weg zum Unterricht bei Frau von Falkenhausen täuschen die Mädchen nur an, laufen, sobald die Mutter vom Fenster zurückgetreten ist, nach rechts in die Dünen. Lange müssen sie nicht mehr warten, bis die Mutter das Haus verlässt.

Schnell zurück zum Haus und zum Hühnerstall. Die Hühner gackern und flattern hoch, so wild kommen die Kinder angerannt. „Leise, leise", rufen sie dem Federvieh zu, leider mit wenig Erfolg. Alles wirbelt durcheinander. Und wo ist Bokkie? Die Ziege steht ganz allein hinten in der letzten Ecke des umzäumten Geländes neben dem Leckstein, stocksteif mit angriffslustig gesenktem Kopf, als sie die Mädchen so früh am Morgen sieht. Die Hörner der Geiß, zwar gewunden, aber sicher doch mehr als zwanzig Zentimeter lang, sehen gefährlich aus. Alle wohlmeinenden Pläne der Mädchen scheinen plötzlich kaum durchführbar. Sie stehen vor der Umzäunung, sehen sich an. Wer wagt sich hinein? „Komm, Bokkie, komm, wir wollen dir doch helfen. Du musst uns diesmal vertrauen."

Bokkie bleibt störrisch, kein Wunder. „Es hat keinen Zweck, die kriegen wir niemals zu Süders rüber", sagt Hanna schließlich resigniert, „wie sollte sie uns trauen? Wir haben ihr Verhalten selbst verschuldet." Marianne weint, Lene versucht die Ziege mit sanften Worten zu locken. Elisabeth öffnet nur halb die Tür zum Stall. Sofort geht durch Bokkies Körper ein Ruck. Sie macht schnell wieder die Stalltür zu.

Da kommt Samuel um die Hausecke. „Warum sind kleine Missis nicht in Schule?", fragt er.

„Samuel", sagt Elisabeth sofort entschlossen und seine Frage ignorierend, „Samuel, Bokkie darf nicht geschlachtet werden."

Der Schwarze steht steif da, hebt abwehrend beide Hände. „Bokkie ist Ziege von Vater. Samuel nichts entscheiden. Samuel muss tun, was Vater sagt."

Jetzt reden plötzlich alle vier Mädchen auf ihn ein, überschlagen sich in ihren Worten. Sie gestikulieren mit den Händen, ziehen ihn an Hose und Hemd. „Nur du kannst uns helfen, Samuel, nur du kannst Bokkie retten!"

Er kann sich dieser Übermacht nicht erwehren. Er jammert und fleht. Aber er muss schließlich das Seil nehmen, geht auf das Stallgelände, schlingt es der Ziege um den Hals und führt das widerstrebende, Bocksprünge veranstaltende Tier, von den vier weißen Mädchen eskortiert und lauthals angespornt, hinüber zu Süders in den Schuppen. Dort schließt sich der Riegel vor dem dunklen Tiergefängnis. Dann zwingen sie ihren schwarzen Boy zu schwören, dass er auf keinen Fall erzählt, wo sich Bokkie befindet.

Samuel lässt sich in den Sand sinken und verbirgt das Gesicht in seinen Händen. Er erfasst alles nur halb. „Nein, nein", sagt er immer wieder, „Vater wird böse sein. Samuel will tun, was Vater sagt."

„Wir werden unserem Vater nichts erzählen. Hab keine Angst. Bald ist Weihnachten und Gott im Himmel will nicht, dass dieses Tier stirbt. Das Jesuskind muss doch noch Gold, Weihrauch und Myrrhe bekommen. Dafür muss der Stall vollständig sein", versucht ihn Elisabeth gleichermaßen zu beruhigen und zu beeinflussen. „Gott will, dass Bokkie bis Weihnachten hier bleibt." Sie hofft nur, dass Samuel sich nicht so gut auskennt, dass er weiß, dass Ochs und Esel im Stall von Bethlehem standen und nicht eine Ziege. Aber warum eigentlich nicht eine Ziege?

Viel schwieriger ist es, kurz darauf Frau von Falkenhausen zu erklären, warum sie eine Stunde zu spät zum Unterricht kommen. Ihre Mitschüler sitzen schwitzend im heißen Klassenraum und sind schon längst dabei, aus gold- und kupferfarbigem Stanniolpapier kleine Engel zu gestalten.

„Und wie ihr aussseht! Marsch, erst mal ab und die Hände waschen!" Sie schüttelt immer wieder den Kopf, aber erst als sie ankündigt, mit den Eltern sprechen zu wollen, werden die Mädchen aktiv.

„Bitte, liebe Frau von Falkenhausen", ergreift Hanna das Wort, „es hat etwas mit Weihnachten zu tun. Wirklich, wir lügen nicht. Wir können es Ihnen leider jetzt nicht erklären. Es soll eine Überraschung werden. Die Eltern dürfen vorher nichts erfahren."

Die Lehrerin zögert. Was soll sie davon halten? Aber als die kleine Marianne auch noch anfängt zu weinen, beendet sie die Debatte. Nach der Pause geht sie zum weiteren Unterrichtsstoff über. Sie zeigt ein koloriertes Bild vom Nikolaus, der auf seinem Schlitten, hochbeladen mit verpackten Geschenken, durch eine Winterlandschaft fährt. Jedes Kind soll dann drei Weihnachtswünsche aufschreiben. Alle vier Schwestern denken nur an Bokkie, aber davon dürfen sie nichts schreiben.

Erst am nächsten Morgen wird bemerkt, dass die Ziege nicht da ist. „Sie wird einen Ausflug machen", meint der Vater gelassen, „und wo soll sie denn auch hin? Mittags für ihre Ruhepause wird sie schon zurückkommen." Aber da irrt er sich. Sie taucht nicht auf. Etwas irritiert schickt der Vater nach Samuel, den er heute ebenfalls noch nicht gesehen hat. Aber auch der ist nicht auffindbar. Noch macht man sich keine ernsthaften Sorgen.

Nach zwei Tagen schließlich wird die Aufregung immer größer. „Ob ein Schakal sich hierher in die Wüste verirrt und der Ziege etwas angetan hat?" Der Vater runzelt die Stirn. Ein Schakal kann durchaus größere Huftiere schlagen. Er weiß aus dem Ovamboland, dass ein solches Tier sich in die Beine oder die Flanke des Beutetieres verbeißen kann und es schließlich durch einen Biss in die Kehle tötet.

Die Suchgänge rund um Pomona werden immer ausgedehnter, bleiben aber ohne Erfolg. Die Ziege selbst kann sich in ihrem Kabuff kaum beklagen. Zwar hat sie wenig Auslauf und es herrscht ständig nur ein Dämmerlicht, aber mit Futter wird sie ausreichend versorgt.

Die Mädchen scheint die ganze Aufregung wenig zu berühren. „Ihr habt ja eh eure dauernde Fehde mit der Hippe gehabt", sagt ihr Vater. Mehr Sorge macht ihm, dass auch Samuel nach wie vor nicht aufzufinden ist. Karl geht hinunter zu den Unterkünften der Schwarzen und spricht eindringlich mit ihnen. Sie schütteln nur den Kopf und wissen angeblich nichts zu sagen. Aber Karl bemerkt, dass sie sich merkwürdig scheu verhalten, ihm nicht in die Augen sehen können oder den Kopf abwenden. Er weiß, anlügen werden sie ihn nicht, eher schweigen. Eine Lüge ist wie eine kleine Schlange, die sich teilt, so dass zwei Schlangen daraus werden und immer weiter so, bis schließlich die ganze Erde von Schlangen wimmelt.

„Was sollen wir davon halten, Wilhelmine?", sagt er zu seiner Frau. „Meinst du, dass es denkbar ist, dass sie die Ziege gestohlen haben und sie für sich als Weihnachtsbraten verwenden wollen? Das wäre nun doch sehr dreist." Er kneift die Augen zusammen, streicht sich mit den Fingern nach unten durch den Bart. Wilhelmine schüttelt den Kopf, obwohl sie immer denkt, dass man den Schwarzen nicht hinter ihre Stirn gucken kann. „Aber ich vermute schon, sie scheinen etwas zu wissen."

Am nächsten Vormittag hält Vater auf der Düne hinter Süders' Haus den Sonntagsgottesdienst ab. In der prallen Sonne ist es sehr heiß, sicher über 30 Grad. Der Missionar ist schon nass geschwitzt, bevor er anfängt zu reden. Er zieht ein großes, weißes Taschentuch hervor und wischt sich über die Stirn. Viele seiner getauften Ovambo sitzen vor ihm im Sand. Sie fächeln sich mit den Händen Luft zu und sehen ihn aufmerksam an. Aber Samuel fehlt.

„In wenigen Tagen werden wir Christi Geburt feiern", beginnt er, „wir erleben, wie gut es Gott mit uns meint, wenn er uns seinen eigenen Sohn auf die Erde schickt." Er hält für einen Moment inne und blickt aufmerksam in die Runde. „Damals kam ein Engel auf die Erde und diese frohe Nachricht hat er zuerst einigen Hirten gebracht. Sie waren mit ihren Ziegen in der Steppe, so wie ihr zu Hause im Ovamboland bei euren Tieren wart. Die Hirten müssen also schon etwas Besonderes für Gott gewesen sein, weil sie als Erste von dieser guten Botschaft erfahren haben."

Dann macht er eine längere Pause. „Hier in der Wüste gibt es ja nur sehr wenige Ziegen oder Schafe." Er senkt die Stimme, macht ein trauriges Gesicht. Er sieht jeden einzelnen der Reihe nach an. „Leider ist meine einzige Ziege nun kurz vor Weihnachten auch noch weggelaufen.

Wo sie nur hin ist? Ich weiß nicht, was sie sich gedacht hat. Wahrscheinlich ist sie in der Wüste schon elendiglich verdurstet. Das ist auch schlimm für uns. Ich bin nicht sicher, ob da der Engel noch zu uns kommen wird?"

Die Schwarzen blicken betroffen. „Wenn Ziege lebt, wird dann Engel zu uns kommen?", fragt ein junger Bursche mit Namen Jonas, den Karl erst vor einem halben Jahr getauft hat. Er sitzt vorn in der ersten Reihe und scheint plötzlich sehr aufgeregt zu sein. Er kann kaum noch sitzen bleiben und schaukelt unruhig mit dem Oberkörper.

„Ich weiß nicht, Jonas, ob Gott uns einen Engel senden wird. Das hängt allein von seinen Plänen ab. Ich weiß nur, dass er seinen Sohn zu uns auf die Erde geschickt hat. Das wollen wir feiern. Und Christus will unsere Sünden auf sich nehmen." Er blickt reihum und fügt dann etwas leiser hinzu: „Aber wenn es hier bei uns eine Ziege gäbe, würde ihn das sicherlich freuen."

Die anderen Schwarzen rutschen schon während der gesamten Unterredung auf ihren Hintern im Sand hin und her, räuspern sich. Sie machen verhaltene Handbewegungen, die ein Stillschweigen symbolisieren sollen. Sie rollen die Augen und blicken zum Himmel. Einer versucht Jonas an der Schulter zu fassen. Die Situation ist bis zum Zerreißen gespannt.

„Dann wollen wir Herrn Jesus eine Freude machen", sagt Jonas. Er springt plötzlich auf und weist mit dem Finger. „Da in Schuppen von Master Süders ist Vaters Ziege."

Karl kneift die Augen zusammen, blickt ungläubig zum Schuppen hinüber. Nach einem kurzen Moment steht er entschlossen auf und geht mit festen Schritten darauf zu. Alle seine schwarzen Hirten springen auf und folgen ihm. Ein entschlossener Zug formiert sich. Irgendwie scheinen sie erleichtert zu sein. „Oko nkee, oko nkee!", rufen sie, „da ist es, da ist es!"

Als er vorsichtig den Riegel des Verschlags zurückzieht und die Tür sich langsam öffnet, kann Karl wegen des Dämmerlichtes im vor ihm liegenden Innenraum zunächst kaum etwas erkennen. Die Schar der schwarzen Hirten in seinem Gefolge verharrt in ehrfürchtigem Abstand gebückt und stumm hinter ihm. Der Missionar senkt leicht den Kopf, legt ihn skeptisch etwas schief. Er versucht seine Augen an das Schuppengrau zu gewöhnen. Vorsichtig späht er hinein. Alles ist mucksmäuschenstill, verharrend in Bewegungslosigkeit. Flirrende Hitze drückt auf die Szene.

Plötzlich schnellt Karl zurück. Seine Bewegung überträgt sich sekundenschnell auf die hinter ihm verharrende Schar. Da springt Bokkie, die aus entgegengesetztem Grund kaum etwas sehen kann, ins gleißende Tageslicht, stößt ihn fast um, macht einige Bocksprünge, schlägt mit den Hinterbeinen weit aus und rennt im Zickzack durch die Menge der Schwarzen, hier und da einen Körper streifend und rammend in Richtung Nachbarhaus auf ihren lang vermissten Hühnerstall zu.

„Auf keinen Fall kann die Ziege nun noch geschlachtet werden", sagt Karl zu Wilhelmine, als sich die Aufregung etwas gelegt hat, als die Mädchen weinend und flehend vor ihm gestanden haben und der Sachverhalt halbwegs aufgeklärt ist. „Es ist keine Rücksichtnahme auf den kindischen Wunsch der Mädchen, nein, aber die Ziege ist", er spricht ein unmissverständliches Machtwort, „die Ziege ist jetzt Teil der Weihnachtsgeschichte geworden."

Hanna, Elisabeth, Lene und Marianne haben aus fester Pappe, schwarz und weiß bemalt, mit schwarzen Ringen in den Kniekehlen der Hinterbeine, längst eine Bokkie-Figur ausgeschnitten, die neben Ochs und Esel den Stall von Bethlehem bereichern soll.

„Wir werden uns auch bemühen, noch einmal die Milch von Bokkie zu probieren", sagt Elisabeth mit größter Überwindung. „Und Onkel Langehagen isst doch den Ziegenkäse so gern", ergänzt Hanna, „für Gäste sollte man doch immer etwas Besonderes bereit halten."

„Ihr Scheinheiligen", kann der Vater nur antworten, „die Ziege sollte ja nur geschlachtet werden, damit eure ständige Quälerei ein Ende hat."

„Wir versprechen …", hebt Lene an, doch der Vater macht mit einer Handbewegung dem Gespräch ein Ende.

Auch Samuel taucht wieder auf. Schuldbewusst hat er sich Vater genähert, der hat ihn lange angesehen und ihm seine Illoyalität dann schnell verziehen. „Auch ich kann mich gegen die Mädchen manchmal nicht so recht durchsetzen", brummelt er.

Da es jetzt nur noch wenige Tage bis zum Heiligen Abend sind, werden die letzten Vorbereitungen getroffen. Im Gegensatz zu Kolmannskuppe, wo es seit 1911 elektrischen Strom gibt, ist man hier in Pomona noch rückständiger. Alle Petroleumlampen müssen aufgefüllt werden und der Kronleuchter mit den Wachskerzen im Esszimmer wird wie jedes Jahr vor Weihnachten neu bronziert. Unter der Leitung der Mutter sitzen alle vier Mädchen in der Küche um den Tisch und schnibbeln Weihnachtssalat. Mit Äpfeln und Roten Beeten aus dem

Glas, hartgekochten Eiern, Walnüssen und Gurken. Dazu bereitet Wilhelmine eine eigene Majonäse. Sie wird gerührt aus Eigelb und Öl, etwas Wasser und Zitronensaft. Wichtig ist, dass das Öl unter ständigem Rühren nur tröpfchenweise zugegeben wird.

Aus dem Ziegenbraten mit geschmorten Zwiebeln, Knoblauch und Speckwürfeln, mit einer Soße aus Butter, saurer Sahne mit Thymian, Lorbeerblatt und Wacholderbeeren wird es ja nun nichts. Nur bei dem Gedanken schon läuft Karl das Wasser im Mund zusammen. Aber am ersten Weihnachtstag wird es Springbockgulasch geben, na ja, das ist doch auch nicht schlecht.

Am Heiligen Abend sind am frühen Nachmittag alle neun Schülerinnen und Schüler bei Frau von Falkenhausen im Schulraum versammelt. Soweit sie hineinpassen, drängen sich die Mütter in ihren feinen Kleidern schwitzend mit in das Klassenzimmer, die Väter stehen meist draußen, sehen durch die Tür oder das offen stehende Fenster. Der Hemdkragen wird geöffnet, die Krawatte etwas gelöst, mit dem Taschentuch der Schweiß von der Stirn gewischt. Gern hätte man gesungen *Leise rieselt der Schnee*, aber daran ist keineswegs zu denken. Mit dem zusammengefalteten Programm der kleinen Weihnachtsfeier fächelt man sich etwas Luft zu.

Zunächst spielen vier Kinder auf der Mandoline *Alle Jahre wieder* und *Süßer die Glocken nie klingen*. Ein Gedicht, dann ein Gebet von Karl Skär, noch ein Gedicht. Als die Frauen ihre spitzenumhäkelten Taschentücher herausholen, ist kaum klar, ob sie Tränen wegtupfen oder Schweißperlen. Frau von Falkenhausen atmet tief, gibt den zappelnden Kindern mit den Händen ständig stumme Anweisungen, liest dann die Weihnachtsgeschichte vor. „Es begab sich aber zu der Zeit, dass ein Gebot von dem Kaiser Augustus ausging, dass alle Welt geschätzt würde."

Elisabeth stößt ihre Schwester Hanna an, flüstert: „Hieß der Kaiser nicht Wilhelm?"

Die Männer draußen haben einer nach dem anderen ihre Anzugjacken ausgezogen. Gemeinsam muss man nun noch mitsingen: *Stille Nacht, heilige Nacht*. Ohne das geht es nicht, auch wenn alle schwer atmend in die glühende Wüste blicken.

Der Weihnachtsbaum in der Missionarsfamilie ist ein Drahtgestell mit künstlichen Nadeln, das nach oben zusammengeklappt das ganze Jahr über in einer dicken Papröhre gewartet hat. Zwar künstlich, ist es doch der einzige Baum, den die Kinder hier kennen. Und sie können sich nicht erklären, wo er das ganze Jahr über gewesen ist. Es gibt keinen Speicher, keinen Keller, und dann ist er Weihnachten wieder da. Jedes Jahr wird er ein wenig gelblicher. Aber wenn das Gestell herausgezogen wird, ausgebreitet und gerade gebogen ist, genießt es immerhin die gleiche Ehre wie jede frisch geschlagene Fichte in Deutschland oder sonst wo in den Weihnachtszimmern: Kugeln, Lametta, etwas Engelshaar und sogar kleine Vögelchen mit Federschwänzen schmükken den Baumersatz. Kerzen allerdings trägt dieser Baum nicht, sie stehen in einem Kranz rundherum am Boden. 24 Stunden haben sie in kaltem Salzwasser gelegen. Das soll verhindern, dass sie zu schnell weich werden. Denn sie wollen sich schon gern einmal vor Wärme verbiegen. Immerhin hat hier drei Tage vor dem Heiligen Abend der kalendarische Sommer begonnen und die Temperaturen steigen zumindest tagsüber bis auf über 30 Grad. Wenn die Bescherung vorbei ist und alle nicht mehr so intensiv auf den Baum schauen, macht der Vater die Kerzen schnell aus. Aber trotzdem hängen sie am anderen Morgen oft so traurig herunter wie abgebogene, verwelkte Blütenstengel.

Sie singen gemeinsam: *O Tannenbaum* und *Vom Himmel hoch da komm ich her* und dann Vaters liebstes Weihnachtslied *Lobt Gott, ihr Christen allzu gleich, in seinem höchsten Thron, der heut schleußt auf sein Himmelreich und schenkt uns seinen Sohn.* Der Vater singt kräftig und tief. Die Stimme der Mutter ist eher dünn und fistelig, kann aber in den hohen Passagen der Lieder überzeugen. Die Mädchen wissen nicht, an wessen Stimme sie sich orientieren sollen. Helmut ist nicht zu bewegen mitzusingen.

Schon Tage vor dem Fest ist eine große Kiste von Tante Auguste aus Deutschland gekommen. Sie ist der Weihnachtsmann, bei dem alles rechtzeitig bestellt worden ist: ein paar neue Kugeln, nur wenig Süßigkeiten, vor allem nicht aus Schokolade, Geschenke für die Kinder und weitere kleine Überraschungen. Aber keiner hat mitbekommen, dass die Kiste angekommen ist. Das hat Karl hervorragend geregelt.

Jetzt sitzen sie erwartungsvoll um den Baum. Aber der Vater macht ein trauriges Gesicht: „Ja, Kinder, in diesem Jahr ist leider keine Kiste vom Weihnachtsmann gekommen. Ich weiß nicht, ob er uns vergessen hat oder ob das Schiff untergegangen ist. Oder ist sie an eine falsche Adresse geschickt worden, vielleicht nach Togo oder nach China? Die Welt ist ja so groß." Der Vater macht eine verzweifelte Geste. Die Mutter runzelt schon die Stirn, kneift die Lippen zusammen.

Da sagt die kleine Marianne: „Aber, Vater, worauf sitzt du denn?" Und wahrhaftig, er sitzt doch auf einer Art Bank ohne Lehne, oder ist es ein Hocker, worüber eine samtrote Decke gelegt ist? Jetzt haben ihn die Mädchen durchschaut und laufen kreischend auf ihn zu. „Da ist die Kiste! Da ist die Kiste!" Der Vater springt auf. Der Jubel will nicht enden.

Er holt ein Stemmeisen aus dem Nebenzimmer. Der Deckel wird abgehoben. Die Geschenke werden freudig erwartet. Tante Auguste hat kleine Holzfiguren eingepackt, Musikanten in bunt bemalten Röcken mit Pauke und Trompete, singend aufgeblasenen Backen, mit Flöte und Horn, alle vorsorglich eingewickelt in festes Zeitungspapier. Die Mädchen bekommen neue Notenhefte, kleine lederne Umhängetaschen mit langen Schulterriemen, Unterwäsche. Dann packen Marianne und Lene aus steifem, braunem Papier zwei wunderbare, kleine Teddybären. Sie haben große, schwarze Knopfaugen. Und die beiden Zwillinge finden jeweils in einem schwarzen Lederetui eine blinkende, glänzende Stimmgabel.

„Na und für dich, Helmut, gibt es natürlich ein besonderes Geschenk, nicht so einen Mädchenkram", sagt der Vater lachend. „Oh, pass auf, das ist ja ziemlich schwer, da, nimm nur." Als der Junge es auspackt, findet er einen Märklin Metallbaukasten und schaut den Vater zunächst fragend an. Der nickt nur auffordernd. Nachdem Helmut den Deckel abgehoben hat, findet er im Kasten verschiedene kleine Lochplatten und -bänder, Winkelträger, Gewindestangen und Tellerräder, kleine Schrauben und Muttern. Ihm steht vor Staunen der Mund offen. Das weckt sein Interesse. Er scheint sich sichtlich über das

Geschenk zu freuen. Als das sein Vater sieht, ist ihm die Freude nicht minder stark anzusehen. „Ja, damit werden wir uns ausführlich beschäftigen", sagt er, „du wirst sehen, was man daraus alles bauen kann. Solche Geräte hat es hier in der Wüste noch nicht gegeben!"

Mutter ist fast peinlich berührt, als sie einem grauen Kästchen mit Wattekissen eine kunstvoll gefertigte Biedermeierbrosche entnimmt, oval mit einem in die goldene Fassung eingelegten weißen Achat. Als ihr Mann sie aus den Augenwinkeln beobachtet, sieht er eine leichte Röte in ihrem Gesicht aufsteigen. Immer wieder hält sie sich die Brosche ungläubig prüfend vor die Brust, streckt dann die Hand weit von sich, betrachtet sie kopfschütteln.

„Was kriegt denn Vater zu Weihnachten?"

„Ich brauch ja nur euch", sagt er und wiegt gelassen schmunzelnd das unten in der Kiste gefundene Päckchen Tabak in der Hand. Und dann entdecken sie noch wie jedes Jahr ein mehrfach in Stanniolpapier eingewickeltes Paket mit schwarzem Pumpernickel. „Ja, Kinder, jetzt bin ich glücklich", lacht der Vater und seine Augen leuchten.

Direkt nach der Bescherung verdrücken sich die Mädchen nach draußen. Wilhelmine schaut fragend ihren Mann an. „Na, ich weiß schon, wohin sie sind", sagt Karl, „man kann sich denken, wem sie jetzt noch ein frohes Weihnachtsfest wünschen wollen – vielleicht mit einer halben Kartoffel oder einem Stück trockenem Brot in der Hand …"

18

Affenbrotbaum

1926 Pomona

Abgesehen von dem Menschen natürlich, denkt Karl, abgesehen von dem Menschen ist der Affenbrotbaum das beeindruckendste Wunder, das Gott geschaffen hat. Die unendliche Weite des Meeres, dessen Wellen unaufhörlich und doch immer wieder faszinierend neu an den Strand schlagen. Der Wind, der den feinen Sand zu turmhohen, babylonischen Dünen fügt. Die Antilopen, die in unzähligen Arten als schlanke Gazelle, majestätischer Kudu oder kleiner, eleganter Klippspringer das Land bevölkern. All dies sind Wunderwerke, die in einer unerklärlichen Faszination die Größe und Vielfalt der Schöpfung offenbaren. Aber am Sonntag, bevor Gott ruhte und sich besah, was er geschaffen hatte, und alles gut und gelungen fand, da gab er - vielleicht aus einer Laune heraus, denkt sich Karl - noch ein zusätzliches Zeichen seiner unvergleichlichen Größe und Allmacht, das Erdverbundenheit, Dauer und Stetigkeit manifestieren sollte: Er erschuf den Affenbrotbaum.

Als Karl zum ersten Mal zu dem Affenbrotbaum südlich von Okankolo im Ovamboland geführt wurde, den die Eingeborenen als ein Heiligtum verehren, konnte er sich der überwältigenden Faszination nicht entziehen. Glutrot leuchtete der Himmel vor dem bald zu erwartenden Untergang der Sonne. Bevor er erfassen konnte,

welches Naturereignis sich ihm offenbaren sollte, wurde
ihm bei der Annäherung zunächst in erster Linie bewusst,
wie klein er selbst war, was für ein unbedeutendes Wesen.

Auf freiem Feld stand der Koloss, dem sie sich näherten. Unwillkürlich fasste er die Hand von Wilhelmine
und die des ihn begleitenden Ovambo, spürte am erwi-
dernden Druck seiner schwieligen Hand, dass auch er in
freudiger Erwartung stand. Damals im Spätherbst war der
Baum schon fast unbelaubt und unbekleidet. Über dem
Stamm, der sich aus zahlreichen, dicken Stempeln zusam-
mensetzt, die wie überdimensionale Elefantenbeine den
Halt am Boden gewährleisten, zeigte sich ein kunstvolles
Gewirr von Ästen. Sie sahen aus wie dicke, ausladende
Arme. Sie gingen über in dünnere Verzweigungen in alle
Richtungen und immer feiner werdende Verästelungen.
Schließlich bildeten sie ein Gespinst von feinen Zweigen,
an deren äußersten Spitzen noch ein paar grüne Blätter
hingen.

Eine vierhundertjährige deutsche Eiche, eine mächtige Rotbuche im Spessart, kommt es Karl in den Sinn, was
sind sie gegen diesen gewaltigen Baum.

In afrikanischen Mythen heißt es, dass der Teufel
dieses Monstrum vor Wut einst ausgerissen und dann
mit den Zweigen zuerst in den Boden gesteckt hat. Nun
ragen die Wurzeln in die Luft. Aber der Baum lebt un-
verdrossen weiter. Nichts und niemand kann ihm etwas
anhaben.

Eine andere afrikanische Sage erzählt, dass dieser
Baum, auch Baobab genannt, alle anderen Bäume an
Schönheit übertreffen wollte. Als er merkte, dass es wohl
zu vermessen war und dies nicht gelang, steckte er aus
Enttäuschung seinen Kopf in die Erde. Nur noch das

Wurzelwerk ragte heraus, streckte sein seltsames Gewirr nach oben in den Himmel.

Der Affenbrotbaum kann bis zu 4000 Jahre alt werden. Dieser Überlebenskünstler übersteht extreme Hitze ebenso wie nächtliche Kälte. In der Trockenzeit trägt er keine Blätter, um so eine Verdunstung zu vermeiden. In der Regenzeit saugt er mit seinen schwammigen Fasern tausende von Litern Wasser auf. Dann zeigt er auch schöne weiße Blüten, die bis zu 15 Zentimeter an Durchmesser erreichen können und sich ab dem späten Nachmittag öffnen.

Die jungen Blätter werden als Gemüse genutzt und aus dem vitaminreichen, getrockneten Fruchtmark seiner langen, ovalen Früchte, die auch viel Kalzium beinhalten, bereiten die Schwarzen Brote oder Fladen. Die Samen werden geröstet als eine Art Kaffee-Ersatz verwendet. Das Fruchtfleisch kann sogar zu Bier vergoren werden. Darüber hinaus finden sie vielerlei weitere Verwendungsmöglichkeiten: Der Baum liefert Material zum Dachdecken, für Halsschmuck, Hüte, Schnüre, Matten, Körbe oder Seile. Ein Aufguss aus den Blättern lässt sich als eine Arznei gegen Unwohlsein, Koliken oder Magen-Darm-Entzündungen oder Fieber verwenden. Manche Teile des Stammes sind oft hohl und werden sogar als Hütten verwendet.

Karl hat in Predigten oder Gesprächen niemals versucht, diesem Baum seine übernatürliche Kraft und Wirkung abzusprechen. Nicht nur deshalb, weil er weiß, dass es den Schwarzen gegenüber völlig vergeblich wäre und er damit unterliegen würde, sondern vor allem darum, weil die Wunderwirkung sofort auch auf ihn übergegangen ist und er dieses Naturereignis als ein Phänomen in Gottes Schöpfung ansieht.

Als der Missionar 1931 die Heimreise nach Deutschland antrat, lag das Foto des Affenbrotbaums, wie in all den Jahren zuvor, vorn in Hermann Tönjes Wörterbuch der Ovambo-Sprache. Bis zu seinem Tod hat Karl dieses Foto geliebt. Heute steht es bei seinem Enkel in einem schlichten, schwarzen Rahmen, den nur ein schmales Goldband ziert, auf der Fensterbank im Arbeitszimmer. Wenn Karl bei seinem jetzigen Leben in der Wüste an das Ovamboland denkt, steht ihm immer zuerst dieses Naturphänomen vor Augen. „Unter dem Affenbrotbaum begraben zu werden, wäre eine schöne Vorstellung für mich."

Allein Frau von Falkenhausen, die Lehrerin seiner Kinder, kann dieser Bewunderung nichts abgewinnen. Ich muss diese Frau dulden, weiß Karl, aber in mancher Hinsicht ist sie nicht das Ideal der Erzieherin für meine Kinder.

In einem Gespräch mit Karl Skär hat sie den Missionar sogar scharf kritisiert. „In meiner ostpreußischen Heimat stand in Heiligenbeil die mächtige Eiche Romowe. Sie galt den Heiden als heilig. Das Blattwerk soll so dicht gewesen sein, dass weder Regen noch Schnee hindurch konnten. Sogar im Winter hat sie ihr Laub nicht verloren. Aber es hingen Götzenbilder im Baum, zusammen mit Totenschädeln von Tieren und auch Menschen, die verehrt wurden und die sogar Menschenblut als Opfer forderten."

„Da sehen Sie doch, gnädige Frau, dass die nordische Rasse und die afrikanischen Völker so sehr verschieden nicht sind. Die Wunder der Natur werden überhöht und verehrt. Was soll so schlimm dabei sein? Und die unbegreifliche Kraft erklärt man sich mit Dämonen und

Götzen, bis wir den Gottesglauben an deren Stelle setzen."

„Aber das tun Sie doch gerade nicht, wenn sie den
Negern den Glauben an ihren Wunderbaum lassen. Was
die ostpreußische Eiche betrifft, so haben die Menschen,
selbst als sie zu Christen geworden waren, den Baum
noch angebetet. Wenn man ein Blatt von ihm um den
Hals trug, glaubte man vor allem Unheil gefeit zu sein. In
Heiligenblut ließ der Bischof deshalb die Eiche umhauen
und an deren Stelle ein Kloster bauen."

Nach der altehrwürdigen Eiche hat sie es nun auch
auf den Affenbrotbaum abgesehen, denkt Karl kopfschüttelnd.

„Nun, Verehrteste, es lassen sich wohl kaum alle
Affenbrotbäume im Ovamboland umhauen, wie Sie es
ausdrücken. Zudem ist es durchaus nicht meine Art,
einfach mit dem Beil zu zerschlagen, was nicht in meine
Anschauung passt. Sehen Sie, wir müssen uns also arrangieren und versuchen, dem alten heidnischen Glauben
neues Leben einzuhauchen. Vertrauen Sie da doch wie
ich auf das Wort Gottes, das wir verkünden."

Karl ist an diesem Morgen ganz früh aufgestanden, in
aller Herrgotts Frühe, wie ihm jetzt in den Sinn kommt,
und unvermittelt stehen an diesem besonderen Tag die
Bilder vom Ovamboland vor seinen Augen. Er meint das
frische Gras der Savanne zu riechen, nach einer Nacht,
in der es ausgiebig geregnet hat. Sind nicht noch die
Fußspuren der Tiere zu sehen, bis ganz nah ans Haus heran? Er hebt das Gesicht und schnuppert mit der Nase wie
ein Wildtier, das eine Fährte aufnimmt.

Dann hat er ein Gebet gesprochen. Still sieht er in den
noch dunklen, nichts voreilig versprechenden Tag, von

dem man jetzt jedoch nur ahnen kann, dass er sich bald über den Wüstensand anschleichen wird, ganz plötzlich mit glänzendem Licht hereinbricht, über das Gelände herfällt und alles in strahlende Helle taucht. Aber noch hält er alles verschlossen, kein Vogel schreit. Die Wellen wälzen sich ganz fern und dumpf an den Strand.

Heute vor 25 Jahren, am 22. Oktober 1901, hat Karl seine Arbeit in Südwest begonnen. Damals hat er zum ersten Mal afrikanischen Boden betreten, hat Witterung aufgenommen, hat seine Fühler ausgestreckt und neues Leben in sich aufgesaugt. Seit Tagen erzählt er von nichts anderem, will sein Silbernes Jubiläum feiern, hat einen Festgottesdienst vorbereitet. Jetzt dankt er Gott für sein reiches Missionsleben und spürt gleichzeitig den Wunsch und Willen, noch lange seinem Herrgott dienen zu können.

Aber dann unterbricht er das Gespräch mit Gott, will nicht unaufrichtig sein. Gottes Kinder sind wir alle, denkt er, auch jede schwarze Seele, die ich zu ihm führe. Doch wenn ich ehrlich bin, liebe ich meine eigenen Kinder am meisten. Ja, deshalb will ich leben! Für die vier Mädchen, die drüben im Schlafzimmer gemeinsam liegen. Zu ihnen ist er heute früh zuerst gegangen, um sich zu vergewissern, dass es ihnen gut geht. Sie brauchen mich. Sie sind neun, acht und fünf Jahre alt. Ich will sie immer begleiten und vor allem für sie der Vater sein. Ich liebe sie so, wie Gott seinen Sohn geliebt hat.

Und die drei Kinder, die ich vor siebzehn Jahren nach Deutschland gebracht habe? Sie sind bald erwachsene Menschen, und ich kenne sie nicht einmal. Und mein Sohn Gottlieb, der vor vier Jahren ganz auf sich gestellt nach Deutschland fahren musste? Der Junge schafft es nicht allein! Und mein Sohn Helmut, der in Lüderitzbucht im Schülerheim wohnt? Oh, mein Gott, wie gern möchte ich bei ihnen sein!

Jetzt schlägt alles wieder über ihm ein. Wie soll ich dir denn dienen, wenn ich meinen Nächsten nicht dienen kann, meinen Kindern? Grausam bist du, Gott, weil ich dich nur lieben kann und dein Diener nur sein kann, wenn ich meine geliebten Kinder verlasse und verstoße. Herr, ich zerbreche, und ich muss doch noch leben.

Die Tränen spürt er nicht, die ihm jetzt über die Wangen laufen. Ein paar Möwen schreien schrill. Mit Macht bricht der helle Tag sich Bahn. Unten zwischen den Häusern sieht Vater plötzlich ein Kamel laufen. Es sieht verrückt aus, wie beim Laufen die Vorderbeine und die Hinterbeine, die parallel geführt werden, in der Mitte unter dem Körper des Tieres zusammenkommen und sich dann wieder strecken. Karl muss plötzlich lachen. Woher kommt denn hier in Pomona ein Kamel? So verrückt kann wieder einmal nur mein Jubiläumstag beginnen.

Das Kamel ist hinter Süders Haus verschwunden. Aber es hat Karl auf andere Gedanken gebracht. Er überlegt nur kurz, ob er sich so früh am Morgen schon ein Tabakspfeifchen genehmigen soll. Es ist doch mein Tag! Er pafft dicke, graue Wolken hoch zum fahlblauen Morgenhimmel, die aber das immer tiefer werdende Blau nicht mehr vertreiben können. Lieber Vater im Himmel, vergib mir, trotz aller Zweifel bin ich dein Diener. Du wirst alles richten.

Zur Feier des Tages putzt Mutter die Mädchen fein heraus. Sie ziehen weiße Kleidchen an und weiße Leinenschuhe. Sie haben vorn einen Riemen, mit einem

Knopf an der Seite befestigt. Nur Marianne trägt Schuhe, die mit Schnürriemen gehalten werden. In die störrischen, dichten Haare werden große Schleifen gebunden. Das ziept und zwickt. Aber es ist ja ein besonderer Tag und zu Vaters Ehren. Dieser hört die unterdrückten Protestrufe, die aus dem Haus zu ihm dringen, und muss schmunzeln. Aber dann stehen sie aufgereiht, der Größe und dem Alter nach vor ihm. Sie sind plötzlich so verlegen, als der Vater aufschaut, dass sie mit den Schultern zucken oder sogar kichern. Karl blickt sie an, jeder einzeln ins Gesicht, als würde er eine Parade abnehmen. Er hat die Pfeife in der Hand, aus der er immer noch dikke, blaue Wolken pafft. Die Mutter steht unauffällig zurückgezogen im Türrahmen. Der Vater guckt ganz ernst, aber an seinen schelmisch zuckenden Augen erkennen sie doch, wie freudig erregt er ist. Marianne und Lene sehen sich an und glucksen und müssen schließlich losprusten vor freudigem Lachen.

„Habt ihr denn kein Lied für mich eingeübt, na, nun mal los!" Und Hanna läuft und holt die Mandoline und Marianne eine Triangel, und dann singen sie das bei Frau von Falkenhausen einstudierte Lied von Angelus Silesius: *Es kann in Ewigkeit kein Ton so lieblich sein, als wenn des Menschen Herz mit Gott stimmt überein.* Das Men-n-n-n-n-schen und das ü-ü-ü-ü-ber-ein ziehen sie beim Gesang noch fürchterlicher, als Frau von Falkenhausen es ihnen eingetrichtert hat. Aber ihr Vater ist über alle Maßen gerührt.

„Jetzt aber ab in die Schule", sagt er dann. Die Mädchen holen ihre Taschen und rennen los.

Es ist erstaunlich, dass es hier an diesem so von aller Welt abgeschiedenen Platz in der Wüste auf der win-

digen Anhöhe zwischen den hingeworfenen Häusern
ein eigenes Schulgebäude gibt. Es ist eingeschossig und
schmal. Nach vorn hin zeigt sich eine offene Veranda mit
einer halbhohen, hölzernen Balustrade. Auf den wenigen
Quadratmetern bietet das Gebäude alles, was Frau von
Falkenhausen für die Erziehung der Kinder benötigt:
zwei kleine Klassenräume, einen Materialraum und sogar ein eigenes Arbeitszimmer für die Lehrkraft. Zurzeit
wird nur ein Raum zum Unterrichten benötigt. In dem
fast quadratischen Schulzimmer befinden sich vorn neben der Tür das Lehrerpult, ein Regal an der Wand und
sechs kleine Holztische, an denen die neun Schülerinnen
und Schüler in ihren Bänken sitzen. Es sind dies: Hanna,
Elisabeth, Lene und Marianne; dann Richard, der neun-
jährige Sohn des Ingenieurs Süders; Elvira Kottwitz, die
Tochter des Quartiermeisters; Gertrude und Wilhelm, die
beiden Kinder des Kaufmanns Börger; schließlich Magda
Kalludrigkeit, die sechsjährige Tochter des Technikers,
die eindeutig Frau von Falkenhausens Liebling ist. Wie
sie selbst stammt die Familie vom Pregel aus einem kleinen Dorf in der Nähe von Königsberg in Ostpreußen.

Wenn sie Magda über die flachsblonden, festen Haare
streicht, schließt die Lehrerin die Augen. Sie vergisst
den grauen Sand und den steinigen Boden. Sie sieht die
Flussniederungen vor sich, flach gewellte Wiesen und
Felder, Moorgebiete, Hügelland und Heide. Auch die
Seen von Masuren sind nicht weit. Auf der Kurischen
Nehrung und im Memeldelta ist der Elch zu Hause. Die
silberne Stranddistel am Fuße der hohen Dünen blüht
vom Hochsommer bis zum Frühherbst. Und in fast jedem
Dorf findet man den weißen Storch, der seinen Horst in
Bäumen, Felsvorsprüngen oder hohen Gebäuden baut.

„Magda", sagt Frau von Falkenhausen, „deine Eltern sind da geboren, wo Deutschland am schönsten ist. Du wirst eines Tages dahin zurückkehren. Du wirst nicht immer in der Wüste bleiben. Und auch ich werde mit dir kommen. Am Pregel werden wir zusammen spazieren. Warte nur, mein Kind."

All die anderen Kinder sind ihr in diesem Moment egal. Sie sitzt auf ihrem harten Lehrersessel, beugt den Kopf zurück in den Nacken, schaut hinauf zur Decke und sieht in dem Weiß des Kalkanstrichs den Pregel, flaniert mit ihrem Liebhaber an der Uferpromenade entlang hinunter zur Königsberger Domkirche. Wenn sie sich ganz stark konzentriert, hört sie den Klang der Silberglocke im Südturm des Doms. Wer diesen silberhellen Klang einmal gehört hat, kann ihn nicht mehr vergessen.

„Warum gibt es hier keinen Fluss?", fragt Gertrude.

„Bitte, Kind, lass mich", sagt die Lehrerin verstört. „Gott hat entschieden: hier ein Fluss, hier eine Wüste. Was ist da zu fragen. Der eine hat blondes Haar, der andere ist schwarz. Was seht ihr mich so an?"

Sie schüttelt den Kopf. „Ich kann euch die drei grammatischen Geschlechter beibringen. Männlich, weiblich, sächlich. Der Topf, die Spange, das Sieb. Und ich kann euch erklären, warum es Tag und Nacht wird, warum ein Neger nicht so viel weiß wie ein Deutscher. Aber fragt mich nicht, warum ich hier in der Wüste lebe. Was habt ihr denn hier zu suchen?" Sie lehnt sich wieder zurück, kann in den Zeichnungen an der Decke aber nichts mehr erkennen.

„Unser Vater hat heute Jubiläum", sagt Lene stolz, „wir haben gesungen: *Es kann in Ewigkeit kein Ton so lieblich sein.* Er hat sich sehr gefreut."

Frau von Falkenhausen atmet tief. „Ja, Kind, das ist schön."

Die Kinder sitzen an ihren Tischen und warten auf eine Anweisung ihrer Lehrerin. Als nichts geschieht, zappeln Richard und Wilhelm schließlich herum. Sie stoßen sich gegenseitig mit den Schultern. Hanna weist sie mit einem strengen Blick zurecht. Auch sie spüren dann, dass ihr Verhalten jetzt nicht angemessen ist. Alle Kinder sitzen und blicken nach vorn. Es ist so still im Raum, dass man mehrmals ein tiefes Seufzen der Lehrerin hört.

Links an der Wand hängt eine großflächige Karte des Deutschen Reiches. Frau von Falkenhausen steht auf, tippt mit dem Zeigestab auf ein rundliches Gebiet, das sich am Ostrand der Karte befindet. „Das ist Ostpreußen, deine Heimat, Magda, und sie wird es auch immer bleiben."

Magda lächelt. Kaum aus dem Grund, weil sie etwas versteht, denn nie ist sie anderswo gewesen als in Afrika, sondern eher, weil es ihr gefällt, so im Mittelpunkt zu stehen. Die älteren Kinder wundern sich, denn dieser blaue Fleck sieht eigentlich aus wie ein eigenes Land. Elisabeth räuspert sich, spricht es dann aus: „Aber das kann doch überhaupt nicht zu Deutschland gehören, das ist doch ganz abgetrennt."

Frau von Falkenhausen schlägt mit ihrem Zeigestock auf den vorderen Tisch, an dem Elisabeth und Hanna sitzen. Die zucken zurück und schreien kurz auf. So außer sich haben sie ihre Lehrerin noch nie gesehen.

„Der Weichselkorridor ist schreiendes Unrecht", ruft sie empört, geht aufgeregt im Raum hin und her. „Ja, Ostpreußen ist vom Reiche abgeschnürt worden! Dieser Verstoß gegen das Selbstbestimmungsrecht ist ungeheuerlich. Flammender Protest gegen diese maßlose Ungerechtigkeit ist die einzig richtige Reaktion. Wir Deutschen sollen an das Polentum und das bolschewistische Russland ausgeliefert werden – niemals! Unsere deutsche Kultur, unser Wirtschaftsleben und unsere sozialen Einrichtungen lassen wir uns nicht vernichten. Unter dieses fremde Joch lassen wir uns keinesfalls zwingen."

Aber die verängstigten Kinder verstehen nicht, was die Lehrerin sagt. Sie ducken sich zurück in ihre Bänke. Als sich die Lehrerin kaum beruhigen will - was ist bloß mit der Frau los? - , versucht Richard Süders abzulenken.

„Frau von Falkenhausen, erzählen Sie uns etwas von Ihren Pferden." Er zeigt auf das Bild eines Trakehners, das neben der Eingangstür aufgehängt ist. Die Kinder wissen, dass diese Pferde eins ihrer Lieblingsthemen sind und dass sie ihre Lehrerin damit immer kriegen können.

„Ja, Kinder, ihr habt recht." Sie hebt den Brustkorb und atmet noch einmal tief durch. „Nun denn, ja, das ist eine der bedeutendsten deutschen Pferderassen, das Ostpreußische Warmblut", beginnt sie ihren Monolog. „Der Trakehner ist das edelste deutsche Reitpferd. Er hat wahrlich Ausdruck und Adel. Vor allem geprägt ist er durch ein elegantes Erscheinungsbild und seine großen Augen. Schaut euch dieses Tier an", sagt sie und verweist auf das Foto. „Seht euch die kräftigen Gelenke an und die wohlgeformten Hufe! Vor über 200 Jahren gründete König Friedrich Wilhelm das königliche Trakehner Gestüt. Die Pferde sind damit die älteste Reitpferdrasse Deutschlands, ja, die Anfänge der Zucht gehen gar bis ins 13. Jahrhundert zurück. Die Trakehner stammen aus unserem Ostpreußen", bei diesen Worten streicht sie Magda wieder über das blonde Haar, „sie sind Warmblüter und haben als Brandzeichen eine siebenendige Elchschaufel."

Sie merkt selbst, dass sie sentimental wird. Was haben diese Kinder - mit Ausnahme von Magda - mit ihrer Vergangenheit, mit ihrer Jugend, mit ihren Wünschen und Träumen zu tun?

Landstallmeister Siegfried von Lauwitz, ein schmukker, hoch gewachsener Kerl, noch keine dreißig Jahre alt, aus hervorragender Familie, angenehm begütert, gut aussehend, eine Partie, wie man sie sich nicht besser wünschen kann - und sie ist noch dazu hemmungslos in ihn verliebt. Er macht ihr den Hof. Sie reiten zusammen aus durch die Wiesen und Felder des Gutes, am Ufer des Sees entlang, zur alten Schmiede in Martinshagen. Hier springen sie vom Pferd. Er umarmt sie stürmisch, blickt ihr offen ins Gesicht. Und natürlich sagt sie „Ja", als er sie fragt, ob sie seine Frau werden will. Sie schmilzt dahin, sinkt in seine Arme, ist von unendlicher Seeligkeit erfüllt.

Die Kinder werden immer unruhiger. Das aggressive Verhalten der Lehrerin hat sich zwar deutlich gelegt, aber sie wissen nicht, wie sie sich verhalten sollen. Die Lehrerin spricht nicht mehr, verdreht die Augen.

Die Verlobung steht unmittelbar bevor. Die junge Braut erstrahlt in Schönheit und Glanz. Stolz hebt sich ihre Brust unter der mit Rüschen verzierten Bluse. Schwarz und Weiß sind die Farben Ostpreußens, aber nur das reine Weiß steht über dieser Verbindung. Der Himmel ist strahlend blau. Die Wiesen leuchten in sattem Grün. Die Flüsse und Seen spiegeln ihr Blau zurück in den Himmel. Siegfried von Lauwitz und Carola von Falkenhausen sehen ihrer Zukunft mit all ihrer Zuversicht entgegen.

Die Kinder bemerken jetzt, dass ihre Lehrerin völlig abwesend ist. Vielleicht ist sie plötzlich krank geworden.

Oder ist sie am helllichten Tag eingeschlafen? Sie hat jetzt sogar die Augen geschlossen. Sie seufzt tief.

„Der Krieg", sagt sie, „der Krieg. Er bringt so viel Leid und Tod. Ich hoffe nicht, dass ihr es auch erleben müsst. Mir hat er das Liebste hinweggerafft. Gefallen für das Vaterland."

Sie macht eine Handbewegung zur Tür hin. Die Kinder sehen sich an, nehmen dann ihre Bücher und Taschen, wollen sich gerade leise aus dem Schulzimmer schleichen. Zwei Stühle schlagen gegeneinander. Da richtet sich Frau von Falkenhausen wieder auf.

„Nein, nein, Kinder, wartet", sagt sie „ich muss euch noch eure Hausarbeit geben. *Herr von Ribbeck auf Ribbeck im Havelland*, das ist ein schönes Gedicht. Die erste Strophe lernt ihr bis morgen, dann den weiteren Text. Ihr findet das Gedicht von Theodor Fontane in eurem Lesebuch. Und nun geht."

Die Kinder sind nur froh, dass ihre Lehrerin wieder bei Sinnen ist. Sie können mit ihren ganzen begeisterten Ausführungen, mit ihren Wutausbrüchen und den verdrehten Augen wenig anfangen. Ostpreußen und Trakehner? Und dann auch noch Krieg. Sie kennen sich besser aus mit dem Wüstensand hier in der Namib oder mit Ziegen oder Hühnern. Und Magda Kalludrigkeit wird draußen vor dem Haus erst einmal ordentlich gekniffen und geschubst. Die soll sich bloß nichts einbilden. Dann verteilen sich die Kinder auf die Wege in Richtung ihrer Häuser.

Die vier Mädchen der Missionarsfamilie sehen auf dem kleinen Hang zu ihrem Haus hinauf einen von Mulis gezogenen Wagen. Die Mädchen begleiten ihn auf beiden Seiten und bewerfen übermütig die Tiere mit Sand.

„Trakehner, Trakehner", rufen sie, „wartet, wartet doch, die Frau von Falkenhausen will gerne auf euch reiten."

Auf dem Wagen befindet sich ein riesiges, silbern glänzendes Metallfass, in dem sich Süßwasser befindet. „Der Vater kriegt Wasser als Geschenk zum Jubiläumstag", kreischen sie und wollen sich totlachen.

Das Wasser kommt von einem Kondensator in der Nähe von Lüderitzbucht, wo es entsalzt wird. Dann ist es zunächst mit einer kleinen Güterbahn mit Elektrolok im Tankwagen bis Pomona gefahren worden. Hier wird es in das Fass umgefüllt. In der Küche der Missionarsfamilie gibt es nun ein weiteres Fass, in das das Süßwasser gepumpt wird. Sparsam wird es für den alltäglichen Gebrauch benutzt. Neben der Küche befindet sich noch ein kleinerer Raum, in den Vater eine Wanne eingemauert hat; da hinein kommen die Mädchen jeden Abend zum Baden, aber das ist natürlich Salzwasser aus einem anderen Reservoir.

Zunächst müssen die Mädchen ihre Schildkröten füttern. Sie leben in einer Kiste, die auf der Veranda steht und fressen gern ein paar Blätter vom Salat, der immer frisch vom Kap geliefert wird.

Als sie ins Haus kommen, ist die Mutter dabei das Mittagessen vorzubereiten. Den Reis hat sie morgens schon kurz aufkochen lassen und den Topf dann in die gepolsterte Kochkiste verfrachtet, wo er, eingepackt in eine Wolldecke und mehrere Lagen von Zeitungspapier zu Ende garen soll. Dazu will die Mutter Omeletts aus einem Straußenei backen. Ein solches Ei hat eine weißliche, elfenbeinartige Farbe und wiegt fast zwei Kilogramm. Zum Öffnen legt Wilhelmine vorsorglich eine Schüssel unter. Es werden ein Hammer und ein großer Nagel benötigt, um vorsichtig ein Loch hineinzuschlagen. Karl muss dabei behilflich sein. Das Innere des mehr als 15 Zentimeter großen Eis gießt die Mutter dann in eine Porzellankanne, aus der es portionsweise in die Pfanne gelangt, wo es im Prinzip wie Hühnerei verarbeitet wird.

Nach dem Gottesdienst, den Vater am späten Nachmittag mit den Schwarzen hält, spielt er mit den Mädchen *Mensch ärgere Dich nicht.* Ist er auch in allem den Kindern zugetan, kann er sich, die anderen lobend, selbst klein machen, so ist er im Spiel doch der Ehrgeizigste von allen. Bei jedem guten Wurf schlägt er mit der Faust auf oder reckt den Arm in die Höhe. „Schon wieder eine Sechs! Ich kann schon meine dritte Figur rausstellen. Was habt denn ihr zu bieten?" Andererseits kann er, wenn er rausgeschmissen wird, auch die geballten Fäuste schütteln oder die entsetzten Augen schräg himmelwärts richten. „Das darf doch nicht wahr sein, so kurz vor dem Häuschen. Wer mich noch einmal rausschmeißt, kann etwas erleben!", ruft er dann. Aber die Mädchen haben beileibe keine Angst. Sie kennen den Vater nur zu gut. Sie kichern, nehmen die Würfel und überholen ihn lachend. Hanna gewinnt heute mit Glanz und Gloria. Sie hat schon alle vier Nüppchen im Häuschen, bevor der Vater oder die anderen auch nur drei darin haben.

„Vater, Vater, wunder dich nicht, wir haben alle deine Tricks gelernt. Rauch dir noch ein Pfeifchen, das darfst nur du. So stinken wie du, wollen wir nicht."

Er lehnt sich zurück, pafft dicke Rauchwolken.

„Wenn wir nur einen Strauß hätten", lacht der Vater dann, „könnten wir alle unsere Hühner abschaffen. Aber die Strauße laufen lieber durch die Wüste, beobachten die anderen Tiere. Sie stehen am Wasserloch allein zwischen ihnen und scheinen eine Art Schiedsrichter zu spielen, wenngleich sie kaum eingreifen in das Geschehen. Ob sie selbst Wasser brauchen, ist kaum ersichtlich. Aber in einem Straußenei befindet sich so viel Masse wie in mehr als 20 Hühnereiern." Die Mädchen staunen.

„Und ich könnte auf einem Strauß sogar ausreiten. Er wird zwei bis drei Meter groß. Er kann so schnell laufen, dass ich in einer halben Stunde in Lüderitzbucht wäre. Ihr glaubt es kaum, damals mit Gottlieb haben wir ganze Rundreisen durch die Namib auf dem Rücken von Straußen unternommen. Wir haben einen flachen Sattel aufgelegt und dem Tier Zügel um den Hals geschlungen." Die Mädchen sehen ihren Vater mit offenem Mund an. Er streicht sich den Bart. „Es ist der größte lebende Vogel, obwohl er nicht fliegen kann. Aber er kann brüllen, fast wie ein Löwe. Und es gibt die Geschichte, dass ein Strauß sogar einmal mit einem einzigen Tritt einen Löwen getötet hat."

Jetzt muss die Mutter eingreifen. „Hör auf mit dem Unsinn. Du bist ja schlimmer als der Baron von Münchhausen."

„Nein, nein", antwortet der Vater, „du tust mir Unrecht, es stimmt alles."

„Vater, bitte, zeig uns einmal einen Strauß!", bettelt Marianne.

„Ich werde jeder von euch demnächst eine schöne Schwanzfeder mitbringen. Die sind sogar sehr beliebt bei den feinen Damen in den vornehmen Salons von Paris und Berlin."

Was hat Karl damit angerichtet? Die Phantasie der Mädchen ist geweckt. Am späten Nachmittag durchstöbern sie das ganze Haus, alle Schränke, Kisten und Kästen und suchen sich die verrücktesten Utensilien zusammen für ihre Modenschau. Sie endet erst, als die Mutter vor dem Schlafengehen dem wirren Treiben ein resolutes Ende setzt. Erst jetzt fällt ihnen ein, dass sie auch noch den *Herrn von Ribbeck* lernen müssen.

Karl liegt noch lange wach. Er hält die Hand von Wilhelmine, die längst eingeschlafen ist. Nur zögerlich kann der Schlaf ihn ergreifen. Ungeordnete Gedanken laufen durch seinen Kopf.

Vor zwei Tagen ist ein Brief aus Deutschland eingetroffen, dessen Inhalt ihm jetzt erst langsam begreiflich wird. Seine Schwägerin Auguste teilt mit, dass sein Sohn Traugott im Technikum in Illmenau in Thüringen ein Studium beginnen soll. Er möchte Maschinenbauingenieur werden. Karl nickt anerkennend mit dem Kopf: „Wie schön, dass aus dem Jungen etwas wird."

„Was weiß ich denn von ihm?", denkt er dann. Als er noch ein ganz kleines Kind war, ist Karl mit ihm und seinen beiden Geschwistern über den großen Ozean nach Deutschland gefahren. Seitdem ist er aus seinem Blickfeld gerückt. Wenn er sich recht erinnert, war er ein mittelblonder Junge. Er hatte helle Augen. Er hat viel geweint, weil er seine Mutter gesucht hat. Er ist in Ondjiva, oben im Ovamboland, geboren. Er hat den Affenbrotbaum gesehen. Karl hat ihn hochgehoben und auf einen Ast gesetzt. Von da hat er sich voll Vertrauen in seinen Arm fallen lassen. Habe ich dieses Vertrauen verdient? Wie klein war der Junge da noch! Hat der Baum ihm Kraft gegeben? Was ist mit diesem verlorenen Sohn? Gottes Sohn ist für uns geboren. „Mein Sohn ist mir verloren", sagt Karl im halben Schlaf. Wilhelmine dreht sich schwer atmend um.

„Komm zur Ruhe, Karl", sagt sie. Er drückt sein Gesicht in das Kissen.

19

Kaffernbonbons

1927 Keetmanshoop

Während des Frühstücks kocht die Mutter zusätzlichen Früchtetee und füllt ihn ab in eine bauchige Flasche aus Aluminium. Als die Mädchen dann an diesem Morgen auf dem Weg zur Schule sind, ist ihre kleine Schwester Marianne nicht dabei. Sie trägt ihr gutes Kleid und fährt um kurz nach neun mit der Mutter in der fauchenden Eisenbahn zu einem Arzt nach Keetmanshoop. Der Ort liegt weit im Land hinter den Bergen. Der Tee und ein ganzer Stapel von in Fettpapier verpackten Broten werden als Wegzehrung benötigt. Auf dem Schulweg sind die anderen drei Mädchen aufgeregter als Marianne selbst.

„Sie hat etwas an der Lunge", hat die Mutter mit besorgter Miene gesagt, „da bin ich mir sicher. Wenn ich nur sehe, wie blass das Kind ist. Und der Doktor im Krankenhaus von Kolmannskuppe hat eine Vorstellung beim Spezialisten dringend empfohlen."

Die drei anderen beneiden Marianne. Sie darf nach Keetmanshoop fahren. So eine lange Fahrt mit der Eisenbahn! Und dort gibt es Bäume, und sie alle haben noch nie einen gesehen, und Marianne ist die Jüngste, und sie wird einen sehen. „Halt die Augen auf, du musst uns alles genau erzählen!"

Aber Marianne wird gleich schläfrig, sobald sie den Bahnhof von Lüderitzbucht verlassen haben und der

Zug seine normale Reisegeschwindigkeit erreicht und das Schlagen der Räder auf den Schienen seinen gleichmäßigen Rhythmus gefunden hat. Schon vor fast zwanzig Jahren ist die Eisenbahnlinie Lüderitzbucht – Keetmanshoop eröffnet worden. In der ersten Wagenklasse werden nur Weiße befördert. Sie sitzen jetzt in der zweiten Klasse. Die steht zur Benutzung zwar jedermann frei, aber einige besondere Abteile werden für die Weißen bereitgehalten. Mit ihnen reisen zwei Handwerker, die offensichtlich auch nach Keetmanshoop wollen. Schon bald öffnen sie die erste Flasche Pschorr, ein hier sehr populäres Münchner Bier. Ansonsten kümmern sie sich nicht um Mutter und Tochter.

Noch bevor sie nach der Fels- und Geröllwüste den Gürtel der Wanderdünen erreichen, ist das kleine Mädchen eingenickt. Die breite, weiche Seite der Mutter bietet ein gewohntes Ruhekissen. Das monotone Klacken der Räder verleitet in seiner Eintönigkeit nachhaltig dazu, sich dem noch vom morgendlichen Halbschlaf dominierten Dämmern wieder hinzugeben und die Augen geschlossen zu halten, noch einmal abzutauchen und zu träumen. Die Station Grasplatz nimmt nur noch die Mutter wahr. Die eigentümliche Bezeichnung, hier mitten in der Wüste, rührt daher, dass früher die Fahrer der Ochsenwagen an diesem Ort Gras abluden. Später auf der Rückfahrt von Lüderitzbucht fütterten sie damit die Zugochsen.

Als Marianne wieder erwacht, wundert sie sich, dass der Zug immer noch fährt, sie rüttelt und wiegt. Immer noch rauscht draußen vor dem Fenster die eintönige Landschaft vorbei, die sich kaum ändert, die allein in ihrer Stetigkeit ihre Bestimmung findet. Aber Marianne fragt sich, ob sie überhaupt geschlafen hat und wie lange schon, ob der Zug überhaupt weitergefahren ist. Aus den gewaltigen Sandflächen steigen Inselberge auf, die blau oder gar violett im späten Morgenlicht schimmern. Später kündigen ein paar Dornbüsche und die ersten spärlichen Büschel Gras die Steppe an.

Es ist schon fast Mittag und drückend heiß im Waggon. Die Sonne steht sehr hoch über ihnen und es ist nur gut, dass das Dach des Waggons an den Seitenwänden bis zur Fensteroberkante herabgeführt wird. Die Mutter hat eine Leinendecke untergelegt, damit die Sitze nicht gar so hart erscheinen, und die nackten Oberschenkel des Mädchens kleben auch nicht am polierten Holz. Dann sehen sie ganz in der Nähe ein paar kleine Tiere. Sie richten scheinbar verwundert die Körper auf, wittern und zucken zurück.

„Erdhörnchen", sagt die Mutter, „in der größten Hitze benutzen sie ihre buschigen Schwänze als Schutz vor der Sonnenglut. Es sind die einzigen Tiere, die sich in ihren eigenen Schatten stellen können."

Schließlich kommen sie in die Berge. Der Zug wird noch langsamer. Die beiden Handwerker sind nach dem Verzehr von etlichen Flaschen Bier auch eingeschlafen. Sie sacken auf ihren Sitzen in sich zusammen und zucken mit den Köpfen mal nach rechts und mal nach links.

Am Abend in Keetmanshoop finden sie Aufnahme in der Missionsstation bei der Familie von Bruder Nienbauer. „Es war wunderbar", schwärmt Marianne nach der Rückkehr ihren Schwestern vor, die ihr mit offenen Mündern lauschen. In einer mehr und mehr herausgeforderten Phantasie erzählt sie schließlich von einem riesigen Garten, in dem Bäume wachsen und Sträucher, die blühen. „Und da gibt es ein Stück, da wächst Gras, grün und dicht, und es sieht aus wie ein Teppich." Ihre Augen leuchten. „Onkel Nienbauer hat mich zu einem Naatjesbaum geführt. Der war voll mit kleinen, orangenen Mandarinen. Und gleichzeitig hatte er weiße Blüten. Es hingen auch noch unreife, grüne Früchte daran. 'Den kannst du leeressen', sagte er zu mir, 'solange du hier bei uns bist, ist das dein Baum!'"

Der Besuch beim Doktor, der wohl irgendeinen schwachen Lungenschatten festgestellt hat, spielt in Mariannes Berichten später keine Rolle mehr. Am frühen Nachmittag des nächsten Tages fahren sie mit dem Auto des Viehdoktors in Richtung der Berge nördlich von Seeheim, um nach dieser Spritztour den jungen Missionar Weber und seine Frau zu besuchen, die die Mutter noch von Deutschland kennt.

Marianne sitzt eingeklemmt zwischen ihrer breiten Mutter auf der einen und dem nicht minder fülligen Viehdoktor auf der anderen Seite. Den Strohhut hat die Mutter mit einem übergezogenen Tuch befestigt, das unter dem Kinn geknotet ist. Der Fahrtwind streicht durch ihr Lockenhaar. Es ist herrlich, im offenen Wagen durch das Land zu brausen, die Landschaft mit dem langen Kühler vor sich brummend zu durchteilen und hinter sich eine Staubwolke zu lassen, wie ein Schiff die aufschäumende, brodelnde Gischt.

Plötzlich hält der Doktor den Wagen an. Er zeigt nach Westen zu einem nahegelegenen Buschdickicht. Aus dem, nun sehen es alle, sind ein paar große Antilopen herausgetreten. Sie bewegen sich sicher und ruhig. Sie äsen am Strauchlaub oder an einzelnen, dem Buschwald vorgelagerten Bäumen. Als das Auto steht, ist es plötz-

lich unerwartet still. Man wagt es kaum, sich zu bewegen.
Die Tiere haben lange, formschöne Läufe, hohe, schlanke
Körper, dreifach gewundene Hörner. Graubraun ist die
Grundfarbe, mit weißen, fallenden Streifen senkrecht
vom Rücken zu den Seiten.

„Kudus", sagt der Doktor, „wir haben Glück, dass wir
sie sehen. Es sind die anspruchsvollsten und wertvollsten
aller Antilopen. Nicht die größten, nicht die schnellsten, aber sie haben mehr als alle anderen Ebenmaß und
Würde."

„Ich bin fünfzehn Jahre in Südwest", sagt die Mutter,
„aber ich habe noch keine Kudus zu Gesicht bekommen."

„Sie leben nur auf kleineren Inseln in der Landschaft,
die keine andere Großantilope betritt. Sie ziehen sich
zurück, treten eigentlich nie weit hinaus, schließen sich
ab von Mensch und Tier, verstecken sich in den Bergen
und im Wald. Umso glücklicher können wir uns schätzen, diese herrlichen Geschöpfe heute zu sehen." Der
Vieharzt streicht dabei Marianne über das Haar. „Wenn
der Mensch die Antilope durch seine Willkür nicht ganz
verdrängt, so denke ich, dass das Kudu berufen ist, das
Geschlecht in seinem vollendeten Gleichgewicht von
Kraft und Schönheit zu langwährender Größe zu führen."

Irgendwie spinnt der Doktor ein bisschen, denkt
Marianne, wenngleich ihr die Tiere auch gefallen. Jedenfalls muss sie sich alles merken, um es den
Schwestern zu erzählen. Nicht einmal die Mutter hat bisher Kudus gesehen!

Dann sitzen die Erwachsenen hinter dem Haus von
Missionar Weber und trinken Tee. Die fein geflochtenen Korbstühle haben runde, geschlossene Rückenteile,
und man hat fast Angst, sich hineinzusetzen, so knat-

schen sie und verformen sich mit dem Körpergewicht nach hinten oder rechts oder links. Marianne treibt diese Deformationen durch kräftiges Wippen in alle Richtungen auf die Spitze, bis die Mutter ihr Knie packt und es mit der Hand fest drückt. Die Teetassen stehen ein bisschen schief, da der kleine Tisch, ebenfalls mit einer korbgeflochtenen Stellfläche, sich ein wenig nach innen wölbt.

Bruder Weber spricht davon, dass er dringend auf 600 Stück bestellter biblischer Geschichte wartet, er aus Deutschland aber nichts hört. „Auch mein Mann erteilt wöchentlich vier Religionsstunden. Auch er hat keine Materialien zur Verfügung", sagt die Mutter, „nur meinem Mann wird das kaum zum Problem, da er seine eigene Auffassung vom Gottesglauben hat und sich eh alles lieber selbst zurechtlegt. Ich allerdings bin überzeugt, dass die ein wenig strengere, rechtgläubige Lehrmeinung nicht schaden könnte. Ich bitte dich eindringlich, Bruder Weber, bei Gelegenheit mit Karl darüber zu sprechen."

Marianne beginnt wieder in ihrem Korbstuhl zu wippen. Endlich hat die Mutter ein Einsehen: „Lauf ruhig", sagt sie. Aber Marianne blickt sie verständnislos an. Was soll sie, allein, wohin denn? Jetzt vermisst sie ihre Schwestern, ohne die sie nicht gewohnt ist, irgendetwas zu veranstalten, eine Idee zu entwickeln oder sich nur gemeinsam an einem verwunschenen Ort zu verkriechen. Wie sollte das alleine gehen?

„Der Löwe ist los!" spielen sie oft. Eins der Mädchen schreit es, und das Chaos ist perfekt. Unter schrillstem Geschrei rennen sie auseinander, jede Vorsicht vergessend, über Tisch und Bank, alles umwerfend und zertretend, flüchten sich in scheinbar sichere Ecken und Winkel, unter Treppen und hinter Häuserecken. Bis wieder eine schreit: „Der Löwe, er kommt!" und aller sicherer Hort unter Gekreisch sofort aufgegeben wird, um überstürzt und wie wahnsinnig, die Wege der anderen kreuzend, eine andere Zuflucht zu suchen.

Allein ist man dem Löwen ausgeliefert. Wenn er sich auf dich fixiert hat, dein „kleines, festes Beinchen schnappen will, wupp", wie der Vater es sagt, wenn er die Mädchen mal scherzhaft packt, dann kannst du doch nichts machen, denkt Marianne. Kein Schreien und Rennen, wie die Hühner kreuz und quer, kann ihn ablenken von dir, so dass du hoffen könntest, er fletscht die Zähne für ein anderes Bein.

Marianne hat sich bis weit hinten an den Zaun gewagt und bekommt plötzlich Angst. In Pomona, das weiß sie, da ist alles nur ein Spiel, da gibt es in Wirklichkeit keine Löwen. Dort im Sand haben sie nichts zu suchen. Aber hier im Namaland, wo es Bäume gibt und Gras und Pflanzen, die blühen, wo wilde, kraftvolle Kudus laufen, da könnten doch auch Löwen Nahrung finden. Da könnten welche leben, die dann als Nachtisch auch mal gern ein kleines, festes Kinderbeinchen schnappen.

Alle Scham vergessend, läuft sie schreiend zur Mutter zurück, stürzt in ihren Arm. Die Erwachsenen blicken erstaunt. Die Teetasse des Viehdoktors ist übergeschwappt. „Kind, was hast du wieder!" - „Es wird die Sonne sein", meint Frau Missionar Weber, „du solltest ihr einen Hut aufsetzen, liebe Schwester. Komm mal her, mein Kind, lass deine Schläfen fühlen." Onkel Weber geht ins Haus und kehrt mit einem kleinen Medaillon zurück, das er Marianne schenkt. Das Band ist aus geflochtenem Zebrahaar.

Am nächsten Morgen machen sie einen Besuch im Store von Frau Rainer. In dem kleinen, dunklen Laden gibt es alles zu kaufen, was man sich nur denken kann: Gummischuhe, lose Linsen, Kaffernbonbons im dicken Glas, Maschendraht, Zucker, Kerzen, Werkzeuge, Tee und Lampendochte. Frau Rainer verwickelt die Mutter sofort in ein Gespräch über Häkeldecken, zieht sie dann mit sich, um in ihre Wohnung zu gehen, die nur zwei Häuser weiter weg ist. „Lass mal Marianne hier aufpassen, um diese Zeit kommt sowieso niemand in den Store."

Schon befindet sich Marianne allein in dem Laden. Sie blickt sich um und staunt. Überall stehen Säcke, auf denen oben ein handbeschriftetes Schild liegt: Erbsen, Mais, Weizen, Kartoffeln. Auf der Theke stehen Dosen mit Gebäck und Süßwaren. Ob sie etwas nehmen darf? Nein, nein, das wäre sicher unrecht.

Mitten auf dem Ladentisch thront eine beeindruckende, silberne Registrierkasse. Auf der bauchig vorgewölbten Vorderseite gibt es fünf senkrecht verschiebbare Hebel mit Zahlenreihen. An der rechten Seite befindet sich eine Handkurbel. Die Versuchung ist groß und schließlich kann Marianne nicht widerstehen. Nachdem sie zunächst auf einen der Hebel drückt und nichts passiert, fasst sie den Griff an der Seite und dreht an der Kurbel. „Kling", springt mit einem lauten Geräusch eine sich unter dem Kassengehäuse befindende Schublade auf. Das Mädchen springt erschreckt zurück. Was hat sie angestellt? Sie blickt bestürzt nach allen Seiten um sich, nimmt dann allen Mut zusammen und drückt die Schublade wieder zu. Ihr Herz klopft bis zum Hals.

Rechts hinten entdeckt sie in einer schattigen Ecke Streifen getrockneten Fleisches, die von der Decke hängen.

Als sie näher herangeht, bemerkt sie, dass sie ganz merkwürdig riechen, und als Marianne sie endlich auch anfasst, fühlen sie sich hart an und ein wenig fettig. Sie weiß, es ist haltbare Nahrung, Trockenfleisch von Ziegen oder Springböcken.

Unter der Theke gibt es unzählige von Schubladen, auch diese sind beschriftet. Sie hat Mühe die Bezeichnungen zu entziffert, doch dank der Hilfe und des Umgangs mit ihren älteren Schwestern kann sie deutlich besser lesen als ein anderes Kind in ihrem Alter. *Putzmittel, Schreibwaren* oder *Nähgarn* steht da geschrieben. Aber sie getraut sich nach dem Erlebnis mit der Registrierkasse nicht mehr, eine der Schubladen zu öffnen. Wer weiß, was dann wieder geschieht.

Wie kann die Frau sie hier allein in dem Store lassen? Alles ist so aufregend und spannend, aber doch auch Furcht einflößend und erschreckend. Was soll sie nur machen?

Plötzlich kommen fünf oder sechs kleine Kaffernkinder in den Laden gelaufen. Sie sind etwa im gleichen Alter wie Marianne. Als sie sie entdecken, klatschen sie in die Hände, lachen und rennen auf das weiße Mädchen zu. Sie bedrängen sie und rufen: „Give me Leckers, give me Leckers!"

Marianne ist außer sich. Nie hat sie mit kleinen schwarzen Kindern Kontakt gehabt. Was soll sie tun? Wie soll sie diese vehementen Wünsche abwehren? Darf sie ihnen etwas geben? Und wenn, was sollte sie geben, was wollen sie haben?

Die schwarzen Kinder zerren an ihrem Kleid, halten ihr die Hände ausgestreckt entgegen. Marianne sieht, dass sie innen weiß sind, und sie denkt, dass es eine teuflische Verstellung ist, um sie zu überreden. Sie rufen unentwegt: „Give me Leckers!"

Ein wenig barsch macht Marianne sich frei, weicht dann ängstlich zurück in eine hintere Ecke und versteckt sich unter einem Hängeschrank neben einem großen Fass. Den Kopf in den Schoß gepresst, legt sie noch beide Arme darüber. Sie scheint sich in sich selbst verkriechen zu wollen und zu ergeben.

Da betritt der junge Missionar Weber den Store, weil er die Schwester Skär sucht. Kaum dass er die Situation überblickt, scheucht er die kleinen Kaffernkinder entschlossen aus dem Laden und befreit Marianne aus ihrer Zwangslage.

„Sie wollen immer nur Kaffernbonbons", sagt er, „die sind natürlich auch lecker." Und er schiebt Marianne aus dem Glas auf der Theke zwei, drei von den dicken, süßen Bonbons zu. Sie sehen aus wie kleine, rote oder gelbe Seidenkissen und sind steinhart. Marianne lässt sie, plötzlich erleichtert und befreit, alle auf einmal in beiden Backen verschwinden, so dass sie sich aufwölben und dick und rund werden.

Als Marianne zurückkommt nach Pomona und ihre drei Schwestern trifft, reden alle sofort durcheinander. Jede von ihnen hat so viel zu erzählen, dass sie gleich losplappern, sich mit den Stimmen überschlagen, gestikulierend und beim Reden die eindrucksvollsten Grimassen schneidend. Nachdem man dann doch zuerst Marianne den Vortritt lassen muss, eine wirre Geschichte von Bäumen und Kudus, Löwen, Autos, dem Store, steinharten Kaffernbonbons und einem dicken Viehdoktor erfährt, erzählt Hanna vom Hühnerschlachten.

Die Mutter ist aufgebracht und hat verboten, dass die Mädchen zuschauen. „Ihr bleibt im Haus!", hat sie befohlen und sie zum Mandolinespielen ins Zimmer geschickt. Sie selbst bügelt nebenan im Schlafzimmer und überwacht ihr Spiel.

Seit dem ersten Schuljahr haben sie Mandolinen-
unterricht, zuerst Elisabeth und Hanna, dann auch Lene.
Marianne ist bis zu diesem Zeitpunkt die einzige, die
verschont worden ist. Noch sind bei dem sechsjährigen
Mädchen die Fingerchen zu klein, um die Saiten zu fassen und zu drücken.

Herr Kries gibt den Unterricht. Einmal wöchentlich
im Schulgebäude unterrichtet er alle drei gemeinsam für
eineinhalb Stunden. Die Mädchen sind gut ausgestattet,
haben jede einen eigenen Notenständer und Notenblätter,
immer soviel wie benötigt werden. Ihr Vater lässt sie bei
Bedarf aus Deutschland schicken. Elisabeth gelingt es so
leidlich, das Instrument zu spielen, aber ihr gefällt der
helle, metallische Klang nicht. Hanna ist mit Abstand
die Begabteste, sie singt auch dazu und bekommt später
zusätzlich Geigenunterricht. Lene kann das Instrument
zwar halbwegs spielen, doch eher mechanisch, muss alles
einüben und spielt es ohne viel Lust herunter. Einen bestimmten Takt einzuhalten, fällt ihr recht schwer. Wenn
sie nicht genügend übt, bleiben die Finger einfach auf
den Saiten sitzen, wenn die Dur gewechselt werden muss.
Oder sie drücken die falschen Saiten nieder oder verrut-
schen und es scheppert schrill.

Oftmals widmet sich Herr Kries einer der
Mandolinenschülerinnen allein, und die anderen haben
Gelegenheit, ihren Musiklehrer zu beobachten. Er ist ein
ernster, energischer Mann. Schmal, nicht allzu groß, meist
mit einem hellbraunen, langen Jackett bekleidet, das ihm
bis zu den Hüften reicht. Hinten schließt es in der unteren Rückenpartie mit einem quergesetzten Riegel, bevor
sich die Schoßseiten wie bei einem Gehrock teilen. Zur
weißen Tuchhose trägt er auch weiße, zumindest immer

helle Schuhe. Sein Hemdkragen ist hoch geschlossen, mit einer schmalen Krawatte mit noch schmalerem Knoten besetzt. Das Haar ist gescheitelt. Seine Oberlippe ziert ein nach unten gekämmter, glatter Schnauz, und - wenn er nicht selbst mitspielt - hält er einen kurzen Taktstock in der rechten Hand, den er zackig führt. Eins, zwei - eins, zwei.

Seitdem Lene einmal von Herrn Kries eine gut platzierte Backpfeife bekommen hat, weil sie - zugegebenermaßen - nichts von dem konnte, was sie einüben sollte, hat sie besonderen Respekt vor dem gestrengen Musiklehrer. Aber sie hat auch endgültig die Lust verloren am Mandolinenspiel. Als dann später durch die Krisenzeit die Bezüge von der Mission geringer werden und das Geld für den Musikunterricht nicht mehr reicht, ist besonders Lene erfreut. Immerhin muss es dem tüchtigen Herrn Kries zugute gehalten werden, dass er sich bereit erklärt, den Geigenunterricht der vornehmlich begabten Hanna unentgeltlich fortzuführen. „Um dies begnadete Mädchen täte es mir sonst leid."

Als die Mutter einen neuen Korb Wäsche von draußen hereinholt, tuscheln die Mädchen. Heute Nachmittag sollen die zwei Hühner geschlachtet werden. Der Vater ist vorhin mit Samuel, dem schwarzen Boy, der ihm auch beim Gottesdienst hilft, die Gesangbücher auszuteilen, von der Werft gekommen. Sie machen sich schon hinten im Hühnerstall zu schaffen.

Der Plan ist schnell ausgeheckt. Hanna kann auf keinen Fall weg. Sie muss das Mandolinenspiel führen. Aber nur eine von den beiden anderen kann sich wegstehlen, ohne dass die Mutter merkt, dass das Trio nicht mehr komplett ist. Hanna, die ja gezwungenermaßen in den sauren Apfel beißen muss, ist entschieden dafür, dass Lene gehen darf. Sie kann viel plastischer und phantasiereicher erzählen. Elisabeth muss sich schließlich fügen. Die beiden spielen entschlossen und energisch ihre Stücke herunter. Lene entgleitet aus dem Fenster des Kinderzimmers.

Sie schleicht um die Ecke des Hauses, sieht den Vater am Wäschepfahl stehen. „Los, Samuel, jetzt schreiten wir zur Tat", sagt er bestimmt. Samuel verfolgt in gebückter Haltung, die Hände meterweit voraus, ein flatterndes, gakkerndes Huhn, das Staub aufwirbelnd rennt und fliegt und Haken schlägt und sich hinten in der Ecke des Geheges im Maschenzaun verheddert. Es schlägt um sich, dass die Federn fliegen. Dann wird es doch von Samuel gepackt.

„Was haben sie gemacht?" fragt Hanna später.

„Samuel hat am Rücken beide Flügel hochgenommen und das Tier gehalten. Das Huhn, es hat mit den Füßen gestrampelt. Es hat den Hals gereckt und mit dem Schnabel ins Leere gehackt. Und es hat immer wieder etwas geschrien. Es hörte sich an wie: Krokaak, krokaak! Ich glaube, es muss etwas in Ovambosprache sein. Ein Fluch oder so etwas, eine Verwünschung. Denn Samuel schien sehr erschrocken. Er hat mit den Armen gezittert und wollte das Huhn fast fahrenlassen. Wir müssen ihn danach fragen."

Dann wird Lene beim Erzählen bleich: Samuel packt das Tier entschlossen. Nichts hilft ihm mehr, kein Fluch und kein Sträuben. Die Federn spreizen sich, es bläht sich auf. Samuel drückt es mit dem Kopf auf den dicken Stein vorm Schuppeneingang. Er nimmt aus Vaters Hand das Beil, holt aus. Beim Zuschlagen muss er nachfassen, weil das Huhn die letzten Kräfte freimacht und sich wegreckt.

Aber er trifft wohl dennoch den Hals. Ein Funke springt auf von der Beilklinge, die auf den Stein schlägt. Der Kopf ist abgetrennt. Er fällt nach vorn in den Sand. Im gleichen Moment stößt Samuel einen Schrei aus, gibt das Huhn, dessen Halsgefieder blutig rot ist, in Vaters Hand. Noch einmal schreit er auf, und auch als Vater das Huhn jetzt hält, fließt von seiner Hand immer noch strömend Blut.

„Sein Daumen", sagt der Vater entsetzt, sieht jetzt plötzlich Lene neben sich stehen und gibt ihr das Huhn in die Hand. „Halt es fest, halt es an den Füßen fest, mit dem Hals nach unten, bis es ausgeblutet ist!" Und er reißt sich ein großes Stück Hemd vom Leib, windet es zu einem Band. Er bindet es Samuel um den kräftigen Oberarm. Lene steht angewurzelt und stumm, die Hände um die Hühnerbeine gekrallt. Doch da zuckt das Vieh ohne Kopf, ruckt krampfartig schräg nach oben und entgleitet den kleinen Mädchenhänden. Es klatscht in den Staub, dreht sich und rennt davon, nur der Leib und die zwei Füße. Drei Meter weit oder vier und verschwindet um die Ecke hinter den Schuppen.

Alle sind jetzt da. „Wie konntest du!", sagt die Mutter und blickt ihren Mann eisig an, drückt die weinende Lene an ihren Leib. Hanna und Elisabeth stehen entgeistert da mit offenem Mund. „Er hat seinen Daumen verloren", sagt der Vater, „hol bitte sofort Verbandszeug, Watte und eine feste Kompresse." Samuel stöhnt und jault auf vor Schmerz.

„Er hat Blut", flüstert Hanna leise zu Elisabeth gewandt, „richtig viel Blut."

„Kein Wunder", antwortet diese, „er ist doch getauft."

20

Fliegende Fische

1928 Atlantik

So schön geht fern im Westen über dem Meer die Sonne unter. In einem schmalen, langen Streifen hängt ein Wolkenband nur ganz knapp über dem Horizont. Dahinein taucht von oben die Sonne jetzt, hat ihr helles Strahlen noch nicht ganz aufgegeben. Aber sie ist doch schon so ermattet, dass man ihr voll ins Gesicht sehen kann, um zu beobachten, wie sie, schon nur noch halb zu sehen, den Wolkenrand in einer scharfen Silhouette hervorhebt. Dann verschwindet sie in den tief hängenden Wolken. Nach kurzer Zeit taucht die Sonne als orangener, verformter Lampion noch einmal unter diesem Wolkenstreifen auf und versenkt sich selbst endlich, alles Leuchten aufgebend und vergessend, als tiefroter Farbtupfer ins Meer. Kaum ist sie verschwunden, lauert schon die Nacht, eine kurze, unbedeutende Dämmerung kaum beachtend.

Die Mädchen stehen Arm in Arm auf der Glasveranda vor dem Schlafzimmer der Eltern - Hanna, Elisabeth, Lene, Marianne - und sehen dem Schauspiel zu. „Weg ist sie", sagt Marianne. „Naja, abends kann man von der Sonne nicht mehr erwarten", erwidert Elisabeth.

Weit hinten in der Bucht, wo sich auf den leicht gekräuselten Wellen ein vergessenes, dunkles Rot der letzten Sonne tanzend spiegelt, sehen sie den Dampfer der

Deutsch-Ostafrika-Linie. Er ist von Daressalam aus nun wieder auf dem Rückweg. Heute Nacht macht er Station in Lüderitzbucht. Morgen in aller Frühe wird die tiefe Schiffssirene das Zeichen zur Abfahrt geben. Dann geht es zurück nach Norden, nach Deutschland. Man stelle sich das vor!

„Habt ihr auch Tränen in den Augen?", fragt Lene die Schwestern. „Ist es nicht furchtbar?"

„Ich hab noch keine Tränen", sagt die kleine Marianne, „aber ich spür was, sie könnten gleich kommen."

„Bei mir läuft's nur so runter", heult Hanna, „sollen wir noch mal singen?"

Und sie fassen sich fester um die Schultern und singen entschlossen: *Morgen muss ich fort von dir …* Und dann heulen sie alle vier und bilden in der Umarmung ein Knäuel und stecken die heißen Köpfe zusammen. Sie reiben die tränennassen Wangen aneinander, tanzen und springen, morgen muss ich fort von dir. Marianne beginnt plötzlich hysterisch zu lachen. Hanna heult immer heftiger, schlägt mit den Armen um sich. Elisabeth reißt sich los und schüttelt den Kopf und ruft: „Habt ihr auch die Badeanzüge eingepackt? In Togo gibt es einen Palmenstrand mit warmen Wasser."

Da steht die Mutter in der Tür. „Ihr macht mich schier verrückt." Sie sinkt aufs Bett. Marianne läuft zu ihr: „Mutter, ich bleib doch da."

Die drei anderen sind plötzlich still. Kein Lachen mehr, keine Tränen. Sie blicken hinaus aufs Meer, achten nicht auf die Mutter, die ihre Jüngste verzweifelt an sich zieht. Sie umarmen sich und singen jetzt ganz ernst: *Morgen muss ich fort von dir.* Es scheint, dass sie mit einem Male spüren, dass es kein Spiel mehr ist, sondern dass etwas geschieht, dass etwas auf sie zukommt, was sie bisher unterschätzt haben, was ihnen womöglich mehr abverlangt, als sie sich vorgestellt haben.

„Mutter", ruft dann schluchzend Lene und stürzt in ihre Arme, „du hast doch versprochen, du kommst schnell nach." Jetzt fallen auch die restlichen beiden über ihre Mutter her und wollen sie schier zerdrücken.

Da steht der Vater in der Tür und ruft: „Genug gejammert. Jetzt geht es erst einmal zu Tisch." Er spricht mit fester Stimme ein langes Dankgebet.

Zum Abendessen gibt es Tauben. Das ist etwas Besonderes, denn hier gibt es nur selten Fleisch. Dazu hat die Mutter Pataten gekocht, lilafarbende Kartoffeln vom Kap, und auf dem Tisch steht selbstgebackenes Brot. Das kann alle ein wenig ablenken, bis auf Wilhelmine, die nach wie vor sehr einsilbig bleibt.

Die Täubchen hat der Kaufmann Segberg als Abschiedsgeschenk gebracht, für jeden zwei Stück. Er hat ein Taubenhaus, das wegen der Schakale und Hyänen auf einem sehr hohen Mast stehen muss. Vergeblich haben auch die Mädchen stets versucht, daran hinaufzuklettern.

Als die Mutter dann aus dem Vertiko die von ihr selbst behäkelten Puppen holt, die die Mädchen sonst nur sonntags mal zum Spielen bekommen, wissen sie endgültig, dass eine außerordentliche Situation eingetreten ist. Sie können kaum etwas mit den ansonsten über alles begehrten Püppchen anfangen.

„Die Ovambo haben heute ihre Kollekte in der Kirche für euch gespendet." Vater sagt es mit erkennbarer Rührung in der Stimme. „Sie möchten, dass ihr, wenn ihr nach Las Palmas kommt, euch eine Bananenstaude davon kauft."

Die Eltern haben die Überfahrt ihrer drei älteren Töchter nach Deutschland lange geplant. In Pomona ist vor einem knappen Jahr die Schule aufgelöst worden, Frau von Falkenhausen ist nach Windhuk abgeordnet worden, Karl hat wieder Arbeit in Lüderitzbucht bekommen, damit seinen Töchtern hier der Schulbesuch ermöglicht werden kann. Aber er hat dann ein Gesuch an die Mission in Barmen geschickt, das umgehend bewilligt worden ist: Hanna, Elisabeth und Lene sollen demnächst Aufnahme finden im Töchterheim der Mission in Kaiserswerth am Rhein. Dort sind eine Betreuung durch fromme Schwestern, ein weiterführender Schulbesuch und eine anschließende Ausbildung gewährleistet.

„Säuglingsschwester oder Kinderfrau sind doch befriedigende und gottgefällige Berufe", sind sich Karl und Wilhelmine einig, wenn sie über die Lebensperspektive ihrer Töchter nachdenken.

Ein junges Mädchen von 17 Jahren, Tochter eines Farmers in der Nähe von Mariental, die ihre Großeltern in Deutschland besuchen will, soll sie auf der Fahrt mit dem Dampfer Usaramo begleiten. Als sie plötzlich krank wird, müssen sich die Eltern schnell anders entscheiden. Ein Ehepaar namens Lieb aus Lüderitzbucht reist ebenfalls mit der Usaramo. Sie sind zwar stockkatholisch, aber es gibt in der Not keinen anderen Ausweg, als ihnen die Mädchen anzuvertrauen. Diese sind verunsichert, weil sie nicht wissen, ob sie jetzt beim Beten die Hände flach aneinander legen müssen, wie die Katholischen das tun. Vater sagt, dies sei zwar keine Sünde, aber sie sollten ruhig wie gewohnt die Finger ineinander verschränken, auch wenn Herr oder Frau Lieb vielleicht auf andere Weise ihre Hände halten sollten.

Herr Lieb nimmt Quartier zusammen mit anderen Männern. Seine Frau bleibt bei den Mädchen in einer Viererkabine. Die Kabine ist sehr eng, etwas muffig und feucht, hat aber sogar ein eigenes Klo und ein kleines Waschbecken. Die Kojen sind längsschiffs übereinander angeordnet und haben an der Einstiegsseite eine deutlich erhöhte Leiste.

„Damit ihr kleinen Würmchen nachts nicht aus den Bettchen fallt", sagt Herr Lieb, als er die Unterkunft inspiziert. Er gibt Hanna, die ihm am nächsten steht, einen kleinen Klaps auf die Schulter.

„Ich bin kein Würmchen", antwortet diese empört und schüttelt seine Hand ab. Dann nickt Herr Lieb, der Hannas frechen Einwand einfach überhört, noch zufrieden und wendet sich erklärend an seine Frau: „Längskojen! Wenn man anfällig für die Seekrankheit ist, ist man in solchen Kojen am besten aufgehoben. Das Schlingern und Rollen des Schiffes wird so doch noch weitgehend ausgeglichen. Ich hoffe, ihr werdet keine allzu großen Probleme haben."

Die Kabine liegt etwa in Höhe des Wasserspiegels, so dass das Bullauge manchmal voll Wasser ist und man andererseits manchmal einen Blick direkt über das Wasser hat. Elisabeth liegt fasziniert auf dem oberen, nach außen gerichteten Bett und beobachtet und erlebt, wie sie mal Fisch und mal Vogel ist. Einmal, als ganz überraschend eine Welle mit Wucht gegen das Bullauge klatscht und sie erschreckt zurückweicht, fällt sie aus der Koje hinunter auf den Boden.

Das Schiff hat drei verschiedene Decks, mit Liegestühlen und Deckchairs. Ganz oben gibt es ein Schwimmbecken. Auf dem Schiff befinden sich ein paar hundert Passagiere, aber es sind nur relativ wenige Kinder darunter. Das Schwimmbecken ist so tief, dass es nur für Erwachsene oder Schwimmer geeignet ist. Da alle drei Mädchen nicht gut schwimmen können, verbietet ihnen Frau Lieb das Baden. Doch der Reiz ist so groß, dass sie immer am Beckenrand sitzen und unter den gestrengen Blicken der Aufsichtsdame meist zumindest mit den Beinen im Wasser planschen oder sich gegenseitig bespritzen.

Am Abend des zweiten Tages auf See wird von einem Maat, den die Kinder schon als Herrn Juli kennengelernt haben, das Wasser abgelassen, damit das Becken mit frischem Meerwasser aufgefüllt werden kann. Jetzt ist die Stunde der Mädchen gekommen: Als der Wasserspiegel etwa bis auf die Hälfte gesunken ist, sind sie nicht mehr zu halten. Sie springen trotz der hysterischen Schreie von Frau Lieb in den Pool, gebärden sich wie junge Delfine, tauchen und spritzen, springen auf und werfen sich ins kühle Nass, so lange, bis das Wasser nur noch zwei Fuß hoch reicht. Dann schaufeln sie es noch mit den Händen, bespritzen Herrn Juli. Sie machen ihm anschließend unmissverständlich klar, dass es ab jetzt keinen Wasserwechsel mehr im Schwimmbecken geben darf, ohne dass sie dabei sind.

An das abendliche Baden vor dem Schlafengehen, worauf ihre Reiseeltern bestehen, müssen sich die Kinder erst gewöhnen. Dem Wasser in der kleinen Wanne wird in schwacher Dosierung Kaliumpermanganat als Desinfektionsmittel zugesetzt, welches es leicht rosa färbt. Frau Lieb will auf eine ausgiebige tägliche Reinigung nicht verzichten. „Ihr könnt auch damit gurgeln", sagt sie, „dann bekommt ihr keine Halsentzündung. Aber bitte keinesfalls runterschlucken!"

Die Äquatorfeier steht bevor. „Ihr werdet zum ersten Mal auf der Nordhalbkugel der Erde sein", sagt Frau Lieb gewichtig und hebt beim Reden, entgegen ihrer sonst eher zurückhaltenden Art, sogar den Zeigefinger.

Die Mädchen können sich unter dem Äquator nichts vorstellen. Dass es kein Strich ist, den man mit den Augen sehen kann, haben sie natürlich schon kapiert. Aber irgendetwas muss doch zu bemerken sein oder muss geschehen. Alle machen ein so großes Theater, ein solches Gerede um diesen Äquator. Mutter hat ihnen sogar einen Karton mitgegeben, den sie erst dann, wenn sie ihn überqueren, öffnen dürfen.

„Ich habe bei Frau von Falkenhausen den Globus gesehen", sagt Hanna mit einem überlegenen Gesichtsausdruck, „der Äquator ist da, wo die Erde am dicksten ist, an der höchsten Stelle, von da an geht's dann wieder bergab."

„Unsinn", meint Elisabeth kopfschüttelnd, „wie soll denn das möglich sein?" Sie überlegt nur kurz. „Das Meer ist überall nur flach, naja, es gibt mal ein paar hohe Wellen. Aber wohin sollte denn das Wasser fließen, wenn es im Meer bergab geht?"

„Dann ist der Äquator eben etwas, was sich Gott einfach ausgedacht hat und an was man glauben muss, etwas, was man nicht sieht, was es aber doch gibt, wie die Himmelfahrt oder der Heilige Geist."

„Und warum sollte man an eine Linie glauben, kannst du mir das sagen?"

„Der Äquator teilt die Welt", meldet sich jetzt Lene zu Wort, „im Süden werden die Menschen als Schwarze geboren und im Norden als Weiße."

„Dann sieh mal in den Spiegel, du kleiner Neger. So lange ihr noch an den Osterhasen glaubt, werdet ihr nie begreifen, was der Äquator ist", sagt Herr Lieb, der neben ihnen an der Reling lehnt, in abschätzigem Ton. Plötzlich blickt er mit scharfen Augen über die Wasseroberfläche. Er weist mit dem Finger auf die blaue See. „Seht mal lieber dort hinten über das Meer hin. Wenn mich nicht alles täuscht, dann sind das fliegende Fische."

Tatsächlich sieht man dort längliche Körper aus dem Wasser auftauchen, die wohl Fische sein können, deren Brust- und Bauchflossen flügelartig vergrößert sind. Bestimmt einen Meter hoch über dem Wasser veranstalten sie Gleitflüge von zehn, zwanzig oder mehr Metern und tauchen dann wieder ab ins Wasser. Alle Reisenden, die sich an Deck befinden, bestaunen jetzt dieses Phänomen. Sie zeigen mit den Fingern in die Richtung und stoßen Rufe des Entzückens aus. Nur die Mädchen nehmen beleidigt kaum Notiz davon, zu sehr muss Herr Lieb sich immer aufspielen. „Fliegende Fische kennen wir zur Genüge, die hatten wir in klein zu Hause im Aquarium."

Am Abend, als Frau Lieb ihren Mann zu einem kleinen Deckspaziergang begleitet, verkriechen sie sich in ihrer Kabine und packen voller Spannung Mutters Karton aus. Jetzt ist der richtige Zeitpunkt gekommen. Und vor allem muss ausgeschlossen werden, dass Herr Lieb an dieser Überraschung teilhat. Vorsichtig knüpfen sie die Kordel auf, mit der der Karton zugeschnürt ist. Dann sind sie entzückt von dem, was sie finden.

Obenauf liegt eine Karte in Mutters Handschrift geschrieben. Elisabeth liest den Schwestern vor: „So gern wären der Vater und ich jetzt bei euch. Bestimmt ist es sehr aufregend an Bord des Schiffes, und die frische Luft wird euch gut tun. Wir sind stolz auf euch, weil ihr so tapfer seid. So Gott will, werden wir uns in nicht gar so langer Zeit wieder in die Arme nehmen. Wir lieben euch, der Herr beschütze euch." Elisabeth muss schlucken, alle drei sind ganz still geworden.

Sehr schnell aber überwiegt wieder die Neugierde. Was ist denn in dem Karton? Mach auf, sieh nach! Etwas Packpapier wird noch beiseite geschoben, dann liegt der Inhalt vor ihnen. Sie können es kaum glauben und brechen in übermütige Freude aus: Es sind traumhafte Kostüme für die Äquatorfeier.

Für Lene gibt es ein leichtes Kleidchen in Rot und Blau mit einer weißen Schürze; dazu einen hohen Papphut, an dem vorn über Kreuz Windmühlenflügel befestigt sind, die sich sogar drehen lassen. Das kennen sie aus Mutters Erzählungen und aus einem Bilderbuch mit Trachten aus Europa. Kein Zweifel, Lene wird die Holländerin sein.

Hanna findet für sich ein weißes Kleid, lang wie ein wallendes Nachthemd, auf das überall kleine, rote Herzen genäht sind. Dazu gehört ein rotes Band, das um die Stirn gelegt wird und an dem vorn ebenfalls ein großes Herz steckt, was die Herzdame komplett macht.

Elisabeths Kostüm besteht aus einer grünen, weiten Bluse, engen braunen Hosen und einem Hut, von dem überall aus Filz geschnittene Blätter in den verschiedensten Grüntönen herabhängen. „Ich bin ein Baum!", jubelt sie, als sie alles anprobiert hat, „wahrhaftig, ich bin ein Baum!"

Die Äquatorfeier beginnt mit einem großen Kinderfest. Alle sind mehr oder weniger kostümiert, mit Röckchen aus Krepppapier, bunten Mützen oder Bändern in den Zöpfen. Auch die Männer haben sich Mühe gegeben, sich bunte Schleifen statt Krawatten um die Stehkragen gebunden, Bärte aufgeklebt oder sie tragen schwarze Augenklappen, die sie zu furchterregenden Piraten machen sollen. Einige Frauen haben Ketten mit Fischen aus silbern glänzendem Stanniolpapier umgelegt. Es gibt Wurfspiele, Ringwettkämpfe für die Jungen, Zaubervorführungen, kurze Wettrennen und Turnübungen mit Reifen für die Mädchen. Herr Juli veranstaltet mit viel Erfolg ein munteres Topfschlagen, bei dem die Kinder mit verbundenen Augen und einem Kochlöffel in der Hand über das Deck krabbeln, um den versteckten Topf zu suchen. Darunter ist als Belohnung eine Süßigkeit zu finden.

Dann versammelt sich die gesamte Gemeinde der Schiffspassagiere auf dem zweiten Deck. Bei Limonade, kaltem Zitronentee mit Eiswürfeln oder für die Erwachsenen auch bei Weißwein oder einem Cocktail mit süßem italienischem Wermut beginnen jetzt Musik und Tanz. Eine kleine Kapelle aus Reisegästen hat sich gebildet, mit Akkordeon, Klarinette und Gitarre. Dazu gesellt sich ganz überraschend Herr Juli als ein wahrer Rhythmus-Spezialist, der auf Kochtöpfen und Blechdosen, auf Flaschen und Gläsern mit den verschiedensten Löffeln und Gabeln zu allen Liedern und Musikstücken trommelt und klimpert, klappert und klingelt, Wirbel schlägt und bedeutende Synkopen setzt.

Die Begeisterung findet ihren Höhepunkt, als sich Hanna von den Schwestern überreden lässt, ihre Geige zu holen, und die vier Musizi zu einem Quintett erweitert.

Sie trägt das lange, weiße Kostüm der Herzdame, zu dem ihre sonnengebräunte, dunkle Gesichtsfarbe in eindrucksvollem Kontrast steht. Unter dem roten Stirnband quellen ihre störrischen, dunklen Locken hervor, die kaum zu bändigen sind. Und nach zunächst zögerndem Beginn ist es das zwölf Jahre alte Mädchen, das selbstbewusst und doch herrlich gelassen die Führung der Musik an sich zieht, an deren konsequentem Bogenstrich sich die anderen Musiker orientieren müssen. Wahrscheinlich spüren alle das Besondere dieses außergewöhnlichen Moments. Sie sind so gebannt und auf die kleine Herzdame fixiert, dass niemand mehr auf den sich grenzenlos blau über allem wölbenden Himmel schaut, auf die sich unendlich im sanften Wiegen verlaufenden Wellen des Ozeans, die sich in glitzernder Ferne verlieren. Aber doch scheint das Universum um dieses kleine Schiff in der endlosen Weite zu kreisen, deren Mittelpunkt dieses junge Mädchen ist, im weißen Kleid der Herzdame mit ihrer Geige.

Sie stimmt sich kurz mit den Musikern ab, ja, sie können sie begleiten. Hanna spielt das Finale des 2. Aufzugs aus Mozarts Zauberflöte: *Bald prangt, den Morgen zu verkünden, die Sonn auf goldner Bahn.* Dann folgt Haydns Hymne aus dem Streichquartett C-Dur, poco adagio; cantabile. Die Komposition erlangt große Aufmerksamkeit, da dieses in beiden Konfessionen geschätzte geistliche Lied 1841 Hoffmann von Fallersleben auf Helgoland seinem Gedicht *Deutschland über alles* unterlegt hat. 1922 wurde diese Weise mit dem Hoffmannschen Text zur deutschen Hymne erklärt.

Der Applaus ist über alle Maßen groß. Schließlich wird noch eine nordböhmische Weise geboten, das Lied beim Hopfenpflücken. Bald singen alle Passagiere mit: *Jetzt fahr'n wir übern See, übern See, jetzt fahr'n wir übern See, mit einer hölzern Wurzel, Wurzel, Wurzel, Wu-urzel, mit einer hölzern Wurzel, kein Ruder war nicht dran.*

Die Begeisterung will kein Ende nehmen. Hanna muss sich verbeugen, wird rot und muss sich wieder verbeugen. Mit ihrer Geige rennt sie schließlich weg, in ihre Kabine. Sie wirft sich auf die Koje und lacht ganz schrill und schaut dann an die Decke und wird langsam ruhig und summt noch einmal die Melodie aus der Zauberflöte, ganz für sich allein. Sie wartet auf die Schwestern. Wo bleiben die? Sie weiß, ohne sie kann sie keine wirkliche Ruhe finden.

Die Tage an Bord vergehen wie im Flug, die Mädchen zählen sie nicht. Dann sehen sie um die Mittagszeit die Insel Gran Canaria vor sich liegen. Sie erhebt sich mit einer steilen und schroffen Küste aus dem Atlantik. Das Schiff liegt draußen vor dem Hafen. Kaum sind alle Passagiere neugierig an Deck getreten, sehen sie eine ganze Armada von kleinen, bunten Booten auf sich zusteuern. Einige Reisende werfen Münzen zu ihnen hinunter, die die Jugendlichen in den Booten mit dem Mund aufschnappen. Wenn es sein muss, springen sie auch ins Wasser und tauchen, bis sie mit der Münze zwischen den Zähnen wieder an die Oberfläche kommen.

Herr Juli lässt ein Fallreep zur Wasseroberfläche hinunter und aus den Booten steigen die großen, hellhäutigen, jungen Männer an Bord, breiten Decken aus, auf denen sie ihre Waren auslegen und anbieten.

Der 1. Offizier tritt mit bedeutsamer Miene auf die Mädchen zu. Er verwaltet die Kassen. Er strafft sich, indem er seine Uniformjacke mit beiden Händen nach unten zieht, räuspert sich und spricht:

„Ich habe ein 20-Mark-Stück für euch, ein Goldstück noch aus der Kaiserzeit, das hat euer Vater bei mir deponiert. Jetzt bekommt ihr das erste deutsche Geld."

Wahrhaftig haben sie bisher nur englisches Geld gekannt, betrachten staunend die kleine, goldene Münze mit dem Portrait von Kaiser Wilhelm auf der einen und einem Adler mit einem kleinen Schild auf der anderen Seite. Sie fühlen sich erhoben und geehrt. Hanna als Älteste nimmt das Geldstück mit einem Knicks entgegen.

Wie verabredet wird eine Bananenstaude gekauft. So kolossal haben sie sich dieses Pflanzenteil nicht vorgestellt. Man hat den Eindruck, als ob sich in der Mitte ein dicker, fester Stab befindet, um den in mehreren Etagen ringförmig die einzelnen Bananen angeordnet sind. „Sieht aus wie große Hände mit dicken, gelben Fingern", meint Lene. „Das sind ja bestimmt fünfzig oder hundert Stück oder noch mehr!"

Die Mädchen hüpfen und tanzen vor Freude, verteilen die Bananen freigebig unter die Leute. Sie müssen sich so ähnlich fühlen wie weiland der Herr von Ribbeck mit seinen Birnen, bis Herr Lieb dem schließlich ein Ende macht. Er packt die restliche Staude und bringt sie in die Kabine.

In Antwerpen gehen sie noch einmal an Land. Bevor sie die Stadtburg *Het Steen* besichtigen, führt das Ehepaar Lieb die Mädchen zum Gottesdienst in die katholische Domkirche.

Sie kommen ein wenig verspätet. Im gesamten Innenraum sind die Bankreihen schon besetzt. Dann sieht Herr Lieb in einem Seitenschiff einige zusammenge-klappte Gebetsstühle, die schnell geholt und bereit gestellt werden. Wenn man den sich in der Mitte befindlichen, vornehm mit rotem Samt überzogenen Sitz hochklappt, gibt es unten ein Brett zum Knien und oben eine kleine hölzerne Fläche. Darauf können das Gebetbuch und der Rosenkranz gelegt werden. Die Gebetsstühle sind an den Beinen mit kleinen Schnitzereien verziert, im Rückenteil steht vor flachen Blattornamenten ein dunkel gebeiztes Kreuz.

Die Mädchen finden alles wunderschön. Sie sind sprachlos und beeindruckt vom endlos hohen Kirchenschiff mit den himmelragenden Säulen, von den prunkhaft bunten Glasfenstern, durch die jedoch nur gebrochen und vornehm das Tageslicht eintritt. So etwas haben sie noch nie gesehen. Sie kennen doch nur die schlichte Ovambokirche in Lüderitzbucht mit ihrer bescheidenen Glocke. Die mächtige Orgel ertönt. Ein von hunderten von Stimmen getragener, schier übernatürlicher Gesang erfüllt mit himmlischem Klang das mystische Innere. Weihrauchdüfte durchwehen die dämmrige Weite der Kathedrale. Dann setzt mit einem Mal das mächtige, dumpfe und schwere Geläute zahlloser Glocken ein. Es wird nur schwach gedämpft durch den überhohen Baukörper des Gotteshauses. Aber es ist doch erkennbar als Zeichen von oben, von einer Macht, die die gesamte versammelte Gemeinschaft der Gläubigen vereint zu einer willigen Herde, die Gott Gefolgschaft leistet. So etwas haben sie noch nie erlebt. Überwältigt fassen sie sich an den Händen.

„Vielleicht sollten wir doch katholisch werden", sagt Hanna, als sie wieder hinaus auf die Straße treten. Ihre Schwestern nicken anerkennend.

Als sie in Hamburg ankommen, sind die Bananen längst alle. Wo sind sie nur, es waren doch so viele? „Die meisten hat Herr Lieb gegessen", ist sich Elisabeth sicher.

Sie sehen vom Schiff aus auf die große Zahl von wartenden Menschen, die Bekannte, Freunde oder Familienmitglieder abholen wollen. Eine solche Ansammlung von Menschen ist für sie immer noch ungewohnt. Man hat sich fein gemacht, um die Ankömmlinge aus dem fernen Kontinent zu begrüßen. Die Frauen tragen farbenfrohe Filz- oder Samthüte. Viele Männer schwenken ihre mit einer Schleife verzierten Strohhüte am langen Arm hoch durch die Luft. Ist denn auch für die dunkel gelockten Mädchen jemand dabei? Wer holt sie denn ab?

Sie stehen zappelnd an der Reling. Plötzlich ist Elisabeth wie erstarrt, stößt dann einen kurzen, unterdrückten Schrei aus. Sie packt Lene und Hanna, die rechts und links neben ihr stehen, fest an den Oberarmen, muss sie dann doch loslassen, weil sie mit beiden Händen nach vorne zeigt. Zunächst bekommt Elisabeth kaum einen Ton heraus. Dann sagt sie, schwer den Atem ausstoßend, mit zitternder Stimme: „Seht nur, seht da drüben! Neben dem leeren Gepäckwagen, da steht unsere Mutter!"

Schnell haben Lene und Hanna die Person entdeckt. Sie sind wie versteinert. Was ist das denn? Wie kann das nur möglich sein? Allen dreien steht jetzt der Mund offen. Oder spielt hier jemand einen makabren Scherz mit ihnen? Steckt vielleicht dieser unberechenbare Herr Lieb dahinter? Nein, nein, wahrhaftig, das ist die Mutter! Sie erwachen aus ihrer Schockstarre. Jetzt springen und hüpfen sie vor lauter Glück, winken wie besessen mit den Armen, würden am liebsten über die Reling springen.

„Jetzt kümmert euch mal um euer Handgepäck", hören sie dann die ernüchternde Stimme von Herrn Lieb hinter sich, „eure Tante werdet ihr noch früh genug kennenlernen."

Mit wankenden Knien gehen sie die Gangway hinunter und betreten zum ersten Mal deutschen Boden. Er erscheint fest und sicher, jedenfalls nach dem wochenlangen Schwanken auf den Wellen des Meeres. Tante Auguste, die ihrer Schwester wirklich zum Verwechseln ähnlich sieht, empfängt sie mit einem freudigen, offenen Lächeln. Trotz der zunächst großen Enttäuschung lassen sie sich in ihre Arme sinken.

„Jetzt seid ihr endlich zu Hause angekommen", sagt die Tante, „ihr werdet sehen, ein neues Leben beginnt." Verwirrt blicken die Mädchen sie an, völlig unsicher, was sie erwarten wird.

21
Spurensuche

2013 Naminüs

Im Frühjahr machen wir die lang geplante Reise.

Das Flugzeug der Air Namibia startet von Frankfurt aus in den dämmrigen Abendhimmel, lässt Positionslichter und Häuser mit beleuchteten Fensterfronten und Straßen mit Reihen von lautlos ziehenden Autoleuchten schnell unter sich. Dann auch die dunklen Wälder, durchkreuzt von den noch schwach erkennbaren Silberbändern der großen Flüsse. Es steigt auf in die höchsten Höhen, lässt nur Dunst und Ungewissheit weit unten und fliegt eine ganze Nacht lang entschlossen und unbeirrt ausschließlich in eine einzige Richtung: nach Süden. Über die Alpen und das Mittelmeer und das Atlasgebirge geht es hinweg. Alles tief unter uns und unscheinbar klein. Nichts als geografische Koordinaten, grobe Orientierungspunkte, über die der Finger im Atlas streichen mag. Als wir die endlos weite Sahara und die trostlose Sahelzone überqueren, nur als unkenntliches Schwarz unter uns, sind wir längst eingeschlummert. In unruhigem Schlaf gleiten wir weit nach Mitternacht über den Golf von Guinea. Lediglich im Traum sehen wir die Dampfer und die fliegenden Fische des Atlantiks im Bereich des Äquators und wir erahnen kaum, dass es nur drei Steinwürfe weit sind bis zu den riesigen Urwäldern weiter östlich im undurchdringlichen Kongobecken. Afrika empfängt uns im Unterbewusstsein.

Wir landen in Windhoek auf dem Hosea Kutako
International Airport. Für die Strecke, die man früher nur
mit einer dreiwöchigen Schiffsreise auf den Dampfbooten
der Woermann-Linie und anschließendem tagelangem
Ochsentreck mit Entbehrungen und Strapazen bewälti-
gen konnte, haben wir nur 10 Stunden Flugzeit benötigt.
Eine sonore Frauenstimme begrüßt uns und leitet die
Reisenden zum Kofferband.

Der milde Morgen umschließt uns mit angenehm
warmer Luft. Beim Frühstück gibt es einen kleinen
Regenschauer. „Gutes Wetter", sagt der schwarze Kellner,
als er den Tee bringt, „vielleicht ist es bis November der
letzte Regen." Kaum hat er das ausgesprochen, scheint
wieder herrlich die Sonne von einem blauen Himmel mit
schmalen, weißen Wolkenstreifen.

Das Zentrum von Windhoek macht den Eindruck einer modernen, lebendigen und sauberen Stadt. Straßen-
cafés, Boutiquen und Hochhäuser mit glänzenden, gläsernen Fassaden. Quirlig laufen die Menschen durcheinander, geschäftige Schwarze in schicken Anzügen,
Weiße mit Einkaufstaschen der bekannten Modeketten,
Einheimische mit kleinen Kindern an der Hand und
Touristen mit Rollkoffern oder mit Rucksäcken. Aber für
all das haben wir kaum einen Blick, und wir sind andererseits zu aufgedreht, als dass wir schlafen könnten. Wir
machen uns gleich auf den Weg. Unsere Spurensuche beginnt.

Nicht der Tintenpalast, das Regierungsgebäude,
oder die Alte Feste mit dem Staatsmuseum locken uns,
nicht das ehemals deutsche Erkrath-Gebäude oder der
Bahnhof mit seinem noch deutlich erkennbarem wilhel-
minischen Stil. Erster Anlaufpunkt ist die 1910 einge-

weihte Christuskirche, im Innenstadtbereich gelegen, gebaut aus Quarzsandstein, mit einem beachtlichen Turm, Jugendstilelementen und einem Portal aus Carrara-Marmor. Die bunten Fenster im Altarraum hat Kaiser Wilhelm gestiftet, seine Frau Auguste die Bibel auf dem Altar. Wir haben Glück, dass die Kirche geöffnet ist.

Im Inneren stehen wir merkwürdig befangen vor den langen Tafeln mit den Namen der gefallenen deutschen Soldaten aus dem Herero Krieg von 1904 bis 1908. Es sind vor allem Reiter, Gefreite, Unteroffiziere. Nur ihr Todesdatum und der Ort ihres Ablebens sind vermerkt, nicht woher sie stammten oder wie alt sie waren, als sie für Kaiser und Vaterland in einem fremden Land im Kampf gegen dessen aufbegehrende Einwohner ihr Leben ließen. Wir lesen betroffen ein paar Namen: Reiter Max Schaak, Unteroffizier Erich Raddatz, Gefreiter Karl Czibulla. Waren sie nun fanatische Patrioten, Beschützer, Verteidiger weißer Rechte, Abenteurer, Eroberer? Oder wurden sie missbraucht als Unterdrücker und Mörder und sind dann selbst hier in der Fremde gestorben? Hatten diese Jungen gewusst, worauf sie sich einließen, was sie erwartete?

Aber noch interessanter ist für uns ein alter, gebückter Mann in einem abgetragenen Anzug, der vorn in der Kirche zwischen den Bänken hin und her läuft. Er legt kleine, bedruckte Blätter aus, ordnet Gesangbücher und murmelt dabei ständig etwas kaum Verständliches vor sich hin. Wir nähern uns ihm und bemerken, dass er Deutsch spricht. Kaum will er sich in seiner Arbeit stören lassen, aber auf unsere wiederholte Frage hin kann er uns verweisen auf das Kirchenbüro der *ELCRN*, der Evangelisch-Lutherischen Kirche in der Republik

Namibia. Es befindet sich in der nahe gelegenen Fidel-Castro-Straße, von der Kirche aus nur ein wenig den Berg hinunter in Richtung Zentrum.

Die Tür steht offen. Wir treten zögerlich ein. Alle dort sind sehr beschäftigt. Anscheinend steht irgendeine Feier oder ein Jubiläum bevor, das ihre volle Aktivität erfordert. Da haben sie wenig Zeit für ein paar Touristen aus Deutschland. Aber wir finden doch eine freundliche, deutschsprachige Mitarbeiterin, vielleicht vierzig Jahre alt. Sie hat einen Korb voller Papierblumen in den Händen und nimmt sich schließlich unser an.

„Sie möchten etwas wissen über die Missionstätigkeit Anfang des letzten Jahrhunderts." Sie streicht sich leicht mit der Hand über die Wange und hält überlegend inne. „Nun ja, wir hier können Ihnen da wenig helfen. Wir bereiten gerade ein großes Fest vor. Für den kommenden Sonntag, wissen Sie, oben im Park des Parlamentsgebäudes. Es soll viele Kinderattraktionen geben, verstehen Sie. Aber warten Sie", sie fasst eine vorbeihuschende schwarze Kollegin am Arm, „Ndapewa, warte mal, weißt du, wann das Archiv geöffnet hat?"

Sie rufen dann an bei Pastor Pauly. „Sie haben Glück, er ist zu Hause. Ja, wenn Sie sich sofort auf den Weg machen, können Sie ihn antreffen. Es ist nur eine Viertelstunde Fußweg. Ein alter Mann, aber er ist der Einzige, der sich da wirklich auskennt. Er betreut dort in der kleinen Kirche das Archiv der *ELCRN*."

Wir gehen schnellen Schrittes. Den Sam-Junoma-Drive mit seinen repräsentativen Gebäuden entlang, biegen dann nach links ab in die Mandume-Ndmufayo-Avenue, biegen nochmals rechts ab. „Da ist die Kirche", sagt meine Tochter Lene. Wir gehen um das Gebäude herum und

kommen von hinten durch ein offen stehendes Tor auf
einen kleinen Platz mit gestampftem Boden und einzelnen verstreuten Kieseln. Links trennen ein Zaun und ein
hoher metallener Gitterverschlag, auf dem oben eine doppelte Stacheldrahtreihe aufsitzt, einen winzigen Vorplatz
ab. Dahinter befindet sich ein flaches, garagenförmiges
Gebäude. Der kleine Dackel im Vorhof kündigt uns nicht
an, er wittert nur stumm. Ob er so seine Aufgabe erfüllt?
Neben dem Eingangstor entdecken wir im Geäst eines kleinen Baumes eine Kordel, mit der man an einer Glocke ziehen kann. Wir läuten.

Pastor Pauly trägt eine schwarze Hose und pantoffelar-
tige, ausgetretene Schuhe, die für seine Füße etwas zu groß
erscheinen. Über dem verwaschenen, karierten Hemd hat er
eine schmale, hellgraue Weste angelegt. Auf dem Kopf sitzt
eine schwarze Baskenmütze, unter der zu den Seiten und
nach hinten hin buschiges, graues Haar hervorquillt. Er trägt
eine große, dunkle Brille, aber blinzelt trotzdem ständig mit
den Augen, als ob sie seine mangelhafte Sehkraft kaum ausreichend ausgleichen könnte. Mit der rechten Hand stützt
er sich auf einen schwarzen Stock. In der anderen Hand
hält er eine hellbraune, lederne Aktentasche mit einem
Schulterriemen. Pastor Pauly ist 95 Jahre alt. Sorgfältig ver-
schließt er das Gittertor zu seiner Unterkunft, rüttelt zur
Bestätigung noch einmal an den Stäben. Der Dackel muss
zurückbleiben, als Pauly mit uns geht. Jetzt bellt er beleidigt.

Der alte Herr führt meine Tochter und mich über den
Hof. „So, so, aus dem Ruhrgebiet kommen Sie, und Sie
studieren Philosophie", wendet er sich freundlich meiner
Tochter zu, nickt anerkennend mit dem Kopf. „Ich freue
mich über Ihren Besuch. Ich weiß nicht, ob ich Ihnen helfen kann."

Am gegenüberliegenden Gebäude angekommen, kramt er umständlich in seiner Tasche nach einem Schlüsselbund, probiert verschiedene Schlüssel aus und schließt endlich eine Tür auf. Wir gehen eine Treppe hinunter, noch eine aufzuschließende, gitterförmige Eisentür, und dahinter befindet sich das Archiv der *ELCRN*.

Das ist sein Reich. Wir staunen.

In den Kellerräumen, in die von hoch gelegenen, schmalen Fenstern noch gerade ausreichend Licht fällt, ist Pastor Pauly zu Hause. Er gibt gleich wie selbstverständlich zu verstehen, dass dies sein Gebiet ist. Er setzt sich hinter einem Schreibtisch auf seinen Stuhl und beherrscht diesen Raum und alle umliegenden Archive. Ja, er ist der Einzige, der hier seine Baskenmütze auf dem Kopf tragen darf. Blinzelnd durch seine Brille blickt er umher.

Wie viele Jahre hat er hier verbracht und gearbeitet? Unzählige Aktenordner, Stapel von Dokumenten, Bücher, Umschläge mit Briefen, Regale voller Mappen, mit Kordel zusammengebundene Schreibblätter, Schränke mit Urkunden, Protokollen, Niederschriften und Aufzeichnungen sind hier zu finden. Alles liegt über- und nebeneinander, auf den Regalen bis zur Decke gestapelt, bedeckt sich gegenseitig oder droht ineinander zu fallen. Fast gibt es nicht das kleinste freie Plätzchen, wo man zum Schreiben ein Blatt auflegen oder nur die Teetasse abstellen könnte. Es riecht nach Jahrzehnte altem Papier, nach stickigen Dokumenten, Druckerschwärze und Tinte, nach Vergangenem. Wer, außer ihm, soll jemals etwas hier verstehen, ordnen, finden und verwalten? Was für ein Glück, dass wir diesen 95-Jährigen noch antreffen! Wir stehen unschlüssig herum, können minutenlang nur staunen. Er wartet und blickt uns schließlich fragend an.

„Mein Urgroßvater hieß Karl Skär", beginnt meine Tochter Lene, „er war von 1901 bis 1931 Missionar hier im früheren Südwest und wir sind auf der Suche. Wir möchten gern etwas mehr über ihn, über seine Arbeit und seine Familie erfahren."

Es scheint so, dass Pastor Pauly froh über eine konkrete Aufgabe ist, und er nickt. „Karl Skär, hmm", der alte Mann zieht sich für einige Zeit in intensive Gedanken zurück, schließt kurz die Augen. Er reibt sich mit der Hand über die Stirn, hebt sogar etwas seine Baskenmütze hoch. Wir sehen uns an, müssen ihm trotz unserer Ungeduld diese Momente einfach zugestehen. „Karl Skär, ich glaube, ja, aber warten Sie."

Während er einige Stapel durchsieht, hier in einen Karteikasten blickt, dort ein paar Mappen betrachtet, runzelt er die Stirn, scheint angestrengt nachzudenken. „Ovambo", sagen Sie, „Lüderitzbucht. Wo bin ich darauf gestoßen?" Er macht auf uns den Eindruck, dass er trotz seines Alters klar denkt. Aber vielleicht dauert doch alles ein wenig länger. Natürlich verzeihen wir ihm das gern.

Währenddessen sehen wir uns im Raum um. Lene entdecke einen grauen Karton mit dem handschriftlichen Vermerk *Kolmannskuppe*. Pastor Pauly ist zu sehr beschäftigt, als dass er beobachtet, was wir tun. Wir öffnen den Karton und entdecken darin alte vergilbte Fotos: eine große Gesellschaft in Festtagskleidern in der Turnhalle, eine Art Schaufelradbagger vor einem riesigen Sandberg, Arbeitspferde im Geschirr, langgestreckte Lagerbaracken. Sprachlos sehen wir uns an.

In einem dicken Folianten finden wir mit Schreibmaschine geschriebene Blätter. „Sieh mal hier", sagt Lene, „*Rundschreiben und Neujahrsgruß an sämtliche*

Brüder und Schwestern der Rheinischen Missionsgesellschaft. Barmen-Missionshaus, Neujahr 1914. "

„Herr Pastor Pauly, dürfen wir etwas abfotografieren?"

„Ja, ja, machen Sie. Ich glaube, ich hab es gleich gefunden." Er scheint unsere Frage kaum wahrgenommen zu haben, will sich nicht stören lassen bei seiner Suche, öffnet einige Umschläge und Pappschachteln.

Wir fotografieren die Seiten ab, so viel wir können. Wir kommen uns vor wie Entdecker, Forscher und Dokumentenräuber zugleich, hoffen, dass er seine vielleicht leichtfertig gegebene Einwilligung nicht widerruft.

„Na, bitte", sagt er dann, „sehen Sie, das habe ich gesucht!" Befriedigt mit dem Kopf nickend, hält er einen braunen Umschlag in der Hand. *3 Briefe - Karl Skär* steht mit Bleistift darauf geschrieben. Er öffnet den Umschlag und reicht mir die Papiere. Es sind wahrhaftig handschriftliche Briefe von meinem Großvater und von Lenes Urgroßvater.

„Das ist ja fantastisch", sagen wir fast aus einem Mund, halten den Schatz vorsichtig in Händen. „Gibt es einen Kopierer hier bei Ihnen? Würden Sie uns eine Kopie überlassen?"

Die Briefe sind gerichtet an den *lieben Bruder Olpp* und stammen aus den Jahren 1911 und 1913.

Es ist ziemlich stickig in dem Archiv. Ich beginne zu schwitzen. Wir gehen in einen angrenzenden Raum, wo in Metallschränken, diesmal ziemlich gut geordnet, eine Vielzahl von flachen Pappkartons steht. Sie weisen Jahreszahlen und Ortsbezeichnungen auf. Lene geht nach draußen und kann irgendwoher ein paar Flaschen Mineralwasser besorgen. Ich bemühe mich, in kurzer Zeit so viel zu sichten und mit der Kamera zu dokumentieren,

wie es möglich ist, immer mit der Angst, Pastor Pauly
könnte den Vorgang abbrechen, ihm könnte vielleicht
mein übergroßes Interesse merkwürdig vorkommen oder
er würde einfach ermüden und die Suche deshalb beenden. Morgen schon geht unsere Reise weiter. Ein zweites
Mal können wir nicht hierher kommen.

Es finden sich *Statistische Fragebögen für die
Missionsstation Namakunde*, eigenhändig ausgefüllt und
unterschrieben von Karl Skär. Briefe aus Barmen *an den
stellvertreten Präses Br. Skär*, oder auch ein *Protokoll
der Konferenz rheinischer Missionare im Ovamboland* aus
dem Jahr 1913. § 4 besagt: *Zum Schriftführer wurde Br.
Skär gewählt.*

Eigentlich hätte ich Pastor Pauly um den Hals fallen
müssen.

Wir verlassen Windhoek am nächsten Morgen auf der
B1 Richtung Süden, fahren über Mariental und Gibeon
bis Keetmanshoop, biegen später ab auf die B4 nach
Lüderitz. Während die eintönige, beruhigende Landschaft
der Kalahari an uns vorbeirauscht, die nichts herausfordert, nichts beansprucht, können wir die Eindrücke des
Vortages langsam Revue passieren lassen.

Dann wird es wieder hoch spannend.

Nach einer langen Fahrt durch Sand und Dürre ist der
Anblick des Meeres noch schöner, als er ohnehin schon
ist. Links funkelt der Atlantische Ozean in der Bucht
von Lüderitz. Zu Fuß gehen Lene und ich durch die
namibische Stadt, durch Bahnhof- und Bismarckstraße
hindurch, biegen in die Hafenstraße ein. Am 1906 im
Jugendstil erbauten Woermann-Haus gehen wir vorbei, um das Haus zu finden, in dem Lenes Oma, meine
Mutter, im Jahr 1918 zur Welt kam.

Wir haben ein älteres Foto dabei und einen kleinen Stadtplan. Wir passieren eine mächtige Palme am Straßenrand, die hoch in den azurblauen Himmel ragt. Unser Herzklopfen wird stärker. Plötzlich sehen wir es, müssen nur noch eine Seitenstraße überqueren. Gegenüber vom Meer steht auf der rechten Straßenseite ein weißes Haus mit einem grauen Sockel und einem blauen Dach. Drei schwarze Jugendliche gehen mit Einkaufstüten aus Papier vorbei. Die Sonne taucht alles in ein helles Licht: Hier ist die kleine Lene geboren, ist sie aufgewachsen, hier hat sie mit ihren Eltern und Geschwistern gelebt.

Der steile Treppenaufgang ist unten mit einem Gitter versperrt, aber die Eingangstür oben steht offen. Ich rufe hinauf und ein kleiner schwarzer Junge lugt um die Ecke. Dann erscheinen weitere Kinder. Ich frage, ob ich ein Foto machen darf. Sie stellen sich auf der Treppe sogleich in Position. Schließlich kommt ein Erwachsener hinzu, ein groß gewachsener Schwarzer, bekleidet mit einem blauen Polohemd, auf dessen linker Brustseite ein kleines Wappen oder Emblem gestickt ist. Wir erzählen ihm in kurzen Worten unsere Geschichte.

Er arbeitet bei einer Schifffahrtsgesellschaft im Hafen. Diese hat das Haus erworben und es an seine Familie vermietet. Gern ist er bereit, uns kurz in das Haus einzulassen.

Wir sind so aufgeregt, dass wir kaum alles in uns aufnehmen können und nur unruhig hin und her blicken: hellgelb getönte Wände, alte, weiß gestrichene Holztüren mit Glaseinsätzen, weiße Fliesen auf dem Boden. In zwei Zimmern läuft ein großer Fernseher. Wir treten auch hinaus auf die Veranda, blicken über die Straße hin zum

Hafen. Neunzig Jahre sind vergangen. Die Kinder kichern und wollen unbedingt mit auf jedes Foto, besonders ein etwa zehn oder zwölf Jahre alter Junge im gelben
T-Shirt. Er lacht und macht Faxen. So alt mag Gottlieb
gewesen sein, als sie hier einzogen.

Nur wenige Meter neben dem Haus steht immer noch
die bräunliche Kirche, in der Karl Skär den dunkelhäu-
tigen Einwohnern den christlichen Glauben nahe brachte. Betreten kann man sie nicht. Die Tür ist verschlossen.
Kein Hinweisschild. Ein Glockenschlag ist nicht zu hören.

„Es ist zugleich schwer und leicht, sich das alles vor-
zustellen, zu verbinden, was wir heute sehen und was vor
hundert Jahren war", sagt meine Tochter am Abend im
Hotel. „Namibia ist ein fernes, fremdes Land für uns.
Aber gleichzeitig kam mir das Haus auf einmal vertraut
vor."

Im nur wenige Kilometer entfernten Kolmannskuppe
laufen wir am nächsten Tag durch die totenstille, wie
erstarrte Geisterstadt. Vorbei an Häusern, die im Sand
verloren stehen, mit zerbrochenen Fensterscheiben, feh-
lenden Türen. Noch immer gibt es Warnschilder am
Straßenrand, die das Betreten der *Diamond area on both
sides of the road* verbieten.

Der Reiseleiter erläutert, dass die meisten
Industrieanlagen und damit auch die Arbeiter und die
weißen Ingenieure in den 1930er Jahren nach Süden ver-
lagert wurden. Der Wüstensand holte sich zurück, was
stolze Menschen ihm hatten entreißen wollen. Bald zogen
auch die letzten Einwohner ab. Erst viele Jahrzehnte später kam man auf die Idee, diesen Ort in Hinsicht auf die
Geschichte der Diamantenförderung und als touristische
Attraktion zu nutzen.

Wir lassen uns jetzt zurücksinken in die Zeit, als hier Geschäftsmänner verhandelten, Ingenieure stolz ihrer Tätigkeit nachgingen, Schwarze ihre schweißtreibende Arbeit verrichteten, als Millionen an Gewinnen erzielt wurden, weiße Kinder im Sand spielten und im Chor deutsche Lieder sangen. Jetzt ist alles verlassen und ferne Vergangenheit und dennoch bemühen sich die Häuser, die sich trotzig gegen Verfall und Abbruch gestemmt haben, ihre ehemalige Schönheit erkennen zu lassen.

Wir laufen durch den heißen Sand, dann - endlich entdecken wir sie: die alte Schule von Kolmannskuppe. Hier saß Lenes Oma als junges Mädchen mit ihren Schwestern, lernte Rechnen und Lesen, musste Gedichte von Eichendorff aufsagen und Topflappen häkeln.

Fast hundert Jahre später kriechen wir durch ein Loch in der Tür in die ehemaligen Flure und Klassenzimmer. Während wir durch die leeren Räume gehen, in denen die alte, grün gestreifte Tapete noch an der Wand hängt und es ansonsten nur Berge von angewehtem Sand gibt, stellen wir uns vor, wie die Schwestern hier lachten und weinten, in ihren Fibeln lasen oder ihr Pausenbrot verzehrten. Einige Türen lassen sich nicht mehr öffnen, weil der Wüstensand sie halb bedeckt hat. In anderen Zimmern stößt man mit dem Kopf fast an die Decke, so viel Sand hat der Wind durch die zerbrochenen Fenster hinein geweht. Endlich kann die Wüste wieder zeigen, wie mächtig sie ist. Durch ein Fenster sehen wir auf einer nahe gelegenen Düne hinter der Schule ein paar Springböcke, die an harten Wüstensträuchern etwas Nahrung suchen. Die Menschen stören sie nicht.

Kaum sind wir wieder zurück in Deutschland, erreicht uns die Nachricht vom Tod der Tante Marianne, geboren

am 9. Juli 1921 als Marianne Wilhelmine Skär um ein
Viertel nach drei Uhr morgens in Kolmannskuppe, S.W.
Afrika, siebtes Kind des Missionars Karl Skär und seiner
Ehefrau Wilhelmine.

Noch unter dem Eindruck unserer faszinierenden
Reise trifft uns diese Mitteilung besonders nachhaltig.
Noch vor wenigen Tagen sind wir durch ihren Geburtsort
gelaufen, haben Kindheit und Leben nachempfunden.
Wir haben uns zurückversetzt in eine Zeit, die jetzt endgültig vorbei zu sein scheint. Sie ist die Letzte gewesen,
sie hat mir zusammen mit meiner Mutter zuletzt Zeugnis
gegeben. Nun ist auch sie gegangen. Ist jetzt alles vorbei?

Ich fahre noch einmal nach Kaiserswerth. Was suche
ich? Woran will ich mich klammern? Irgendetwas muss
ich tun.

Ohne große Probleme finde ich das Haus Arnheimer
Straße 142. Die Vorderfront sieht aus wie bei meinem
letzten Besuch im Jahr 1968, als ich die tote Oma hier verabschiedet habe. Der Schriftzug *Haus Heimatfreude* steht
immer noch über der Eingangstür. Nur der Vorgarten ist
völlig verschwunden und jetzt zu einem großräumigen
Parkplatz geworden. Zwischen schicken Limousinen der
Marken Audi und Mercedes finde ich noch einen Platz.

Mit leicht klopfendem Herzen steige ich die elf
Treppenstufen hinauf und gehe in das Haus hinein, das ich seit 45 Jahren nicht mehr betreten habe.
Die Eingangshalle – ich erinnere mich. Vorn saß ein
Pförtner, dem man zunicken musste, der uns passieren
ließ. Hinten führt immer noch die Treppe hinauf in
das obere Geschoss. Ich bilde mir doch wahrhaftig ein,
Bohnerwachsgeruch zu riechen. Aber es ist alles ganz
anders.

Die Dame links im Sekretariat, das ich betrete, nickt mir freundlich zu. Ich muss warten, bis sie zwei Telefonate erledigt hat. Dann bin ich dran. Sie ist ein Profi und hört geduldig zu, wenngleich sie sich für mein Anliegen nicht sonderlich zu interessieren scheint. Alles im Raum ist hell, modern ausgestattet und funktional. An den weißen Wänden hängen Siebdrucke von farblich verfremdeten Verkehrszeichen und Ampelanlagen.

Dann lässt sie sich auf ein persönliches Gespräch ein. „Früher bin ich mit dem Auto immer hier auf der Arnheimer entlanggefahren", erzählt sie, „da habe ich gedacht, wenn du mal alt bist, wäre das ein schönes Altersheim für dich. Und jetzt arbeite ich hier." Sie lacht. „Von Altersruhe noch weit entfernt. Und Heimat? Na ja, ich stamme ursprünglich aus Franken. Wir sind ein Sachverständigenbüro und tätig im Bereich von Versicherungen und Rechtsschutz."

Ich erfahre, dass dieses Haus zwar unter Denkmalschutz steht – eingetragen am 2.12.1997 unter der Denkmalnummer 1429, wie ich später recherchiere – , aber in seinem Inneren zeigt es völlig andere Funktionen. Neben dem Arbeitgeber meiner freundlichen Gesprächspartnerin gibt es im *Haus Heimatfreude* weitere Firmen mit Tätigkeiten im Bereich Design, Immobilien, Transport und Logistik sowie Werbung.

Nachdem ich während unseres Aufenthalts in Namibia, der geprägt war von Erinnerungen, Erzählungen und Erlebnissen in einer anderen, fremden und vergangenen Welt, abgetaucht war in eine lang zurückliegende Zeit, bin ich jetzt wieder in der Gegenwart gelandet.

„Na, seien Sie froh", sage ich, „noch kein Alterssitz, aber immerhin ein freundlicher Arbeitsplatz." Sie lächelt

mir zu. Aus dem Fenster sieht man über weit gestreckte
Wiesen und einzelne Bäume. Ganz hinten muss irgendwo
der Rhein sein. Und da gibt es auch sicher noch die Ruine
der Pfalz des Kaisers Barbarossa. Mir wird fast ein wenig
wehmütig zumute.

„Darf ich denn mal nach oben gehen und mir die
Räumlichkeiten ansehen?", frage ich. Sie nickt. Dann wird
sie schon wieder durch das Klingeln des Telefons gefordert.

Wieder klopft das Herz. Die Holztreppe knarzt wie früher. Die darf wahrscheinlich wegen des Denkmalschutzes
nicht ausgewechselt werden, geht es mir durch den Kopf.
Links geht es um die Ecke. Jetzt kein Holzfußboden
mehr, auf dem man mit dem Bohnerbesen reiten kann,
aber die dunklen Wandschränke, bis zur Decke, sie sind
immer noch da. Die Türen der Räume stehen offen, junge Mitarbeiter sitzen aufmerksam vor ihren PCs, schauen
nicht auf, als ich vorüber gehe.

Das düstere, enge Zimmer der Großmutter ist jetzt auch
ein helles, freundliches Büro. Die Wand zum Nebenraum
links ist in der Mitte in einem schmalen Streifen vertikal
durchbrochen, so dass das Zimmer weiträumiger erscheint.
Der Schreibtisch steht dort, wo einst das Totenbett stand.
Darauf sieht man neben dem PC und einem violetten
Ablagekörbchen einen aufgestellten Bilderrahmen mit
zwei Mädchen im Vorschulalter. Die Architektin, deren
Arbeitsplatz hier ist, hat heute frei. Vielleicht geht sie mit
ihren Kindern ein Eis essen oder sie besuchen den Zoo,
sehen sich Strauße, Oryx-Antilopen und Springböcke an.
Ich bin froh, dass ich ihr nicht mitteilen muss, dass sie in
einem Totenzimmer arbeitet.

Auf dem Rückweg von Kaiserswerth fahre ich noch
nach Wuppertal, zum Unterbarmer Friedhof. Ich betrete

das Gelände durch das Torhaus und steige geradeaus den steilen Berg hinan. Die Gräber rechts und links liegen klein gekammert, geordnet und gepflegt. Schon sind die meisten der Sommerpflanzen verblüht. Angehörige kratzen mit kleinen Harken und Hacken den Boden. Grüne Gießkannen stehen bereit. Bald wird man allerlei Herbstblüher pflanzen, Astern, Erika und Chrysanthemen.

Am großen Kreuz biege ich nach rechts, gehe bis zum Mausoleum der Familie des Textilfabrikanten Ludwig-Ernst Toelle, dann wieder nach links, weiter den langen, steilen Berg hinauf.

Zwischen den einzelnen Begräbnisstätten sieht man jetzt in dem anschließenden Friedhofsbereich mehr und mehr brach liegende Stellen, kleine Wiesenstücke oder ehemalige Gräber, die nur noch durch von Moos überwachsene, steinerne Umrandungen zu erkennen sind. Seitab des Weges liegen auf einem Haufen ein paar ausgediente, teils zerbrochene Grabsteine. Die Menschen mit ihren kleinen Harken und Gießkannen sind verschwunden.

Ich muss verschnaufen, bleibe kurz stehen. Hoch in den Bäumen singen ein paar Vögel. Nach diesem schönen, trockenen Sommer beginnen sich einige Blätter schon recht früh zu verfärben. Ein Friedhofsarbeiter schneidet auf verlassenen Grabflächen die wild und zu hoch gewachsenen Sträucher. Er wirft die Äste auf den Weg, wo ein Kleinlastwagen steht und sein Gehilfe das sperrige Geäst auflädt. Sie grüßen mich, Menschen treffen sie hier oben kaum noch.

Fast ganz oben, bevor ein hoher Maschendrahtzaun den Friedhof vom sich anschließenden Wald trennt, biegt noch einmal ein Weg nach rechts ab. Er verläuft in einer kleinen, geschwungenen Kurve an einer Deponie vorbei, wo verwelkte Kränze, vertrockneter Grabschmuck und Pflanzenreste gelagert werden. Dann erblicke ich hinter mannshohen Büschen, die einen kleinen Vorplatz frei lassen die *Ruhestätte der Sendboten der Rheinischen Mission*, wie eine an der Steinmauer angebrachte Tafel anzeigt. Hinten steht ein hohes, steinernes Kreuz. Davor befinden sich in einer breiten, leicht ansteigenden Wiesenfläche eingelassen circa hundert Steinplatten mit Namen, Lebensdaten und Bibelstellen.

Die Großeltern liegen im linken, oberen Bereich - an so viel kann ich mich noch erinnern. Seit mehr als zwanzig Jahren habe ich sie nicht mehr besucht. Damals bin ich mit meiner Mutter, die schon weit über siebzig Jahre alt war, mühevoll heraufgestiegen.

Nur an einer der hundert Grabstellen liegt ein kleiner, frischer Strauch. Auch ich habe nichts dabei, was ich im Gedenken ablegen könnte. Ich stülpe die leeren Taschen meiner Hose hervor: nichts, nicht einmal eine winzige Perlhuhnfeder, kein trockenes Blättchen vom Kameldornbaum oder ein wenig Sand aus der Namib.

Fast alle der Inschriften sind stark verwittert. Schon sind sie von den ersten Vorboten des herbstlichen Laubs der Bäume teils bedeckt. Kaum ein Dutzend der hundert Grabplatten lassen sich ohne Mühe noch lesen.

Doch ich finde sie, streiche über die beiden schwer zu entziffernden, flachen Platten. Meine Hand bleibt kurz liegen auf dem kühlen Stein: Wilhelmine Skär und Karl Skär. Hier liegen sie, ganz oben auf dem Unterbarmer Friedhof, so weit entfernt von allem, vom Trubel unten im Tal, von der Schwebebahn, die in den Kurven quietscht. Entfernt von den quirligen Menschen mit all ihren Plänen, ihrem Gerede, ihren Sorgen, ihren Versprechungen und ihren Enttäuschungen. So hoch, so nah am Himmel, dass sie auf Erden fast vergessen sind. Alte Buchen und Eichen wölben sich wie zu einem schützenden Dach. Kein Mensch stört meine Andacht. Ich schließe die Augen. Nein, nein, ein Affenbrotbaum wäre hier sehr unangemessen. Aber vielleicht ein Mopane, kommt es mir in den Sinn, mit einer schmalen Baumkrone würde er schon zwischen den Buchen Platz finden. Jetzt im angehenden Herbst könnte er seine Samen in den nierenförmigen Hülsen auf die Gräber der Missionsleute abwerfen. Man würde sie beim Auftreffen klackern hören. Man könnte sie aufheben und ein wenig damit rappeln. Da würde so mancher aufhorchen und vielleicht einen tiefen Seufzer ausstoßen.

Mit einem Male steht das längst verklärte, sentimentale Bild des Osterfestes im Missionshaus vor weit über sechzig Jahren wieder vor mir auf. Der Großvater im Kreise seiner geliebten Familie, mit den Töchtern, Enkelinnen und Enkel.

Aber mir ist jetzt auch klar: Ebenso wie seine Familie muss er seine Ovambo geliebt haben und den Sand der Namib. Erst vor kurzer Zeit habe ich in Karls altem Osikuanjama-Wörterbuch ganz klein am Rand einen handschriftlichen Hinweis auf eine Bibelstelle gefunden, versehen mit einem Ausrufezeichen: Hebr. 2, 11. Als ich nachschlage, finde ich den Wortlaut. *Er schämt sich nicht, sie Brüder zu heißen.*

Auch Wilhelmine hat nicht mehr erlebt, dass die Rheinische Mission nur noch bis 1971 Bestand hatte. Sie ging bei einem Zusammenschluss mit der Bethel-Mission auf in der Vereinten Evangelischen Mission.

Heute ist dies eine internationale Gemeinschaft von 35 Kirchen unterschiedlicher Tradition in Afrika, Asien und Deutschland zusammen mit den von Bodelschwinghschen Stiftungen Bethel. Die Geschäftsstelle ist aber immer noch in Wuppertal zu finden. Außerdem ist in der Barmer Rudolfstraße bis heute ein Archiv und ein Völkerkundemuseum verblieben.

Am 7. August 2013 lese ich in der Zeitung, dass die namibische Küstenstadt Lüderitz, früher auch Lüderitzbucht genannt, ihren deutschen Namen verlieren soll. Der Präsident Hifikepunye Pohamba hat bekannt gegeben, dass Lüderitz ab sofort den Namen Naminüs tragen soll.

Wie die Presse berichtet, scheint das den Bewohnern der Stadt - egal ob den mehrheitlich schwarzen oder der Handvoll weißen, die es noch gibt - nicht zu gefallen. Von vielen wird der alte Name allein mit der Stadt assoziiert, in der man geboren wurde und lebt. Man denkt kaum an seinen kolonialen Ursprung. Und der Name Lüderitz zieht andererseits wegen seiner historischen, kolonial geprägten Vergangenheit auch viele Touristen an, insbesondere aus Deutschland. Darauf möchte die kleine Wüstenstadt nicht verzichten, denn neben dem Fischfang ist der Tourismus eine der Haupteinnahmequellen.

Die Einwohner erstellen eine facebook-Seite mit dem Titel *Luderitz not Naminus.* Sie versammeln sich in der örtlichen Turnhalle und protestieren gegen die Umbenennung. Auch die Bürgemeisterin Hambelela Suzan Ndjaleka nimmt teil. Sie scheinen kurzfristigen Erfolg zu haben. Am 26. August 2013 erklärt Sacky Shanghala, Vorsitzender der Gesetzesreform- und Entwicklungskommission (LRDC), der Namibischen

Nachrichtenagentur, dass nur der Wahlkreis, jedoch nicht die Stadt Lüderitz umbenannt worden ist. Eine Wikipedia-Seite vom Februar 2014 schreibt: *Albert Kawana, Minister für Präsidentschaftsangelegenheiten erklärte, dass der Umbenennungsprozess nicht abgeschlossen sei, die Regierung an dem Vorhaben festhalte; Präsident Pohamba arbeite an zwei Gesetzen, die es ihm künftig erlauben sollen, die Namen von Orten per Dekret zu ändern.*

Aber der Bremer Tabakgroßhändler Adolf Lüderitz, dem 1934 noch eine Sonderbriefmarke der Deutschen Reichspost gewidmet wurde und nach dem die deutsche Kriegsmarine 1939 ein Schnellbootbegleitschiff benannt hat, dieser alte Lügenfritz, wie ihn Kritiker der Kolonialpolitik genannt haben, scheint nun doch sein Pulver endgültig verschossen zu haben. In mehreren deutschen Städten hat es Initiativen gegeben, Straßen, die nach ihm benannt worden waren, andere Namen zu geben. Etwa in Köln Nippes, wo die ehemalige Lüderitzstraße jetzt Usambarastraße heißt.

Karl Skärs Sohn Gottlieb, der damals im Ovamboland geboren und in Lüderitzbucht wegen des schändlichen und straffälligen Vorgehens des Namensgebers seiner Stadt von einer großen Versuchung heimgesucht wurde, der noch als Kind von seinen Eltern getrennt und aus der Kolonie Deutsch Südwest allein nach Deutschland geschickt wurde, hat von dieser Entwicklung nichts mehr mitbekommen. Jetzt scheint der Sand der Namib auch die Spuren dieses zweifelhaften Kolonialherren im damals so genannten *Lüderitzland* endgültig zu verwehen.

Ich bin mir sicher, Gottlieb hätte das gefreut.

22

Die Wüste

1930 Lüderitzbucht

Karl kommt von einer Reise ins Inland zurück. Er wird nicht müde, seinen Blick aus dem Fenster des Eisenbahnzuges zu richten, der ruckend und monoton vor sich hin fährt. Es ist stickig und heiß im Waggon. Die ungepolsterten Sitzbänke sind unbequem hart. Weit hinaus blickt er in die endlos eintönige Gegend, die sich so gar nicht zu verändern scheint, die aber bei bewusster Aufnahme doch immer mehr Konturen annimmt. Aufwallende Hügellandschaften, aus der Ebene aufsteigende Bergketten, dann endlos langwellige, sandige Täler, die wieder in weite, ebene Flächen auslaufen, in ihrer Gesamtheit der Landschaft aber nach und nach eine Struktur verleihen. Nur ein bewusst Sehender wird sie langsam begreifen. Karl kann sich nicht satt sehen an diesem Panorama der Eintönigkeit.

Das Wasser aus den mitgeführten Flaschen ist mittlerweile lauwarm und schmeckt schal.

Während der Bahnfahrt durch die Wüste begleitet den schnurgerade verlaufenden Schienenstrang nur die ebenfalls schnurgerade parallel verlaufende Telegrafenleitung. Sie entfernt sich lediglich aus geländebedingten Gründen mal mehr und mal weniger von der Schienenspur. Immer wieder hat Karl unterwegs Rotschnabelbüffelweber beobachtet. Die männlichen Exemplare dieser kleinen Vögel sind meist gelb- oder grauschwarz, die Weibchen noch unscheinbarer gefärbt.

„Ich denke, sie sind den in Deutschland heimischen Spatzen verwandt", mutmaßt Karl schließlich unbefangen einem Mitreisenden gegenüber, der bisher fast sprachlos auf der anderen Seite des Abteils alle Ruckungen des Zuges notgedrungen mitgemacht hat. Meist ist er vertieft in einen in braunes Leder gebundenen Oktavband, kaum einmal einen Blick auf die vorbeifahrende Landschaft verschwendend.

Er stellt sich jetzt, als er angesprochen wird, als Heinrich Sander vor, ist ein Kartograph aus Berlin, der erst vor kurzem in Südwest eingetroffen ist. Er ist äußerst korrekt gekleidet und offensichtlich sehr kurzsichtig, wie man von seiner Brille mit den starken Gläsern her schließen kann. Aus seiner dunklen Anzugjacke schauen an den Handgelenken tadellos blütenweiße und gestärkte Manschetten hervor. Sein schmales Bärtchen, das kaum breiter reicht als bis zu seinen Mundwinkeln, ist sauber gestutzt.

An einer Reihe von Telegrafenmasten kann man riesige Nester sehen, die deutlich erkennbar einzelne Bruthöhlen aufweisen. Karl macht sich Gedanken über diese Vögel mit ihrem außergewöhnlichen Namen. Er bezieht seinen Reisegefährten in seine Überlegungen ein. „Sie sind schwarz und haben einen roten Schnabel, so weit erscheint mir alles logisch. Aber was haben sie mit dem Büffel zu tun?"

„Sie wollen mit dem Kopf durch die Wand", antwortet Sander lachend, „sie bestehen auf ihrer eigenen Lebensweise. Sie wollen frei in ihrer gewohnten Umgebung leben, aber sie scheinen doch die menschliche Kolonisation zu begrü-

ßen oder zumindest zu nutzen, wie ich sehe. Da ist dieser
Vogel kaum anders als der Neger."

Er schaut sein Gegenüber Zustimmung erwartend an:
„Sie beanspruchen wie selbstverständlich ihre Freiräume,
nehmen aber offensichtlich gern die Zivilisation und ihre
Kommunikationsmittel - im Falle der Webervögel die
Telegrafenmasten - für sich in Beschlag. Ist das nicht ein
wenig inkonsequent?"

Karl schüttelt den Kopf, ist ob der rassistischen Äußerung
erbost, aber er mag darauf nicht eingehen. Ihm imponiert
mehr, dass die Webervögel Gemeinschaftsnester bauen,
dass viele Männchen sich zusammentun und gemeinsam
ein großes Nest bauen, das in der Breite und der Höhe sogar
eine Ausmessung von mehreren Metern haben kann.

Das eben erst aufgenommene Gespräch scheint wieder
zu versiegen. Der Situation droht eine gewisse Peinlichkeit.
Karl hat zwar nicht das Gefühl, dass er diesem jungen
Mann gegenüber in der Pflicht steht, aber Sprachlosigkeit,
auch zwischen zwei zufällig und willkürlich zusammenge-
führten Menschen, erscheint ihm doch als unhöflich und
überheblich.

„Herr Sander, verzeihen Sie", wendet sich Karl deshalb
wieder an sein Gegenüber, „aber was wollen Sie eigentlich
in der Wüste noch kartographieren?"

Die Antwort kommt schnell. „Mein Herr, wir werden
uns die Wüste restlos untertan machen", ist Sanders begei-
sterte Replik. „Messen, schriftlich fixieren, einteilen, auftei-
len, beherrschen! Wenn der Fuß eines Menschen eine noch
so unwirtliche Gegend betreten hat, wenn er auch nur ein
kleines weiteres Stück der Welt vermessen hat, hat es verloren - und ist doch neu erstanden, weil es für uns gewonnen
ist."

Er zieht erst rechts, dann links die Ärmel seiner Anzugjacke ein Stückchen weit nach unten, strafft sich dadurch in seiner ganzen Erscheinung.

„Junger Mann, ich hoffe, dass Sie sich nicht verrechnen", sagt Karl.

Er lehnt sich ein wenig zurück, schaut jetzt wieder demonstrativ aus dem Fenster des durch die unbeteiligte Wüste rauschenden Eisenbahnzuges. Er weist mit dem Arm noch einmal auf ein vorbeirauschendes Nest der Rotschnabelbüffelweber, wo es wildes Geflirre und Geflatter gibt. Dann spricht er etwas vor sich hin, das kaum verständlich ist.

Die doppeldeutige Bemerkung von Karl scheint der Kartograph verstanden zu haben, aber er ist kaum bereit, zurückzustecken. „Was sagen Sie?", fordert er Karl auf. Er ist leicht verstimmt und schaut ihn mit herausforderndem Blick an.

Der Missionar spricht beiläufig, eher zu sich selbst: „Ach, wissen Sie, mir kam gerade das Wort eines Propheten in den Sinn, Jesaja 35: *Die Wüste und Einöde wird frohlocken, und die Steppe wird jubeln …* "

Er macht eine kleine Pause, lehnt sich zurück, blickt entspannt aus dem Abteilfenster auf ferne, sanft geschwungene Silhouetten. Er verspürt ein Gefühl von Überlegenheit. Die Hitze im Waggon macht ihm jetzt weniger zu schaffen. Er streicht sich mit den Fingern der rechten Hand ein-, zweimal über seinen grauen Spitzbart. Eintönig und unbeeindruckt rauscht die wüste Ebene vorbei.

„Ein solches Frohlocken habe ich hier häufig nach einem Regenguss erleben können. Sofort wird alles erblühen und gedeihen. Auf uns Menschen wartet die Wüste keineswegs. Und sie ist nicht im Geringsten begierig darauf, von Leuten wie Ihnen vermessen zu werden."

„Na, na, mein lieber Herr, in welchem Jahrhundert leben Sie denn! Die Diamanten im Wüstensand haben schon darauf gewartet, dass wir sie finden. Sonst hätten sie noch in aller Ewigkeit unnütz darin geschlummert. Der Mensch hat auch in diesem elenden Landstrich das Zepter in die Hand genommen." Herr Sander stimmt sich selbst durch Nicken zu.

Am Bahnhof in Lüderitzbucht hebt Karl kurz die Hand zum Gruß und lässt Herrn Sander kopfschüttelnd gehen. Haben wir solche Leute hier noch gebraucht? Er wendet sich in Richtung Bismarckstraße. Wo wird der Herr Kartograph sein Quartier finden? Hat er sein Hotelzimmer schon gebucht? Probleme eine Unterkunft zu finden, wird er sicher nicht haben. Einen Moment bleibt Karl noch vor dem Gebäude stehen und geht dann nach rechts die Bahnhofstraße hinunter seinem Haus zu, in dem es zuletzt so ruhig geworden ist.

Auf den Treppenstufen sitzt die kleine Marianne. „Vater, bist du wieder da", sagt sie freudig. Wie liebt er dieses Kind! Er schließt die Augen und für einen Moment steht ihm der Atem still. Er streicht ihr über das dunkle, kräftige Haar, das an den Seiten zu zwei dicken Zöpfen geflochten ist. Er kramt in seiner Aktentasche.

„Sieh mal, ich habe dir ein paar Spieße vom Stachelschwein mitgebracht." Er nimmt die Stacheln vorsichtig aus der Tasche. Sie sind mehr als zwanzig Zentimeter lang und mit abwechselnden weißen und dunkelbraunen Streifen versehen. An den Enden sind sie sehr spitz.

„Danke, Vater", sagt Marianne. „Die sehen aus wie Federkiele, kann man sie zum Schreiben gebrauchen?"

Aber was für eine traurige Zeit hat für das Mädchen begonnen! Sie mag kaum noch aus dem Haus gehen. Wohin soll sie denn? Sie ist so allein ohne die älteren Schwestern, die immer eine Idee hatten, einen neuen Plan, mit denen sie gemeinsam Spiele ausgedacht hat oder Streiche ausheckte. Und sie durfte immer mit dabei sein, auch wenn die Schwestern es manchmal nicht wollten. Die Mutter befahl dann, dass sie als die Jüngste mit einbezogen wurde. Jetzt sitzt Marianne gelangweilt auf den Stufen vor dem Haus, sieht in den wolkenlosen Himmel. Sie scharrt ungeduldig mit den nackten Füßen im Sand.

Und auch im Haus ist es öd und still. Der schwarze Boy putzt die Lampen oder bügelt schweigend die Wäsche oder fegt die Treppe zur Straße hinunter. Er spricht kaum, verhält sich ganz zurückhaltend. Und selbst wenn sie ihn herausfordert, schließlich alle Hemmungen überwindet und ihn am Ende wütend anfährt, knufft und schubst und kneift, hebt er nur abwehrend die Hände und sagt kaum mehr als: „Nein, kleine Missis, nein. Ich habe Arbeit."

Die Mutter ist mit einer Handarbeit beschäftigt, ordnet etwas in den Schränken oder sie hat in der Küche zu tun, schnibbelt Zwiebeln, Bohnen oder anderes Grünzeug in die Suppe und rührt darin herum, gibt noch etwas Salz oder wer weiß was hinein. Und den Vater sieht sie oft tagelang nicht; wo er sich aufhält, was er macht, weiß sie eigentlich gar nicht.

Marianne überlegt, ob sie die Schildkröte aussetzen soll. Sie blickt lange auf das dumme, träge Tier in seiner Holzkiste. Sie hat keine Lust mehr, an dieses Reptil kleine, übrig gebliebene Salatblättchen oder Heu von Bockie zu verfüttern.

„Du bist doch eine Wüstenschildkröte", fährt sie das Tier an, „also hau ab in deine elende Wüste. Ich mag dich nicht mehr. Du wirst eh hundert Jahre alt. Dann bin ich schon längst gestorben. Also such dir selbst etwas zu fressen." Sie tritt sogar kurz gegen das Panzertier, lässt es aber dann doch in der Kiste.

Im Januar haben ihre drei Schwestern sie verlassen. „Sie sind so gemein", heult sie und die Mutter oder der Vater können erklären, was sie wollen, es können Postkarten kommen mit den schönsten Ansichten von großen Flüssen oder Schlössern und Seen, mit den spannendsten Grüßen. Es nützt alles nichts. „Ich mag keine großen Städte und keine Flüsse und Wiesen, und Bäume kenne ich doch selbst. Lasst mich endlich mit Deutschland in Ruhe, ich hasse dieses Land!"

Eigentlich ist jetzt wieder genügend Platz im Haus und ihr Bruder Helmut könnte aus dem Schülerheim zurück ins Elternhaus in der Hafenstraße ziehen. Aber aus unverständlichen Gründen sträubt sich der Junge und der ihn betreuende Lehrer und Erzieher gibt zu bedenken, dass eine Veränderung der Wohnsituation jetzt mitten im Schuljahr vielleicht nicht nur positive Auswirkungen haben könnte.

„So lass ihm denn seine gewohnte Umgebung dort", sagt Wilhelmine. Und Karl, dem das reservierte Verhalten seines Sohnes ihm gegenüber immer ein wenig auf der Seele brennt, widerspricht nicht, zumal er weiß, dass er selbst häufig fern von seinem Zuhause sein muss und kaum genügend Fürsorge aufbringen kann.

Wilhelmine wird immer mehr bewusst, dass sie das früher im Haus pausenlos lebhafte Treiben, die Unruhe

und den geschäftigen Trubel von morgens bis abends eingetauscht hat gegen ein leeres und stummes Haus.

Wenn der Vater zu Hause ist und mit einer augen-
zwinkernden Aufforderung das *Mensch ärgere Dich nicht*
Spiel auf den Tisch legt, bemüht sich das Mädchen, ihm
den Spaß nicht zu verderben, aber richtige Freude finden
sie beide nicht. Bei zwei von den vier Startfeldern ist doch
niemand zu Hause. Man kann sich einfach auf das fremde Anfangsfeld stellen, ohne dass Gefahr besteht, dass
man durch eine neue Figur rausgeschmissen wird. Für
nur zwei Personen ist dieses Spiel einfach nicht gemacht.
Da sind sich Vater und Marianne stillschweigend einig.

Am Sonntag macht Marianne mit dem ziemlich blöden Ortwin Oppermann, dem Sohn des Apothekers,
einen Spaziergang die Hafenstraße hinunter. Sonst ist ja
niemand da. Sie gehen weiter hinten an den Lokschuppen
vorbei, über die Bahngleise. Wie soll man gehen? Ein
Schritt von Schwelle zu Schwelle ist etwas zu weit, bei
einem Zwischenschritt ist der Abstand zu kurz. Unsicher
hampelt Marianne hin und her.

Verschmierte und verbeulte Fässer liegen rechts vor
den Gebäuden. In kleinen, flachen Öllachen sind alle
schillernden Farben zu sehen, von Blau über Rot bis
Violett und Orange. Die heiße Sonne versucht vergeblich sie auszutrocknen. Weiter geht's bis ganz nach vorn
zur Landspitze, wo es hinüber zur Haifischinsel geht und
man einen weiten Blick über den Roberthafen hat. Schiffe
liegen kaum im Hafen. In der Ferne sieht Marianne einen
rosaroten Streifen am Ufer, das müssen Flamingos sein.
Auch Pinguine spazieren gern durch das seichte Wasser.
Aber sie sind zu weit weg, um sie genauer beobachten zu
können.

Ständig muss dieser Ortwin etwas aufheben, Holzstücke, Kiesel, flache Klippen oder kleine Eisenteile, und damit herumwerfen. „Puff, peng", ruft er dann übermütig, wenn er etwas trifft, ein dreckiges Fass oder eine zerbrochene Holzpalette oder einen Steinpoller.

Marianne und Ortwin setzen sich auf eine hohe Mauer über dem Hafenbecken und baumeln gelangweilt mit ihren Beinen über dem in sanften Wellen schlagenden Wasser. Ein kühler Luftzug weht ihnen von unten entgegen. Marianne streicht mit den Händen von oben über ihren kurzen Rock und drückt ihn an den Oberschenkeln fest.

„Mein Vater hat eine bedeutende Briefmarkensammlung", sagt Ortwin, „er hat Stücke aus Südamerika, Portugal und China. Ich darf ihm jetzt helfen, gestempelte Marken vom Papier zu lösen. Dazu müssen sie in Wasser eingeweicht werden." Er macht eine kunstvolle Pause. „Das ist eine schwierige Arbeit. Vorsicht ist geboten. Anschließend werden sie zwischen Löschpapier getrocknet." Dann hebt er seinen Zeigefinger in die Höhe. „Aber aufgepasst, es sind nur solche Briefmarken wertvoll, denen keine einzige Zacke fehlt. Man muss sie vorsichtig mit einer Pinzette aus dem Wasser ziehen, wenn man sie zum Trocknen zwischen Löschpapier legt."

Wahnsinnig interessant, denkt Marianne und verzieht ihr Gesicht. Unten im Wasser blubbert eine Luftblase. Das muss ein Fisch gewesen sein. Das Wasser ist dunkel. Sie kann kein Tier erkennen.

Außerdem mag sie seine Lederhose nicht. Rechts an der Seite ist eine schmale Tasche angebracht, darin steckt ein kurzes Messer. „Das braucht man bei der Jagd", hat der Junge vollmundig erklärt. So ein arroganter Aufschneider! Ihr Bruder Gottlieb, der hat nicht nur rumgeredet, der hat alles auch gemacht.

Sie baumelt immer stärker mit den Beinen, weil sie nicht weiß, was sie antworten soll. Über was soll man sich mit so einem Angeber denn unterhalten?

Dann ist es passiert! Ihren rechten Schuh kann sie nicht mehr halten, er hüpft vom Fuß, einfach weg, unverschämt, fliegt in weitem Bogen nach unten ins Wasser des Hafenbeckens. Der Schreck fährt ihr augenblicklich in die Glieder. Sogar Ortwin ist plötzlich still, blickt sie entsetzt an.

„Dein Schuh", stellt er dann fest, „dein Schuh ist dort unten ins Wasser gefallen."

„Das sehe ich auch, du Schlaumeier."

Sie betrachtet ihren übrig gebliebenen, verwaisten linken Schuh, der den Fuß noch bekleidet. Er ist weiß, aus feinem Leinen, zu den Zehen hin weit ausgeschnitten und hat über dem Rist einen schmalen Riemen, der an der Außenseite mit einem Druckknopf befestigt ist. Sicher ist so ein Schuh sehr teuer, denkt Marianne, was er wohl kosten mag?

„Sicher ist so ein Schuh sehr teuer", sagt Ortwin, „was er wohl kosten mag?"

Dieser ekelhafte Besserwisser! Marianne ist so wütend: über ihr ungeschicktes Verhalten, über den Verlust des Schuhs, über diesen blöden Kerl insbesondere. Sie pustet aus vollen Backen voll durch, wird ganz rot im Gesicht, das darf dieser Ortwin auf keinen Fall bemerken.

„Pah", sagt sie, „mit *einem* Schuh kann man auch nichts anfangen, der nützt einem ja gar nichts."

Und dann holt sie mit dem linken Bein aus und schleudert das noch verbliebene weiße Leinending dem

anderen einfach hinterher, als ob es nichts wäre. „Weg
mit dir, elender Fußquäler, ich laufe eh lieber barfuß herum." Endlich hat es Ortwin mal die Sprache verschlagen.

Karl Skär schickt ein Urlaubsgesuch an die *geehrte*
Deputation der Rheinischen Missionsgesellschaft Barmen:
„Ich bitte die Herren, mir einen Heimaturlaub zu bewilligen, beginnend mit dem Frühjahr 1930. Bis dahin
habe ich 29 Dienstjahre hinter mir. Von Oktober 1909
bis Januar 1911 bin ich in Deutschland gewesen. Die da-
malige Veranlassung war der Tod meiner ersten Frau. Ich
brachte meine drei kleinen Kinder nach Hause."

Bruder Tönjes versieht dieses Urlaubsgesuch mit einem kurzen Kommentar, handschriftlich unten auf
dem mit Maschine geschriebenen Schriftstück. Er würde Bruder Skär gern einen früheren Urlaub gönnen,
aber eher werde der junge Bruder Unterkötter, der zur
Zeit in die Ovamboarbeit eingeführt wird, die Sprache
sicher nicht bewältigen können, so dass er selbstständig
Gottesdienst und Unterricht halten könne. Schwester
Skär, deren Herz nach schwerer Krankheit sehr schwach
sei, gibt er zu bedenken, möge aber immerhin schön früher reisen.

Karls Gefühle sind zwiespältig. Für Wilhelmines
Gesundheit scheint ihm und dem behandelnden Arzt,
dem engagierten Dr. Traut, der erst vor kurzer Zeit aus
Deutschland eingetroffen ist, eine Kur unabdingbar zu
sein.

„Nauheim, schlage ich vor", sagt Dr. Traut, „Nauheim,
ich denke, das ist das Richtige für Ihre Frau. Die Stadt
liegt am Ostrand des Taunus, nördlich von Frankfurt."
Er blickt Karl selbstsicher an. „Ich selbst habe während

meiner Ausbildung zwei Jahre in Nauheim gearbeitet und die Vorzüge der dortigen Heilbehandlung kennengelernt. Kohlensäurebäder entlasten das Herz, senken den Blutdruck. Auch Inhalationsbäder mit ätherischen Ölen sind bei Erkrankungen der Atemwege sehr effektiv, lindern schnell nervöse Störungen und Schlaflosigkeit. Und", fügt Dr. Traut hinzu, „selbst der Reichskanzler Otto von Bismarck war in Bad Nauheim Badegast." Diesmal fügt er sogar den Namenszusatz *Bad* hinzu, den der Ort seit 1869 tragen darf.

Karl nickt zustimmend und er kann vom Apotheker Oppermann in Erfahrung bringen, dass es in Bad Nauheim sogar ein christliches Haus gibt, deren Leiter der dortige Stadtmissionar ist. Dahin will er Kontakt aufnehmen und in Erfahrung bringen, ob Wilhelmine während ihres Aufenthalts dort wohnen kann oder ob er zumindest ein Zimmer für sie vermitteln kann.

Das Ehepaar steht am geöffneten Fenster ihres Hauses in der Hafenstraße. Karl stützt sich mit beiden Armen auf das Fensterbrett. Vom Meer her kann man ein wenig kühle Luft ahnen. Beide blicken über die Schotterstraße und den schmalen Sandstreifen hinweg hinaus auf die Meeresbucht, wo ein paar Boote an ihren Ankertauen im ruhigen Wasser dümpeln. Nach rechts hinter der Spitze der Haifischinsel öffnet sie sich zum weiten Ozean. Dorthin geht der Weg nach Hause, nach Deutschland.

„Ich möchte dich nur ungern hier allein zurücklassen, lieber Karl, aber ich hoffe insgeheim, dass es sich doch so fügen wird, weil ich dann unsere kleine Marianne nach Deutschland begleiten kann", sagt Wilhelmine.

Sie legt ihre Hand auf die von Karl, sucht seinen Blick. Seit siebzehn Jahren lebt sie in Südwest an der Seite des

Missionars. Dieses Land hat sie nie wirklich geliebt, aber ihre Familie, Karl und die Kinder, sind in dieser gesamten Zeit immer der Inbegriff ihres Lebens gewesen. Nicht einmal hat sie einen Urlaub in Deutschland genommen. Immer war sie hier für ihre Kinder und ihren Mann. Und sie fährt fort: „Aus schulischen Gründen muss Marianne sowieso bald in die Heimat und ich habe mehr und mehr auch das Gefühl, dass sie ohne ihre drei älteren Schwestern hier vereinsamt und verkümmert."

Karl streicht sich mit der linken Hand den Bart. Den anderen Arm, den er auch vom Fensterbrett nimmt, legt er seiner Frau behutsam um die Taille. Dann zieht er sie zu sich heran. Wilhelmine schmiegt sich an ihn und seufzt und sieht ihm ins Gesicht. „Einen langen Weg schon sind wir gemeinsam gegangen, nicht immer war es leicht, aber doch konnte uns nichts entzweien."

Karl küsst sie zärtlich auf die Wange. Er spürt, dass er sich vielleicht zu wenig Zeit für Wilhelmine und für ihre Beziehung genommen hat. Immer hatten andere Dinge Priorität, die Mission, die Bibelübersetzungen, der Gottesdienst, die Ovambo, die Kinder …

Wann haben sie sich denn mal nur um sich gekümmert? Wann hat er einmal alles abgestreift, um nur seine geliebte Wilhelmine in den Arm zu nehmen, sie auf die Augenlider zu küssen? Und doch hat er nur sie geliebt. Ob sie das weiß?

Marianne würde im Töchterheim in Kaiserswerth ihre Schwestern Hanna, Elisabeth und Lene wiedertreffen, denkt Karl. Das wäre eine gute Lösung. Aber was ist mit seinem Sohn Helmut? Der Junge macht ihm große Sorgen. Gerade hat Karl mit Albert Plietz von der Eisen- und Metallgießerei in der Bismarckstrasse ein fruchtbares

Gespräch geführt und vereinbart, dass Helmut dort im Frühsommer in eine Lehre eintreten kann. Begeisterung hat der Junge nicht gezeigt, aber er hat schließlich eingewilligt. „Wenn du es so vorgesehen hast, Vater, will ich dorthin gehen. Was soll ich sonst machen? Um nur mit dem Metallbaukasten zu spielen, bin ich inzwischen zu alt."

Karl wird das Haus in der Hafenstraße aufgeben müssen. Wenn nur er und Helmut noch hier sind, scheint keinesfalls mehr die Miete von 150 RM für das große Haus gerechtfertigt zu sein. Die Frage ist auch, wie lange die CDM sich noch an den Kosten beteiligen wird. Es gibt kaum eine andere Möglichkeit, denkt Karl. Ich muss an Wilhelmine denken. Alles, was ihrer Gesundheit dient, hat Vorrang. Und für Marianne kommt doch auch etwas anderes nicht in Betracht.

„Was meinst du", sagt er tags darauf zu Helmut, als er ihn von der Schule abholt, „wenn wir zwei Männer hier in Afrika bleiben." Und er legt seinem Sohn den Arm auf die Schulter, versucht seiner Stimme einen optimistischen Klang zu geben. „Du fühlst dich doch im Schülerheim ganz wohl und ich könnte eine Stube beim Apotheker bekommen."

„Vater", antwortet dieser, „ich kenne nichts anderes, ich muss ja wohl hier bleiben." Karl schließt die Augen und seufzt tief.

Helmut blickt ihn an, und indem er mit einem Mal die schwere Last zu spüren scheint, die auf seinem Vater liegt, fügt der 13-jährige Junge in einer so langen Rede, wie Karl sie noch nie von ihm gehört hat, hinzu: „Du dienst Gott, das weiß ich, Vater. Deshalb bist du hier in der Wüste bei deinen Ovambo. Ich erkenne das an. Und deine Familie ist immer mit dir gegangen, wohin auch immer. Warum ich hier bin, das habe ich noch nicht herausgefunden, aber was soll ich tun? Ich glaube, ich bin dir eine Last. Ich lerne nicht gern und ich habe wenige Freunde."

Er macht eine kleine Pause. Sein Vater unterbricht ihn nicht.

„Am liebsten sitze ich allein am Meer und blicke auf das Wasser und die fernen Wellen da draußen. Ich liebe die Fische und die Vögel in der Luft, die Pelikane und Fischreiher im seichten Wasser der Lagune im Süden des Lüderitzhafens. Die elende Wüste mag ich nicht. Aber ich bin nun einmal hier geboren. Ich weiß nicht, wo ich sonst leben soll und wie lange ich hier noch leben werde. Ich soll doch auf Gott vertrauen. Lass mich einfach. Ich bin zu jung, um etwas zu entscheiden."

Karl ist erschüttert. Neun Kinder hat er; und wenn es nun so kommt, dass Marianne mit ihrer Mutter bald Südwest in Richtung Deutschland verlässt, dann sind acht von ihnen fast zehntausend Kilometer von ihm entfernt. Und der einzige Sohn, der ihm hier in der Wüste bleibt, macht ihm das Herz so schwer, dass er schier verzweifeln will.

Und doch hat er nach dem Ovamboland oben im Norden mit seinen weiten, offenen Buschlandsavannen, mit den Palmen und riesigen Grasflächen und den darin eingesprenkelten, runden Kralen der Eingeborenen, mit den stolzen Antilopen, diesen wildlebenden Hornträgern, und den Straußen mit ihrem aufgeplusterten Gefieder, den langen nackten Hälsen und ihren großen Augen auch gelernt, die Wüste zu lieben.

Der Name der Wüste Namib bedeutet in der Sprache der Hottentotten, wie die Kolonialherren die Nama

verächtlich nennen, so viel wie *Leerer Platz*. Sie ist die
älteste Wüste der Erde. Über 2000 Kilometer lang, mit
Temperaturen, die deutlich über 50 Grad steigen können. Der Wüstenboden kann dann bis zu 70 Grad heiß
werden. Der kleine Namibgecko mit seinen dünnen,
gläsernen Beinchen kann ohne einzusinken durch den
feinen Sand laufen, weil er zwischen den Zehen eine
Art Schwimmhäute hat. Aber bei solchen Temperaturen
gräbt er sich ein in seine Gänge, die bis zu einem Meter
tief sein können. Er wartet auf die kühlere Nacht. Ein
kleiner Tautropfen und ein Wüstenschwarzkäfer reichen
ihm dann als Nahrung schon aus.

Bis zu 400 Metern hoch ragen die Dünen.
Orangefarben liegen sie in der flimmernden Luft oder
erscheinen weiter im Süden der Namib sogar fast rot.
Am frühen Morgen, wenn die Sonne noch tief steht,
teilt sie entlang eines messerscharfen Grats die gewaltigen Sandberge in eine schwarze, beschattete und eine
helle, leuchtende Seite. Man kann dann schon erahnen,
dass bald diese gesamten, den ägyptischen Pyramiden in
nichts nachstehenden Gebilde so erstrahlen und erglühen
werden, dass der Mensch, der sich in ihre Aura wagt, die
Augen bedecken muss.

„Ja, diese von Gott geschaffenen, großartigen
Wunderwerke der Natur", ist Karl der Meinung und
spricht es auch aus, „übertreffen die von den Menschen
in Ägypten geschaffenen, weil sie sich stets verändern und
erneuern und nie vergehen. Auch wenn die Pyramiden
längst verbröselt und zerfallen sind, werden diese Dünen
noch bestehen."

Fast nie gibt es hier Niederschläge, aber besonders im
Bereich der Küste kann häufig durch den kalten Strom von

der südlichen Antarktis her ein feiner Nebel entstehen. Oft ist er für Jahre zwar die einzige Feuchtigkeitsquelle, aber es ermöglicht doch zahlreichen Pflanzen und Tieren, hier zu leben. Und das kalte Wasser ist reich an Sauerstoff, weshalb es im Meer so ein reges Leben gibt. Schon vor zwanzig Jahren wurde das gesamte Gebiet bis hinauf nach Swakopmund zum Naturschutzgebiet Nr. 3 erklärt, weiß Karl.

Er ist fasziniert von der einzigartigen Welwitschia Mirabilis, einer Pflanze, die es sonst nirgendwo auf der Welt gibt, außer hier in seiner Wüste. Hunderte von Jahren kann sie alt werden. Man spricht sogar von Exemplaren, die weit über tausend Jahre alt sind. Merkwürdig ist ihr Erscheinungsbild, verholzt, vertrocknet, verwittert, sich windend und teilend, am Boden krauchend. Faszinierend ist diese Pflanze, wie sie sich seit Jahrtausenden ihrer Umgebung angepasst und überlebt hat, und doch ist sie bescheiden und genügsam und hässlich. Wenn es keinen Niederschlag gibt, kann sie Jahre und Jahrzehnte warten, bis sich wieder Jungpflanzen bilden können, aber sie lebt unbeirrt weiter.

„Ich liebe diese Pflanze, ebenso wie auch den geduldigen und beständigen Affenbrotbaum, weil sie sich wie dieser sanfte Gigant der schnellen Zeit entgegenstellt, weil sie wartet in Gottes Schöpfung, weil sie darauf vertraut, dass ihre Zeit wieder kommt. Was Gott einmal geschaffen hat, das lässt er nicht verderben, darüber hält er seine schützende Hand."

Wilhelmine hat sich natürlich hier wegen des trockenen Klimas und wegen der größeren Nähe zur deutschen Kultur und Lebensweise deutlich wohler gefühlt als oben im Norden im Ovamboland der Schwarzen. Aber sie hat kaum jemals eine Faszination oder Bezauberung gespürt, ist keine Verbindung eingegangen mit der trocknen und kargen Landschaft, mit Steinen, Dünen und Sand. Sie hat sie eher so empfunden, wie es die Schwarzen sagen: Die Namib ist ein *Ort, wo nichts ist.* Wilhelmine hat immer gedient, dem Herrgott, der Mission, ihrem Mann und allem voran ihren Kindern. Das hat in erster Linie ihr Leben bestimmt. Nun ist ihr von den Kindern allein noch ihre Tochter Marianne geblieben und nur bisweilen ihr Sohn Helmut.

Da die Kinder sie bisher fast vollständig in Anspruch genommen haben und ihr Mann häufig auswärts zu tun hat, gibt es wenig gesellschaftlichen Kontakt zu anderen Deutschen; das erfährt sie jetzt immer deutlicher. An den wöchentlichen Kaffeekränzchen und Häkelrunden der deutschen Damen hat sie kaum teilgenommen. Wenn sie nun häufiger mal Zeit findet, durch die kleine Stadt zu spazieren, ist sie meist allein, und es ist auch zu spüren, dass deren Hochzeit offensichtlich längst vorbei ist.

Die gewaltige Diamantenkarawane, die alles aufgewühlt hat, ist bald weiter nach Süden gezogen und damit auch die große Begierde, die Besessenheit und der heftige Rausch, das Hauen und Stechen, das große Geld und der vergängliche Glanz. In Kolmannskuppe wird die Wüste bald die letzten der einst begeisterten und eifrigen Bewohner vertreiben und verdrängen. Hinter den vormals herrschaftlichen Häusern und Anlagen türmen sich schon bedrohlich hoch die Wanderdünen auf, um mit ihrem feinen Wüstensand über Treppen und durch Türen und Fenster ins Innere einzufallen, über die blank gehobelten Dielen voranzukriechen und den Zimmertüren mit kleinen Sandanwehungen für immer zu verwehren, sich noch einmal zu schließen oder zu öffnen. So, wie sie nun einmal sind, werden sie ausharren müssen. Die samtgrünen oder weinroten Tapeten mit ihren Rautemustern an den Wänden der Salons und Schlafräume werden zwar noch bleiben, da die heiße Wüstenluft in ihrer knisternden Trockenheit es ermöglicht, alles zu konservieren, aber sie werden doch nur ein oberflächliches Zeichen sein für den vermessenen Anspruch des Menschen, in den Lauf der Natur einzugreifen.

Und auch hier in Lüderitzbucht zieht mehr und mehr die Tristesse ein, meint Wilhelmine zu bemerken. Was gibt es denn noch? Ein bisschen Geschäftigkeit in den paar Hauptstraßen und am Hafen. Ein paar vereinzelte Bootswerften und schwarze Arbeiter in der Fischindustrie. Ein paar Konservenfabriken versuchen den Langustenreichtum des kühlen Meeres zu verwerten. Die Metzgerei und die Bäckerei sind längst zu reinen Familienbetrieben der ausharrenden Weißen geworden. Schwarze Angestellte kann man sich nicht mehr leisten. Hotels und Bars sind verwaist. In Kapps Konzert- und Ballsaal findet kaum noch mal eine Veranstaltung statt.

Von den Aktivitäten des Männerturnvereins und den großen Bällen, die nach den legendären Pferderennen auf der Rennbahn in der ausgetrockneten Lagune Burenkamp veranstaltet wurden, hat Wilhelmine nur vom Hören und Sagen Kenntnis. Neben der achthundert Meter langen Rennbahn hat es eine Tribüne gegeben, Kaffee- und Bierzelte, bevölkert von schick gekleideten Damen, schmucken Offizieren und jungen Soldaten und Matrosen. Wenn ein deutsches Kriegsschiff im Hafen lag, spielte eine Matrosenkapelle auf. All das ist vorbei.

Wilhelmine geht mit ihrer Tochter Marianne an der Hand zum Bahnhof. Das ist noch ein ansehnliches

Gebäude, vom Regierungsarchitekten Kurt Lohse entworfen. 1914 in Betrieb genommen, repräsentativ zur Straße hin ausgerichtet, mit leicht abgewinkelten Seitenflügeln und einem einladenden Vorbau für den Eingangsbereich. Ganz oben auf dem Dach gibt es eine turmartige, begehbare Plattform, umschlossen mit einem Geländer, und in der Mitte ragt ein Fahnenmast empor, an der früher stolz die schwarz-weiß-rote Reichsflagge geweht hat.

Doch 1914 bei der Inbetriebnahme des Bahnhofs war die Blütezeit dieser erst vor sechs Jahren dem Verkehr übergebenen Eisenbahnstrecke doch fast schon vorbei. Vormals kamen vom Kap zahlreiche Händler mit Eiern und Geflügel, frischem Obst und Gemüse, errichteten kleine Stores. Aber wie viele Züge fahren denn jetzt noch auf dieser Strecke? Und für wen fahren sie? Und wohin fahren sie? Wilhelmine hat das Gefühl, die Strecke sei eine Einbahnstraße in die Wüste. Wer einmal den Zug besteigt, kehrt nicht mehr zurück.

Und das prachtvolle, aufwändige, mit Jugendstil-Elementen gebaute Wohnhaus des Leutnants Hans Goerke, unterhalb der Felsenkirche gelegen? Er kam 1904 mit der Deutschen Schutztruppe ins Land, wurde dann Leiter der Emilienthal-Diamantengesellschaft. Er war sehr vermögend und Lagerverwalter der Schutztruppen. Sein Haus wurde stolz in die Felsen des sogenannten Diamantenbergs hinein errichtet, mit einem roten Dach, mit zahlreichen Erkern, Balkonen und Türmchen, zu denen man aufsehen muss. Aufgesetztes Fachwerk verziert die Fassade. Und Marianne staunt über die Sonnenuhr, die ihre Mutter ihr zeigt und erklärt. Aber Leutnant Goerke ist schon längst wieder nach Deutschland zurückgekehrt. Seiner Frau soll der oft heftige Wind in

Lüderitzbucht nicht gefallen haben. Schon vor etlichen Jahren wurde sein Haus verkauft. Dieses Jahrhundert, das in Südwest so stürmisch und verheißungsvoll begann, ist erst zu einem Viertel vorbei, aber hier scheint es schon im Sand der Namib verloren zu sein.

Und von der Familie sind nur Karl und sein Sohn Helmut noch allein in Lüderitzbucht, als sie schließlich Wilhelmine und Marianne an der Landungsbrücke verabschiedet haben, eine Barkasse sie hinaus zum Dampfer bringt.

23
Die Mütze

1931 Barmen

Nur wenig mehr als ein Jahr später besteigt auch der zurück gebliebene Vater mit seinem Sohn ein Schiff, das sie über den riesigen Atlantik bringt. Sie fahren hin zu einem kleinen Land, das in der gemäßigten Klimazone Mitteleuropas liegt, ohne Hitze, ohne lange Trockenperioden, ohne Sand und endlose Weite, ohne ausgetrocknete Flüsse und heftige Zeiten des großen Regens, ohne gewaltige Elefanten, elegante Antilopen und bucklige Gnus, ohne unbarmherzige Diamanten und ohne schwarze Menschen.

Dafür gibt es dort breite, behäbige Flüsse, auf denen geschäftig zahlreiche Schiffe fahren. Mittelalterliche Burgen grüßen hinab ins Tal. Sanft hingestreckt liegen geschwungene Bergländer mit weiten Wäldern und blauen Seen, mit Weinbergen und goldenen Weizenfeldern, mit hohen Bergen, auf denen lange Zeit Schnee und Eis regieren. Und es gibt auch riesige Städte mit kolossalen Häusern, Türmen, großen Kirchen, geschäftigen Marktplätzen und gepflasterten Straßen. Es gibt geräuschvolle Fabriken mit qualmenden Schornsteinen und Bergwerke, wo die Menschen tief in das Erdinnere hinein fahren.

Wenn der Vater seinem Sohn auf der wochenlangen Schiffsreise von der Heimat erzählt, wird ihm erst bewusst, wie weit entfernt das alles von ihm ist. Es sind nur einzelne Versatzstücke, die er, oftmals nur mit Mühe, aus seinem Gedächtnis kramen muss. Sie sind nicht mehr mit Leben gefüllt, erscheinen ihm selbst als klischeehaft. Er muss sie aus einer anderen, längst vergangenen und entfernten Zeit abrufen. Seinem Sohn müssen sie erscheinen wie moderne Märchen aus einer fremden Welt, in der der Vater früher offenbar einmal gelebt hat.

„Deutschland", sagt er gewichtig zu Helmut, „ist die Heimat vieler bedeutender Menschen: Martin Luther hat die Bibel ins Deutsche übersetzt und so wesentlich die deutsche Schriftsprache geprägt. Karl der Große - ich trage seinen Namen - wurde in Rom zum Kaiser gekrönt und war einer der bedeutendsten Herrscher des Abendlandes. Beethoven war ein genialer Komponist, der in Bonn am Rhein geboren wurde. Es gab einen wichtigen Philosophen, der hieß Immanuel Kant, er hat die Menschen aufgeklärt und zur Vernunft geführt. Goethe und Schiller waren große Dichter und Denker. Du wirst sicher noch viele ihrer eindrucksvollen Werke kennenlernen."

Aber was fällt ihm selbst denn jetzt davon ein? „Was erzähle ich meinem Sohn da? Ich bin doch nur ein einfacher Schneider und ein Diener Gottes", kommt ihm in den Sinn.

Helmut hört geduldig zu, ist nur froh, der Wüste entronnen zu sein. „Was ich so erfahre von diesem neuen Land - schlimmer als in Afrika kann es dort nicht sein. Wenn es so viele Wälder und Pflanzen gibt, leben dort sicher auch viele Tiere. Werden wir denn nun für immer in Deutschland bleiben?"

Karl Skär geht leichtgläubig davon aus, ohne sich realistische Gedanken über seine Familie zu machen, dass diese Reise ein zeitlich begrenzter Heimaturlaub sein wird. Seine Seele hat er im fernen Afrika gelassen.

Doch kaum in Deutschland angekommen, muss er erfahren, dass er sich gewaltig getäuscht hat: Es ist seine endgültige Rückkehr!

Der geehrte Herr Missionsdirektor in Barmen empfängt ihn unverzüglich zu einem Gespräch. Gerade aufgerichtet, selbstsicher und mit erhobenem Kopf sitzt er hinter seinem Schreibtisch.

„Die Entscheidung ist unumkehrbar", beginnt er gleich.

Dann teilt er Karl mit sonorer Stimme im Auftrag und im Namen der Rheinischen Missionsgesellschaft den eindeutigen Beschluss mit: „Nach dreißig Jahren missionarischer Tätigkeit im Dienste des Herrn, unser aller Heiland, wird der ehrbare, nun fast 60jährige Diener Gottes, Karl Skär, erstmals ausgesendet nach Südwest im Jahre 1901, nicht mehr zurückkehren nach Afrika."

Dann faltet er die Hände, hebt sie empor, wendet sich ein wenig nach vorn und versucht in einem privateren und verstehenden Ton erklärend hinzuzufügen: „Sie wissen, Bruder Skär, wir leben in einer schlimmen Zeit. Die Arbeitslosigkeit, die politisch instabile Lage. Die Mission muss sich hauptsächlich von Spenden finanzieren – und die werden immer geringer. Aussenden in die Missionsgebiete müssen wir junge Menschen, die dort lange bleiben können."

Dann macht er eine Pause. „Aber ich versichere Ihnen, auch Sie werden hier gebraucht."

Stille herrscht im Raum. Der Missionsdirektor fährt sich mit dem Mittelfinger der rechten Hand über die rechte Augenbraue. Blickt dann hinauf an die weiß gekalkte Decke.

Karl ist wie vom Blitz getroffen. Er ringt um Luft. Er schaut ungläubig in das unerbittliche Gesicht des Mannes, der, jetzt wieder bewusst aufrecht, ihm gegenüber unnahbar hinter einem gewaltigen Möbelstück sitzt. Sein Sitzsessel scheint ein wenig erhöht zu sein, so dass die Person leicht über dem kolossalen Tisch und seinem Gegenüber thront. Ja, sicher, man muss ein wenig hinaufblicken.

Die fast leere Schreibtischplatte präsentiert eine glänzend polierte Oberfläche. Lediglich ein schlicht schwarzer Füllfederhalter mit längs gestreifter, grünlicher Kappe und ein sauber gespitzter Bleistift liegen in einer schmalen, flachen und länglichen Schale aus Bakelit, deren Überzug schwarz-silbern changiert; einen aufgestellten, schwarzen Bilderrahmen sieht Karl nur von hinten. Der Direktor lässt sein Gegenüber nicht erkennen, wer ihn darin vielleicht anlacht oder wer ihm Mut machen soll. Aber er macht dadurch eindeutig klar: Ich bin nicht allein, ich habe noch ein anderes Leben, ich habe Menschen, die mich lieben. Ansonsten ist der riesige Schreibtisch leer, blank gewienert und seelenlos. Warum benötigt er solche Dimensionen?

Diesem Mann, den er jetzt zum ersten Mal leibhaftig vor sich sieht, denkt Karl Skär, hat er jahrelang seine aufrichtigen, in Gott vertrauenden und offenherzigen Berichte geschickt, um die er so oft lange gerungen hat. Jedes Wort hat er sich abgekämpft. Hier an diesem Ort wurden sie gelesen, die Berichte, an diesem glatt polierten Schreibtischmonstrum, wird Karl plötzlich klar. Oftmals habe ich von meinen Nöten oder auch von meinen hoffnungsvollen Erfolgen geschrieben. Von diesem Mann habe ich so häufig Hilfe und Unterstützung erbeten, habe große Zustimmung, wohlwollendes Lob, Ablehnung und auch bittere Nichtbeachtung erfahren.

Dabei hat er dieses Gesicht nicht gekannt, das ihn jetzt ohne erkennbare Emotionen ansieht. Länglich und schmal mit einer runden, dunklen Brille, ein Gesicht, das eher unscheinbar wirkt, blass in der Farbe und mit nur sehr schmalen Augenbrauen, die ihm kaum Struktur verleihen.

Wenn Karl zurückdenkt, wird ihm klar, dass er sich bei seinem Adressaten auch nie ein Gesicht vorgestellt hat. Es war stets eine anonyme Person, die er mit emotionalen Offenbarungen und leidenschaftlichem Begehren hat erreichen wollen. Und ohne diesen Schreibtisch wird ihm auch demnächst dieses Gesicht nicht in Erinnerung bleiben. Dieser Mensch, der jetzt vor ihm sitzt, war letzten Endes für ihn nichts anderes und nicht mehr als die Verkörperung einer - immerhin achtenswerten - Institution.

„Bruder Skär, wir werden Sie hier für wertvolle Arbeit brauchen. Beileibe kann ich Ihnen noch keinen Ruhestand und Müßiggang versprechen. Aber wie wir Sie kennen, wäre das auch sicher nicht in Ihrem Interesse. Und wer sollte besser und wirkungsvoller für die Mission werben können, als ein so lang gedienter, erfahrener Streiter Gottes."

Karl sinkt in seinem Sessel zusammen. Von seiner Größe und Kraft ist in diesem Augenblick kaum noch etwas zu spüren. Er legt seine Hände zusammen, schließt für einen Moment die Augen. Die heiße Sonne, der treibende Sand. Ja, ja, die Ziege ist gefüttert, keine Sorge. Die Mädchen sind doch schon auf dem Weg zur Schule. Wilhelmine bespricht mit dem Boy das Tagespensum.

Müsste er sich jetzt nicht aufmachen auf den Weg nach Bogenfels? Aber wo hat er seine Schirmmütze? Ohne die Mütze auf dem Kopf kommt er sich wie immer unbekleidet vor. Er blickt ein wenig unsicher und suchend um sich.

„Entschuldigen Sie bitte, Herr Direktor, ich weiß nicht, wo meine Mütze ist."

Er sieht hinüber zum Fenster, draußen scheint der Himmel grau zu sein. Was ist das denn? Es ist doch schon fast Mittag. Wieso ist die Sonne noch nicht am Himmel. Warum strahlt sie ihre Hitze noch nicht aus?

Sein Blick schweift an den Wänden des Arbeitszimmers des Herrn Direktors entlang. Er nimmt zahllose, wohlgeordnet aufgestellte Bücher und Folianten und sorgfältig gerahmte Bilder wahr, sieht Regale und Vitrinen mit zahlreichen Gebrauchs- und Kunstgegenständen aus den Kolonien, Masken, Trommeln und Federschmuck, alles gut abgestimmt, moderat ausgerichtet, blank und ohne Staub.

Auch der Boden ist sauber gefegt. Kein Sand auf den Möbeln, den Regalen und Teppichen. Merkwürdig, denkt Karl, auch wenn natürlich alle Fenster und Türen geschlossen werden. So lang kann der letzte Sandsturm doch nicht her sein. Wie machen die das nur? Er kann es kaum glauben: Nicht die geringsten Spuren von Sand sind hier zu finden. Das kann doch nicht möglich sein. Ich glaube, ich werde der Ziege doch noch etwas Futter bringen. Obwohl es nicht sehr heiß im Zimmer ist, muss er jetzt den obersten Kragenknopf öffnen. Er zieht sein leinenes Taschentuch aus dem Hosensack, faltet es auseinander und wischt sich über den fast kahlen Kopf.

Karl denkt an die vielen persönliche Dinge, die er in seiner Stube beim Apotheker Oppermann im Lüderitzbucht zurückgelassen hat. Was geschieht jetzt damit? Sind sie alle unwiederbringlich für ihn verloren? Ein Sammelsurium, ein heilloses Durcheinander, ein scheinbar beliebiges Wirrwarr, so kommt es ihm jetzt in den Sinn, so werden andere denken. Er lacht plötzlich auf.

Ist denn das alles nur ein unnützer Wust von Dingen? Wer kann damit etwas anfangen? Niemand. Niemand! Das ist ihm urplötzlich klar.

Das ist nur mein Leben. Keinen wird das mehr interessieren, nicht meine Frau, geschweige denn meine Kinder und schon gar nicht die Mission. Sie alle werden froh sein, wenn sie von diesem, meinem Ballast, erlöst sind. Lebt denn ein Mensch so isoliert von allem nur für sich allein?

Jeder Mensch lebt nur für sich allein. Das scheint ihm mit einem Male unumstößliche Gewissheit. Woher kommt nur diese plötzliche Verzweiflung? Allein wird man in ein Grab gelegt und muss damit zufrieden sein. Kein Ovambo wird für mich singen, keine Trommel wird geschlagen. Ihr Blut, haben sie versprochen, würden sie für mich geben. Aber wo sind sie jetzt? Wo ist mein Gottvertrauen? Wohin ist meine Demut entwichen?

„Nur ich, nur meine Person definiert sich über solche Schätze", sagte er jetzt wieder unvermittelt laut in das Zimmer hinein.

Der Missionsdirektor nimmt die Brille ab, blickt sein Gegenüber lange skeptisch an. „Lieber Bruder Skär, was ist mit Ihnen, ist Ihnen nicht wohl?", fragt er. „Soll ich Ihnen ein Glas Wasser bringen lassen?"

„Nein, nein, lassen Sie, verehrter Herr Direktor. Die schale Vergangenheit holt uns nur manchmal ein. Der

Sand knirscht im Getriebe. Ja, ein Kalauer, lachen Sie nur. Ich weiß, aber wenn die Schakale einen Springbock jagen, ihn von den anderen isolieren, um ihn irgendwann zu zerfleischen, wirkt das schon grausam, doch es ist eine Notwendigkeit für sie zu überleben. Sie müssen so handeln. Nein, keine Sorge, Sie sind schon im Recht. Ich habe meine Jahre, es muss an mir liegen, sicher an mir. Das Negerblut, wissen Sie, ja, waren Sie nie in Afrika? Ich mache Ihnen keinen Vorwurf. Ich habe versucht, Ihnen davon zu berichten, ja, auch die Neger haben Blut, auch wenn es die meisten Weißen nicht glauben wollen, nein, nein, Sie meine ich nicht damit, nur ist es dickflüssiger als das unsere, es fließt nicht so schnell, so unbekümmert, so zeitlos, so herzlos. Ich glaube, ich habe davon auch ein gut Teil in meinen Adern, und ich bin stolz darauf, dass schwarzes Blut in meinen Adern fließt. Sie blicken so skeptisch. Meinetwegen, nehmen Sie ruhig Ihren Bleistift, wie ich sehe, und machen Sie sich bitte schön ein paar Notizen. Ist schon gut. Ich verstehe Sie. Denn für einen schnellen Ritt auf dem Straußenrücken quer durch die Wüste bin ich wohl wirklich nun zu alt. Da haben Sie recht, Sie haben sowieso immer recht. Wenn der Sandsturm bläst, möchte ich die Augen schließen, und ich kann es nicht mehr ertragen, dass ich der Mütze hinterher laufen muss, wenn sie der Wind mir vom Kopf geweht hat. Und wer weiß denn, wie lange die Draisine noch fährt. Bald sind die Schienen hoffnungslos überweht. Der Sand der Namib deckt alles zu. Wo sind denn die Schwarzen, um sie freizuschaufeln? Alles wandert doch ab in den Süden. Haben Sie nicht davon gehört? Die Wüste erobert sich alles zurück. Unsere Zeit ist vorbei. Und mein Sohn Helmut hat das *Mensch ärgere Dich nicht* Spiel nie geliebt."

Die erneute Reaktion des Direktors, der nun ziemlich verwirrt auf seinen Missionsbruder blickt und kaum weiß, wie er reagieren soll, nimmt Karl nicht wahr. Er steht auf, wandert im Zimmer umher, geht an den Regalen entlang, streicht mit dem Finger hier und da leicht über ein Buch oder einen Gegenstand.

Was wird man dort im fernen Afrika in seiner verlassenen Stube nicht alles finden: glitzernde Steine, Halsketten, kleine Bibeltexte, getrocknete Baumfrüchte, ausgerissene Bilder, Patronenhülsen, Vogelfedern, Pfeifenstopfer, Holzstücke, Fahrradklammern, Muschelschalen, Kupferblech, Tierzehen, Liederzettel, Haarreifen, Springbockgehörn, Ringe, Nähnadeln, Kamelhaarbüschel, gepresste Blütenblätter, verrostete Sprungfedern, Fingerhüte, Kameldornbaumfrüchte, Nasenringe, Samen vom Affenbrotbaum, Seeigelskelette… Karl schüttelt verzweifelt den Kopf und muss doch fast über sich selbst lachen.

Nur das Wörterbuch der Ovambo-Sprache hat er auf seiner Reise über den Atlantik bei sich getragen. Und natürlich das Foto vom Affenbrotbaum in Okankolo. Beides ist ihm unentbehrlicher Schutz und Schild, fast so etwas wie ein Totem, ein persönlicher Schutzgeist.

Aber es hilft ihm letztendlich doch nichts. Alles andere hat er endgültig verloren: seine getreuen Ovambo, sein endlos weites, geliebtes Land, die scheuen Tiere der Savanne, den fein wehenden Sand der Namib, der auch schon mal knirscht in den Zähnen, sein vertrautes Haus, die trockene, grasharte Steppe, die in eine unwirkliche Ferne führenden Pads, den violetten Sonnenuntergang, das kühle Meer, die Mopanebäume mit ihren nierenförmigen Früchten, die Schwarzen, die ihn mit großen Augen ansehen, und ihre rhythmischen Lieder im Abendrot. Andere haben seiner Lebensplanung eine andere Richtung gegeben. Nie war ihm so deutlich bewusst wie in diesem Moment, dass er doch nur ein geringer Diener Gottes ist. Ein kleines Rädchen in den Mühlen seines Herrgotts. Wobei er sich nicht sicher ist, ob sein Gott das alles so gewollt hat.

„Wenn ich gewusst hätte, dass ich nicht mehr nach Südwest zurückkehren werde", sagt er später zu einer seiner Töchter, „dann hätte ich das Schiff nach Deutschland niemals bestiegen."

Inhaltsverzeichnis

Hellmut Lemmer

Geb. 1947 im Sauerland, lebt mit seiner Familie in Hattingen/Ruhr. Mitglied im VS - Verband deutscher Schriftsteller.

Vieles in diesem Roman hat sich so ereignet, wie es hier beschrieben wird. Viele der handelnden Personen haben wirklich gelebt, aber nicht alle - und nicht alle mit den angegebenen Namen. Manche Personen gewinnen nur in dem Roman ein Leben, aber sie sind trotzdem nicht frei erfunden oder komplett ausgedacht, denn sie stehen im Idealfall stellvertretend und beispielhaft für Menschen, die in dieser Zeit und unter den beschriebenen Umständen existiert haben. Auch ich selbst bin hier und da zu einer Romanfigur geworden.

Meine Familie mag bei einzelnen Passagen einen Einspruch erheben und sagen: Aber das war doch nicht so, sondern so! Wenn mein Text eine Familienchronik wäre, hätten sie sicher recht. In einem Roman jedoch muss nicht alles stimmen, aber es muss stimmig sein.

Ich habe mich sehr gefreut über die vielen Reaktionen, die Anteil nehmen an dem Lebensweg der Familie, vor allem der Kinder, und die wissen möchten, wie es weiter ging. Dazu nur so viel: Zwei der Kinder aus der ersten Ehe sind Jahre später wieder nach Afrika gefahren und dort geblieben, einmal als Lehrerin in Windhoek, einmal als Betreiber einer Avocadofarm in Südafrika. Von den anderen hat nur ein Mädchen als Erwachsene noch einmal Namibia besucht und vor dem Elternhaus in Lüderitzbucht am Meer im Sand gesessen. Die übrigen sind nie mehr an den Ort ihrer Kindheit zurückgekehrt.

Zur 2. Auflage, Juli 2015   *Hellmut Lemmer*